民國文化與文學 研究文叢

十六編

李 怡 主編

第 8 冊

胡適新詩節奏理論的形成

林 秋 芳 著

國家圖書館出版品預行編目資料

胡適新詩節奏理論的形成／林秋芳 著 -- 初版 -- 新北市：花
木蘭文化事業有限公司，2023〔民 112〕
目 4+208 面；19×26 公分
（民國文化與文學研究文叢 十六編；第 8 冊）
ISBN 978-626-344-530-7（精裝）
1.CST：胡適 2.CST：新詩 3.CST：詩評
820.9　　　　　　　　　　　　　　　　112010645

ISBN-978-626-344-530-7

9 786263 445307

民國文化與文學研究文叢
十六編　第 八 冊　　　　　　ISBN：978-626-344-530-7

胡適新詩節奏理論的形成

作　　者　林秋芳
主　　編　李　怡
企　　劃　四川大學中國詩歌研究院
總 編 輯　杜潔祥
副總編輯　楊嘉樂
編輯主任　許郁翎
編　　輯　張雅淋、潘玟靜　美術編輯　陳逸婷
出　　版　花木蘭文化事業有限公司
發 行 人　高小娟
聯絡地址　235 新北市中和區中安街七二號十三樓
　　　　　電話：02-2923-1455 ／傳真：02-2923-1452
網　　址　http://www.huamulan.tw 信箱 service@huamulans.com
印　　刷　普羅文化出版廣告事業
初　　版　2023 年 9 月
定　　價　十六編 18 冊（精裝）台幣 45,000 元　　版權所有‧請勿翻印

胡適新詩節奏理論的形成

林秋芳　著

作者簡介

林秋芳，台灣台中人。國立成功大學中文碩士，國立中央大學文學博士。曾任南亞技術學院通識教育中心專任講師，現職中央大學中文系兼任助理教授。以台灣、中國近現代詩學為研究重心，有專書論文〈節奏的理論及實踐——覃子豪大陸時期的詩論及詩作〉、〈羅家倫與五四師友——胡適、傅斯年與顧頡剛〉等，期刊論文〈書寫桃園的三種方式〉、〈從古詩實驗到新詩嘗試——胡適詩歌韻腳的試探歷程及美感功效〉等多篇。博士論文獲 2016 年中央研究院近代史研究所胡適紀念館「胡適暨自由主義研究」獎學金。

提　　要

　　歷來評述胡適的詩學成就僅止於外部研究，至於胡適詩學內部的藝術表現，尤其節奏理論之美學推展，則貶多於褒。本論文以為，從新詩節奏史的發展來說，胡適建構的節奏理論及其實踐，是深具現代性而有美學意義的。

　　本論文共分六章撰寫。第一章除論述研究範疇及目的、文獻回顧與評述、研究方法與進行步驟之外，最重要在於「節奏」二字之中西溯源與比較，以及運用於詩歌後的意義界定；尤其中國詩歌的節奏意涵與西方迥然不同，藉由中西對照，更能凸顯中國詩歌的節奏要素，進而界定胡適新詩節奏之範疇。

　　胡適新詩節奏的宗旨是「自然音節」，第二章至第三章旨在追溯胡適建立自然音節的過程與理論詮釋。胡適的自然音節分為「節」與「用韻」兩大核心議題，第二章著重於「節」的建立過程與詮釋，第三章則聚焦於韻腳。

　　第四章以外緣視角探討胡適新詩節奏理論的形塑過程。第一節試圖釐清「自然音節」節奏論與晚清詩人之承續；二、三、四節則探討同輩友人對胡適新詩節奏試驗的影響力。第四章第五節嘗試以不同的視角審視胡適的新詩節奏，以接受美學的史觀及詮釋學學者加達默爾的前理解，看探胡懷琛改詩事件在 1920 年代詩壇的意義。

　　第五章以胡適新詩節奏的建立，評論胡適的詩作表現，是理論建立運用於詩作的成果展現。最末章除總結研究成果之外，更說明尚未解決的議題，以待將來進一步深究。

本論文獲中央研究院近代史研究所胡適紀念館「胡適暨自由主義研究」獎學金

鬱結、盤桓與頓挫：中國現代文學中的國家—民族敘述——《民國文化與文學研究文叢·十六編》引言

　　1921 年 10 月，「新文學運動以來的第一部小說集」由上海泰東圖書局推出〔註 1〕，這就是郁達夫的《沉淪》。從 1921 年至 1923 年，這部小說集被連續印刷十餘次，銷量累計至 20000 餘冊，在新文學初創期堪稱奇觀。「對於他的熱烈的同情與感佩，真像《少年維特之煩惱》出版後德國青年之『維特熱』一樣」〔註 2〕，因為，「人人皆可從他作品中，發現自己的模樣。……多數的讀者，由郁達夫作品，認識了自己的臉色與環境」〔註 3〕。當然，小說中能夠引起讀者共鳴的應該有好幾處，包括性愛的暴露、求索的屈辱等等，但足以令讀者產生一種普遍的情緒激昂的還是其中那種個人屈辱與家國命運的相互激蕩和糾纏，這樣的段落已經成為了中國現代文學史引證的經典：

　　　　他向西面一看，那燈檯的光，一霎變了紅一霎變了綠的，在那裡盡它的本職。那綠的光射到海面上的時候，海面就現出一條淡青的路來。再向西天一看，他只見西方青蒼蒼的天底下，有一顆明星，在那裡搖動。

　　　　「那一顆搖搖不定的明星的底下，就是我的故國，也就是我的

〔註 1〕成仿吾：《〈沉淪〉的評論》，《創造》季刊 1923 年 2 月第 1 卷第 4 期。
〔註 2〕匡亞明：《郁達夫印象記》，載《郁達夫研究資料》，北京：知識產權出版社，2010 年，第 52 頁。
〔註 3〕賀玉波編：《郁達夫論》，上海：光華書局，1932 年，第 84 頁。

生地。我在那一顆星的底下，也曾送過十八個秋冬。我的鄉土嚇，我如今再不能見你的面了。」

他一邊走著，一邊盡在那裡自傷自悼的想這些傷心的哀話。走了一會，再向那西方的明星看了一眼，他的眼淚便同驟雨似的落下來。他覺得四邊的景物，都模糊起來。把眼淚揩了一下，立住了腳，長歎了一聲，他便斷斷續續的說：

「祖國呀祖國！我的死是你害我的！」

「你快富起來，強起來吧！」

「你還有許多兒女在那裡受苦呢！」〔註4〕

在這裡，一位在異質文明中深陷焦慮泥淖的中國青年將個人的悲劇置放在了國家與民族的普遍命運之中，並且在自己生命的絕境中發出了如此石破天驚般的吶喊，一瞬間，個人的生存苦難轉化為對國家與民族的整體控訴，鬱積已久的酸楚在這一心理方式中被最大劑量地釋放。這也就是作者自述的，「眼看到的故國的陸沉，身受到的異鄉的屈辱」〔註5〕，「我的消沉也是對國家，對社會的。現在世上的國家是什麼？社會是什麼？尤其是我們中國？」〔註6〕所以，在文學史家看來，這部作品的顯著特點就在於「性、種族主義、愛國主義在他心底裏全部纏結在一起」〔註7〕。

《沉淪》主人公于質夫投海之前的這一段激情道白擊中的是近代以來中國人的普遍心理與情緒，1921 年的「《沉淪》熱」、百年來現代中國文學與現實人生的不解之緣從根本上都與這樣的體驗和情緒緊密相關：在中國現代文學的普遍主題中，國家觀念和民族意識的凸顯格外引人注目，或者說，個人命運感受與國家、民族宏大問題的深刻聯繫就是我們文學的最基本構型。

在很大的程度上，我們的中國現代文學研究自始至終都沒有否認過這一基本事實。1922 年，胡適寫下新文學的第一部小史《五十年來中國之文學》，就是以「國」定文學，是為「國語的文學」。1923 年，瞿秋白署名陶畏巨發表新文學概觀，也是以「西歐和俄國都曾有民族文學的先聲」為參照，將新文學

〔註4〕郁達夫：《沉淪》，《郁達夫文集》第一卷，廣州：花城出版社，1982 年，第 52 ～53 頁。

〔註5〕郁達夫：《懺餘獨白》，《郁達夫文集》第七卷，廣州：花城出版社，1982 年，第 250 頁。

〔註6〕郁達夫：《北國的微音》，《郁達夫文集》第三卷，廣州：花城出版社，1982 年，第 91 頁。

〔註7〕李歐梵：《李歐梵自選集》，上海：上海教育出版社，2002 年，第 38 頁。

視作「民族國家運動」的一部分，宣布「他是民族統一的精神所寄」〔註8〕。王瑤的《中國新文學史稿》奠定了新中國現代文學的學科基礎，在以「新民主主義革命」為核心話語的歷史陳述中，「外爭國權，內除國賊」、「民族解放」的政治背景十分清晰。唐弢主編《中國現代文學史》繼續依託「新民主主義革命時期」的階級狀況展開，反對帝國主義對中華民族的侵略、挽救民族危機也是這一歷史過程的重要組成部分。新時期以降，被稱作代表「新啟蒙」思潮的二十世紀中國文學觀更是將國家民族的現代化進程作為文學探索的基本背景，明確指出：「爭取民族的獨立解放，民族政治、經濟、文化，民族意識的全面現代化，實現民族的崛起與騰飛，是本世紀全民族的中心任務，構成了時代的基本內容，社會歷史的中心，民族意識的中心，對於這一時期包括文學在內的整個意識形態起著一種制約作用，決定著這一時期文學的性質、任務、歷史內容，以及歷史特徵，等等。」〔註9〕新時期影響中國現代文學研究的思想，在內有李澤厚《中國現代思想史論》的「啟蒙／救亡雙重變奏」說，在外則有夏志清《中國現代小說史》的「感時憂國」說，它們的思想基礎並不相同，但卻在現代文學的國家民族意識上有著高度的共識。直到新世紀以後，儘管意識形態和藝術旨趣的分歧日益加大，但是平心而論，卻尚未發現有誰試圖根本否認這一基本特徵的存在。

在我看來，《沉淪》主人公于質夫將個人的悲劇追溯到國家民族的宏大命運之中，於生存背景的揭示而言似乎勢所必然，不過，其中的心理邏輯卻依然存在許多的耐人尋味之處：于質夫，一個多愁善感而身心孱弱的青年在遭遇了一系列純粹個人的生活挫折之後，如何情緒爆發，在蹈海自盡之際將這一切的不幸通通歸咎於國家的弱小？這是羸弱者在百般無奈之下的洗垢求瘢、故入人罪，還是被人生的苦澀長久浸泡之後的思想的覺悟？一方面，我不能認同徐志摩當年的苛刻之論：「故意在自己身上造些血膿糜爛的創傷來吸引過路的人的同情」〔註10〕，那是生活優渥的人的高論，顯然不夠厚道，但是，另一方面，從 1920 年代的爭論開始，至今也有讀者無不疑惑：「『零餘人』不僅逃避承擔時代的重任，而且自身生活能力低下，在個人情慾的小圈子裏執迷不悟，一旦

〔註 8〕陶畏巨：《荒漠裏》，《新青年》季刊 1923 年 12 月 20 日第 2 期。

〔註 9〕陳平原、黃子平、錢理群：《二十世紀中國文學三人談——民族意識》，《讀書》1985 年第 12 期。

〔註 10〕見郭沫若：《論郁達夫》，載《回憶郁達夫》，長沙：湖南文藝出版社，1986 年，第 3 頁。

得不到滿足，連生命也毫不猶豫地捨棄。這樣的人物是時代的主旋律上不和諧的音符，他的死是一種歷史的必然。郁達夫在作品主人公自殺前加上這麼一條勉強的『尾巴』，並不能讓主人公的思想高尚起來。」〔註11〕郁達夫恐怕不會如此的膚淺，但是《沉淪》所呈現的心理邏輯確有微妙隱晦之處，至少還不曾被小說清晰地展開，這就如同現代文學史上的二重組合——個人悲劇／國家民族命運的複雜的鏈接過程一樣，其理昭昭，其情深深，在這些現象已經被我們視作理所當然的歷史事實之後，我們是不是進一步仔細觀察過其中的細節？究竟這些「國家觀念」和「民族意識」有著怎樣具體的內涵，有沒有發生過值得注意的重要變化，它們彼此的結構和存在是怎樣的，是不是總是被奉為時代精神的「共主」而享有所向披靡的能量，在它們之間，內在關聯究竟如何，是不容置辯的相互支撐，一如我們習以為常的「國家民族」的關聯陳述，還是暗含齟齬和衝突？

這就是我們不得不加以辨析和再勘的理由。

一

中國現代文學在表達個人體驗與命運的時候，總是和國家與民族的重大關切緊密相連，然而，「國家」與「民族」這兩個基本語彙及其現代意涵卻又是近代「西學東漸」的一部分，作為西方思想文化的複雜構成，其本身也有一個曲折繁蕪的流變演化歷史。所以，同一個「國家觀念」與「民族情懷」的能指，卻很可能存在著千差萬別的所指。

大約是從晚清以降，中國知識界開始出現了越來越多的「國家」與「民族」的表述，以致到後來形成了大家耳熟能詳的名詞、概念、主義和系統的思想。自 1960 年代開始，當作為學科知識的「民族學」等需要進一步理性建設的時候，人們再一次回過頭來，試圖深入追溯「民族」理念的來源，以便繪製出清晰的知識譜系，這樣的追溯在極左年代一度中斷，但在新時期以後持續推進；新時期至今，隨著政治學、社會學、文化學領域對中外文明史、國家制度史的理論思考的展開，「國家」的概念史、意義史也得到了比較充分的總結。

百餘年來中國知識分子對「民族」的理解來源複雜，過程曲折，我們試著將目前學界的考證以圖表示之：

〔註11〕吳文權：《感性縱情與理性斂情——從〈沉淪〉和〈遲桂花〉看郁達夫前後期的創作風格》，《重慶工學院學報》2005 年第 7 期。

考證人	時間結論	來源結論	最早證據	學界反應
林耀華《關於「民族」一詞的使用和譯名問題》（《歷史研究》1963年第2期）	不晚於1900年	可能從日文轉借過來	章太炎《序種姓上》	1980年代以後不斷更新中國學者的引進、使用時間
金天明、王慶仁《「民族」一詞在我國的出現及其使用問題》（《社會科學輯刊》1981年第4期）	1899年	從日文轉借過來	梁啟超的《東籍月旦》	韓錦春、李毅夫等考證《東籍月旦》作於1902年；此前梁啟超已經使用該詞
彭英明《中國近代誰先用「民族」一詞？》（《社會科學輯刊》1984年第2期）	1898年6月	近代中國開始使用	康有為的《請君民合治滿漢不分摺》	經過多人考證，最終確認康有為此摺乃是其1910年前後所偽造
韓錦春、李毅夫《漢文「民族」一詞的出現及其初期使用情況》（《民族研究》1984年第2期）	1895年	從日文引入	《論回部諸國何以削弱》（《強學報》第2號）	新世紀以後開始被人質疑
韓錦春、李毅夫編《漢文「民族」一詞考源資料》，（中國社會科學院民族研究所民族理論研究室1985年印）	近代中國人開始使用	在中國古代典籍中未曾出現，近代以前「民」、「族」是分開使用的		新世紀以後開始被人質疑
彭英明《關於我國民族概念歷史的初步考察》（《民族研究》1985年第2期）	1874年前後使用	可能來自英語	王韜《洋務在用其所長》	
臺灣學者沈松僑《我以我血薦軒轅——皇帝神話與晚清的國族建構》（《臺灣社會研究季刊》第二十八期，1997年12月）	20世紀中國知識分子	從日文引入		新世紀以後開始被人質疑

【英】馮客《近代中國之種族觀念》（楊立華譯），江蘇人民出版社 1999 年	1903 年，晚清維新派，梁啟超首次使用			
茹瑩《漢語「民族」一詞在我國的最早出現》（《世界民族》2001 年第 6 期）	唐代	與「宗社」相對應，但與現代意義有差別	李筌所著兵書《太白陰經》之序言：「傾宗社滅民族」	
黃興濤《「民族」一詞究竟何時在中文裏出現？》（《浙江學刊》2002 年第 1 期）類似觀點還有方維規《論近代思想史上的「民族」、「Nation」與中國》（香港《二十一世紀》2002 年 4 月號）	1837 年或之前出現；1872 年已有華人在現代意義上加以使用	很可能是西方來華傳教士的偶然發明	《論約書亞降迦南國》（1837 年 10 月德國籍傳教士郭士臘等編撰《東西洋考每月統記傳》）	
邱永君《「民族」一詞見於〈南齊書〉》（《民族研究》2004 年第 3 期）	南齊	中國自身的語彙，意義與當今相同	道士顧歡稱「諸華士女，民族弗革」（《南齊書》卷 54《高逸傳‧顧歡傳》）	
郝時遠《中文「民族」一詞源流考辨》（《民族研究》2004 年第 6 期）	就詞語而言至少魏晉以降即有；古漢語「民族」一詞在 19 世紀 70 年代或之前傳入日本	古漢語「民族」一詞在中國有早於日本的且接近現代的含義；國人對「民族」對應的西文 nation、volk 及其含義的理解，無疑主要來自日本翻譯的西學著作；中國現代民族（nation）觀念受到日譯西書的影響	從魏晉以降至清，作為詞語使用不絕，總體傾向於各種具體的族群分類，現代抽象的意義概念屬於近代產物；日文「民族」為中文輸入的結果，與近代中國的西書漢譯有關	

　　此表列出了新中國成立至今學界所考證的概念史，以考證出現的時間為序。從中，我們大體上可以知道這樣一些基本事實：

1. 在近現代中國的思想之中，雙音節詞彙「民族」指的是經由長期歷史發展而形成的穩定共同體，它在歷史、文化、語言等方面與其他人群有所區別，「血緣、語言、信仰，皆為民族成立之有力條件」〔註12〕。相對而言，在古代中國，「民」與「族」往往作為單音節詞彙分開使用，「族」更多的指涉某一些具體的人群類別，近似於今天所謂的「氏族」、「邦族」、「宗族」、「部族」等等，所以在一個比較長的時間裏，我們從「民族」這個詞語的近現代含義出發，傾向於認定它的基本意義源自國外，是隨著近代域外思潮的引進而加進入中國的外來詞語，大多數學者認為它來自日本，原本是日本明治維新之後對西方術語的漢譯，也有學者認為它可能就是對英文的中譯。

2. 漢語詞彙本身也存在含義豐富、歷史演變複雜的事實，所以中國學者對「民族」的本土溯源從來也沒有停止過。雖然古代文獻浩若煙海，搜索「民族」一詞猶如大海撈針，史籍森森，收穫艱難，然而幾經努力，人們還是終有所得，正如郝時遠所總結的那樣，到新世紀初年，新的考證結論是：在普遍性的「民」、「族」分置的背景上，確實存在少數的「民族」合用的事實，而且古漢語的「民族」一詞，已經出現了近似現代的類別標識含義，在時間上早於日本漢文詞彙。在日本大規模地翻譯西方思想學術之前，其實還出現過借鑒中國語彙譯述西方書籍的選擇，日本漢文中的「民族」一詞很可能就是在這個時候從中國引入的。「『民族』一詞是古漢語固有的名詞。在近代中文文獻中，現代意義的『民族』一詞出現在 19 世紀 30 年代。日文中的『民族』一詞見諸 19 世紀 70 年代翻譯的西方著述之中，係受漢學影響的結果。但是，『民族』一詞在日譯西方著作中明確對應了 volk、ethnos 和 nation 等詞語，這些著作對 nation 等詞語的定義及其相關理論，對清末民初的中國民族主義思潮產生了直接影響。『民族』一詞不屬於『現代漢語的中—日—歐外來詞。』」〔註13〕

3.「民族」一詞更接近西方近代意義的廣泛使用是在日本，又隨著其他漢文的西方思想一起再次返回到了中國本土，最終形成了近現代中國「民族」概念的基本的含義。

總而言之，「民族」一語，從詞彙到思想，都存在一個複雜的形成過程，這裡有歷史流變中的意義的改變，也有中國／西方／日本思想和語言的多方

〔註12〕梁啟超：《中國歷史上民族之研究》，《飲冰室合集》第 8 冊，北京：中華書局，1989 年，第 860 頁。
〔註13〕郝時遠：《中文「民族」一詞源流考辨》，《民族研究》2004 年第 6 期。

對話與互滲。從總體上看，現代中國的「民族」含義與西方近代思想、日本明治維新後的思想基本相同，與古代中國的類似語彙明顯有別。1902 年，梁啟超在《論中國學術思想變遷之大勢》一文中，第一次提出了「中華民族」的概念，五年後的 1907 年，楊度《金鐵主義說》、章太炎《中華民國解》又再次申述了「中華民族」的觀念，雖然他們各自的含義有所差異，但是從一個大的族群類別的角度提出民族的存在問題卻有著共同的思維。民族、中華民族、民族意識、民族主義、民族復興，串聯起了近代、現代、當代中國思想發展的重要脈絡，儘管其間的認知和選擇上的分歧依然存在。

與「民族」類似，中國人對「國家」意義的理解也有一個複雜的演變過程，所不同的在於，如果說在民族生存，特別是中華民族共同命運等問題上現代知識分子常常聲應氣求的話，那麼在「國家」含義的認知和現實評價等方面，卻明顯出現了更多的分歧和衝突。

「國家」一詞在英語裏分別有 country、nation 和 state 三個詞彙，它們各有意指。Country 著眼於地理的邊界和範圍，側重領土和疆域；nation 強調的是人口和民族，偏向民族與國民的內涵；state 代表政治和權力，指的是在確定的領土邊界內強制性、暴力性的機構。現代意義上的國家概念就是政治學意義的 state。作為政治學的核心術語，state 的出現是近代的事，在這個意義上說，古代社會並沒有正式的國家概念。這一點，中西皆然。

就如同「民」與「族」一樣，古漢語的「國」與「家」也常常分置而用。早在先秦時期，也出現了「國」與「家」的合用，只是各有含義，諸侯的封地謂之「國」，卿大夫的封地謂之「家」，這是不同等級的治理區域；然而不同等級的治理區域能夠合用為「國家」，則顯示了傳統中國治理秩序的血緣基礎。先秦時代，周天子治轄所在曰「天下」，周天子的京師曰「中國」，「禮崩樂壞」之後，各諸侯國的王畿也稱「中國」，再後，「中國」範圍進一步擴大，成了漢族生存的中原地區具有「德性」和「禮義」的文明區域的總稱，最早的政治等級的標識轉化為文化優越的稱謂，象徵著「華夏」（「以德榮為國華」〔註14〕）之於「夷狄」的文明優勢，是謂「中國有文章光華禮義之大」〔註15〕。「天下」與「中國」相互說明，構成了一種超越於固定疆域、也不止於政治權力的優越

〔註14〕 上海師範大學古籍整理組校點：《國語》，上海：上海古籍出版社，1978 年，第 183 頁。
〔註15〕 （漢）孔安國傳，（唐）孔穎達等正義：《尚書正義》，上海：上海古籍出版社，1990 年，第 43 頁。

的文明自詡。隨著非漢族統治的蒙元、滿清時代的出現，「中國」的概念也不斷受到衝擊和改變，一方面，蒙古帝國從未被漢人同化，「中國」一度失落，另一方面，在清朝，原來的「四夷」（滿、蒙、回、藏、苗）卻被重新識別而納入「中國」，而夷狄則成了西洋諸國。儘管如此，那種文明的優越感始終存在。到了晚清，在「四夷」越來越強大的威懾下，「中國」優越感和「天下」無限性都深受重創，「近代中國思想史的大部分時期，是一個使『天下』成為『國家』的過程」〔註16〕，這裡的「國家」觀念就不再是以家立國的古代「國家」了，而是邊界疆域明確、彼此獨立平等的國際間的政治實體，也就是近現代主權時代的民族國家。1648 年《威斯特伐利亞和約》的簽訂，標誌著歐洲國家正式進入主權時代。到 19 世紀，一個邊界清晰、民族自覺的民族國家成為了國際外交的主角。國家外交的碰撞，特別是國際軍事衝突的失敗讓被迫捲入這一時代的中國不得不以新的「國家」觀念來自我塑形，並與「天下」瓦解之後的「世界」對話，一個前所未有的民族—國家的時代真正到來了。現代中國的民族學者早就認識到：「民族者，裏也，國家者，表也。民族精神，實賴國家組織以保存而發揚之。民族跨越文化，不復為民族；國家脫離政治，不成其為國家。」〔註17〕

　　然而，正如韋伯所說「國家」（state）是「到目前為止最複雜、最有趣」的概念〔註18〕，一方面，「非人格化」的現代國家觀念延續了古羅馬的「共和」理想，國家政治被看作超越具體的個人和社會的「中立」的統治主體，一系列嚴謹、公平的社會治理原則成為應有之義，另外一方面，從西方歷史來看，現代意義的國家的出現與十七、十八世紀絕對王權代替封建割據，與路易十四「朕即國家」（L'État, c'est moi）的事實緊密相關，這些原本與中國歷史傳統神離而貌合的取向在有形無形之中進入了現代中國的國家理念，成為我們混沌駁雜的思想構成，那些巨大的、統一的、排他性的權力方式始終潛伏在現代國家的發展過程之中，釋放魅惑，也造成破壞。此外，置身普遍性的現代民族國家的歷史進程，中國的民族—國家的聯結和組合卻分外的複雜，與西方世界主

〔註16〕 【美】約瑟夫‧列文森著、鄭大華、任菁譯：《儒教中國及其現代命運》，桂林：廣西師範大學出版社，2009 年，第 84 頁。

〔註17〕 吳文藻：《民族與國家》，《人類學社會學研究文集》，北京：民族出版社，1990 年，第 35～36 頁。

〔註18〕 Max Weber, "'Objectivity' in Social Science and Social Policy," in The Methodology of Social Sciences, trans. & ed., Edward A. Shils & Henry A. Finch, Glencoe: The Free Press, 1949, p. 99.

流的單一民族的國家構成，多民族的聯合已經是中國現代國家的生存基礎，在我們內在結構之中，不同民族的相互關係以及各自與國家政權的依存方式都各有特點，當然從「排滿革命」到「五族共和」，也有過齟齬與和解，民族主義作為國家政治的基礎，既行之有效，又並非總能堅如磐石。

二

西方馬克思主義的重要代表弗雷德里克‧詹姆森有一個論斷被廣泛引用：「所有第三世界的本文均帶有寓言性和特殊性：我們應該把這些本文當作民族寓言來閱讀，特別當它們的形式是從占主導地位的西方表達形式的機制——例如小說——上發展起來的。」「第三世界的本文，甚至那些看起來好像是關於個人和利比多趨力的本文，總是以民族寓言的形式來投射一種政治：關於個人命運的故事包含著第三世界的大眾文化和社會受到衝擊的寓言。」〔註 19〕魯迅的小說就是這一論斷的主要論據。拋開詹姆森作為西方學者對魯迅小說細節的某些誤讀，他關於中國現代文學與國家民族深度關聯的判斷還是基本準確的。中國現代文學史上的幾乎每一場運動都與民族救亡的目標有關，而幾乎每一個有影響的作家都有過魯迅「我以我血薦軒轅」式的人生經歷和創作衝動，包括抗戰時期的淪陷區文學也曾經以隱晦婉曲的方式傳達著精神深處的興亡之歎。即便文學的書寫工具——語言文字也早就被視作國家民族利益的捍衛方式，一如近代小學大家章太炎所說：「小學」「這愛國保種的力量，不由你不偉大。」〔註 20〕晚清語言改革的倡導者、切音新字的發明人盧戇章表示：「倘吾國欲得威振環球，必須語言文字合一。務使男女老幼皆能讀書愛國。除認真頒行一種中國切音簡便字母不為功。」〔註 21〕

只是，詹姆森的「民族寓言」判斷對於千差萬別的「第三世界」來說，顯然還是過於籠統了。對於這一位相對單純的現代民族國家的學者而言，他恐怕很難想像現代的中國，既然有過各自不同的「國家」概念和紛然雜陳的「民族」意識，在真正深入文學的世界加以辨析之時，我們就不得不追問，這些興亡之

〔註 19〕 【美】弗雷德里克‧詹姆森：《處於跨國資本主義時代中的第三世界文學》，見張京媛主編《新歷史主義與文學批評》，北京：北京大學出版社，1993 年，第 234、235 頁。

〔註 20〕 章太炎：《我的生平與辦事方法》，《章太炎的白話文》，瀋陽：遼寧教育出版社，2003 年，第 74 頁。

〔註 21〕 盧戇章：《中國第一快切音新字》原序，《清末文字改革文集》，北京：文字改革出版社，1958 年，第 2 頁。

慨究竟意指哪一個國家認同，這民族情懷又懷抱著怎樣的內容？現代中國知識分子所經歷的複雜的國家—民族的知識轉型，因為情感性的文學的介入而愈發顯得盤根錯節、撲朔迷離了。

在中國新文學史的敘述邏輯中，近現代中國的歷史進程就是一個義無反顧的棄舊圖新的過程。

王瑤《中國新文學史稿》一開篇就認定了五四新文學的「徹底性」與「不妥協性」：「反帝反封建是由『五四』開始的中國現代文學的基本特徵，這裡『徹底地』、『不妥協地』兩個形容詞非常重要，這是關係到對敵鬥爭的重大課題。」〔註22〕

唐弢主編《中國現代文學史》這樣立論：「清嘉慶以後，中國封建社會已由衰微而處於崩潰前夕。國內各種矛盾空前尖銳，社會危機四伏。清朝政府極端昏庸腐朽。」「為了挽救民族危亡的命運，從太平天國到辛亥革命，中國人民進行了一次又一次的革命鬥爭。」「在這一歷史時期內，雖然封建文學仍然大量存在，但也產生了以反抗列強侵略和要求掙脫封建束縛為主要內容的進步文學，並且在較長的一段時間裏，不止一次地作了種種改革封建舊文學的努力。」「『五四』文學革命運動的興起，乃是近代中國社會與文學諸方面條件長期孕育的必然結果。」〔註23〕

嚴家炎主編《二十世紀中國文學史》的最新表述：「歷史悠久的中國文學，到清王朝晚期，發生了前所未有的重大轉折：開始與西方文學、西方文化迎面相遇，經過碰撞、交匯而在自身基礎上逐漸形成具有現代性的文學新質，至五四文學革命興起達到高潮。從此，中國文學史進入一個明顯區別於古代文學的嶄新階段。」〔註24〕

這都是中國現代文學研究的經典性論述，它們都以不同的方式告訴我們，自晚清以後，中國的社會文化始終持續進步，五四新文學展開了現代國家—民族的嶄新的表述。從歷史演變的根本方向來說，這樣的定位清晰而準確，這就如同新文化運動領袖陳獨秀在當時的感受：「我生長二十多歲，才知道有個國

〔註22〕王瑤：《中國新文學史稿》上冊，《王瑤文集》第 3 卷，太原：北嶽文藝出版社，1995 年，第 7 頁。
〔註23〕唐弢主編：《中國現代文學史》，北京：人民文學出版社，1979 年，第 1～2 頁、6 頁。
〔註24〕嚴家炎主編：《二十世紀中國文學史》，北京：高等教育出版社，2010 年，第 1 頁。

家，才知道國家乃是全國人的大家，才知道人人有應當盡力於這大家的大義。」〔註25〕換句話說，是在歷史的進步中我們生成了全新的國家─民族意識，而新的國家─民族憂患（「盡力於這大家的大義」）則產生了新的現代的文學。

但是，這樣的棄舊圖新就真的那麼斬釘截鐵、一往無前嗎？今天，在掀開新文學主流敘述的遮蔽之後，我們已經發現了歷史場域的更多豐富的存在，在中國現代文學（而不僅僅是現代的「新文學」）的廣袤的土地上，歷史並非由不斷進化的潮流所書寫，期間多有盤旋、折返、對流、纏繞……現代的民族國家──中華民國雖然結束了君主專制，代表了歷史前進的方向，但卻遠遠沒有達到「全民認同」的程度，在各種形式的理想主義的知識分子那裡，更是不斷遭遇了質疑、批評甚至反叛，而「民族」所激發的感情在普遍性的真誠之中也隱含著一些各自族群的遭遇和體驗，何況在中國，民族意識與國家觀念的組合還有著多種多樣的形式，彼此之間並非理所當然的融合無隙。這也為現代文學中民族情感的轉化和發展留下了豐富的空間。

1933 年 8 月，上海世界書局出版了錢基博的《現代中國文學史》。這部早期的中國現代文學史著也是最早標舉「現代」之名的文學論著。然而，有意思的是，與當下學者在「現代性」框架中大談「民族國家」不同，錢基博的用意恰恰是借「現代」之名表達對彼時國家的拒絕和疏離：「吾書之所為題現代，詳於民國以來而略推跡往古者，此物此志也。然不題民國而曰現代，何也？曰『維我民國，肇造日淺，而一時所推文學家者，皆早嶄然露頭角於遜清之末年；甚者遺老自居，不願奉民國之正朔；寧可以民國概之！』」〔註26〕「不願奉民國之正朔」就必須以「現代」命名？錢基博的這個邏輯未必說得通，不過他倒是別有意味地揭示了一個重要的事實：「一時所推文學家者」成長於前朝，甚至以前朝遺民自居，缺乏對這個新興的民族國家──中華民國的認同。近年來，隨著現代文學研究空間的日益擴大，一些為「新文化新文學」價值標準所不能完全概括的文學現象越來越多地進入了文學史家的視野，所謂奉「民國乃敵國」的文學群體也成了「出土文物」，他們的獨特的感受和情感得以逐漸揭示，中國現代作家的精神世界的多樣性更充分地昭示於世。正如史學家王汎森所說：「受過舊文化薰陶的讀書人在面對時代變局時，有種種異於新派人物的

〔註25〕陳獨秀：《說國家》，《陳獨秀著作選》第一卷，上海：上海人民出版社，1993
　　　　年，第 44 頁。
〔註26〕錢基博：《現代中國文學史》，上海：上海世界書局，1933 年，第 8～9 頁。

回應方式，包括與現代截然迥異的價值觀和看法。以往我們把焦點集中在新派人物身上，模糊或忽略了舊派人物。」「儘管我們無須同意其政治認同，可是的確值得重新檢視他們的行為與動機，以豐富我們對近代中國思想文化脈絡的瞭解。」〔註27〕這樣一些拒絕認同現實國家的知識分子還不能簡單等同於傳統意義上的「遺民」，因為他們的焦慮不僅僅是對政權歸屬的迷茫，更包含了對現代社會變遷的不適，和對中西文化衝突的錯愕，這都可以說是現代文化進程中的精神危機，是不應該被繼續忽視的現代文學主流精神的反面，它包含了歷史文化複雜性的幽深的奧秘。「清遺民議題呈現豐富的意涵，除了歷史上種族與政治問題外，也跟文化層面有著密切的關聯。他們反對的不單來自政治變革，更感歎社會良風善俗因而消逝，訴諸近代中國遭受西力衝擊和影響。」「充分顯現了忠清遺民的遭遇及面對的問題，固然和過去有所不同，非但超乎宋元、明清易代之際士人，而且在心理與處境上勢將愈形複雜。」〔註28〕在「現代文學」的格局中，他們或以詩結社，相互唱酬追思故國，「劇憐臣甫飄零甚，日日低頭拜杜鵑」〔註29〕；或埋首著述，書寫「主辱臣死」之志，吟詠「辛亥濺淚」之痛〔註30〕，試圖「託文字以立教」；或與其他文學群體論爭駁詰，一如林紓以「清室舉人」自居，對陣「民國宣力」蔡元培，反對新文化運動，增添了現代文壇的斑斕。在這一歷史過程中，一些重要代表如王國維的文學評論，陳三立、沈曾植、趙熙、鄭孝胥等人的舊體詩，辜鴻銘的文化論述，都是別有一番「意味」的存在。

中華民國是推翻君主專制而建立起來的「民族國家」，然而，眾所周知的史實是，這個國家長期未能達成各方國民的一致認同，先是為創立民國而流血犧牲的國民黨人無法接受各路軍閥對國家的把持，最後是抗戰時代的分裂勢力（偽滿、汪偽）對國民政府國家的肢解，貫穿始終的則是左翼知識分子對一切軍閥勢力及國民黨獨裁的抨擊和反抗，雖然來自左翼文學的批判否定還

〔註27〕 王汎森：《序》，林誌宏著《民國乃敵國也：政治文化轉型下的清遺民》，北京：中華書局，2013 年，第 2 頁。

〔註28〕 王汎森：《序》，林誌宏著《民國乃敵國也：政治文化轉型下的清遺民》，北京：中華書局，2013 年，第 3、4 頁。

〔註29〕 丁仁長：《為杜鵑庵主題春心圖》，《丁潛客先生遺詩》，第 32 頁，廣州九曜坊翰元樓刊行 1929 年刻本（轉引自 110 頁）。

〔註30〕 「主辱臣死」語出清末湖北存古學堂經學總教習曹元弼，晚清經學家蘇輿著有《辛亥濺淚集》（長沙龍雲印刷局石印本），作於辛亥年間，凡四卷，收錄七言絕句 33 首。

不能說他們就是「民國的敵人」，因為在推翻專制、走向共和、反抗侵略等國家大勢上，他們也多次攜手合作，並肩作戰，但是，關於現代國家的理想形態，左翼知識分子顯然與國家的執政者長期衝突，形成了現代史上最為深刻的無法彌合的信仰分裂。另外，數量龐大的自由主義知識分子群體，其思想基礎融合了近代以來的西方啟蒙思想和中國傳統士人精神，作為現代社會的公民，民主、自由、科學的理念是他們基本的立世原則，雖然其中不乏溫和的政治主張者，甚至也有對社會政治的相對疏離者，但都莫不以「天下大任」為己任，他們不可能成為現實國家秩序的順從者，常常表達出對國家制度和現狀的不滿和批評，並以此為自我精神的常態。在民國時代，真正不斷抒發對現實國家「忠誠無二」的只有三民主義、民族主義文學運動的參與者以及國家主義的信奉者。但是，問題在於，與國民黨關聯深厚的三民主義、民族主義文學運動卻始終未能成為文學的主導力量，至於各種國家主義，本身卻又與國民黨意識形態矛盾重重，在文學上影響有限，更不用說其中的覺悟者如聞一多等反戈一擊，在抗戰結束以後以「人民」為旗，質疑「國家」的威權。

總而言之，在現代中國的主流作家那裡，國家觀念不是籠統的一個存在，而是包含著內部的分層，對家國世界的無條件的憂患主要是在族群感情的層面上，一旦進入現實的政治領域，就可能引出諸多的歧見和質疑，而且這些自我思想的層次之間，本身也不無糾纏和矛盾，于質夫蹈海之際，激情吶喊：「祖國呀祖國！我的死是你害我的！」在這裡，生死關頭的情感依託是「祖國」，說明「國家」依舊是我們精神的襁褓，寄寓著我們真誠的愛，然而個人的現實發展又分明受制於國家社會的束縛，這種清醒的現實體驗和篤定的權利意識也激發了另外一種不甘，於是，對「國家」的深愛和怨憤同時存在，彼此糾結，令人無以適從。

關於民國，魯迅也道出過類似的矛盾性體驗：

我覺得彷彿久沒有所謂中華民國。

我覺得革命以前，我是做奴隸；革命以後不多久，就受了奴隸的騙，變成他們的奴隸了。

我覺得有許多民國國民而是民國的敵人。

我覺得有許多民國國民很像住在德法等國裏的猶太人，他們的意中別有一個國度。

我覺得許多烈士的血都被人們踏滅了，然而又不是故意的。

我覺得什麼都要從新做過。〔註31〕

在這裡，魯迅對「民國」的失望是顯而易見的：它玷污了「革命」的理想，令真誠的追隨者上當受騙。然而，當魯迅幾乎是一字一頓地寫下「中華民國」這四個漢字的時候，卻也刻繪了對這一現代國家形態的多少的顧惜和愛護，猶如他在《中山先生逝世後一週年》中滿懷感情地說：「中山先生逝世後無論幾週年，本用不著什麼紀念的文章。只要這先前未曾有的中華民國存在，就是他的豐碑，就是他的紀念。」〔註32〕從君主專制的「家天下」邁入現代國家，民國本身就是這樣一個「先前未曾有」的時代進步的符號，也凝聚著像魯迅這樣「血薦中華」的知識人的思想和情感認同，所以在強烈的現實失望之餘，他依然將批判的刀鋒指向了那些踏滅烈士鮮血的奴役他人的當權者，那些污損了民國創立者的理想的人們，就是在「從新做過」的無奈中，也沒有遺棄這珍貴的國家認同本身。在這裡，一位現代作家於家國理想深深的挫折和不屈不撓的擔當都躍然紙上。

民族認同通常情況下都是與國家觀念緊緊聯繫的。但是，近現代中國，卻又經歷了「民族」意識的一系列複雜的重建過程，而這一過程又並不都是與國家觀念的塑造相同步的，這也決定了現代中國文學民族意識表達的複雜性。在晚清近代，結束帝制、創立民國的「革命」首先舉起的是「排滿」的旌旗，雖然後來終於為「五族共和」的大民族意識所取代，實現了道義上的多民族和解。但是，民族意識的整合、中華民族整體意識的形成並沒有取消每一個具體族群具體的歷史境遇，尤其是在一些特殊的歷史時期，這些細微的民族心理就會滲透在一些或自然或扭曲的文學形態中傳達出來。例如從穆儒丐到老舍，我們可以讀到那種時代變遷所導致的滿人的衰落，以及他們對自己民族所受屈辱的不同形式的同情。老舍是極力縫合民族的裂隙，在民族團結的嚮往中重塑自身的尊嚴，「老舍民族觀之核心理念，便是主張和宣揚不同民族的平等和友好。他的全部涉及國內、國際民族問題的著述，都在訴說這一理念。他一生中所有關乎民族問題的社會活動，也都體現著這一理念。」〔註33〕穆儒丐則先是書寫著族人命運的感傷，在對滿族歷史命運的深切同情中批判軍閥與國民黨

〔註31〕魯迅：《忽然想到》，《魯迅全集》3卷，北京：人民文學出版社，2005年，第16～17頁。

〔註32〕魯迅：《中山先生逝世後一週年》，《魯迅全集》7卷，北京：人民文學出版社，2005年，第305頁。

〔註33〕關紀新：《老舍民族觀探賾》，《中國現代文學研究叢刊》2015年第4期。

政治，曲曲折折地修正「愛國」的含義：「我常說愛國是人人所應當做的事，愛國心也是人人所同有的，但是愛國要使國家有益處，萬不能因為愛國反使國家受了無窮的損害。國民黨是由哄鬧成的功，所以雖然是愛國行為，也以哄鬧式出之。他們不能很沉著的埋頭用內功，只不過在表面上瞎哄嚷，結局是自己殺了自己。」〔註 34〕到東北淪陷時期，他卻落入了日本殖民者的政治羅網，在意識形態的扭曲中傳遞著被利用的民族意識。同為旗人作家，老舍與穆儒丐雖然境界有別，政治立場更是差異甚巨，但都提示了現代民族情感發展中的一些不可忽略的複雜的存在。

除此之外，我們會發現，作為一種總體性的民族意識和本族群在具體歷史文化語境中形成的人生態度與生命態度還不能劃上等號。例如作為「中華民族」一員的少數民族例如苗族、回族、蒙古族等等，也有自己在特定生存環境和特定歷史傳統中形成的精神氣質，在普遍的中華民族認同之外，他們也試圖提煉和表達自己獨特的民族感受，作為現代中國精神取向的重要資源，其中，影響最大的可能就是沈從文對苗文化的挖掘、凸顯。在湘西這個「被歷史所遺忘」的苗鄉，沈從文體驗了種種「行為背後所隱伏的生命意識」，後來，「這一分經驗在我心上有了一個分量，使我活下來永遠不能同城市中人愛憎感覺一致了」〔註 35〕。沈從文的創作就是對苗鄉「鄉下人」生命態度與人生形式的萃取和昇華，為他所抱憾的恰恰是這一民族傳統的淪喪：「地方的好習慣是消滅了，民族的熱情是下降了，女人也慢慢的像中國女人，把愛情移到牛羊金銀虛名虛事上來了，愛情的地位顯然是已經墮落，美的歌聲與美的身體同樣被其他物質戰勝成為無用的東西了」〔註 36〕。

三

國家觀念與民族意識的多層次結合與纏繞為中國現代文學相關主題的表達帶來了層巒疊嶂的景象，當然也大大拓展了這一思想情感的表現空間。從總體上看，最有價值也最具藝術魅力的國家─民族表現，最終也造成了中國現代作家最獨特的個人風格。

〔註 34〕穆儒丐：《運命質疑》（6），《盛京時報‧神皋雜俎》1935 年 11 月 21、22 日。
〔註 35〕沈從文：《從文自傳》，《沈從文全集》第十三卷，太原：北嶽文藝出版社，2002 年，第 306 頁。
〔註 36〕沈從文：《媚金、豹子與那羊》，《沈從文全集》第五卷，太原：北嶽文藝出版社，2002 年，第 356 頁。

在中國現代文學中，雖然對國家、民族的激情剖白也曾經出現在種種時代危機的爆發時刻，但是真正富有深度的國家—民族情懷都不止於意氣風發、高歌猛進，而是纏繞著個人、家庭、地域、族群、時代的種種經歷、體驗與鬱結，在亢奮中糾結，在熱忱裏沉吟，在焦灼中思索，歷史的頓挫、自我的反詰，都盡在其中。從總體上看，作為思想—情感的國家民族書寫伴隨著整個中國現代文學跌宕起伏的歷史過程，在不同的歷史關節處激蕩起意緒多樣的聲浪，或昂揚或悲切，或鏗鏘或溫軟，或是合唱般的壯闊，或是獨行人的自遣，或是千軍萬馬呼嘯而過的酣暢，或是千廻百轉淺吟低唱的婉曲，或者是理想的激情，或者是理性的思考，可以這樣說，現代中國的國家—民族書寫，絕不是同一個簡單主題的不斷重複，而是因應不同的語境而多次生成的各種各樣的新問題、新形式，本身就值得撰寫為一部曲折的文學主題流變史。在這條奔流不息的主題表現史的長河沿岸，更有一座座令人目不暇給的精神的雕像，傲岸的、溫厚的、孤獨的、內省的……

從晚清到新中國建立的「現代」時期，中國文學的國家—民族意識的演化至少可以分作五大階段。

晚清民初是第一階段。在國際壓迫與國內革命的激流中，國家—民族意識以激越的宣言式抒懷普遍存在，改良派、革命派及更廣大的知識分子莫不如此。正如梁啟超所概括的，這就是當時歷史的「中心點」：「近四百年來，民族主義，日漸發生，日漸發達，遂至磅礴鬱積，為近世史之中心點。」〔註37〕從革命人于右任的「地球戰場耳，物競微乎微。嗟嗟老祖國，孤軍入重圍。」（《雜感》）「中華之魂死不死？中華之危竟至此！」（《從軍樂》）到排滿興漢的汗血、愁予之「振吾族之疲風，拔社會之積弱」〔註38〕，從魯迅的《斯巴達之魂》、《自題小像》到晚清民初的翻譯文學乃至通俗文學都不斷傳響著保衛民族國家的豪情壯志。亦如《黑奴傳演義》篇首語所說：「恐怕民智難開，不知感發愛國的思想，輕舉妄動，糊塗一世，可又從哪裏強起呢？作報的因發了一個志願，要想個法子，把大清國的傻百姓，人人喚醒。」〔註39〕近現代中國關於民族復興的表述就是始於此時，只是，雖然有近代西方的民族—國家概念的傳入，作為

〔註37〕 梁啟超：《論民族競爭之大勢》，《飲冰室文集》之十第 10 頁，中華書局 1989
　　　　年版。
〔註38〕 《崖山哀》，《民報》1906 年第二號。
〔註39〕 彭翼仲：《黑奴傳演義》篇首語，1903 年（光緒二十九年）3 月 18 日北京《啟
　　　　蒙畫報》第八冊。

文學情緒的宣言式表達有時難免混雜有中國士人傳統的家國憂患語調。

　　五四是第二階段。思想啟蒙在這時進入到人的自我認識的層面，因而此前激情式宣言式的抒懷轉為堅實的國家─民族文化的建設。這裡既有作為民族文化認同根基的白話文─國語統一運動，又有貌似國家民族意識「反題」的個人權力與自由的倡導。白話文運動、白話新文學本身就是為了國家的新文化建設，傅斯年說得很清楚：「我以為未來的真正中華民國，還須借著文學革命的力量造成。」〔註40〕胡適說：「我的『建設新文學論』的唯一宗旨只有十個大字：『國語的文學，文學的國語』。我們所提倡的文學革命，只是要替中國創造一種國語的文學。」〔註41〕這裡所包含的是這樣一種深刻的語言─民族認識：「事實上，因為一個民族必須講一種原有的語言，因此，其語言必須清除外來的增加物和借用語，因為語言越純潔，它就越自然，這個民族認識它自身和提高其自由度就越容易。……因此，一個民族能否被承認存在的檢驗標準是語言的標準。一個操有同一種語言的群體可以被視為一個民族，一個民族應該組成一個國家。一個操有某種語言的人的群體不僅可以要求保護其語言的權利；確切而言，這種作為一個民族的群體如果不構成一個國家的話，便不稱其為民族。」〔註42〕後來國語運動吸引了各種思想流派的參與，國家主義者也趕緊表態：「近來有兩種大的運動，遍於全國，一種是國家主義，一種是國語。從事這兩種運動的人不完全相同，因此有人疑心主張國家主義者對於國語運動漠不關心，甚至反對，這就未免神經過敏，或不明了國家主義的目的了。國家主義的目的是什麼，不外『內求統一外求獨立』八個大字，現在我要借著這次國語運動的機會，依著國家主義的目的，說明他與國語運動的密切關係，並表示我們國家主義者對於國語運動的態度。」〔註43〕而在近代中國，對「國家主義」的理解有時也具有某些模糊性，有時候也成為對普泛的國家民族意識的表述，例如梁啟超胞弟、詞學家梁啟勳就認為：「國家主義與個人主義，似對待而實相乘，蓋國家者實世界之個人而已。」〔註44〕陳獨秀則說：「吾人非崇拜國家主義，而作絕對之主張。」「吾國國情，國民猶在散沙時代，因時制宜，

〔註40〕傅斯年：《白話文學與心理的改革》，《新潮》1919 年 5 月第 1 卷第 5 期。

〔註41〕胡適：《建設的文學革命論》，胡適選編《中國新文學大系‧建設理論集》，上海：上海良友圖書印刷公司，1935 年，第 128 頁。

〔註42〕【英】埃里‧凱杜里著、張明明譯：《民族主義》，北京：中央編譯出版社，2002年，第 61～62 頁。

〔註43〕陳啟天：《國家主義與國語運動》，《申報》1926 年 1 月 3 日。

〔註44〕梁啟勳：《個人主義與國家主義》，《大中華雜誌》1915 年 1 月第 1 卷第 1 期。

國家主義，實為吾人目前自救之良方。」「近世國家主義，乃民主的國家，非民奴的國家。」〔註45〕五四的思想啟蒙雖然一度對個人／國家的關係提出檢討和重構，誕生了如胡適《你莫忘記》一類號稱「只指望快快亡國」的激憤表達，表面上看去更像是對國家—民族價值的一種「反題」，但是在更為寬闊的視野下，重建個人的權力與自由本身就是現代民族國家制度構建的有機組成，我們也可以這樣認為，在五四時期更為宏大而深刻的文化建設中，個人意識的成長其實是開闢了一種寬闊而新異的國家—民族意識。劉納指出：「陳獨秀既將文學變革與民族命運相聯繫，又十分重視文學的『自身獨立存在之價值』，他的文學胸懷比前輩啟蒙者寬廣得多。」〔註46〕

　　1920 中後期至 1930 後期是第三階段。伴隨著現代國家民族的現代發展，中國文學所傳達的國家—民族意識也在多個方向上延伸，不同的文學思潮在相互的辯駁中自我展示，三民主義、民族主義、國家主義、自由主義、左翼無產階級、無政府主義對國家、民族的文學表達各不相同，矛盾衝突，論爭不斷。其中，值得我們深究的現象十分豐富。三民主義、民族主義對國家、民族的重要性作出了最強勢的表達，看似不容置疑：「我們在革命以後，種種創造工作之中，要創造一種新文藝，要創造出中華民族的文藝，三民主義的文藝。因為文藝創造，是一切創造根本之根本，而為立國的基礎所在。」〔註47〕然而，國家—民族情懷一旦被納入到政治獨裁的道路上卻也是自我窄化的危險之舉，三民主義、民族主義文學的強勢在本質上是以國民黨的專制獨裁為依靠，以對其他文學追求特別是左翼文藝的打壓甚至清剿為指向的，在他們眼中，「民族文藝最大的敵人，是普羅毒物，與頹廢的殘骸，負有民族文化運動的人，當然向他們掃射。」〔註48〕這恣意「掃射」的底氣來自國家的政治權威，例如委員長的宣判：「要確定，總理三民主義為中國唯一的思想，再不好有第二個思想，來擾亂中國」〔註49〕。這種唯我獨尊的文學在本質上正如胡秋原當年所批評的那樣，是「法西斯蒂的文學（？），是特權者文化上的『前鋒』，是最醜陋的警犬，他巡邏思想上的異端，摧殘思想的自由，阻礙文藝之

〔註45〕陳獨秀：《今日之教育方針》，《青年雜誌》1915 年 1 月 15 日第 1 卷第 2 號。
〔註46〕劉納：《嬗變》修訂版，北京：中國人民大學出版社，2010 年，第 19～20 頁。
〔註47〕葉楚傖：《三民主義的文藝底創造》，《中央週報》1930 年 1 月 1 日。
〔註48〕劉百川：《開張詞》，《民族文藝月刊》創刊號，1937 年 1 月 15 日。
〔註49〕蔣介石：《中國建設之途徑》，《先總統蔣公全集》第 1 冊，臺北：中國文化大學出版社，1984 年，第 557 頁。

自由創造」〔註50〕。國家主義在思維方式上與三民主義、民族主義如出一轍，只不過他們對國民黨的文藝政策尚有不滿，一度試圖獨樹旗幟，因而也曾受到政府的打壓；在文學史的長河中，國家主義最終缺少自己獨立的特色，不得不匯入官方主導的思潮之中。在這一時期，內涵豐富、最有挖掘價值的文學恰恰是深受官方壓迫的左翼無產階級文學、自由主義文學，甚至某些包含了無政府主義思想的文學。左翼文學因為其國際共產主義背景而被官方置於國家—民族的對立面，受到的壓迫最多；自由主義、無政府主義因為對個人權力與自由的鼓吹也被官方意識形態視作危險的異端。但是，平心而論，在現代中國，共產主義、自由主義和無政府主義本身就是思想啟蒙的有機組成，而思想啟蒙的根源和指向卻又都是國家和民族的發展，因此，在這些個人與自由的號召的背後，依然是深切的國家—民族情懷，正如自由主義的領袖胡適所指出的那樣：「民國十四五年的遠東局勢又逼我們中國人不得不走上民族主義的路」，「十四年到十六年的國民革命的大勝利，不能不說是民族主義的旗幟的大成功」〔註51〕。換句話說，在自由主義等文學思潮的藝術表現中，存在著國際／民族、國家／個人的多重思想結構，它們構織了現代國家—民族意識的更豐富的景觀。

抗戰時期是第四階段。因為抗戰，現代中國的民族復興意識被大大地激發，文學在救亡的主題下完成了百年來最盪氣迴腸的國家—民族表述，不過，我們也應該看到，由於區域的分割，在國統區、解放區和淪陷區，國家—民族意識的表達出現了較大的差異。在國統區，較之於階級矛盾尖銳的 1920～1930 年代，國家危亡、同仇敵愾的大勢強化了國家認同，民族意識更多地融合到國家觀念之中，「抗戰建國」成為文學的自然表達，不過，對國家的認同也還沒有消弭知識分子對專制權力的深層的警惕，即便是「戰國策派」這樣自覺的民族主題的表達者，也依然自覺不自覺地顯露著民族情懷與國家觀念的某些齟齬〔註52〕。在解放區，因為跳出了國民黨專制的意識形態束縛，則展開了對「民族形式」問題的全新的探索和建構，其精神遺產一直延續到當代中國，

〔註50〕 胡秋原：《阿狗文藝論》，《文化評論》1931 年 12 月 25 日創刊號，參見上海文藝出版社編輯《中國新文學大系 1927～1937 第 2 集文藝理論集 2》，上海：上海文藝出版社，1987 年，第 503 頁。

〔註51〕 胡適：《個人自由與社會進步》，《獨立評論》1935 年 5 月 12 日第 150 號。

〔註52〕 參見李怡：《國家觀念與民族情懷的齟齬——陳銓的文學追求及其歷史命運》，《文學評論》2018 年第 6 期。

成為了二十世紀下半葉中國國家—民族文學表達的重要內容。在淪陷區，文學的國家表達和民族表達曖昧而曲折，除了那些明顯「親日媚日」的漢奸文學外，淪陷區作家的思想複雜性也清晰可見，對中華民族的深層情懷依然留存，只不過已經與當前的「國家」認同分割開來，因為滿漢矛盾的歷史淵源，對自我族群的記憶追溯獲得鼓勵，卻也不能斷言這些族群的認同就真的演化成了中華民族的「敵人」。總之，戰爭以極端的方式拷問著每一個中國作家的靈魂，逼迫出他們精神深處的情感和思想，最後留給歷史一段段耐人尋味的表達。

　　抗戰勝利至新中國成立是第五階段。抗戰勝利，為國家民族的發展贏來了新的歷史機遇，如何重拾近代以後的國家—民族發展主題，每一個知識分子都在面對和思考。然而，歷經歷史的滄桑，所有的主題思考也都有了新的內容：例如，近代以來的民族復興追求同時還伴隨著一個同樣深厚的文藝復興或曰文化復興的思潮，兩者分分合合，協同發展，一般來說，在強調國家社會的整體發展之時，人們傾向以「民族復興」自命，在力圖突出某些思想文化的動態之時，則轉稱「文藝復興」，相對來說，文藝復興更屬於知識界關於國家民族思想文化發展的學術性思考。抗戰勝利以後，國家—民族話題開始從官方意識形態中掙脫出來，民族復興不再是民族主義的獨享的主張，它成為了各界參與的普遍話題，因為普遍的參與，所以意義和內涵也大大地拓展，不復是國民黨政治合法性的論證方式，左翼思想對國家—民族的表述產生了更大的影響，這個時候，作為知識界文化建設理想的「文藝復興」更加凸顯了自己的意義。這是歷史新階段的「復興」，包含了對大半個世紀以來的國家—民族問題的再思考、再認識，當然也包含著對知識分子文化的自我反省和自我認識。早在抗戰進行之時，李長之就開始了對五四新文化運動的反思，試圖從發揚本民族文化精神的角度再論文藝復興，掀起「新文化運動的第二期」，1944 年 8 月和1946 年 9 月，《迎中國的文藝復興》一書先後由重慶與上海的商務印書館推出「初版」，出版的日期彷彿就是對抗戰勝利的一種紀歷。新的民族文化的發展被描述為一種中西對話、文明互鑒的全新樣式：「近於中體西用，而又超過中體西用的一種運動」，「其超過之點即在我們是真發現中國文化之體了，在作徹底全盤地吸收西洋文化之中，終不忘掉自己！」〔註 53〕這樣的中外融通既不是陳腐守舊，又不是情緒性的激進，既不是政治民族主義的偏狹，又不等同於一般「西化」論者的膚淺，是對民族文化發展問題的新的歷史層面的剖解。

〔註 53〕 李長之：《迎中國的文藝復興》，上海：上海商務印書館，1946 年，第 58 頁。

無獨有偶，也是在抗戰勝利前後，顧毓琇發表了多篇關於「中國的文藝復興」的文章，1948 年 6 月由中華書局結集為《中國的文藝復興》，被視作「戰後『復員』聲中討論中華民族復興問題的比較系統、全面的論著」〔註 54〕。在顧毓琇看來，文藝復興才是民族復興的前提，而「創造精神」則是文藝復興的根本：「中國的文藝復興乃是根據於時代的使命，因此不能不有創造的精神。中國的文藝復興，乃是根據於世界的需要，因此不能違背文化的潮流。以文化的交流培養民族的根源，我們必定會發揮創造的活力，貫徹時代的使命。」〔註 55〕1946 年初，誕生了以《文藝復興》命名的重要文學期刊，「勝利了，人醒了，事業有前途了。」〔註 56〕《文藝復興》的創刊詞用了一連串的「新」，以示自己創造歷史的強烈願望：「中國今日也面臨著一個『文藝復興』的時代。文藝當然也和別的東西一樣，必須有一個新的面貌，新的理想，新的立場，然後方才能夠有新的成就。」「抗戰勝利，我們的『文藝復興』開始了；洗蕩了過去的邪毒，創立著一個新的局勢。我們不僅要承繼了五四運動以來未完的工作，我們還應該更積極的努力於今後的文藝復興的使命；我們不僅為了寫作而寫作，我們還覺得應該配合著整個新的中國的動向，為民主，絕大多數的民眾而寫作。」〔註 57〕創造和新並不僅僅停留於理想，《文藝復興》在 1940 年代後期發表了一系列對個人／國家／民族歷史命運的探索之作：小說《寒夜》、《圍城》、《引力》、《虹橋》、《復仇》，戲劇《青春》、《山河怨》、《抛錨》、《風絮》，以及臧克家、穆旦、辛笛、陳敬容、唐湜、唐祈、袁可嘉等人的詩歌；求新也不僅僅屬於《文藝復興》期刊一家，放眼看去，展開全新的藝術實踐的不只有解放區的「大眾化」，1940 年代後期的中國文學都努力在許多方面煥然一新，中國現代作家的自我超越也大都在這個時期發生，巴金、茅盾、沈從文、李廣田……

　　此時此刻，思想深化進入到了一個新的歷史階段，一些基於國家、民族現狀的新的命題出現了，成為走向未來的歷史風向標，例如「民主」與「人民」，解放區的政治建設和文化建設是對這兩個概念的最好的詮釋。不過，值得注意

〔註 54〕《顧毓琇全集》編輯委員會：《顧毓琇全集・前言》，《顧毓琇全集》第 1 卷，瀋陽：遼寧教育出版社，2000 年，第 3 頁。
〔註 55〕顧一樵：《中國的文藝復興》，原載《文藝（武昌）》1948 年 3 月 15 日第 6 卷第 2 期。
〔註 56〕李健吾：《關於〈文藝復興〉》，《新文學史料》1982 年第 3 期。
〔註 57〕鄭振鐸：《發刊詞》，《文藝復興》1946 年 1 月 10 日創刊號。

的是，這兩大主題也不僅僅出現在解放區的語境中，它們同樣也成為了戰後中國的普遍關切和文學引領。前者被周揚、馮雪峰、胡風多番論述，後者被郭沫若、茅盾、艾青、田漢、阿壠、聞一多熱烈討論，也為穆旦、袁可嘉、朱光潛、沈從文、蕭乾深入辨析，現實思想訴求與藝術的結合從來還沒有在藝術哲學的深處作如此緊密的結合〔註58〕。「人民」則從我們對國家—民族的籠統關懷中凸顯出來，成為一個關乎族群命運卻又拒絕國民黨專制權力壓榨的強有力的概念，身在國統區的郭沫若與聞一多等都對此有過深刻的闡發。左翼戰士郭沫若是一如既往地表達了他對專制強權的不滿，是以「人民」激活他心中的「新中國」：「文藝從它濫觴的一天起本來就是人民的。」「社會有了治者與被治者的分化，文藝才被逐漸為上層所壟斷，廟堂文藝成為文藝的主流，人民的文藝便被萎縮了。」「一部文藝史也就是人民文藝與廟堂文藝的鬥爭史。」「今天是人民的世紀，人民是主人，處理政治事務的人只是人民的公僕。一切價值都要顛倒過來，凡是以前說上的都要說下，以前說大的都要說小，以前說高的都要說低。所以為少數人享受的歌功頌德的所謂文藝，應該封進土瓶裏把它埋進土窖裏去。」〔註59〕曾經身為「文化的國家主義者」的聞一多則可謂是經歷了痛苦的自我反省和蛻變。激於祖國陸沉的現實，聞一多早年大張「中華文化的國家主義」〔註60〕，但是在數十年的風雨如晦之後，他卻幡然警悟，在《大路週刊》創刊號上發表了《人民的世紀》，副標題就是：「今天只有『人民至上』才是正確的口號」。無疑，這是他針對早年「國家至上」口號的自我反駁。這樣的判斷無疑是擲地有聲的：「假如國家不能替人民謀一點利益，便失去了它的意義，老實說，國家有時候是特權階級用以鞏固並擴大他們的特權的機構。」「國家並不等於人民。」〔註61〕倡導「人民至上」，回歸「人民本位」，這是聞一多留在中國文壇的最後的、也是最強勁的聲音，是現代中國國家—民族意識走向思想深度的一次雄壯的傳響。

〔註58〕參見王東東：《1940年代的詩歌與民主》，臺北：政治大學出版社，2016年。
〔註59〕郭沫若：《人民的文藝》，1945年12月5日天津《大公報》。
〔註60〕聞一多：《致梁實秋》（1925年3月），《聞一多全集》第12卷，武漢：湖北人民出版社，1993年，第214頁。
〔註61〕聞一多：《人民的世紀》，原載於1945年5月昆明《大路週刊》創刊號，《聞一多全集》第2卷，武漢：湖北人民出版社，1993年，第407頁。

第一章　緒　論

第一節　研究範疇及目的

一、新詩節奏之研究意義

　　希臘哲人亞里斯多德（Aristotle，384～322 BC）於其名著《詩學》論述：「人們稱他們為詩人不是基於他們的模擬性質，而是由於他們採用了韻律而一視同仁；甚至醫學或自然科學的理論如採取韻律的形式寫作，亦將被認為是詩人。」[註1] 以亞氏藝術理論如此重視模擬性質者，竟將詩人的定義放諸作品的「韻律形式」，可想而知節奏對於詩的體裁是何等重要。反觀 1917 年後，中國新詩的發展逐漸與亞氏之說分道揚鑣；詩歌的形式，特別是節奏的地位，在每每歷經現代主義洗禮之後節節敗退；詩人追尋的，似乎僅是苦心經營字裡行間的「意象」、「詩性」，韻律節奏成為乏人問津的陳年古蹟，兀自孤獨。

　　從新詩節奏的發展脈絡來說，自胡適（1891～1962）提倡白話詩後，為了呈現白話特有的文法及語句，開始試驗有別於文言格律的形式，於是強調字句（word）節奏、講究用韻自然的「自然音節」理論應運而生。1926 年 4 月 1 日《晨報・詩鐫》發行，徐志摩（1897～1931）在〈詩刊弁言〉一文正式宣告，將為新詩的節奏尋找「適當的軀殼」，[註2] 胡適的「自然音節」理論開始沈寂，詩壇儼然由戴著腳鐐的「新格律」詩獨領風騷。尤其 1927 年新月書店成

〔註 1〕亞里斯多德（Aristotle）著，姚一葦譯注：《詩學箋註》，（台北：中華書局，1993.8），頁 32。
〔註 2〕徐志摩：〈《詩刊》弁言〉，《晨報・詩鐫》，1926 年 4 月 1 日，頁 1。

立後，1928 年《新月》月刊創辦，這波新格律詩風潮帶著「新月」的優勢人氣直闖 30 年代，好不愜意。

　　不過一股反平仄抑揚、用韻的聲音早在 1920 年代初便悄然成形。1921 年 1 月 15 日，〔註 3〕郭沫若（1892～1978）一封〈給李石岑的信〉強調「內在的韻律」；〔註 4〕1926 年 3 月 16 日郭氏再發表〈論節奏〉一文，系統說明節奏的起源、性質和效果，是「內在韻律」的本質建立。〔註 5〕而另一股來自法國的象徵主義詩學於 1920 年代中期上場，1932 年戴望舒（1905～1950）撰寫〈詩論〉十七條，第一條便開宗明義，「詩不能借重音樂，它應該去了音樂」；第七條「韻和整齊的字句會妨礙詩情，或使詩情成為畸形的」，〔註 6〕則明顯反對新格律派的形式追求。令人訝異的是，由戴望舒等人所引領的現代派風潮，隨著紀弦（1913～2013）加入，而在 1949 年遷台後，與台灣本土 30 年代的現代派結合，成為 50 年代台灣詩壇的大本營。紀弦不但承續戴望舒的反格律論，更直接宣告：詩的內容勝於音樂性，「不再以音樂性為前提，進一步由默讀來欣賞詩的內在性，注意文字的排列及秩序，換言之，不藉聲調的美，透過內容即可感受」。〔註 7〕此番論述影響台灣詩壇深遠，縱然如覃子豪（1912～1963）這般重視新詩節奏者，〔註 8〕曾因反對紀弦而於 1957 年、1958 年發動筆戰質

〔註 3〕據中共中央馬克恩、列寧、恩格斯、斯大林著作編譯局研究室編：《五四時期期刊介紹・第 3 集・下》所載，郭沫若致李石岑的信於 1921 年 1 月 15 日發表《時事新報・學燈》。(北京：生活・讀書・新知三聯書店，1959.12)，頁 809。

〔註 4〕郭沫若〈給李石岑的信〉：「詩之精神在其內在的韻律 Intrinsic Rhythm。內在的韻律（或曰無形律）並不是甚麼平上去入，高下抑揚，強弱長短，宮商徵羽；也並不是什麼雙聲疊韻，甚麼押在句中的韻文——這些都是外在的韻律或有形律 Extraneous Rhythm。內在的韻律便是『情緒底自然消漲』——這是我自己在心理學上求得的一種解釋……內在律訴諸心而不訴諸耳。」胡懷琛：《詩學討論集》，(上海：新文化書社，1934 年七版)，頁 4。

〔註 5〕郭沫若：〈論節奏〉，原發表於《創造月刊》1 卷 1 期，1926.3.16；後收錄於《郭沫若全集・文學編・第 20 卷》，(北京：人民文學，1992.03)，頁 353～361。

〔註 6〕〈詩論〉十七條後來改名〈詩論零札〉，收錄於戴望舒詩集《望舒草》附錄，(北京：人民文學出版社，2000.01)，頁 59。

〔註 7〕白萩：〈在舊金山與紀弦話詩潮〉，《笠》17 期，1992.10，頁 117。

〔註 8〕覃子豪來臺前有〈論詩與音樂〉、〈論詩韻律〉、〈詩與標點〉等有關節奏論述；來臺後在〈詩的表現方法〉、〈抒情詩的認識〉等篇章繼續討論詩的節奏，可見得覃子豪的詩觀原是重視節奏的。筆者拙作有詳細論述，參考林秋芳：〈節奏的理論及實踐——覃子豪大陸時期的詩論及詩作〉，《南亞學報》第 26 期，2006 年 12 月；後收入陳義芝編選：《台灣現當代作家研究資料彙編・覃子豪》，國立台灣文學館出版，2011 年 3 月。

疑現代派，〔註9〕卻也轉向追求事物的抽象性，1962 年 4 月發表〈瓶之存在〉〔註10〕被紀弦視為象徵派，「整個詩壇都現代化了，從此再也沒有誰去寫那早就落伍的『新月派』格律詩了」；〔註11〕新詩節奏的發展誠如紀弦所言，以「注意文字的排列及秩序」、「透過內容即可感受」等內在節奏，取代外顯的形式節奏：如平仄格律、雙聲疊韻等。我們可從台灣詩人楊牧（1940～2020）在〈音樂性〉一文的論述，窺得最佳寫照：「我們談音樂性也須先斷定，我們不談平仄格律，不重視擬聲法」，〔註12〕詩人對於外顯節奏之排斥，由此可知。

　　詩人既然排拆外顯節奏的運用，研究者則茫然無法捉取論述焦點，又或者理所當然視為末節，於是關於新詩節奏的美學研究，與新詩史、個別詩人等較大的研究議題相較之下，顯得鳳毛麟角；〔註13〕不過節奏之於新詩的重要，終究無法迴避。台灣詩人兼學者瘂弦（1932～）在〈現代詩的省思〉一文焦慮說道：「一開始，新詩便揚棄了舊詩的嚴整格律，在新秩序尚未建立之前，這點相當危險，直至今天，『形式』仍然是現代詩中最被忽視的一環。」〔註14〕瘂

〔註 9〕　〈新詩向何處去〉（1957.8.20）、〈關於「新現代主義」〉（1958.4.16）等文，均為覃子豪質疑紀弦所領導之現代派而有的議論。後收錄於《覃子豪全集Ⅱ》，台北：覃子豪全集出版委員會，1965 詩人節。

〔註10〕　〈瓶之存在〉收錄於覃子豪詩集《畫廊》，1962 年 4 月由藍星詩社出版；後收錄於《覃子豪全集Ⅰ》，（台北：覃子豪全集出版委員會，1965 詩人節），頁 300～301。

〔註11〕　白萩：〈在舊金山與紀弦話詩潮〉，《笠》17 期，1992.10，頁 120。

〔註12〕　楊牧：〈音樂性〉，《一首詩的完成》，（台北：洪範書店，1989），頁 146。

〔註13〕　其中台灣詩人渡也（陳啟佑）從修辭美學的視角，研究新詩節奏的各種形式與功效，有〈新詩形式設計的美學——排比篇〉（《中外文學》21 卷 9 期，1993 年 2 月，頁 107～141）、〈新詩形式設計的美學——對偶篇〉（《國立彰化師範大學國文系集刊》第 1 期，1996.6）、〈新詩緩慢節奏的形成因素〉（《中外文學》7 卷 1 期，1978 年 6 月，頁 182～201）等論文，深具參考價值。中國的專著及研究較多，有沈亞丹：《寂靜之音——漢語詩歌的音樂形式及其歷史變遷》，（上海人民出版社，2007.3；柳村：《漢語詩歌的形式》，河南大學，1990.12）；陳本益：《漢語詩歌的節奏》，（台北：文津出版社，1994）；王力：《漢語詩律學》，（上海教育出版社，2005.4）；王軍寧：《現代詩歌音樂性的研究》，（青島大學碩士論文，2003）等；台灣研究則較少，有李翠瑛：〈詩情音韻——論新詩的內在節奏及其形式表現技巧〉《雪的聲音——臺灣新詩理論》，（台北：萬卷樓出版社，2007.12）；鄭慧如：〈新詩的音樂性——台灣詩例〉，《當代詩學》第 1 期，2005.4；鄭慧如：〈韻律在新詩中的示意作用〉，《海峽兩岸文學史研討會論文集》，（廈門大學，2005.10.15）；鄒依霖：《現代詩音樂性及其與聲情關係之美學研究》，（台北：台灣師範大學國文系碩士論文，2006）等。

〔註14〕　瘂弦：〈現代詩的省思〉，《中國新詩研究》，（台北：洪範書店，1981），頁 12。

弦所言之「形式」，即是相對於傳統格律之外，新詩該如何展現的節奏。

從人類學與社會學的角度來說，詩與音樂、舞蹈是同源的，而且最初是一種三位一體的混合藝術。〔註15〕然而詩、音樂與舞蹈的共同命脈畢竟是「節奏」，在三者各自獨立，成為一種專門的藝術類型之後，節奏依然不可或缺。〔註16〕職是之故，不管新詩著重外顯的格律化形式，或者講究詩情、意義感受的內顯節奏，將其來龍去脈、美感功效釐清概要，就顯得相當重要了。此為本論文聚焦「新詩節奏」之研究目的。

二、胡適新詩節奏之研究意義

那麼，本論文又為何鎖定胡適的新詩節奏為研究範疇呢？從外部研究的視角來說，胡適因留美時期（1910～1917）發起文學革命後便致力於白話詩創作，作品隨著《新青年》雜誌的刊登與傳播，引領風潮仿作四起，形成一股白話詩運動。朱自清（1898～1948）於1935年8月編選《中國新文學大系‧詩集》，評論近十年的新詩發展，開宗明義說道：「胡適之氏是第一個『嘗試』新詩的人。」〔註17〕可證胡適的開創之功。

研究者大多也給予高度肯定。例如余英時（1930～）於《中國近代思想史上的胡適》一文評述，白話早在清末黃遵憲（1848～1905）及梁啟超（1873～1929）等人便提出，但到了胡適卻引起諸多論爭，且多人唱和，形成一股社會運動的力量，最主要在於胡適的「態度」。余英時引胡適作於1922年3月，為慶祝《申報》五十週年而寫的〈五十年來中國之文學〉一文，說明白話文主張的態度：

> 1904年以後，科舉廢止了。但是還沒有人出來明明白白的主張白話文學。二十多年以來，有提倡白話報的，有提倡白話書的，有提倡官話字母的，有提倡簡字字母的：這些人難道不能稱為「有意的主張」嗎？這些人可以說是「有意的主張白話」，但不可以說是「有意的主張白話文學」。他們的最大缺點是把社會分作兩部分：一邊是「他們」，一邊是「我們」。一邊是應該用白話的「他們」，一邊是應該做古文古詩的「我們」。我們不妨仍舊吃肉，但他們下等社會不配吃肉，

〔註15〕朱光潛：〈詩的起源〉，《詩論》，（臺北：萬卷樓出版社，1990），頁15。
〔註16〕朱光潛：〈詩的起源〉，《詩論》，頁18～19。
〔註17〕朱自清：〈導言〉，《中國新文學大系‧詩集》，（上海：良友圖書，1935.10.15初版），頁1。

只好拋塊骨頭給他們吃去罷。這種態度是不行的。〔註18〕

胡適於文中指出，五四時期的白話文運動之所以能大鳴大放，與清末的主張比較起來，最大的不同在於「態度」。五四前提倡白話仍舊將社會區分為「我們」與「他們」，余英時稱為「上層文化」與「通俗文化」〔註19〕。上層的士大夫文化仍舊做古文古詩，而下層的老百姓就該接受通俗文化、白話文學的教育，如此當然引不起全國共鳴。胡適提倡白話文學時就不同了。余英時指出，「胡適在美國受了七年的民主洗禮之後，至少在理智的層面上已改變了『我們』士大夫輕視『他們』老百姓的傳統心理。正由於這一改變他才毫不遲疑地要以白話文學來代替古典文學，使通俗文化有駸駸乎淩駕士大夫文化之上的趨勢。這一全新的態度受到新興知識分子和工商階層的廣泛支持，自不在話下」。〔註20〕余英時所述老百姓的支持更反應在詩集的銷售量上，1920 年 3 月胡適的第一本新詩集《嘗試集》由上海亞東書局印製發行，據汪原放（1897～1980）回憶，總銷售量大約有幾萬本之多。〔註21〕

不過歷來評述胡適的詩學成就僅止於外部研究，至於《嘗試集》的藝術表現，文字、意象、詩意、節奏等之美學推展，則貶多於褒。如唐德剛（1920～2009）於《胡適雜憶》書中批評：「胡先生不是個第一流的大詩人，因為胡氏沒有做大詩人的稟賦。好的詩人應該是情感多於理智的，而胡適卻適得其反。」〔註22〕周策縱（1916～2007）則評論胡適新詩的用字，「雖流利平實，卻變化不多」〔註23〕；又批評詩意「缺少幽深微妙無盡意味的境界」，「更欠缺摯情」。〔註24〕這些評述針對詩意、用字及美學上的成就是否定的。不過如果我們回到

〔註18〕 胡適：〈五十年來中國之文學〉，歐陽哲生編：《胡適文集·3》，（北京：北京大學出版社，1998.11），頁 252～253。

〔註19〕 余英時：《中國近代思想史上的胡適》，（台北：聯經出版公司，1984），頁 29。

〔註20〕 余英時：《中國近代思想史上的胡適》，頁 32～33。

〔註21〕 汪原放：《回憶亞東圖書館》，（學林出版社，1983.11），頁 53。

〔註22〕 唐德剛：《胡適雜憶》，（台北：傳記文學出版社，1980.11），頁 62。

〔註23〕 周策縱：〈論胡適的詩〉，收於唐德綱：《胡適雜憶》〈附錄〉，（台北：傳記文學出版社，1980.11），頁 232。

〔註24〕 周策縱：〈論胡適的詩〉，收於唐德綱：《胡適雜憶》〈附錄〉，頁 228～229。除此之外，1921 年 5 月，周作人在〈新詩〉一文暗諷：「你不見中國的詩壇上，差不多全是那改「相思苦」的和那「詩的什麼主義」的先生們在那裡執牛耳嗎？詩的改造，到現在實在只能說到了一半，語體詩的真正長處，還不曾有人將他完全的表示出來，因此根基並不十分穩固。」周作人著；楊揚編：《周作人批評文集·世紀的回響·批評卷》，（珠海：珠海出版社，1998.10），頁 98。

胡適的作詩主張，「說話要明白清楚、意境要平實」，〔註25〕與中國的詩學傳統大異其趣，就不難理解評述者貶抑之所由。又胡適自小個性拘謹，「小時不曾養成活潑遊戲的習慣，無論在什麼地方，我總是文謅謅地。所以家鄉老輩都說我『像個先生樣子』，遂叫我做『麇先生』」〔註26〕，因而情感內斂，理智勝於感性，當然表現於詩則情少理多了。誠如康白情（1896～1959）於《新詩年選‧1919》所言，「胡適的詩以說理取勝，宜成一派的鼻祖，卻不是詩的本色，因為詩原是尚情的」；不過話鋒一轉，仍佳許胡適的詩風，「但中國詩人能說理的也忒少了。」〔註27〕可為最中肯的評述。〔註28〕

　　胡適新詩節奏的建立更需客觀論述，給予應有的詩史、詩美學地位。從新詩節奏史的發展來說，胡適的節奏理論及其實踐，是深具現代性而有美學意義的。處於新舊汰換年代的胡適，是第一位反舊格律寫新詩的文人，不斷試探，也不斷思考，如吳奔星（1913～2004）所言：「作為『闖將』式的詩人，胡適從嘗試階段起，有一個不可忽視而須加以總結的特點，那就是他一貫把白話詩的創作實踐和理論探討結合起來。」〔註29〕在創作和理論結合的過程中，「節奏」亦為其中一。從留美前的舊格律紮根、留美後譯詩的啟發，至1920年代初期的自由句，每一階段不僅皆是詩歌節奏美學的建立，而且還影響著新詩節奏史的發展。誠如胡適於1916年12月底《留學日記》貼上羅威爾（Amy Lowell 1874～1925）的「意象派詩人的六條原理」中提到：「建立一種新節奏而非沿襲，意味著一種新心境。」〔註30〕胡適從古詩詞新節奏的實驗，到白話詩的嘗

〔註25〕 1936年2月5日，胡適在〈談談『胡適之體』的詩〉一文主張作詩的戒約至少有三條：第一，說話要明白清楚。第二，用材料要有剪裁。第三，意境要平實。（胡適：〈談談『胡適之體』的詩〉，歐陽哲生編：《胡適文集‧9》，北京：北京大學出版社，1998.11，頁281～282。）筆者認為第一、三條與中國的詩學傳統大不相同。

〔註26〕 胡適：《四十自述》，（台北：遠流文化公司，2005），頁58。

〔註27〕 北社同仁編：《新詩年選‧1919》，（上海：亞東書局，1929.04），頁130。文中「愚菴」即是康白情。

〔註28〕 汪雲霞在《知性詩學與中國現代詩歌》一書追溯中國現代詩歌中的知性濫觴，即從胡適的《嘗試集》開始談起。（上海：上海世紀出版集團，2009.04），頁82～92。

〔註29〕 吳奔星〈序言〉，收於吳奔星、李興華編選：《胡適詩話》，（四川：四川文藝，1991），頁3。

〔註30〕 此句乃筆者翻譯，胡適貼在《留學日記》上的是英文，原文是"To create new rhythms—as the expression of new moods—and not to copy old rhythms...."曹伯言整理：《胡適日記全集‧2》，頁452。

試，在在顯示開創新思想的企圖心。新節奏的試驗並不像文學革命的發言那麼令人震撼，但卻潛移默化開啟了另一條新思維、新美學的道路。例如寫於 1920 年 6 月 23 日〈蔚藍的天上〉一詩，「暖和的日光／斜照著一層一層的綠樹，／斜照著黃澄澄的琉璃瓦：——」〔註31〕其中「暖和的日光／斜照著一層一層的綠樹」為跨行的詩句；又「斜照著黃澄澄的琉璃瓦：——」，最後刪節號的使用有夕照延續的美感。這些有別於傳統格律的節奏形式深具現代性，仍廣為當前新詩人使用。從舊詩格律到現代化的節奏形式，胡適如何試驗及推展？又如何影響新詩節奏史的發展？這些內部研究深具意義，此為本論文之所以聚焦「胡適的新詩節奏」之研究目的。

三、研究範疇起迄

　　一般而言，論者大都以胡適創作於 1916 年 7 月 22 日〈答梅覲莊——白話詩〉這首詩，界定胡適新詩的探索起點，然而 1906 年至 1916 年這近十餘年的古詩詞創作，實在是提供胡適思索詩歌節奏本質的重要歷程。1918 年 9 月，胡適已試作新詩三年多，為了「自誓將致力於其所謂『活文學』者」，將 1910 年 8 月至 1916 年 7 月六年之間的文言詩詞作品編輯成冊，命名《去國集》，視為「死文學」之一種。〔註32〕不過，《去國集》並未收入 1907 至 1910 年（丁未至庚戌）中國公學校時期的舊詩作，因此同一時期（1918.9）又擬編了《舊詩稿存》一冊，以補其不足。胡適於《舊詩稿存・題辭》不諱言：「這一卷舊詩，是從前的我的一部分，也是現在的我的一部分了。」〔註33〕可見得胡適的新詩創作與舊詩密不可分，節奏的建立亦然。經由筆者考察，胡適的第一首詩寫於 1906 年 5 月 30 日，是就讀澄衷中學時寫於日記的試作。〔註34〕本論文為了更精確溯源胡適的古詩創作歷程，將從 1906 年論起，再逐次探討他在新詩節奏上的試驗歷程。此為本論文之研究範疇起自 1906 年之原委。

　　再者，胡適的新詩建立雖開風氣之先，但在節奏的試驗及論述上實在不夠深入，僅有《嘗試集》一本詩集問世，以及〈談新詩〉、〈《嘗試集》・序〉、與

〔註31〕胡適：《嘗試集》再版，（上海：亞東書局，1920.9），頁 71。
〔註32〕胡適：《去國集・自序》，《嘗試集》再版，（上海：亞東書局，1920.9），頁 1。
〔註33〕歐陽哲生編：《胡適文集・9》，（北京：北京出版社，1998.11），頁 3。
〔註34〕胡適：《澄衷中學日記》，北京大學圖書館編：《北京大學圖書館藏胡適未刊書信日記》，（北京：清華大學出版社，2002），頁 39。將於本論文第三章詳細論述。

友朋來往書信等諸文涉及理論；學界研究胡適的新詩節奏，則多以〈談新詩〉一文論述其「自然音節」的發明，再分析《嘗試集》作品呼應後，便直接跳至下一階段的新格律詩派；至於 1920 年 4 月到 1921 年 1 月之間的胡懷琛改詩事件，胡先驌、聞一多等二〇年代讀者群對於《嘗試集》、〈談新詩〉的詮釋、批評，以及胡適的因應等，則消匿於節奏史的大架構中。從接受美學的史觀來說，二〇年代的讀者群由於期待視野（horizon of expectations）的不同，而有《嘗試集》的改詩、詮釋，及圍繞在自然音節概念下的筆戰，並經由視野的調節及融合，將發展出更加深化的節奏意涵，同時更能彰顯二〇年代讀者群的節奏概念。因此本論文研究範疇迄至 1929 年。

第二節　文獻回顧與評述

一、胡適詩學研究概況

　　胡適研究始於一九二〇年代，至一九七〇年代後期耿雲志、八〇年代中期宋劍華都有相當豐碩的研究成果。〔註35〕一九九〇年代到二十一世紀，則陸續有《胡適研究叢刊》、《胡適研究》、〔註36〕《胡適研究通訊》〔註37〕等問世，以提供胡適研究者之間的交流園地。胡適著作廣博，涵蓋文學、哲學、歷史、教育等領域，因此胡適研究的成果也呈現龐雜多元的現象。就文學研究而言，中國一九八〇、一九九〇年代針對胡適小說考證、整理國故、文學革命等議題

〔註35〕王澤龍：〈胡適研究的歷史與現狀（上）〉，《荊州師專學報》，1998 年第 4 期；〈胡適研究的歷史與現狀（下）〉，《荊州師專學報》，1998 年第 6 期。這兩篇論文將中國的胡適研究分為六期，起自一九二〇年代，迄於一九九〇年代。內容論述精闢，資料詳實，但缺乏台灣及海外的研究概況。再者，論述僅止於 1998 年，然自 1999 年迄今十多餘年，胡適研究已累積許多研究成果。

〔註36〕耿雲志《《胡適研究論叢》發刊前言〉論述：「十多年前，我們曾編刊一種《胡適研究叢刊》，從 1995 年到 1998 年，共出版三輯就停刊了。安徽大學的『胡適研究中心』也曾編刊過一種《胡適研究》，從 1997 到 2001 年出到第三輯，也停刊了。」《蓬草續集：耿雲志學術隨筆》（台北：秀威資訊，2008.4.1），頁 277。

〔註37〕《胡適研究通訊》由胡適研究會發行，2008 年 2 月 25 日第 1 期問世，僅供學會會員閱看的非賣品，為內部印刷物，不公開出版、發行。每期印製 200 份左右。電子版可在中國社會科學院近代史研究所網站上、台灣中研院近代史研究所胡適紀念館網站上查閱。
http://www.mh.sinica.edu.tw/koteki/files/20141231100453048.pdf

的研究頗多，〔註38〕然對於胡適的新詩試驗，則鮮少深入探究。朱文華的《胡適評傳》第四章第六節〈「文學革命」理論的形成和新詩寫作的嘗試〉一文，將胡適推廣白話文到新詩試驗的過程，根據史料舖敘來龍去脈，深具參與價值；然對於胡適的詩學理論、節奏試驗，並未提及。〔註39〕宋劍華〈論胡適的新詩理論與創作〉是一九九〇年代針對胡適詩學較早出現的論文。但文中對於何謂節奏、何謂詩的美學元素缺乏理論建樹，大抵順著胡適之說爬梳，沒有進一步論述。〔註40〕

反倒海外華人的胡適研究，因兼具文獻及理論考察，影響較大。一九七〇年代初，中國因為進行文化大革命，對胡適的批判還停留在右派資產階級，而遠在美國的周策縱從文本及理論淵源考究就顯得格外重要。周策縱（1916～2007）是研究「五四運動」的專家，1977 年應唐德剛之邀撰寫〈論胡適的詩〉一文〔註41〕，認為胡適的新詩嘗試，深受英美詩人、中國傳統詩詞及同時代作者的影響甚大。周策縱的學生王潤華（1941～）則進一步從文獻及理論，考察胡適八不主義與美國意象派詩論的關係，以及〈談新詩〉受龐德（Ezra Pound 1885～1872）發表於 1913 年〈幾種戒條〉（A Few Don'ts）的影響，於1989 年發表〈論胡適「八不主義」所受意象派之影響〉一文。〔註42〕周、王二人聚焦於「八不主義」的理論追溯，因此對於胡適的新詩節奏也就無暇闡發了。〔註43〕

倒是加拿大漢學家傅雲博（Daniel Fried）在〈北京的維多利亞密碼：傳統

〔註38〕其中易竹賢〈「五四」文學革命中的胡適〉一文從文化與思想的角度探看胡適的文學革命成果，較具參考價值。但易竹賢較肯定胡適的白話散文成就，至於新詩則僅認定有開創之功，藝術成就不高，關於新詩形式的論述不多，尤其節奏部分並未涉及。易竹賢：《胡適與現代中國文化》，（武漢：武漢大學出版社，1993.04），頁 33～77。

〔註39〕朱文華：《胡適評傳》，（重慶：重慶出版社，1988.12），頁 67～75。

〔註40〕宋劍華：〈論胡適的新詩理論與創作〉，荊州師專學報，1995 年第 3 期。

〔註41〕周策縱：〈論胡適的詩〉，收於唐德剛：《胡適雜憶》〈附錄〉，台北：傳記文學出版社，1980.11。

〔註42〕王潤華〈論胡適「八不主義」所受意象派之影響〉，《從司空圖到沈從文》，（台北：學林出版社，1989.08），頁 102～121。

〔註43〕台灣對於胡適詩學的研究也不多，林明德〈憂患中的心聲──論胡適之的「白話新詩」〉（《明道文藝》177 期，1990.12）及〈《嘗試集》的詩史定位〉（中國古典文學研究會主編：《五四文學與文化變遷》，台北：台灣學生書局，1990）是較具參考性的論文。

英詩對胡適新詩創作的影響〉一文提出，胡適的新詩創作靈感並非如王潤華所言，是來自美國意象派詩人的啟發，〔註44〕而是因留美階段修讀英詩課程，大量閱讀伊莉沙白時期、浪漫主義、維多利亞時期等傳統英詩所致；並以胡適的新詩作品為證，「他所讀的英詩都在詩中留下印記：從用字造句、意象、主題以及韻律來看，胡適的新詩創作很明顯和傳統英詩的典型相似」；〔註45〕尤其譯詩〈關不住了〉相當精確地模仿 Sarah Teasdale 使用的音步及韻腳。〔註46〕除此之外，傅雲博更進一步指出，胡適寫新詩以前已經創作好幾首英詩，比對後推論，「胡適的新詩創作不僅來自英國抒情詩的閱讀，更來自英詩的創作」，所以胡適的中文新詩有可能是從英詩創作的經驗中轉借而來。〔註47〕目前學界僅有江勇振在其《舍我其誰：胡適第一部》一書引傅氏之說，論述胡適新詩與英詩的關聯。〔註48〕然江勇振的主題不在新詩節奏，本論文則藉傅雲博之研究，進一步分析胡適的新詩節奏來源與英詩的關聯。

　　二十一世紀後，中國專論胡適詩學的書籍及碩博士論文數量增多，但研究者大多有原始資料不足的問題，尤其論述胡適新詩創發的過程、理論的建立粗略不完整，文獻考察也不夠詳實。例如鐘軍紅《胡適新詩理論批評》第十章〈《談新詩》之新詩形態探索得失〉〔註49〕，只著重胡適 1919 年 2 月 26 日〈關不住了〉詩作的特性，至於〈關不住了〉之前的試作及論述，僅幾語帶過；即便引用胡適論述，也無前後觀念推演。其實胡適的試驗及論述，不但有階段性的發展，更受公學校、留美時期及回中國北京後文壇友朋等的影響甚鉅。綜觀二十一世紀以後的研究，反而碩士論文切入的角度較深入、文獻考察也仔細，表現較佳。康江昆《詞與初期白話詩歌的共舞——以胡適的詩詞活動為

〔註44〕 王潤華〈從「新潮」的內涵看中國新詩革命的起源——中國新文學史中一個被遺漏的腳註〉，《中西文學關係研究》，（台北：東大圖書公司，1987.12 再版），頁 227～245。

〔註45〕 Daniel Fried, "Beijing's Crypto-Victorian: Traditionalist Influences on Hu Shi's Poetic Practice", *Comparative Critical Studies*, Volume 3, Issue 3, 2006, pp.372～373.

〔註46〕 本論文第五章〈從胡適新詩節奏的建立論胡適的詩〉第三節第二點「自由句與英詩格律的融合」有詳細論述。

〔註47〕 Daniel Fried, "Beijing's Crypto-Victorian: Traditionalist Influences on Hu Shi's Poetic Practice", p.386.

〔註48〕 江勇振：《璞玉成璧【舍我其誰：胡適第一部 】》，（台北：聯經出版公司，2011.01），頁 614～638。

〔註49〕 鐘軍紅：《胡適新詩理論批評》，（人民文學出版社，2005.2），頁 157～185。

例》〔註50〕將胡適的詞學研究、詞作與白話詩共舞的現象，具體闡述分析；尤其第五章分析詞化新詩中「詞」的成分，探討詞化詩句的形式構成，以及可能展現的節奏美感，是目前研究胡適新詩節奏來源較精闢的論述之一。而高楠《《嘗試集》的版本分析兼及文學史評價》〔註51〕從《嘗試集》的四個版本，分析胡適的詩觀及其衍生的詩學問題，具參考價值。其中第二章以〈再版自序〉的「音節」論戰為主軸，闡述20年代胡適節奏試驗及論述的接受狀態，相當具有開創性；可惜論題不夠深入，無法從節奏美學的角度探看「雙聲疊韻」的美感呈現。2012年浙江大學王光利博士論文《胡適詩學批判》〔註52〕第二章〈二三十年代學界對胡適詩學觀點的反駁〉，從學衡派梅光迪、胡先驌等人的師學淵源，探究批判胡適詩學之所由，文獻論述翔實，頗具參考性；但文中並沒有觸及20年代的節奏論戰。

二、胡適的新詩節奏研究概述

　　將胡適詩學研究焦點縮小，專論節奏的理論及實踐，並追溯淵源及影響，目前尚未有研究成果。胡適新詩節奏的開創，大都被研究者放在中國詩學的大脈絡中簡略敘述，〔註53〕或者因為研究中國新格律詩，不得不提到民國初年胡適的音節概念。〔註54〕但這些論述簡單扼要，多是批判大於分析、引用多於論述，無法深入闡述胡適節奏理論的要義及影響，更遑論作品的實際分析。

　　比較具有學術價值的，是研究漢語詩歌節奏史的相關著作，如陳本益的《漢語詩歌的節奏》一書，以《下編》的方式專文分析新詩節奏的理論及實踐，

〔註50〕康江昆：《詞與初期白話詩歌的共舞——以胡適的詩詞活動為例》，華中師範大學碩士論文，2011年5月。

〔註51〕高楠：《《嘗試集》的版本分析兼及文學史評價》，陝西師範大學碩士論文，2012年5月。

〔註52〕王光利：《胡適詩學批判》浙江大學博士論文，2012年5月。

〔註53〕如王清波在《詩潮與詩神‧中國現代詩歌三十年》第一章第二節〈胡適：開風氣之先的嘗試〉一文僅簡單帶過（北京：中國人民大學出版社，1989.07），頁23～38；常文昌：《中國現代詩歌理論批評史》第三章專論胡適，特別獨立「音節論」一小節，不過僅順著胡適之說爬梳，文末雖舉朱光潛的論述批評胡適的平仄論，但畢竟作者意在「中國現代詩歌理論批評史」之建構，因此論題並不深入。北京：人民文學出版社，2004.09。

〔註54〕如許霆、魯德俊合著之《新格律詩研究》一書，第二章〈開創期的嘗試〉略述胡適，但內容較著重劉半農之主張（銀川：寧夏人民出版社，1991.06）；柳村《漢語詩歌的形式：詩歌格律新論》第六章〈新詩的形式〉專論新詩的格律樣式，並未提及胡適。河南大學出版社，1990.12。

對於胡適新詩節奏的理論開展，佔有舉足輕重的地位。陳本益認為胡適「節」的概念，有承先啟後的地位；上承劉熙載「頓」的概念，下開聞一多、朱光潛等人「節頓」、「音組」的說法，有節奏史上的意義。〔註55〕陳本益從文獻考察「節」在中國詩歌史上的發展，肯定胡適在節奏史上的意義，是相當重要的評論；然而論述內容仍太片斷、不夠精細，無法將胡適公學校、留美及北京的三階段完整評述，也未涉及20年代讀者的接受狀態，本論文的研究即可補其不足。另外王力在《漢語詩律學》第五章〈白話詩和歐化詩〉一文中，以西洋詩句法比照新詩節奏，可惜並未解決中西書寫系統及句法異同的本質問題。

碩博論文有關新詩節奏的研究大都著重大範圍，如王書婷《為情感賦形：新詩節奏與意象的理論與實踐（1917～1937）》〔註56〕、尹海燕《1896～1923：現代漢語詩歌音樂性理論研究》〔註57〕等，對於胡適的新詩節奏僅簡單論述；北京大學龍清濤博士論文《新詩格律理論研究》一書，旨在闡述新格律詩的節奏理論及發展進程，並未將胡適的新詩節奏列入研究範疇。〔註58〕不過據筆者研究，胡適「節」的建立將詩歌的節奏單位由「平仄」轉向「詞句」（word），該是影響1920年代中期新格律詩的發展。〔註59〕

第三節　研究方法與進行步驟

一、原始資料搜羅與論題之推展

從目前胡適新詩節奏的研究成果來說，大都有原始資料不足的問題。如欲解讀胡適的新詩分段、分行、跨行、標點符號與節奏的關聯，手稿、刊登詩作的報紙、期刊、詩集等原稿的收集，就顯得相當重要。如1916年8月23日寫在《留學日記》上的〈窗上有所見口占〉一詩，1917年2月1日更名為〈朋友〉，發表於《新青年》雜誌。胡適還特別在《新青年》〈朋友〉標題下說明分行的原故，以及韻腳的實驗。《嘗試集》後來收錄這首詩，又更名為〈蝴蝶〉，已取消原來在《新青年》雜誌上的說明。若研究者不察，將無法得知胡適新詩

〔註55〕陳本益：《漢語詩歌的節奏》，（台北：文津，1994年），頁25～28。
〔註56〕華中科技大學中文系博士論文，2006.05。
〔註57〕四川師範大學文學院碩士論文，2008.04。
〔註58〕北京大學中文博士論文，1996.07。
〔註59〕本論文第二章有詳細論述。

節奏的建立過程，更遑論詩作詮解。因此本論文將盡可能網羅胡適的日記、文集、手稿、遺稿，以及與胡適新詩節奏相關的報刊、雜誌，還有《嘗試集》各版次，以建構胡適的新詩節奏理論。以下為筆者搜羅學界較少引用之文獻及論題的發現：

一、2000 年夏天，北京大學重新發現了胡適的部份手稿，影印出版《澄衷中學日記》，是目前發現最早的胡適日記，起於 1906 年，比 2001 年安徽教育出版社出版的《胡適日記全編‧藏暉室日記‧己酉第五冊》早出三年多。我們從《澄衷中學日記》可以窺見胡適真正的第一首舊體詩，是寫於 1906 年 5 月 30 日，較學界認定寫於 1907 年〈觀愛國女校運動會記之以詩〉早半年多所右。筆者考察胡適的第一首舊詩韻腳出了韻，〔註60〕可知胡適果真遲至 1907 年後（十七歲）才開始熟諳格律，與同時期的文壇友人自幼便開筆應童子試不同。這當然促成胡適省思舊詩格律之於詩歌美學的意義，並進而推展新詩節奏的可能向度。〔註61〕

二、1914 年 7 月任叔永完成〈胡適之譯裴倫哀希臘歌序〉，收錄於《胡適遺稿及秘藏書信》第十一冊。目前學界尚未有任何評述及引用，然而此序文可開展以下論題：1. 提供任叔永閱讀拜倫之歷程，並見證胡適、任叔永的好交情。2. 可證任叔永慧眼獨具，肯定胡適在譯詩節奏上的試驗，認為運用騷體的形式翻譯〈哀希臘歌〉，最能恰如其分地傳達拜倫的詩意。〔註62〕

三、2002 年福建教育出版的《錢玄同日記‧影印本》字跡潦草紊亂而難以解讀，然而 2014 年 8 月楊天石主編的《錢玄同日記‧整理本》問世後，有助於解讀錢玄同與胡適的交往歷程。錢玄同寫於 1919 年 1 月 1 日的日記，透露早在 1916 年的秋天，因為接觸《新青年》雜誌，同時也閱讀胡適〈文學改良芻議〉的初稿，於是「漸漸主張白話作文」。這與學界一般從 1917 年 1 月 1 日論述錢、胡二人的接觸，大約早了半年左右。這筆資料同時也說明為何聲韻訓詁學大師錢玄同，會在 1917 年 1 月初讀完《新青年》〈文學改良芻議〉後，便於日記肯定胡適，並進一步提倡白話文學。〔註63〕

四、胡適與《平等閣詩話》、《飲冰室詩話》文獻之運用。一般研究者很輕易便連結胡適的白話文主張與黃遵憲「我手寫我口」之承續，但並無法提出有

〔註60〕 本論文第三章第一節第一點有詳細論述。
〔註61〕 本論文第二章第一節有詳細論述。
〔註62〕 本論文第四章第二節第二點有詳細論述。
〔註63〕 本論文第四章第三節第一點有詳細論述。

效的資料，證明胡適在晚清詩壇的閱讀經驗真的與黃遵憲有關。本論文則根據胡適所撰〈十七年回顧〉、《四十自述》兩筆資料，論述《平等閣詩話》與《新民叢報》對其之影響，據此推論：胡適受梁啟超詩觀影響較深，但當時並未開展新節奏的試驗。〔註64〕

二、Reuven Tsur 之認知詩學運用

然而「節奏」畢竟是時間的藝術，和文字相較之下，實難捉摸。為了更清楚說明胡適新詩節奏的美感表現，本論文將援引認知詩學的概念加以詮解。

認知詩學（Cognitive Poetics）一詞最先由以色列學者 Reuven Tsur 提出，自 1983 年興起後，Peter Stockwell、Mark Turner 等學者都有一定的研究成果。認知詩學的理論主要來自認知科學，而認知科學又以認知心理學和認知語言學兩門學科為基礎。〔註65〕中國學者蔣勇軍將認知詩學的發展劃分為三個階段：第一，Tsur 提出的認知詩學，運用了第一代認知科學研究的新成果，從認知心理學、心理語言學、人工智能等學科中吸取營養。〔註66〕Tsur 開啟了運用認知科學理論詮解詩的結構，試圖找出詩的語言和形式，或者批評家的決定，是如何被人類的信息處理所制約和塑造。〔註67〕隨著第二代認知科學的發展，這一階段還有另一發展脈絡：以認知語言學家如 Lakoff、Tumer 等人為代表，強調詩歌閱讀的隱喻概念與日常生活無異。第二階段以 Freeman、Semino 和 Culpeper 為代表，運用認知語言學理論研究文學文本，側重文本特徵；第三階段則以 Stockwell 為代表，以文學文本的閱讀為研究目的，強調特定語境下訊息處理分析，常運用圖形——背景、腳本圖式等認知方式探討解讀文本的精確性。〔註68〕

據中國學者熊沐清研究，Reuven Tsur 僅僅將認知詩學視為一種研究方法，「詩學」研究範疇聚焦於「詩」；但 Peter Stockwell、Steen 等人則視認知詩學

〔註64〕本論文第一章第六節有詳細論述。
〔註65〕劉文：〈認知詩學：認知科學在文學研究中的運用〉，《求索》，2007.10，頁189。
〔註66〕蔣勇軍：〈試論認知科學研究的演進、現狀與前景〉，《外國文學》25 卷 2 期，2009.4，頁25。
〔註67〕Reuven Tsur, *Toward a theory of cognitive poetics* (New York: North-Holland, 1992), p.1.
〔註68〕蔣勇軍：〈試論認知科學研究的演進、現狀與前景〉，頁25。

為一種新興的文學理論，研究文本則擴大至詩歌、小說和戲劇等。〔註69〕本論文因研究焦點是新詩的節奏，又 Reuven Tsur 不但在 1992 年出版的 *Toward a theory of cognitive poetics* 一書專章討論韻腳（Rhyme）和節奏（Rhythm），更於 1998 年出版 *Structure and Performance*，專書論述節奏，因此採用 Reuven Tsur 之學說。

　　Reuven Tsur 結合認知科學、認知心理學及格式塔等理論，進行一系列的詩歌對話。尤其 Tsur 引用認知科學家米勒（George A. Miller）的組塊（chunk）概念，認為「韻」在詩歌中能增進短期記憶；又按照米勒的說法，短時記憶是 7±2，Tsur 則據此推論英詩一行的長度僅有十音。筆者為了說明漢詩節奏的美感功效，運用 Tsur 分析英詩的成果，並參考漢語認知之相關研究，有以下幾點推論：

　　一、台灣學者曾志朗利用 fMRI（功能性磁共振造影）記錄漢字閱讀所引發的腦部活動，發現和拼音文字的閱讀結果「幾乎」是完全相同的。〔註70〕此筆資料有助於推論，新詩即便強調默讀、觀看，仍需要聲音節奏的提取過程。〔註71〕

　　二、美國學者西蒙（Herbert A. Simon）與中國科研合作，有《人類的認知——思維的資訊加工理論》一書。西蒙運用米勒的組塊（chunk）記憶單位概念，放諸漢語的記憶研究，發現漢語的短期記憶與英語一樣，是以組塊為單位的。此筆資料有助於推論，漢詩建行字數的限制該與英詩如出一轍，是來自於讀者的記憶極限。〔註72〕

　　三、台灣洪蘭等研究者，發現閱讀中文句子時，眼睛的中央小窩外側區（parafoveal）會早期處理，〔註73〕所以閱讀過程中眼睛會經常滑動處理訊息；而蔡介立等研究者則利用眼球滑動的特性，以眼動儀探測，發現眼睛平均移動的距離為 3.3 個單字。〔註74〕此有助於推論：新詩「節」（頓、音組）的劃分，

〔註69〕熊沐清：〈多樣與統一：認知詩學學科理論的難題與解答〉，《外國語文》27 卷 1 期，2011.02，頁 34。

〔註70〕曾志朗：〈漢字閱讀：腦中現形記〉，《科學人》第 20 號，2003.10，頁 70～73。

〔註71〕此論點本論文並未深入探究，待來時再議；不過關於漢語閱讀的提取過程，第四章第三節第四點「注193」有詳細說明。

〔註72〕本論文第四章第三節第四點有詳細論述。

〔註73〕Yen MH, Radach R, Tzeng OJ, Hung DL, Tsai JL. (2009). "Early parafoveal processing in reading Chinese sentences," *Acta psychological*, 131(1), 24～33.

〔註74〕蔡介立等：〈眼球移動測量及在中文閱讀研究之應用〉，《應用心理研究》第 28 期，2005，頁 98。

該是不能大於 4 個字。〔註75〕

　　因此本論文試圖從讀者之感知能力（perceptual ability）、詩作節奏形式的感知效果（perceived effects）切入，期能說明新詩建立的初期，傳統的節奏樣式之所以繼續流傳的因素。例如為何舊詩建行的字數都有極限（英詩大多極限為十個音節、漢詩則為七言）？為何漢詩無論新舊，「韻」的使用從不間斷？從認知詩學的角度詮釋，將有更清楚的說明。

三、比較詩學之研究方法

　　胡適自 1910 至 1917 年在美留學七年深受英詩傳統的影響，因此英詩的音步、韻腳、分行等形式皆與新詩節奏的建立有關；胡適如何結合傳統漢詩，並發展一條屬於自己的節奏道路，則為本文的論述核心。職是之故，透過中西詩歌的語言、語法、句法的比較，以及中西詩歌的格律分析等，將為本論文的研究方法之一。本論文援引的學者論述有高友工、朱光潛等人。高友工（1929～）從詩的語法、句法出發，以抒情傳統的角度分析舊詩詞、戲曲的節奏美感，相當具有開創性；而朱光潛（1897～1986）則以美學、心理學、文學結合的觀點切入思考詩的質性，節奏論述亦有不少省思。

第四節　章節安排及說明

　　本論文共分六章撰寫。第一章除了論述研究範疇及目的、文獻回顧與評述、研究方法與進行步驟之外，最重要在於「節奏」二字之中西溯源與比較，以及運用於詩歌後的意義界定；尤其中國詩歌的節奏意涵與西方迥然不同，藉由中西對照，更能凸顯中國詩歌的節奏要素，進而界定胡適新詩節奏之範疇。

　　胡適新詩節奏的宗旨是「自然音節」，第二章至第三章旨在追溯胡適建立自然音節的過程與理論詮釋。胡適的自然音節分為「節」與「用韻」兩大核心議題，第二章著重於「節」的建立過程與詮釋，第三章則聚焦於韻腳。

　　第四章以外緣視角探討胡適新詩節奏理論的形塑過程。第一節試圖釐清

〔註75〕此推論非常適用於本論文第二章第四節第四點「節」的認知美感詮譯，不過筆者並未就此展開論述。然而筆者拙作〈建行的認知詩學詮釋──胡適初期的譯詩與新詩〉則有相關闡析。參考林秋芳：〈建行的認知詩學詮釋──胡適初期的譯詩與新詩〉，國立臺中科技大學語文學院編：《2012 文化‧語言‧教學國際學術研討會論文集》，2012 年 11 月。

「自然音節」節奏論與晚清詩人之承續；二、三、四節則探討同輩友人對胡適新詩節奏試驗的影響力。第四章第五節則企圖用不同的視角審視胡適的新詩節奏，以接受美學的史觀及詮釋學學者加達默爾的前理解，看探胡懷琛改詩事件在 1920 年代詩壇的意義。

　　第五章以胡適新詩節奏的建立，評論胡適的詩作表現，是理論建立運用於詩作的成果展現。最末章除總結研究成果之外，更說明尚未解決的議題，以待將來進一步深究。

第五節　節奏界定

一、中西方節奏的原始意涵

　　從西方詞源學的角度來說，「節奏」這個詞是從希臘語 RHEO 派生來的，原義同「流動」、「經過」相近，常被運用在表示運動的事物中。〔註76〕因此，西方「節奏」的原始意義具有「流動」、「運動」的特質，而這先驗特質與經驗事物結合，則形成該事物流動、運動的現象；所以上至天文、下至地理，乃至科學、社會、人文藝術等，都具有節奏的特質。

　　我們可以追溯希臘哲人柏拉圖（Plato）的用法。柏拉圖將節奏運用於音樂藝術，「高低旋律變化的秩序稱之為節奏（rhythm）」。柏拉圖界定音樂的功能在於教化，而具有教化功能的音樂則必須含有「節奏」與「和諧」兩個要素。音樂旋律高低變化有秩序，此之謂節奏，有節奏的音樂會產生和諧的感受，便能教育人的靈魂。〔註77〕從節奏的原始字源及柏拉圖的界定，可歸納出節奏是該事物流動、運動的現象，但事物的流動或運動並非雜亂、無章法的，而是對比（如高低旋律的對比）、有規律次第的變化。因此節奏具有流動、對比及秩

〔註76〕【西】簡‧施密特著，孫國榮譯：〈節奏及其他〉，選自白燕編：《音樂的基本知識——音樂知識文論選萃》，（北京：中國文聯出版，1986.03），頁 138。

〔註77〕柏拉圖在其論著中曾對「音樂」的意義提出兩種說法，其一是高低旋律變化的秩序稱之為節奏（rhythm），而聲音中高低音的適度混合則稱之為和諧（harmony），節奏與和諧的結合即是「合唱曲」（《法律篇》，665A）；其二則為凡是能教育人的靈魂的聲音，即稱之為「音樂」（《法律篇》，673A）。這兩個定義顯然都是來自長時期希臘文化的傳承，前者視節奏與和諧為音樂的兩個要素，後者則視音樂具有教育的功能，而不只是純粹的音樂藝術。李美燕：〈「和」與「德」——柏拉圖與孔子的樂教思想之比較〉，《藝術評論》第二十期，2010，頁 125。

序三個要素。

　　中國最早出現「節奏」二字，也同樣運用在音樂領域。《禮記・樂記》：「樂者，心之動也；聲者，樂之象也；文采節奏，聲之飾也。」鄭玄注：「文采謂節奏合也。」〔註78〕《漢語大詞典》解釋「文采」：「指樂曲的抑揚和諧。」〔註79〕由此可知，不管是「文采」或「節奏」均有樂曲抑揚和諧的概念，而《禮記・樂記》認為樂曲的抑揚和諧即是聲音的外在裝飾、人為的造作。那麼聲音為何必須用文采節奏來裝飾呢？《禮記・樂記》進一步論述：

> 夫樂者樂也，人情之所不能免也。……故人不耐無樂，樂不耐無形。形而不為道，不耐無亂。先王恥其亂，故制雅、頌之聲以道之，使其聲足樂而不流，使其文足論而不息，使其曲直繁瘠、廉肉節奏足以感動人之善心而已矣。〔註80〕

可知《禮記・樂記》的思維模式與柏拉圖一樣是以教化為目的，音樂是為了教化人心而產生的。那麼什麼樣的音樂具有教化功能？《禮記・樂記》認為必須將曲折或直接、繁瑣或簡約、高亢或婉轉等不同的對比樂曲調合而成，才能使人感動，達到教化的功能；否則雜亂無章、忽高忽低不協調的音樂無法讓人產生喜樂之心，更無法達到教化的作用，此即為聲音的「節奏」。因此，歸納中國節奏的原始意義，則有對比及調和兩個要素，與柏拉圖的對比、秩序有些許差異。《禮記・樂記》的節奏概念較講究高低調和，而柏拉圖的節奏則強調「秩序」，調和是使音樂協調，但不必一定要有次序。二者有層次上的不同。

二、詩歌中的節奏意涵

（一）西方詩歌節奏的要素

　　節奏雖然大多使用於音樂，但後來也運用在詩歌領域。西方原始的節奏概念進入詩歌後，結合格律（meter）的形式，除了具備流動、對比及秩序三要素之外，又增加「重複」的概念。因為英美的格律詩是輕重或長短音的組合，經由對比及重複達致節奏（rhythmical）的效果。以英詩為例，英國約克大學（University of York）英語教授 Derek Attridge 在他的著作 *The Rhythms of English Poetry* 提到：

〔註78〕（清）孫希旦著：《禮記集解・下》，（北京：中華書局，1989.02），頁1006～1007。
〔註79〕漢語大詞典編纂處編：《漢語大詞典訂補》，上海：上海辭書出版社，2010.12。
〔註80〕（清）孫希旦著：《禮記集解・下》，頁1032。

> 英詩格律的經典作法就是以音步為基本單位。音步是由一組輕重音
> 節構成的，帶有長音和短音的原始特質。大多數的英詩格律，是由
> 相同的音步固定重複幾次，而格律的傳統名稱就是源於音步的類型
> 和它在一行出現的次數。〔註81〕

Derek Attridge 簡明扼要地界定英詩格律，就是「由相同的音步固定重複幾次」
而形成，而「音步的類型」和「它在一行出現的次數」則構成不同的格律類型。
我們以抑揚格五音步（Iambic pentameter）為例，所謂「抑揚格」（iambic foot
或 iamb）是指由一個非重讀音節（輕音節）加上一個重讀音節（重音節）而
構成的音步類型，而抑揚格五音步則意謂每一行詩句有五個音步，每個音步均
按一個非重讀音節再加上一個重讀音節的規律來排列。Derek Attridge 將「×」
代表非重讀音節（nonstress），「／」指重讀音節（a stress），舉下列詩行為例：

　　　　×　　／　　×　／　　×　　／　×　／　　×　／
　　　| Enforced | to seek | some co | vert nigh | at hand | 〔註82〕

此詩行的音步由一個輕讀音節再加上一個重讀音節所構成，輕重音節規律地
在詩行重複五次，即為抑揚格五音步。由上述例證可說明「重複」形成英詩的
格律要素之一，而經由重複，確實會產生迴返呼應的節奏效果。

（二）中國詩歌的節奏要素

　　中國詩歌中的節奏要素，是否有類似西方的「重複」意涵？就詩行來說，
中國詩歌建行的平仄安排，不似英詩的音步是對比等值的重複。古詩的平仄不
限，有時甚至有全行皆平的現象。至於律詩，「平平仄仄平平仄」或「仄仄平
平平仄仄」的格律與英詩的音步重複不同。若要平仄重複，則應該是「平仄平
仄平仄平」的安排，但中國律詩顯然不是，因而中國詩行的平仄節奏不具備重
複性。

　　但是如果將範圍擴大到章句，重複的特質就會在「韻」及「字數」出現，
例如韻腳的重複，建行字數的重複等，這些都構成了節奏性。

　　然而中國古典詩論卻沒有涉及韻及字數重複造成的節奏效果，反而承襲
音樂中「對比」及「調和」的概念，常常用來指篇法、句法、韻、換韻及平仄
的調和之類。但是自從胡適試驗白話詩之後，文壇詩人透過翻譯、閱讀西洋詩，

〔註81〕 Derek Attridge, *The Rhythms of English Poetry* (New York: Longman Inc.,1982),
　　　　 P.6.
〔註82〕 Derek Attridge, *The Rhythms of English Poetry*, P.7.

節奏概念慢慢產生變化。歸納胡適之前的用法如下：〔註83〕

（1）篇章安排的節奏

文言長詩往往動輒二三十行，若不鋪排調和，勢必單調無法引起讀者共鳴，此時篇章的節奏就顯得相當重要。例如明初李東陽在《麓堂詩話》提到：「長篇中須有節奏，有操有縱，有正有變。若平鋪穩布，雖多無益。」〔註84〕「長篇須有節奏」，意指文言長詩往往動輒二三十行，若不鋪排調和，勢必單調無法引起讀者共鳴，所以有操有縱、有正有變才不致呆板缺少靈動，因此李東陽所界定的節奏，特別指篇章的布局安排，即「章法」的表現。

（2）建行字數及句法的節奏效果

另外，節奏也指建行字數、句法的起伏效果。所謂「建行」是指詩歌每一行建立的形式，包含字數、句法或者格律等，〔註85〕這裡特別討論的是字數及句法。古詩的建行字數有三、四、五、七言不等，不同的建行字數及句法所引發的緩急效果不同，詩人以「節奏」二字稱呼。例如明代胡應麟在《詩藪》論述：

> 七言律於五言律，猶七言古于五言古也。五言古御轡有程，步驟難展。至七言古，錯綜開闔，頓挫抑揚，而古風之變始極。五言律官商甫協，節奏未舒。至七言律，暢達悠揚，纖徐委折，而近體之妙始窮。〔註86〕

〔註83〕以下分類參考李國輝：《比較視野下中國詩律觀念的變遷》，（北京：中國社會科學出版社，2011.1），頁73～79。然而筆者有幾點看法與李國輝不同。第一，李國輝「詩體之節奏」的分類，筆者改為「建行字數的節奏效果」。因為「詩體」兩個字容易與抒情詩、敘事詩，或古體詩、近體詩等分類混淆，然李氏的敘述顯然是指詩行的字數所產生的節奏效果，故改以「建行字數」取代「詩體」。第二，李國輝認為中國的節奏僅有「高低曲度的調和」概念，並不具備「重複」的意涵。筆者則認為，中國詩歌雖然沒有英詩「音步重複」的概念，但卻大量使用句中韻、疊韻及韻腳等，皆具有重複性，「重複」的概念不可能不進入中國的節奏思維，故分類中特別加入韻的討論。

〔註84〕（明）李東陽：《麓堂詩話》，（北京：中華書局，1985），頁4。

〔註85〕這裡使用「建行」而不使用「每一行」，是特別考量新詩因受英詩跨行的影響，每一行的句意已不像古詩是完整的，有時會跨行排列，因而每一行不見得是一個完整的句子。中國目前可見最早有系統討論建行的文獻，是林庚於1950年7月12日發表於《光明日報》〈新詩的「建行」問題〉。參考林庚：《新詩格律與語言的詩化》，（北京：經濟日報，2001.1），頁44～46。

〔註86〕（明）胡應麟：《詩藪》，（北京：中華書局，1962.11），頁81。

胡應麟認為五言詩有一定的準則，較好駕馭，但是卻比較難以舒展情意。七言就不同了，七言句型的變化較多，聲律的表現也多樣，無論暢達或委婉的情意都可臻致。李國輝論述：「這裡說的五言律『節奏未舒』，就不是指篇幅上的大小了，因為五言詩在句法上二下三，不如七言詩上二中二下三來得曲折，所以五言律雖然『宮商甫協』，但是在節奏上卻比不上七言律的『纖徐委折』。」〔註87〕因此胡應麟稱謂的節奏，是指建行字數及句法所展現的節奏效果。

（3）韻的節奏效果

王力在〈中國格律詩的傳統和現代格律詩的問題〉一文將韻與節奏分開論述，認為二者均屬於格律詩的要素，但分屬不同內涵。他進一步解釋，中國格律詩的節奏是由平仄限制而來，而平聲是長音，仄聲是短音，「長短相間構成了中國詩的節奏。」〔註88〕關於律詩的平仄限制是否可以構成節奏，有待進一步論辯；〔註89〕但王力此文界定的「節奏」，顯然較偏向節拍的概念，韻則不在其論述的範圍。

生於清代乾隆年間的陳僅，在其著作《詩誦》則述及韻與節奏的關係，例如《詩經》〈七月〉篇，陳僅分析韻的變化、使用的疏密可以調和節奏。

> 〈七月〉前後三章三換韻，中間四章四換韻，獨第五章一韻到底，
> 通篇無句不韻，惟五章「嗟我婦子，曰為改歲」二句無韻。於繁音
> 促節中，忽用三句得韻一調以疏其氣，節奏最妙。〔註90〕

陳僅分析〈豳風·七月〉共八章，前後三章及中間四章皆有換韻，唯有第五章一韻到底、句句押韻，是「繁音促節」的。然第五章卻在倒數第三句及第二句「嗟我婦子，曰為改歲」兩句不押韻，陳僅認為不押韻的兩句正好可以「疏其氣」，是音節急緩的調和效果，「節奏最妙」。從陳僅的敘述可看出韻腳的疏密也能構成節奏的調和，韻的用法和節奏是有關聯的。

（4）平仄四聲與節奏

中國詩歌討論平上去入四聲與節奏的關係，往往將四聲與聲音的高低抑揚連結，並認為平仄若調節得當即是節奏的展現。例如明代謝榛在《四溟詩話》

〔註87〕李國輝：《比較視野下中國詩律觀念的變遷》，（北京：中國社會科學出版社，2011.1），頁75。

〔註88〕王力：〈中國格律詩的傳統和現代格律詩的問題〉，《文學評論》，1959.6.30，頁9。

〔註89〕詳細論辯請見本論文第二章第四節第二點。

〔註90〕（清）陳僅：《詩誦》卷三，清光緒十一年四明文則樓木活字本。

提到：

> 談詩法，妙在平仄四聲而有清濁抑揚之分。試以東董棟篤四聲調之，
> 東字平平直起，氣舒且長，其聲揚也。董字上轉，氣咽促然易盡，
> 其聲抑也。棟字去而悠遠，氣振愈高，其聲揚也。篤字下入而疾，
> 氣收斬然，其聲抑也。夫四聲抑揚，不失疾徐之節，惟歌詩者能之，
> 而未知所以妙。〔註91〕

謝榛以「東、董、棟、篤」四個字的聲調為例，分析平聲如「東」字，「平平直起，氣舒且長」，而去聲如「棟」字，聲音「悠遠，氣振愈高」，二者的聲音特質皆屬較「揚」起的。而上聲如「董」字，「氣咽促然易盡」、入聲如「篤」字，「疾，氣收斬然」，所以聲音特質偏向「抑」。謝榛進一步論述，如果將詩歌中的平仄四聲調節得當，使得高低抑揚之間的轉換能巧妙展現，「不失疾徐之節」，那麼詩歌的節奏就非常高妙了。

三、胡適詩歌的節奏研究界定

上述分類，可知中國詩歌中的節奏概念，仍偏向高低抑揚的變化及調合的特質，且多屬於吉光片羽，並未深入建構理論。以詩歌節奏史的發展來說，將「節奏」視為研究對象，有系統探討並建構理論的，當從現代白話詩嘗試之後。陳本益論述：「古代對節奏的論說較少，對節奏的論說主要出現在現代和當代。它是伴隨對新詩形式的探索而進行的。」〔註92〕就此而言，胡適是首位因試驗新詩而建立節奏理論的文人。1914年2月3日，胡適因翻譯〈哀希臘歌〉意識到詩歌的建行字數會影響詩意及情感的表現，是胡適首次觸及節奏的開端〔註93〕。1917年11月20日胡適試驗白話詩近一年多，與錢玄同通信後開始創作長短無定的白話詩，已漸漸形成「自然音節」的理論。

綜上論述：本文研究胡適新詩節奏理論的形成，所界定的節奏範疇不僅包括古詩格律，更涵蓋漢語平仄輕重、頓歇、韻及建行。原因有三：第一，胡適論述白話的平仄牽涉音變等問題，已屬於漢語輕重、頓歇、聲調等節律（prosody）範疇；〔註94〕第二，胡適初期白話詩蛻變於古詩詞，因而脫離不

〔註91〕（明）謝榛：《四溟詩話》卷三，（北京：中華書局，1985），頁47。
〔註92〕陳本益：《漢語詩歌的節奏》，（台北：文津，1994年），頁24。
〔註93〕詳見本論文第四章第二節第一點，對於胡適的譯詩與建行字數的建立將有詳細論述。
〔註94〕節律在本文的界定，不僅包括古詩格律，還涵蓋漢語的平仄輕重及頓歇。吳潔

了韻及建行字數的影響；第三，一九二〇年代擁護傳統格律派的讀者群不少，因此聲韻格律成為論戰的焦點，形成本論文探討的核心。

筆者認為胡適的節奏概念並沒有《禮記・樂記》上的教化目的，但承接傳統詩歌上的節奏概念，也受西方「音步」重複特質的影響。因而上述歸納傳統的詩歌節奏概念，如「篇章安排的節奏」、「建行字數及句法的節奏效果」、「韻的節奏效果」、「平仄四聲與節奏」，西方詩歌節奏的「重複」特質，都在本論文的界定範圍。

四、名詞釋義

（一）「音節」、「節奏」、「格律」之區分

現今漢語使用「音節」二字，是指語音的基本單位。胡適使用「音節」二字的含意相當於「節奏」，是五四前後詩壇的慣用詞。一直到 1926 年郭沫若〈論節奏〉一文出現後，「節奏」二字漸漸取代「音節」，30 年代後則普遍使用「節奏」二字。

一般來說，詩歌的節奏（rhythm）研究總會與格律（meter）研究畫上等號，不過本論文界定：節奏涵蓋的範疇遠大於格律，格律僅是節奏範疇中的一部份而已。就性質而言，高友工認為節奏與節律（meter，即格律）不同，節奏雖有重複的特性，但重複的時間沒有一定限制，因此是流動、活潑的；而節律（即格律）卻如機械式的重複，有一定的格式與時間限制。〔註95〕

（二）「白話詩」、「新詩」、「新體詩」、「自由詩」之區分

「白話詩」、「新體詩」、「新詩」、「自由詩」四個名詞，常在民國初年的詩學探討上混用。就使用的語意而言，「白話詩」、「新體詩」、「新詩」及「自由

敏、朱宏達《漢語節律學》：「節律又叫聲律、音律、韻律、上加成素或超音質成分、超音段音位、超音段特徵、非線性特徵等等。……聲調能區別詞義，所以也叫調位。聲調是屬於音節層的節律。又如雙音節連續要產生變調……這變調也是節律特徵。……詞進入言語層，因為題旨和語境不同，相同音節序列的句子要用不同音高、音長、音強來表示，這不同的音高、音強、音長形成的口氣語調也是節律。」（北京：漢文出版社，2001），頁 1。胡適以周作人詩句「不得不謝謝你」，論述白話的平仄與文言不同，是聲調中的「變調」，屬於「節律」範疇。詳見本論文第二章第四節第三點〈文言與白話的平仄音讀不同，證明新詩的節奏不來自平仄律〉。

〔註95〕高友工：〈中國語言文字對詩歌的影響〉，《中國美典與文學研究論集》，（台北：台大出版社，2004），頁 188。

詩」分別代表胡適詩體試驗的四個階段。

　　胡適在詩體上的試探歷程，一開始是語言白話的革新，故而稱為「白話詩」。

　　再來探討白話詩的語法、節奏、意象等，皆完備後才稱為「新詩」。「新體詩」三個字最早的使用，乃任鴻雋於 1918 年 6 月 8 日致信胡適，討論詩體形式事宜而提及。此時胡適已開始改革白話詩的節奏，任鴻雋稱之為「新體詩」。胡適沿襲，於〈談新詩〉一文與「新詩」二字交替使用。「新體詩」與「新詩」二者實無差別，最大的區分，在於「新體詩」特別強調「新體裁」的創新。「自由詩」就胡適的使用而言，則特別意指擺脫傳統格律音韻的限制，自由選擇適合的「自然音節」。

第二章　胡適新詩節奏理論的重點之一：「節」的建立

　　胡適於《四十自述》坦言他的學詩經驗和腳氣病有關。因 1906、1907 年前後兩次腳氣病發作在家休養，促使胡適讀古詩、寫古詩，並進一步自發學寫律詩，這和一般文人為了科考取仕不同。不過也因胡適的進路不同，反而較能客觀省思舊格律之於詩歌的意義；終至留美後，因受英詩啟發而展開新詩節奏「節」的建立。

　　胡適「節」的建立起自於反對詩律的平仄黏對。平仄四聲原存於漢語聲調中，真正發現並有意識運用於詩歌，形成規則理論乃起源於齊梁。齊梁以後，平仄四聲的分別及黏對，經過唐代詩人及科舉試帖詩的推波助瀾後，已形成定則定律。歷代詩人、詩論家多不斷沿襲，以為平仄若調節得當，詩中的節奏效果便好，甚少反思平仄格律是否真正有助於詩歌的節奏展現。一直到 1916 年 7 月 22 日胡適著手試驗新詩，才重新檢視平仄格律之於詩歌的節奏效果，後續劉半農的《四聲實驗錄》更是此一議題之下的產物。

　　1915 年 9 月 17 日胡適致信梅覲莊，正式提出「文學革命」的口號，雖然重點是詩語言的白話使用，但經過不斷試驗及論辯後，於 1917 年 1 月《新青年》發表〈文學改良芻議〉提出「詩須廢律」，焦點已逐漸擴及質疑律詩的「平仄黏對」。約莫歷經兩年多，胡適於〈談新詩〉一文深入論辯平仄四聲之於詩中的節奏效果，並提出「節」才是真正展現新詩節奏的元素之一。本文將從胡適的律詩經驗談起，進一步詳析胡適對於詩歌中平仄四聲的本質論述，以及新

詩如何以「節」來展現節奏。目前學界相關研究不多，〔註1〕本章則期能裨益民國以來新詩節奏史的建立。

第一節　胡適早期的律詩經驗

　　胡適接觸律詩始於童蒙時期。滿三歲零幾個月，胡適在叔父介如先生的學堂讀書，念的第一部書《學為人詩》，是父親胡鐵花親自編抄的四言韻文。〔註2〕第二部書《原學》也同樣是父親編寫的四言韻文，是一部略述哲理的書；一直到第三部書《律詩六抄》才開始接觸律詩。胡適猜測，應是姚鼐的選本。該冊詩集全是律詩，幼小的胡適雖不懂內容，卻背得很熟。〔註3〕

　　再次接觸律詩，已是公學校時期（1906）。根據商衍鎏的研究，清代將詩賦列入科舉考試的項目，始自乾隆二十二年。當時五言八韻詩列入必考項目，考生或文人都必須學會做律詩（即應考的試帖詩），〔註4〕因此對於平仄黏對、韻譜的熟悉自不在話下。但是1895年後，因北洋大學堂等新式學堂的設置，各種科目的學堂如雨後春筍般出現，再加上1898年光緒皇帝下令科舉考試短暫廢八股文3個多月的刺激，生於1891年的胡適，遲遲未開筆學習八股文、試帖詩，「那時候正是廢八股時文的時代，科舉制度本身也動搖了。二哥三哥在上海受了時代思潮的影響，所以不要我『開筆』做八股文……」〔註5〕。1905年科舉廢除，胡適跟隨治病的三哥到上海，已至澄衷學堂就讀。〔註6〕雖然胡適先前已於梅溪學堂開題學做經義，但八股已非仕途所需，就讀澄衷學堂的胡

<hr>

〔註1〕目前學界對於胡適「節」的建立過程，並無相關具體研究成果；僅有中國學者陳本益（1944～）上溯晚清劉熙載（1813～1881）「頓」的概念，認為胡適的「節」與其有承繼關係。（陳本益：《漢語詩歌的節奏》，（臺北：文津，1994年），頁25～28。）此與筆者的觀點不同，將於下文詳細論辯。

〔註2〕胡適在《四十自述》抄寫《學為人詩》的頭幾行：「為人之道，在率其性。子臣弟友，循理之正；謹乎庸言，勉乎庸行；以學為人，以期作聖。」（台北：遠流，2005），頁44。

〔註3〕胡適：《四十自述》，（台北：遠流，2005），頁46。

〔註4〕商衍鎏：《清代科舉考試述錄》，（北京：生活‧讀書‧新知三聯書店，1958.05），頁251。

〔註5〕胡適：《四十自述》，頁56。

〔註6〕1904年2月，胡適的母親要他跟隨就醫的三哥到上海讀新式學堂。初入梅溪學堂，1905年5月改入澄衷學堂。胡適：《四十自述》，頁83。另外，1906年5月30日胡適於《澄衷中學日記》寫下第一首古詩〈火車〉，但不合格律。參閱本論文第三章第一節〈1906到1909年澄衷中學及中國公學時代〉。

適，大多讀嚴復、梁啟超等劃歸為新學的課外書籍。〔註7〕

　　1906 年暑間胡適考取中國公學校，冬天，因腳氣病告假醫治，〔註8〕卻促成胡適翻閱吳汝綸編選的古詩集，第一次接觸律詩以外的樂府歌行和五七言詩歌，「忽然感覺很大的興趣」〔註9〕，「我天天讀古詩，從蘇武李陵直到元好問，單讀古體詩，不讀律詩」〔註10〕。1907 年初，腳氣病痊癒，回校後開始試作古詩，「那一年我也做了幾篇詩，內中有一篇五百六十字的〈遊萬國賽珍會〉，和一篇近三百字的〈棄父行〉」。〔註11〕此時的胡適相當喜歡古詩的自由格律，除了〈遊萬國賽珍會〉、〈棄父行〉之外，還有〈西湖錢王祠〉、〈送石蘊山歸湘〉、〈西台行〉等古詩作品。

　　相較之下胡適反而較排斥律詩的對仗要求，「我初學做詩，不敢做律詩，因為我不曾學過對對子，覺得那是很難的事。」〔註12〕不過同樣在 1907 這一年，5 月，胡適腳氣病再次復發，回績溪老家療養休息較久，讓胡適有足夠的時間寫詩讀詩，也開始試作律詩，「丁未以後，我在學校裡頗有少年詩人之名，常常和同學們唱和。有一次我做了一首五言律詩，押了一個『楨』字韻，同學和教員和作的詩有十幾首之多。」〔註13〕此時的胡適已開始嘗試律詩創作，據胡明考證，胡適第一首律詩寫於 1907 年 9 月，是一首五言律詩，詩名〈留別近仁〉，是為了留別堂叔胡近仁（1883～1932）而有的詩作，載錄原詩如下：

　　　　十載聯交久，
　　　　何堪際別離。
　　　　友師論學業，
　　　　叔侄敘論彝。

〔註 7〕胡適：《四十自述》，頁 86～95。此時胡適閱讀較多的是梁啟超於日本創辦的《新民叢報》，不過胡適讀的版本是 1902、1903 年的《新民叢報彙編》，當然也包括《飲冰室詩話》。參考本論文第四章第一節〈胡適的新詩節奏理論與晚清詩壇〉。

〔註 8〕胡適第一次腳氣病發作的時間是根據季維龍、曹伯言所編之《胡適年譜》所載，（安徽教育出版社，1986），頁 23。

〔註 9〕胡適：《四十自述》，頁 125。

〔註 10〕《嘗試集》〈再版自序〉，（上海：亞東書局，1920.9），頁 19。

〔註 11〕《嘗試集》〈再版自序〉，頁 19。

〔註 12〕胡適：《四十自述》，頁 129。

〔註 13〕胡適：《四十自述》，頁 128。

> 耿耿維駒意，
>
> 依依折柳辭。
>
> 天涯知己少，
>
> 悵悵欲何之。〔註14〕

詩中後四句頻繁使用疊字「耿耿」、「依依」、「悵悵」，用字遣詞、詩風皆頗有
《古詩十九首》的味道，可知胡適初期的律詩仍留有古詩的影子。

第二節　中國公學校時期：批判律詩黏對的意義

　　1908 年以後，胡適已常常作五七言律詩了。不過他卻相當反對律詩的體
裁，認為律詩不過是技巧的組合，「做慣律詩之後，我才明白這種體裁是似難
而實易的把戲；不必有內容，不必有情緒，不必有意思，只要會變戲法，會搬
弄典故，會調音節，會對對子，就可以寫成一首律詩。」〔註15〕所謂「會調音
節，會對對子」，就律詩格律而言，指的就是「黏對」。據方師鐸研究，「黏」
是指唐人近體詩中的「黏法」，「對」則是近體詩中的「對法」──這兩種方
法，交織成唐詩的「平仄律」，使原本各自獨立的四個單句子或八個單句子
（甚至十二句、十四句、十六句、或更多句），緊緊交織在一起，成為一個平
仄協調的完整體。〔註16〕以胡適五言律詩〈贈別怡蓀歸娶〉平起格為例，試分
析如下：

> 客中還送客，　　仄平平仄仄，
>
> 風雪滿天涯。　黏／平仄仄平平。
>
> 寂寂鄉關望，　　＼仄仄平平仄，＼對
>
> 迢迢雲樹遮。　黏／平平平仄平。／
>
> 歸來君授室，　　＼平平平仄仄，＼對
>
> 飄泊我無家。　黏／平仄仄平平。／
>
> 自顧無長策，　　＼仄仄平平仄，
>
> 青門學種瓜。　　平平仄仄平。

〔註14〕胡明編注：《胡適詩存‧增補本》，（北京：人民文學出版社，1993.10），頁 427。

〔註15〕胡適：《四十自述》，頁 129。

〔註16〕呂宗麟：〈館藏贈書專櫃手稿整理──方師鐸先生《淺說唐詩》系列〉，東海大
學圖書館館訊　新十一期，2002.8.15 http://www.lib.thu.edu.tw/newsletter/11-
200208/lib11-5.htm

胡適此詩發表於 1909 年 1 月 12 日《競業旬報》第 39 期，〔註17〕內容乃贈別好友許怡蓀，當時胡適尚在中國公學校就讀。詩中第一句的第二個字用平聲，第二句的第二個字用仄聲，稱為「平起仄收」，簡稱「平起格」，反之即為「仄起格」，這實際只決定於第一句第二個字，因為第一句第一個字是可變的。理論上，詩的前兩聯用「仄平平仄仄，平仄仄平平；仄仄平平仄，平平仄仄平」，以下第三四聯、五六聯和七八聯依次循環往復。但因一三字平仄可以不論，因此胡適〈贈別怡蓀歸娶〉的第二聯第二句的第三個字本應用「仄」改為「平」，而第三聯第一句的第一個字也改仄聲為「平」聲，這本在格律允許的範圍內。〔註18〕筆者分析此詩黏對，首聯的第二句與頷聯的第一句，二四字的平仄皆同，彷若將首、頷兩聯緊緊「黏貼」；而頷聯上下兩句，則幾乎用「仄仄」來對「平平」，頸聯則用「平平」來對「仄仄」，是「平仄相反」的「對立」法。律詩以「黏」及「對」兩種平仄法緊緊交織在一起，成為一個平仄協調的完整體，此之謂「黏對」。

　　據朱光潛研究，漢語本來就有平仄四聲的聲調，但一直到南朝齊梁才真正形成規則，刻意運用於詩歌。從文學史的角度來說，詩歌中文字意義的排偶在《楚辭》、漢賦裡已常見，聲音的對仗則到魏晉以後才逐漸成為原則。朱光潛進一步推測，聲音的對仗實以意義的排偶為模範，詞賦家先在意義排偶中見出前後對稱的原則，然後才把它推行到聲音方面去。律詩和賦一樣，意義的排偶也先於聲音的對仗。朱光潛以為「律詩」的名稱雖到唐初才出現，但在晉宋時已成事實。例如謝靈運集裡常見全篇對仗工整的詩，儼然近似排律，但還不是真正嚴格的排律，因為意義雖排偶，但聲音卻尚未平仄對仗。〔註19〕

〔註17〕《競業旬報》第 39 期，1909.1.12，頁 26。胡適當時是以筆名「藏暉」發表。
〔註18〕根據王力研究，「五言『平平仄仄平』這個格式中，第一字不能不論，在七言『仄仄平平仄仄平』這個格式中，第三字不能不論，否則就要犯孤平。在五言『平平仄平仄』這個特定格式中，第一字也不能不論；同理，在七言『仄仄平平仄平仄』這個特定格式中，第三字也不能不論。……五言仄腳韻的句子可以有兩個字不論，平腳韻的句子只能有一個字不論。」筆者檢視胡適〈贈別怡蓀歸娶〉的平仄排列，大致符合格律。王力：《詩詞格律》，（北京：中華書局，2009.5），頁 47。
〔註19〕朱光潛以謝靈運〈登池上樓〉為例：「潛虯媚幽姿，飛鴻響遠音。薄霄愧雲浮，棲川怍淵沈。進德智所拙，退耕力不任。徇祿反窮海，臥痾對空林。衾枕昧節候，褰開暫窺臨。傾耳聆波瀾，舉目眺嶇嶔。初景革緒風，新陽改故陰。池塘生春草，園柳變鳴禽。祁祁傷豳歌，萋萋感楚吟。索居易永久，離群難處心。持操豈獨古，無悶征在今。」全篇儼然近似排律，但因聲音尚未平仄對仗，仍

全篇意義排偶又加上聲音對仗，儼然成為律詩的作品一直到梁時，何遜、陰鏗才出現。〔註20〕

　　從文學史的發展來說，律詩聲音的對仗出現在意義之後，可見得律詩格律的發展並非全部來自於詩歌節奏的考量，反而較多是形式整齊的要求。尤其進入唐朝之後，雅興的文人互相唱和，以律詩格律為傲，再加上科舉試貼詩的推波助瀾，講究平仄黏對的律詩格式自然成為讀書人的必修學分，於私塾就學時便得熟諳，到了應試提筆寫詩時，自然形成反射動作，不曾質疑。前面已提及，清代乾隆二十二年將詩賦列入科舉考試的項目，五言八韻詩列入必考項目，考生或文人都必須學會做律詩。〔註21〕1898 年光緒皇帝雖短暫下令廢八股文 3 個多月，但是與胡適同時期的文人及好友，大都依然學作試帖詩、應童子試。如長胡適一歲多，反對建立白話詩的梅光迪（1890～1945），〔註22〕十二歲曾應童子試〔註23〕；與胡適同為留美好友，提倡保留律詩形式的任鴻雋（1886～1961，長胡適五歲），〔註24〕參加中國最後一次科舉考試，得四川巴縣第三名

不屬排律。朱光潛研究，此種近似排律的體格從謝靈運發端之後，在當時極流行，如鮑照、謝朓、王融諸人詩集都可見排偶的風氣之盛。朱光潛：〈中國詩何以走上「律」的路（上）〉，《詩論》，（台北：萬卷樓發行，1990），頁 253～257。

〔註20〕 台灣學者施逢雨將梁、陳、隋三時期的五言詩，加以量化分析，發現當時五言詩單句律化及聯內成對的比例日漸上升，律化程度相當高，只有聯間成黏的現象還是比較少見。施逢雨：〈單句律化：永明聲律運動走向律化的一個關鍵過程〉，《清華學報》，第二十九卷第三期，1999.9，頁 301～320。筆者試以何遜詩〈渡青草湖〉為例：「洞庭春溜滿，平湖錦帆張。沅水桃花色，湘流杜若香。穴去茅山近，江連巫峽長。帶天澄迴碧，映日動浮光。行舟逗遠樹，度鳥息危檣。滔滔不可測，一葦詎能航？」分析四聲平仄譜如下：「仄平平仄仄，平平仄平平。平仄平平仄，平平仄仄平。仄仄平平仄，平平平仄平。仄平平仄仄，仄仄仄平平。平平仄仄仄，仄仄仄平平。平平仄仄仄，仄仄仄平平。」可以清楚看到全詩六聯，每聯平仄大致對仗，但成黏的詩句僅有 6.7 兩句，其餘皆失黏。

〔註21〕 商衍鎏：《清代科舉考試述錄》，（北京：生活・讀書・新知三聯書店，1958.05），頁 251。

〔註22〕 1911 年梅光迪留美，與胡適經常書言往來成為論學上的好友。1915 年 9 月胡適提倡文學革命，1916 年 7 月嘗試白話詩，梅光迪與之書信往來，皆強烈反對。詳見〈晚清詩壇與友朋論辯對胡適新詩節奏理論形成的影響〉一章。

〔註23〕 郭斌龢〈梅迪生先生傳略〉：「先生生於光緒十六年一月二日，十二歲應童子試。」羅崗、陳春豔編：《梅光迪文錄》，（遼寧教育出版社，2001.2），頁 242。

〔註24〕 1918 年 6 月 8 日任鴻雋致信胡適，提到「詩體」問題，認為古詩格律有其存在的必然性，不可斷然遺棄。《新青年》5 卷 2 號，1918.8。詳細論述，見本論

秀才。〔註 25〕至於做文批評胡適的《嘗試集》，1894 年出生，小胡適三歲的胡
先驌（1894～1968），〔註 26〕則於 1898 年便開筆習作律詩黏對，五歲即有神童
之譽，〔註 27〕1904 年奉母命赴南昌府應童子試。〔註 28〕童子試亦稱童試，是
參加科考的資格考試，試期多在二月，考四到五場，內容當然包括五言八韻的
試帖詩。縱上論述，無論梅光迪、任鴻雋或胡先驌等，雖然與胡適年紀相仿，
但是皆在早年私塾教育時已經受過八股、試帖詩的訓練，對於平仄黏對自然熟
悉接受而不質疑，因此 1916 年前後胡適提倡文學革命、建立白話詩，以白話
文法取代古詩格律，引起諸多如梅光迪等好友的論戰是可想而知的。中國學者
王東杰（1971～）追溯任鴻雋反對胡適白話詩的原因，也有如下的推論：

> 任鴻雋在私塾中，除了為考秀才而讀過朱注「四書」之外，受到的
> 另一訓練就是文詞。墊江是個偏遠小邑，「固不易得通人為童子師」。
> 但晚清以來蜀地文章之風頗盛，詞章乃是強項。任鴻雋跟從最久的
> 一位徐甫唐先生便在「平常誦讀外雅好吟詠」。這使得小時的任鴻雋
> 在耳濡目染之下頗受影響，「中年之後，雖人事牽繞而不廢吟詠」。
> 任鴻雋後來留學美國期間，與胡適爭論白話詩問題，對古典詩抱有
> 明顯的同情態度，便與這種訓練有關。〔註 29〕

可見得私塾的文詞訓練，再加上童子試、科考等洗禮，會使得文人潛移默化認
同古詩格律。統而言之，科考的項目影響教育內容，而教育內容又影響文人的
思維模試。

　　就此而言，胡適顯然與同時期的文壇友人不同。胡適的私塾教育雖也背誦
父親編纂的四言韻書，但接下來除了《律詩六鈔》、《詩經》兩部詩集之外，其
餘便全是《論語》、《孟子》一類的散文了。尤其自九歲接觸《水滸傳》的殘本

文〈晚清詩壇與友朋論辯對胡適新詩節奏理論形成的影響〉一章。

〔註 25〕任鴻雋：〈五十自述〉，樊洪業、張久春選編：《科學救國之夢──任鴻雋文存》，
　　　　（上海：上海科技教育出版社，2002.8），頁 677。

〔註 26〕1922 年 1 月及 2 月胡先驌於《學衡》發表〈評《嘗試集》〉一文，對胡適白話
　　　　詩的嘗試有諸多批評。

〔註 27〕胡宗剛撰《胡先驌先生年譜長編》：「是年（筆者按：1898，五歲），受《論語》、
　　　　《詩經》等，習對偶，有神童之譽。」（南昌：江西教育出版社，2008.02），
　　　　頁 12。

〔註 28〕胡宗剛撰：《胡先驌先生年譜長編》，（南昌：江西教育出版社，2008.02），頁
　　　　17。

〔註 29〕王東杰著：《建立學界‧陶鑄國民‧四川大學校長任鴻雋》（濟南：山東教育出
　　　　版社，2012.04），頁 18。

《第五才子》後，便開啟胡適嗜讀白話小說的一扇窗，〔註30〕甚至就讀中國公學校時，不僅投稿上海白話報《競業旬報》，還擔任主編幾十期。〔註31〕至於習作律詩對子、練習試帖詩，則因胡適兄長認為科舉制度已動搖，反對胡適習作而遲未動筆，真正開筆已是十七歲的少年（1907年），與梅光迪、任鴻雋等好友自私塾教育便開筆習作對子不同。他自己也坦誠：「我先前不做律詩，因為我少時不曾學對對子，心裡總覺得律詩難做。」〔註32〕可見得不曾參與科舉、幼小教育不曾練習黏對，果然影響胡適對於律詩格律的態度，無怪乎習作近一年後，便有「這種體裁是似難而實易的把戲」。從詩學體裁的發展來看，胡適的批判其實相當中肯。客觀來說，律詩的格律形式原本就相當繁複，容易形成炫技之弊，作者往往太著重平仄對仗的要求，相較之下反而忽略情感的表達。當代學者葉嘉瑩（1924～　）也評論：「七言律詩之一體，在一開始成立之時，就走上了這一條內容空泛、句法平俗的用於酬應贈答的路子。……因為七律之為體，只要把平仄對偶安排妥適，就很容易支撐起一個看來頗為堂皇的空架子。」〔註33〕葉嘉瑩對律詩體裁的評價與胡適所言不謀而合。

另外，筆者以為清末新式學堂的建立，也與胡適反思平仄格律有關。因科舉地位的鬆動，使得新式學堂大量成立，胡適進入澄衷、中國公學等新式學堂，較有機會大量閱讀新學，直到十七八歲嫻熟律詩格律時，已深具批判性，有足夠的現代性思維反省平仄格律之於詩歌的意義。李宗剛〈科舉制度的廢除與五四文學的發生〉一文指出：「廢除科舉制度為五四文學發生的創建主體提供了巨大的公共空間。廢除科舉後建立起來的新式教育體制和新式學堂，使學生終於走出了傳統的私塾教育的模式，進入了一個相對開放、且相對集中的新式學堂，這使原來相對分散的私塾教育為相對集中的學堂教育所取代。這一轉變，使新式教育納入到了國家的體制中，為五四文學發生的創建主體提供了建構自我現代文化心理結構的巨大公共空間。」〔註34〕胡適對於平仄格律的批判，實是現代文化心理的例證。

〔註30〕胡適：《四十自述》，頁53～56。
〔註31〕胡適：《四十自述》，頁112～116。
〔註32〕胡適：〈再版自序〉，《嘗試集》，頁20。
〔註33〕葉嘉瑩：〈論杜甫七律之演進及其承先啟後之成就〉（代序），《杜甫秋興八首集說》，（河北教育出版，1997.7），頁15～16。
〔註34〕李宗剛：〈科舉制度的廢除與五四文學的發生〉，徐州師範大學學報（哲學社會科學版）第32卷第5期，2006.9。

第三節　留美時期：從英詩的音步發現律詩黏對的節奏性

　　就讀中國公學校的胡適在熟諳五七言律詩體裁後，發現黏對是「似難而實易的把戲」，有搬弄技巧之弊，因而否定其存在的意義。但自從 1910 年 9 月考取公費留美後，由於大量閱讀西洋詩歌，耳濡目染之下，從西洋詩「音步」的角度重新省思「黏對」之於詩歌節奏的功效，有了進一步的突破，是後續〈談新詩〉論「節」的前身。

　　根據《留學日記》1911 年 5 月 12 日及 5 月 17 日記載，胡適留美後最早細讀的西洋詩，是德國詩人歌德（Johann Wolfgang von Goethe，1749～1832）的作品《赫爾曼與竇綠苔》（*Hermann and Dorothea*）。〔註35〕然而胡適最熟稔的終究是英文詩，甚至後來建立「節」的節奏理論，也是受英詩格律的啟發。早在中國公學校時期，胡適便跟隨辜鴻銘（1857～1928）的學生姚康侯學習翻譯，〔註36〕閱讀了不少英文詩。胡適當時的譯作有英國詩人阿佛烈・丁尼生

〔註35〕胡適著，曹伯言整理：《胡適日記全集・1》，（台北：聯經出版公司，2005），頁 142～143。郭延禮（1937～）在其《中國近代翻譯文學概論》一書論述，中國文壇首位翻譯歌德詩歌的是馬君武，於 1911 年譯〈阿明臨海岸哭女詩〉及〈米麗容歌〉兩首，前者摘譯自歌德著名的小說《少年維特之煩惱》中的一個片斷，後者則是歌德一首著名的抒情詩。（郭延禮：《中國近代翻譯文學概論（修訂本）》，（武漢：湖北教育出版社，2005），頁 74。）至於胡適閱讀的《赫爾曼與竇綠苔》是一首敘事長詩，原文有兩千多行，使用揚抑抑格六音步詩體寫成，在中國最早的翻譯者是周學普（1900～1983），1937 年由上海商務書局發行，譯名《赫爾曼與陀羅特亞》。另外郭沫若（1892～1978）也有譯本，題名《赫爾曼與陀羅特亞》，是現在較通行的名稱，但是郭氏的譯本也得等到 1942 年才由重慶文林出版社發行。（龔翰雄：〈歌德作品在中國〉，《20 世紀西方文學研究》，（福州：福建人民出版社，2005.06），頁 279。）胡適初至美國康乃爾大學就讀農學院，除了英文之外，並修習第二外語德文，1911 年 3 月 8 日《留學日記》載錄有德文小考，（胡適著，曹伯言整理：《胡適日記全集・1》，（台北：聯經出版公司，2005），頁 125）同年 5 月 12 日便開始閱讀歌德詩歌，是中國文人當中較早的接觸者。胡適後來也曾譯過德國詩人海因里希・海涅（胡適譯為「亥納」）（Heinrich Heine，1797～1856）的詩作"Ein Fichtenbaum steht einsam"，譯詩時間不可考，據筆者推測，該是胡適留美後已學會德文的譯作。胡適以七言歌行的體裁翻譯，題名〈譯詩一首〉。譯詩全文如下：「高松岑寂羌無歡，獨立塞北之寒山。冰雪蔽體光漫漫，相思之夢來無端。夢中東國之芭蕉，火雲千里石欲焦。脈脈無言影寂廖，欲往從之道路遙。」胡適著，耿雲志主編：《胡適遺稿及秘藏書信》第十一冊，（合肥市：黃山書社，1994），頁 167～168。

〔註36〕胡適：《四十自述》，頁 128～129。

（Alfred, Lord Tennyson，1809～1892）的作品"The Charge of the Light Brigade"
（胡適譯為〈六百男兒行〉）、愛爾蘭詩人湯瑪斯‧坎貝爾（Thomas Campbell，
1777～1844）的"The Soldier's Dream"（胡適譯為〈軍人夢〉）等，皆發表在《競
業旬報》。不過在姚康候的指導下，胡適那時的譯詩側重自由的意譯，以「達」、
「雅」為要務，運用中國五七言的古詩體裁翻譯，並未考慮中西詩歌在節奏表
現上的異同。

留美後，胡適大量接觸英文詩，1910 年 9 月至 1911 年 10 月就讀康乃爾
大學農學院時曾選修英詩課，〔註37〕《留學日記》又多處記載閱讀時間，閱讀
範圍遍及英國文學史上重要的詩人作品，如密爾頓（John Milton，1608～1674）
〔註38〕、英國維多利亞時代最受人尊敬的詩人之一白朗寧（Robert Browning，
1812～1889）〔註39〕、英國浪漫主義詩人威廉‧華茲華斯（William Wordsworth，
1770～1850）〔註40〕、拜倫（George Gordon Byron，1788～1824）〔註41〕等，
都在他細讀品味的名單中。

但真正促使胡適運用西洋詩分析中國律詩的節奏，並影響後來新詩節奏

〔註37〕 1911 年 10 月 6 日胡適於《留學日記》記載，因每日均有實驗課，致使受課太
多而不暇給，所以決定停修「演說及英文詩二課」（胡適著，曹伯言整理：《胡
適日記全集‧1》，（台北：聯經出版公司，2005），頁 185），由此可知在此之
前胡適應該有選修英詩課程。又胡適 1910 年 9 月入康乃爾大學就讀時初選農
科，1912 年 9 月才轉入文學院。

〔註38〕 胡適《留學日記》1911 年 8 月 19 日記載「讀密爾頓（Milton）之 L'Allegro」；
隔天（1911.8.20）又記載「讀密爾頓之 L'Allegro 及 IlPenseroso，皆佳構也」；
又隔一天（1911.8.21）「讀密爾頓稍短之詩」；隔一個多月（1911.9.24）「讀密
爾頓小詩」，（胡適著，曹伯言整理：《胡適日記全集‧1》，（台北：聯經出版公
司，2005），頁 173～174）可見得胡適不僅集中細讀密爾頓的詩作，同時也關
注密爾頓詩作的結構。

〔註39〕 胡適《留學日記》1911 年 4 月 17 日記載，因讀白朗寧的詩作而引起故國情思
（胡適著，曹伯言整理：《胡適日記全集‧1》，（台北：聯經出版公司，2005），
頁 135～136）。除此之外，胡適更多處記載細讀白朗寧詩作，除了關注其韻腳
的使用（1913 年 10 月 16 日記載，胡適著，曹伯言整理：《胡適日記全集‧
1》，頁 244～245），最後並翻譯其詩作。請參考本論文〈晚清詩壇與友朋論辯
對胡適新詩節奏理論形成的影響〉一章，有詳細論述。

〔註40〕 胡適《留學日記》1911 年 10 月 1 日記載「讀 Wordsworth 詩」；隔三天（1911.10.4）
又記載「讀華茨沃詩」。胡適著，曹伯言整理：《胡適日記全集‧1》，（台北：
聯經出版公司，2005），頁 183～184。

〔註41〕 胡適不僅讀拜倫的詩，並翻譯其詩作〈哀希臘歌〉，是清末民初以來拜倫詩作
的重要譯本。請參考本論文〈晚清詩壇與友朋論辯對胡適新詩節奏理論形成
的影響〉一章，有詳細論述。

的建立，則起因於十四行詩的寫作。據《留學日記》記載，胡適早在 1911 年 5 月 29 日即寫了一首"Farewell to English I"，為十四行的英詩格律體。〔註 42〕經歷三年多，透過大量閱讀、譯詩、寫詩，並分析英詩的結構、節奏之後，於 1914 年 12 月 22 日，因慶賀美國康乃爾「世界學生會」（Cornell Cosmopolitan Club）的十週年紀念，而寫了一首英詩"A Sonnet"，並於詩後分析：

（四）十四行分段法有兩種

（甲）abab cdcd efef gg

（乙）abba abba cde cde

abba abba cdc ccd

（五）用韻法有數種：

（子）abab｜cdcd｜efef｜gg｜

（丑）abab｜bcbc｜cdcd｜ee｜

（寅）abba｜abba｜cdc｜dcd｜

（卯）abba｜abba｜cde｜cdc｜

（辰）abba｜abba｜cdd｜ccd｜

（巳）abba｜abba｜cdc｜dee｜

（午）abba｜abba｜cdd｜cee｜

十四行詩（Soneet）本起源於義大利，傳入英國後備受推崇，佳作迭出。從格律上來說，十四行詩分為兩種：一為義大利十四行詩（the Italian sonnet），另一為英國十四行詩（the English sonnet）。義大利十四行詩也稱為「佩脫拉克十四行詩」（the Petrarchan sonnet），因是十四世紀義大利詩人佩脫拉克（Francesco Petrarca，1304～1374）首創之故。義大利十四行詩一般將十四行分為兩段：前段八個詩行，稱為「八行段」（the octave），韻律模式為 abba abba；後段六行，稱為「六行段」（the sestest），可有兩個或者三個韻腳，最常用的模式為 cdcdcd 或 cdecde，〔註 43〕胡適將十四行詩的分段區分為「甲」、「乙」二種，其中「乙」種即屬於「義大利十四行詩」。至於英國十四行詩又稱為「莎士比亞十四行詩」（the Shakespearean），是英國詩人瑟瑞（Henry Howard Surrey，1517～1547）所創，卻由莎士比亞（William Shakespeare，1564～1616）集其大成，因而得

〔註 42〕胡適著，曹伯言整理：《胡適日記全集・1》，（台北：聯經出版公司，2005），頁 147。

〔註 43〕朱乃長編譯：《英詩十三味》，（台北：書林，2009.09），頁 295。

名。英國十四行詩由三個四行段（the quartrain）和一個結尾的押韻雙行段（the couplet）構成，韻律模式為 abab cdcd efef gg，〔註44〕是胡適區分法中的「甲種」。

我們由胡適對分段法及用韻法的歸納，得知他著實下過一番苦功研讀十四行詩的體裁，並且嘗試創作，坦言：「吾此詩為第三次用此體，前二次皆用（甲）式，以其用韻少稍易為也。」〔註45〕可見得胡適認為英國體的十四行詩較好寫，但為了磨練，則寧願選擇較難的義大利體不斷試驗，因此包括"A Sonnet"，胡適已寫過義大利體十四行詩三首及英國體二首，再加上 1915 年 1 月 1 日所寫的義大利"To Mars"（〈告馬斯〉），〔註46〕總數為六首。除此之外，胡適為求好心切，還將"A Sonnet"一詩交予「相知數人」、「英文文學教員羅剎先生（C.S.Northup）」，以及「文學教長散僕生先生（M.W.Sampson）」削改，結果師友們「皆無大去取」，對"A Sonnet"一詩相當肯定；至於散僕生給的建議，胡適不僅「極以為是」，還隨即修改，載錄於同日日記。〔註47〕正因為下過苦功研讀，再加上寫作能力與日俱增，胡適終於體悟十四行詩的韻律模式與中國律詩的相通之處，在修改完"A Sonnet"一詩後載錄：

> 此體名「桑納」體（Sonnet），英文之「律詩」也，「律」也者，為體裁所限制之謂也。此體之限制有數端：（一）共十四行；（二）行十音五「尺」（尺者〔foot〕，詩中音節之單位。吾國之「平平仄仄平平仄」，平平為一尺，仄仄為二尺，此七音凡三尺有半，其第四尺不完也）；（三）每「尺」為「平仄」調（Iambic）……。〔註48〕

其實十四行詩的格律相當受限，除了上述有義大利十四行詩及英國十四行詩的韻律區分之外，還有「音步」（foot）的規定。一首英詩（a poem）通常包含

〔註44〕朱乃長編譯：《英詩十三味》，（台北：書林，2009.09），頁 298。

〔註45〕胡適著，曹伯言整理：《胡適日記全集·1》，（台北：聯經出版公司，2005），頁 573。

〔註46〕1915 年 1 月 1 日，胡適《留學日記》：「車中無事，復作一詩，用前體，題為〈告馬斯〉。」並於同日日記載錄"To Mars"一詩於後。（胡適著，曹伯言整理：《胡適日記全集·2》，（台北：聯經出版公司，2005），頁 3～4。）胡適所謂「用前體」，指的是 1914 年 12 月 22 日所寫的"A Sonnet"，二者皆同為義大利十四行詩的格律，韻律模式為 abba abba cdc dcd。

〔註47〕曹伯言整理：《胡適日記全集·1》，（台北：聯經出版公司，2005），頁 571～572。

〔註48〕曹伯言整理：《胡適日記全集·1》，（台北：聯經出版公司，2005），頁 572。

若干詩節（stanza 或 strophe），每節又分為若干行（line 或 verse），每個詩行由若干「音步」組成，音步則是由一定數目的重讀音節（arsis 或 ictus）和非重讀音節（thesis）按照一定的規則排列而成的。常見的英詩音步有四種格式：1. 抑揚格（the Iambic Foot）；2. 揚抑格（the Trochaic Foot）；3. 揚抑抑格（Dactyl）；4. 抑抑揚格（the Anapaestic Foot）；〔註49〕而英國的十四行詩通常用抑揚格五音步（Iambic pentameter）寫成，〔註50〕因此除了受限於分段方式與押韻規則之外，每一詩行的音步還規定是由一個輕音節加上一個重音節構成，輕重音節則必須規律地在詩行重複五次，所以每一行有十音，是一種格律相當嚴僅的體裁。筆者試以胡適倍受肯定的"A Sonnet"一詩為例，分析如下：（「╳」代表非重讀音節，「／」指重讀音節）

```
    ╳    ／   ╳  ／  ╳   ／   ╳    ／    ╳   ／
| "Let here | begin | a Bro | therhood | of Man, |  （a）

        ╳   ／  ╳   ／   ╳    ／  ╳  ／  ╳   ／
| Wherein | the East | shall free | ly meet | the West, |  （b）

     ╳   ／   ╳   ／   ╳   ／    ╳     ／   ╳   ／
| And man | greet man | as man | —blest or | opprest. |  （b）

     ╳   ／   ╳   ／   ╳   ／  ╳  ／   ╳   ／
| To know | and love | each oth | er is | our plan." |  （a）

       ╳   ／   ╳   ／  ╳   ／  ╳   ／   ╳   ／
| So spoke | our Foun | ders: so | our work | began. |  （a）

      ╳   ／   ╳    ／   ╳  ／  ╳   ／   ╳   ／
| 'Tis no | mere poace | for us | to feast | and jest! |  （b）

   ╳  ／  ╳     ／   ╳  ／   ╳    ／   ╳   ／
No! It | prepares | us for | the knight | ly quest |  （b）

    ╳   ／  ╳   ／   ╳    ／   ╳    ／  ╳   ／
To lea | ven this | our world | and lead | the van! |  （a）

   ╳   ／  ╳   ／   ╳   ／   ╳    ／    ╳   ／
Little | we did, | and ten | years passed | away:  （c）
```

〔註49〕羅良北編著：《英詩概論》，（武漢：武漢大學出版社，2002），頁 15～18。
〔註50〕羅良北編著：《英詩概論》，（武漢：武漢大學出版社，2002），頁 46。

No sin | gle grain | it is | that salts | the sea, | （d）

But we | have faith | that come | it will— | that day— | （c）

When these | our dreams | no lon | ger dreams | shall be, | （d）

And ev' | ry peo | ple on | the earth | shall say: | （c）

| "ABOVE | ALL NA | TIONS IS | HUMA | NITY!"〔註51〕（d）

胡適此詩的內容，主要傳達「世界學生會」的成立宗旨乃不分國界、東西方，以全人類的福祉為目標而共同邁進。全詩共十四行，每行由一輕一重的音步，規律重複五次組成，固定十音。前段八個詩行，韻腳為 abba abba，後段六個詩行，韻律模式為 cdc dcd，是典型義大利十四行詩的格律。客觀來說，要將作者的詩意局限於十四行，同時又必須兼顧音步、韻腳與分段的限制，其實是一大考驗，翻譯家朱乃長（1929～）即批評十四行詩「格律嚴謹，題材的範圍較小，所以它很難寫，是典型的文人詩」。〔註52〕胡適則經過反覆錘煉、提高寫作能力後，再加上 1914 年 5 月至 6 月之間與任叔永來往唱和，寫了不少律詩，如〈山城和叔永韻〉（1914.5.25）、〈游仙再和叔永韻〉（1914.5.26）、〈春日三和叔永韻〉（1914.5.27）、〈春朝〉（1914.5.31）、〈贈傅有周歸國和叔永韻〉（1914.6.1）等，〔註53〕到了同年 12 月底再創作"A Sonnet"，自然將十四行詩的格律對比中國律詩的黏對，除了將十四行詩稱為「英文的律詩」之外，並將「抑揚格五音步」對比律詩的平仄黏對，以為「吾國之『平平仄仄平平仄』，平平為一尺，仄仄為二尺，此七音凡三尺有半，其第四尺不完也」，且每音步

〔註51〕 此詩為胡適接受文學教長散僕生（M.W.Sampson）建議後，修改的版本。曹伯言整理：《胡適日記全集‧1》，（台北：聯經出版公司，2005），頁 571～572。

〔註52〕 朱乃長編譯：《英詩十三味》，（台北：書林，2009.09），頁 302。

〔註53〕 1912 年 12 月任叔永與楊杏佛來美，胡適至車站相迎，從此任、楊、胡三人常作詩唱和，胡適文言詩的創作量也增多。參考本論文〈晚清詩壇與友朋論辯對胡適新詩節奏理論形成的影響〉一章，有詳細論述。至於 1914 年 5 月至 6 月之間的律詩作品，請參考胡明編注：《胡適詩存‧增補本》，（北京：人民文學出版社，1993.10），頁 68～72。

的抑揚格（iambic）就相當於中國詩的「平仄調」。〔註 54〕胡適此番對比，不僅有中國比較詩學聚焦在聲律上的意義，而且還形成後來建立的新詩節奏美學元素之一。

首先，從中國比較詩學史的層面來說，清末的王國維（1877～1927）是最早進行詩學比較的文人，其發表於 1908 年的《人間詞話》，以西方的主客觀相分方法研究中國傳統詩學，開比較詩學之先河。另外，魯迅的《摩羅詩力說》（1908 年）也是一篇重要的中西比較詩學論文，〔註 55〕但二者皆不涉及詩歌的聲律比較。就此而言，胡適於《留學日記》上將英詩抑揚格對比中國平仄調（1914），則顯得意義非凡。後續胡先驌〈評《嘗試集》〉（1922.1 及 1922.2）從西洋拉丁文長短音、英文高低音對比中國之平仄四聲、朱光潛之《詩論》（1942）等，則後出轉精，具有更紮實的理論基礎與論述內容。

再者，胡適運用音步的概念分析中國律詩的格律，則擺脫公學校時期對平仄黏對的批判，反而較能客觀的為其尋找節奏本質。胡適以為，「吾國之『平平仄仄平平仄』，平平為一尺，仄仄為二尺，此七音凡三尺有半，其第四尺不完也」，〔註 56〕所謂「平平為一尺」，即意指胡適認為平仄律中的「平平」二音，相當於十四行詩一輕一重所組成的第一個音步；接下來的「仄仄」則為第二個音步。「尺」即「foot」，英詩格律譯為「音步」，但胡適直譯為「尺」。十四行詩每一行由五個音步組成，胡適則對比中國律詩，認為「平平仄仄平平仄」僅有三個半的音步，第四個音步是不完整的。

嚴格說來，英詩的抑揚格與中國的平仄律相去甚遠，無論在音調、重複的本質上皆不相同。從音調來說，「抑揚格」為一輕一重的組成，中國的平仄則有長短、輕重、清濁、緩急等各派說法，實無一定論。〔註 57〕筆者以為，「平」包含上平與下平二聲，「仄」則又囊括上、去、入三聲，實難僅以平仄二音歸納。再者，十四行詩一行之中將抑揚格規律的重複五次，平仄律則兩個平（或

〔註 54〕曹伯言整理：《胡適日記全集・1》，（台北：聯經出版公司，2005），頁 572。
〔註 55〕中國學者曹順慶（1954～）以為「中西比較詩學」不該僅局限於詩歌體裁，而該拓展至「文學」領域，故而在其《中西比較詩學史》一書，以王國維發表於 1904 年的《紅樓夢評論》視為中國比較詩學史上的先河（曹順慶等編著：《中西比較詩學史》，（成都：巴蜀書社，2008），頁 33）。但筆者將「詩學」定義為「作詩論詩的學問」，因此認為王國維發表於 1908 年的《人間詞話》，才是中國比較詩學史上的開端。
〔註 56〕曹伯言整理：《胡適日記全集・1》，（台北：聯經出版公司，2005），頁 572。
〔註 57〕參考劉復：〈餘論〉，《四聲實驗錄》，（北京：中華書局，1950），頁 86～91。

仄）之後續接兩個仄（或平），一行之中如果是七律，則頂多再重複兩個平（或仄），後再續一個仄（或平）（例如「平平仄仄平平仄」或「仄仄平平仄仄平」），有時兩個平（或仄）之後續接三個仄（或平），其後再接兩個平（或仄）（例如「平平仄仄仄平平」或「仄仄平平平仄仄」）；若為五律，則不再重複兩個平（或仄），只續接一個平（或仄）（如「平平仄仄平」或「仄仄平平仄」），有時單一的平（或仄）是穿插在兩平和兩仄中間的（如「平平平仄仄」或「仄仄仄平平」），由此可知，律詩的平仄規則，實不具備英詩格律的重複性。因此兩年多後（1917.7）胡適回北京，則從各個角度重新批判律詩黏對的節奏效果，並且運用「音步節拍」的觀念建立新詩的「節」（〈談新詩〉，1919），則為節奏注入一股新的美學元素，影響一九二〇年代詩壇的節奏發展。當五四前後的新詩家為擺脫舊詩格律，惶惶然不知該如何重新建立新詩節奏的當下，胡適此番運用，實影響甚巨。詳細內容則有待下文說明。

第四節　回中國以後：重新批判律詩黏對的節奏效果，並提出「節」的節奏性

　　1914 年底，胡適雖然從音步的結構分析律詩的節奏，但依然一如往昔，對平仄格律甚是反感，我們從《留學日記》的記載，便可看出端倪。1915 年 5 月 1 日，胡適因任叔永有〈春日書懷〉一詩見示，於是依韻相和，「率成一律」，寫成〈春日書懷和叔永〉一詩。〔註58〕筆者嘗試分析此詩格律如下：

甫能非攻師墨翟，	仄平平平平仄仄
已令俗士稱郭開。（開，灰韻）	失黏／仄仄仄仄平仄平
高談好辯吾何敢？	＼平平仄仄平平仄＼失對
回天填海心難灰。（灰，灰韻）	失黏／平平平仄平平平／
未可心醉凌煙閣，	＼仄仄平平平仄仄＼失對
亦勿夢築黃金台。（台，灰韻）	失黏／仄仄仄仄平平平／
時危群賢各有責，	＼平平平平仄仄仄
且復努力不須哀。〔註59〕（哀，灰韻）	仄仄仄仄仄平平

〔註58〕胡適著，曹伯言整理：《胡適日記全集‧2》，（台北：聯經出版公司，2005），頁 96。

〔註59〕胡適著，曹伯言整理：《胡適日記全集‧2》，（台北：聯經出版公司，2005），頁 96。

此詩為平起格，但首句、第七句連用四個平，二、六句連用四個仄，最末句甚至連用五個仄，皆不符合平仄律。首聯的第二句與頷聯的第一句，因二、六字的平仄相對立，所以「失黏」；頷聯上下兩句，平仄不相反，所以又「失對」，同樣情形亦發生於頸聯。胡適雖然稱呼此詩的體裁是律詩，但是經過仔細分析後，根本不符合平仄黏對。胡適坦言：「余最恨律詩，此詩以古詩法入律，不為格律所限⋯⋯。」〔註60〕所謂「古詩法」即不遵守平仄律的規定，僅以每行七言、全詩八句、偶句押韻、一韻到底的格式呈現，就體裁來說，該歸入七言古詩才是。縱然如此，經由胡適的描述，卻透露了他自公學校以來，始終反對平仄格律的主張。

一、一廢一立，開展新詩節奏

到了 1915 年的夏天，胡適受杜威的啟迪而有進化論的文學觀，開始提倡白話文；〔註61〕1915 年 9 月 17 日，在〈送梅覲莊往哈佛大學〉一詩中正式提出「文學革命」的口號。〔註62〕隔年（1916）6 月中旬，因與綺色佳（Ithaca）諸好友論辯而有白話作詩的主張，〔註63〕1916 年 7 月 22 日，第一首白話詩〈答梅覲莊──白話詩〉正式出爐。〔註64〕然而胡適的第一首白話詩被好友任叔永譏諷僅有押韻不是詩，〔註65〕梅覲莊則貶低如民間流傳的說唱詞〈蓮花落〉，〔註66〕言下之意，則意謂白話詩既不符合格律又俚俗，因而入不了傳統文言詩之殿堂。放手一搏全力試驗新詩的胡適，為了提高白話詩的價值，於是著手批判流傳於士大夫之間的文言詩，尤其律詩格律。1916 年 8 月 19 日致信

〔註60〕胡適著，曹伯言整理：《胡適日記全集・2》，（台北：聯經出版公司，2005），頁 96。

〔註61〕詳見本論文〈晚清詩壇與友朋論辯對胡適新詩節奏理論形成的影響〉一章。

〔註62〕曹伯言整理：《胡適日記全集・2》，頁 227～228。詳見本論文〈晚清詩壇與友朋論辯對胡適新詩節奏理論形成的影響〉一章。

〔註63〕胡適於〈逼上梁山──文學革命的開始〉一文有詳細記載。歐陽哲生編：《胡適文集・1》，（北京：北京大學出版社，1998.11），頁 149。本論文〈晚清詩壇與友朋論辯對胡適新詩節奏理論形成的影響〉一章，有較深入完整的論述。

〔註64〕胡適著，曹伯言整理：《胡適日記全集・2》，（台北：聯經出版公司，2005），頁 372～377。

〔註65〕1916 年 7 月 24 日，任叔永批評胡適〈答梅覲莊──白話詩〉的試驗完全失敗，並進一步指出詩中缺少和諧之音調。詳見本論文〈晚清詩壇與友朋論辯對胡適新詩節奏理論形成的影響〉一章。

〔註66〕1916 年 7 月 24 日梅光迪致信胡適，反諷「讀大作如兒時聽『蓮花落』⋯⋯」。詳見本論文〈晚清詩壇與友朋論辯對胡適新詩節奏理論形成的影響〉一章。

留美友人朱經農，提出〈文學革命八事〉，其中第三條「不講對仗」，則明確主張「詩須廢律」。〔註67〕隔年1月又於《新青年》發表〈文學改良芻議〉一文，完整論述八事主張之緣由，再度批判平仄格律僅是文學細微末節的技巧，「不當枉廢有用之精力於微細纖巧之末」，〔註68〕並於隔月的《新青年》發表〈白話詩八首〉，〔註69〕成為中國首次在雜誌上發表的白話詩。這八首白話詩有諸多節奏上的試驗，如〈他〉一詩突破韻書限制，嘗試以今音入韻；〔註70〕〈朋友〉詩則在第七句「也無心上天」突然加入虛詞「也」，意境轉變，原有「二三」的節拍也更動為「三二」。〔註71〕概而言之，胡適先主張「廢律」，無疑是對傳統平仄格律宣戰；後來又發表〈白話詩八首〉，則默默聲明著：廢除傳統格律之後，白話詩還是有其專屬的節奏表現。這一廢一立，巧妙的為新詩節奏拿了一張進入上流文壇的門票。

　　〈文學改良芻議〉、〈白話詩八首〉經由《新青年》主編陳獨秀刊登後，讀者群由原本幾人的留美學生，擴及到整個中國，尤其執學界牛耳的北京大學教授們，如錢玄同〔註72〕、劉半農〔註73〕等人群起唱和，文壇遂掀起一股批判

〔註67〕 1916年8月21日，胡適於《留學日記》記載：「前日寫信與朱經農說：新文學之要事，有八事：……三、不講對仗……」（胡適著，曹伯言整理：《胡適日記全集·2》，（台北：聯經出版公司，2005），頁399～400），可見得胡適最早提出文學八事的主張，是出現在1916年8月19日寫給朱經農的信，不過文中的第三點僅有「不講對仗」，尚未針對律詩進一步論述。到了1916年10月1日，《新青年》「通信欄」刊登胡適寫給陳獨秀的信亦述及文學八事，第三點除了「不講對仗」的主張之外，又括弧聲明「文當廢駢，詩當廢律」。《新青年》第二卷第二期，1916.10.1。

〔註68〕 胡適：〈文學改良芻議〉，《新青年》第2卷第5號，1917.1.1。

〔註69〕 八首白話詩分別為〈朋友〉（後更名〈蝴蝶〉）、〈贈朱經農〉、〈月〉三首、〈他〉、〈江上〉、〈孔丘〉共八首。胡適：〈白話詩八首〉，《新青年》2卷6號，1917.2.1。

〔註70〕 請參考本論文〈胡適詩歌韻腳的試探歷程及其美感功效〉一章。

〔註71〕 〈朋友〉一詩收錄於《嘗試集》後更名為〈蝴蝶〉。胡適對於〈朋友〉（或〈蝴蝶〉）在節拍上的試驗，深入分析請參考本論文第四章第四節〈胡懷琛改詩事件之節奏論爭〉。

〔註72〕 錢玄同在胡適發表〈文學改良芻議〉後的隔月（1917.2.1），旋即致信陳獨秀，公開讚揚胡適的文學八事；除此之外，更全力支持白話詩的發展，甚至影響胡適的節奏試驗。詳見本論文〈晚清詩壇與友朋論辯對胡適新詩節奏理論形成的影響〉一章。

〔註73〕 1917年5月1日，劉半農於《新青年》3卷3號發表〈我之文學改良觀〉一文，其中論述韻文之當改良者三：第一，破壞舊韻重造新韻（要結合國語運動）；第二，增多詩體；第三，提高戲曲對文學上之位置。劉氏一、二點的看法有助於舊體詩節奏上的改革；另外增多詩體也意識到無韻詩之特質，雖無

格律、擁戴新詩的風潮；而 1917 年 7 月胡適自美歸國，9 月獲聘北京大學教授之後，仿效胡適書寫新詩的人也日益增多。1918 年 1 月 15 日，沈尹默、劉半農及胡適三人則聯合於《新青年》4 卷 1 號發表白話詩九首。然而初期白話詩人批判文言詩的格律，大都顯得粗疏而流於反舊情緒，如劉半農〈詩與小說精神上之革新〉：「現在已成假詩世界，其專講聲調格律，拘執著幾平幾仄方可成句⋯⋯」；〔註74〕康白情〈新詩底我見〉：「因為格律底束縛，心官於是無由發展；心官愈不發展，愈只在格律上用工夫，浸假而僅能滿足感官⋯⋯」〔註75〕等，但為何平仄不適用於新詩？除了劉半農認為情感之假，康白情批評平仄等表現僅能滿足感官，心靈卻束縛的反舊思維之外，是否有更精細、從讀者接受或文言白話差異等角度深入論述？

二、批判舊格律：平仄並非詩歌節奏的主要的來源

1919 年 10 月 10 日，胡適發表〈談新詩〉一文有突破性的說法。首先，胡適以古體詩的平仄表現為例，說明即便不符合平仄律，節奏依然響亮；因此平仄並非詩歌節奏的主要來源。〈談新詩〉論述：

> 至於句中的平仄，也不重要。古詩「相去日已遠，衣帶日已緩。浮雲蔽白日，遊子不顧返」，音節何等響亮？但是用平仄寫出來便不能讀了：「平仄仄仄仄，平仄仄仄仄。平平仄仄仄，平仄仄仄仄。」又如陸放翁：「我生不逢柏梁建章之宮殿，安得峨冠侍遊宴？」頭上十一個字是「仄平仄平仄平平平平仄」，讀起來何以覺得音節很好呢？這是因為一來這一句的自然語氣是一氣貫注下來的；二來呢，因為這十一個字裡面，逢宮疊韻，梁章疊韻，不柏雙聲，建宮雙聲，故更覺得音節和諧了。〔註76〕

胡適舉東漢末年《古詩十九首》之一〈行行重行行〉的最末四句為例，「相去日已遠，衣帶日已緩。浮雲蔽白日，遊子不顧返」，其平仄為「平仄仄仄仄，

特別提到節奏，然已脫離傳統律韻之節奏觀。劉半儂：〈我之文學改良觀〉，《新青年》3 卷 3 號，1917.5.1。

〔註74〕《新青年》第 3 卷第 5 號，1917.7.1。

〔註75〕《少年中國・詩學研究號》1 卷 9 期，1920.3.15。

〔註76〕胡適：〈談新詩〉，《星期評論・紀念號》，1919.10.10 第五張，收錄於楊振武、周和平主編：《紅色起點・14・中國共產主義運動早期稀見文獻彙刊・《每周評論》・《星期評論》・《湘江評論》》，頁 252。

平仄仄仄仄。平平仄仄仄，平仄仄仄仄」，除了第三句之外，一、二、四句皆連用四個仄聲，是完全不符合平仄律的，胡適評述「音節何等響亮」，直接否定平仄黏對是舊詩節奏的必要條件。梁啟超寫於 1923 至 1924 年之未完稿《中國之美文及其歷史》，其中〈漢魏時代之美文〉一文，也述及《十九首》之平仄節奏。不過梁氏採王漁洋《古詩聲調譜》之視角，認為十九首的平仄安排是有一定的原則規定的，「《十九首》雖不講究『聲病』，然而格律、音節，略有定程」；梁氏進一步論述，《十九首》的平仄規定形成了「節奏」，仿若漢代的律詩，「其用字平仄相間，按諸王漁洋《古詩聲調譜》，殆十有九不可移易。試拿來和當時的歌謠、樂府比較，雖名之為漢代的律詩，亦無不可。」〔註77〕梁氏之說則明顯與胡適不同，依然恪守傳統之韻律美感。

　　回到胡適論述。前已述及，漢語本就存有平仄四聲，一直到南朝齊梁才形成規則、運用於詩歌，因此齊梁之前，詩人並不會刻意使用平仄。《古詩十九首》一般認為是東漢末年的作品，所以〈行行重行行〉的詩句不符合格律誠屬當然；然筆者關注的是：既然平仄律並非〈行行重行行〉的節奏來源，為何讀起來還能絲毫不減節奏性、非常順口呢？是什麼達致節奏性？胡適並未進一步說明。接下來胡適又舉宋朝陸游〈登灌口廟東大樓觀岷江雪山〉一詩的首二句為例，「我生不逢柏梁建章之宮殿，安得峨冠侍遊宴」，因體裁屬於古風，平仄依然不符合格律，然而因「逢宮疊韻，梁章疊韻，不柏雙聲，建宮雙聲」，所以讀起來「更覺得音節和諧了」。胡適認為，就算不調平仄，「雙聲疊韻」同樣也可達致節奏效果。

　　再回到胡適尚未解答的問題：如果按照胡適的推論，雙聲疊韻是詩歌的節奏來源，可是〈行行重行行〉卻無法如〈登灌口廟東大樓觀岷江雪山〉的首二句一樣，找出連貫的雙聲疊韻調音節，如何產生節奏？據中國學者孫力平（1951～）研究，《古詩十九首》的「二三」句式佔了90%以上，是其節奏來源之一；〈行行重行行〉共十二句，全詩則均為「二三」的句式。〔註78〕筆者以為，從節奏的構成來說，「重複」可產生節奏性，而〈行行重行行〉一行雖固定「二三」句式不重複，但因全詩有十二行，「二三」句式重複十二次，當然能達致節奏效果。再者，〈行行重行行〉偶句押韻，韻的重複、迴返呼應具

〔註77〕梁啟超：〈漢魏時代之美文〉，《中國之美文及其歷史》未完稿，1923～1924 年作，上海中華書局印製發行，1936 年 3 月。

〔註78〕孫力平著：《中國古典詩歌句法流變史略》，（杭州：浙江大學出版社，2011，頁 145）。

有貫串的效果，反倒能凝聚詩的節奏感。〔註79〕以上句式、韻的重複，皆為〈行行重行行〉的節奏來源。

　　在中國詩歌節奏史上，以古詩為例否定平仄四聲的節奏效果，胡適是第一人，影響了1922年劉半農在〈四聲實錄序贅〉的論述。〔註80〕而劉半農又為了更科學的瞭解四聲特質，以免流於主觀臆測，〔註81〕於是運用外國現代化的語音實驗儀器浪紋計，對漢語十二種方言的聲調進行了實驗研究，完成《四聲實驗錄》一書，1924年3月由上海群益書社發行。經過實驗後劉半農發現，因為各地區的方言聲調不同，四聲根本無法完全以高低、長短來區分，〔註82〕四聲是否真的存在倍受質疑，1950年北京中華書局重印《四聲實驗錄》一書，於「本書內容提要」便寫道：「這是一本否定四聲存在的專著。」〔註83〕

　　究竟平仄律是否能帶來節奏性？前已述及，律詩一行之中因平仄安排並不重複，所以無法達致節奏效果。但是如果拉大到行與行之間、或者通篇來看，是否就具有重複性呢？答案仍是否定的，因為律詩行與行之間的平仄安排通常「對立」，尤其頷聯與頸聯。所謂平仄對立，意指律詩每兩句成一聯，每一聯的上句與下句必須平仄相反，例如上句為「仄仄平平仄」，下句則以「平平仄仄平」互對，不然即為「失對」。就此規則而言，通篇根本無法產生重複性。

〔註79〕朱光潛認為中文是輕重、長短較不分明的語系，而韻的使用能凝聚詩的節奏，較不易使音節散漫。參考朱光潛：〈中國詩的節奏與聲韻的分析——論韻〉，《詩論》，（台北：萬卷樓，1990），頁232；以及本論文〈胡適詩歌韻腳的試探歷程及其美感功效〉一章。

〔註80〕劉半農〈四聲實錄序贅〉：「我常常懷疑：中國韻文裡面的聲調，究竟是什麼東西構造成功的？說是律詩裡的仄仄平平仄罷，可是在古詩裡並不這樣，而誦讀起來，卻也有很好的聲調。」《半農雜文第一冊》，（北平：星雲堂書店，1934），頁156。

〔註81〕劉半農：〈四聲實錄序贅〉：「目下白話詩已有四五年的壽命了，作品也已有了不少了。但是一班老輩先生，總是皺著眉頭說：白話詩是沒有聲調的。便是贊成白話詩的，同是評論一首詩，也往往這一個說是聲調好，那一個說是聲調壞。我們對於老輩先生的愁眉苦臉，能自己造起一個壁壘來麼？對於白話詩的評論者，能造起一個批評的標準來麼？同時對於白話詩的作，能有一個正確忠實的聲調嚮導，引著他們走麼？亦許不能；但如其是能的，那就惟有求之於原有的詩的聲調。惟有求之於自然語言中的聲調，最要緊的是求之於科學的實驗，而不求之於一二人的臆側。我相信這東西在將來的白話詩國中，多少總有點用處，所以雖然很難，也要努力去做一做；不幸到真沒有辦法時，自然也只得放手。」《半農雜文第一冊》，（北平：星雲堂書店，1934），頁157。

〔註82〕劉復：《四聲實錄》，（北京：中華書局，1950），頁85。

〔註83〕編者：「本書內容提要」，劉復：《四聲實錄》，北京：中華書局，1950。

當代重要美學家高友工（1929～）以為，律詩創始人選擇的正是與重複相反的路，「仄仄平平仄」的對句是它的「鏡中反影」，即是「平平仄仄平」，是一種執意造成的反節奏的語調。〔註84〕高友工更進一步假想，或許到了齊梁以後，詩歌成為文字內省的活動，不須透過重複流動的節奏來創作和傳播，〔註85〕因此「節奏可能局部的為圖案取代。圖案所要求的對稱平衡也取代了節奏的重複流動」，〔註86〕換言之，律詩的節奏美感來源不在於時間的重複流動，而在於空間的對稱平衡，如此一來有助於詩人內省，展現抒情的自我（lyrical self），是中國抒情傳統特有的節奏特質。台灣學者柯慶明（1946～）以為，胡適正因為無法認同中國抒情自我的文化理想，所以反對律詩，也反對平仄格律。〔註87〕

三、文言與白話的平仄音讀不同，證明新詩的節奏不來自平仄律

除了以古詩為例，否定平仄的節奏效果之外，胡適更從讀者的聲音展演（rhythmical performance）〔註88〕分析「變調」問題，進而凸顯：較之舊詩〔註89〕，

〔註84〕 高友工：〈中國語言文字對詩歌的影響〉，《中國美典與文學研究論集》，（台北：台大出版社，2004），頁192。

〔註85〕 高友工在《《古詩十九首》與自省美典》一文論述，大多數文化初期的口頭詩歌傳統，必須在社會中行使著各種公共功能，可能是儀式上、娛樂的或是傳達感情的，因此透過重複流動的「時間節奏」來創作和傳播詩歌就顯得相當重要。然而，當詩歌寫作逐漸成為一種個體行為，詩人只是與自己交談，以書寫文字反照自身的體驗，那麼重複流動的「時間節奏」將不再那麼重要。高友工：《《古詩十九首》與自省美典》，《中國抒情傳統的再發現‧上》，（台北：台大出版中心，2009.12），頁224～225。

〔註86〕 高友工：〈中國語言文字對詩歌的影響〉，《中國美典與文學研究論集》，（台北：台大出版社，2004），頁192。

〔註87〕 柯慶明：〈導言〉注釋十九，高友工：《中國美典與文學研究論集》，（台北：台大出版社，2004），頁XIII。筆者相當認同柯慶明的看法，從胡適提出「作詩如作文」的口號，以及詩歌表現大都是敘事的而非抒情的，皆可窺探胡適與中國「抒情傳統」的文化大相逕庭。

〔註88〕 筆者在此引借 Reuven Tsur 的觀念。Reuven Tsur 以感知為導向的格律理論（Perception-oriented Theory of Metre）取代詩評家制式的格律理論。他認為「詩歌節奏是一個音樂現象，而非規則檢查」。Tsur 所指的「音樂現象」，並不等同「節奏就是音樂」的說法，而是認為無論何種格律，都必須透過朗誦才能被讀者感知；換言之，Tsur 認為詩歌節奏必須在聲音的展演中才能顯現。Reuven Tsur, *Poetic Rhythm: Structure and Performance*, p.p.13～14.

〔註89〕 胡適對於古詩詞音律平仄的閱讀及研究下過一番功夫，1916 年 1 月 26 日《留學日記》〈七絕之平仄〉一文，經過長期的研究歸納，發現「凡一七言絕句之仄仄平平仄仄平（仄）之句，第三字皆當用平聲。必不得已而用仄，則第五字

新詩在展演過程中平仄常起變化，以此論證平仄的不確定性。〈談新詩〉論述：

> 白話裏的平仄，與詩韻裏的平仄有許多大不相同的地方。同一個字，
> 單獨用來是仄聲，若同別的字連用，成為別的字的一部分，就成了
> 很輕的平聲了。例如「的」字，「了」字，都是仄聲字，在「掃雪的
> 人」和「掃淨了東邊」裏，便不成仄聲了。我們簡直可以說，白話
> 詩裏只有輕重高下，沒有嚴格的平仄。例如周作人君的〈兩個掃雪
> 的人〉（《新青年》六，三）的兩行：「祝福你掃雪的人！／我從清早
> 起，在雪地裏行走，不得不謝謝你。」「祝福你掃雪的人」上六個字
> 都是仄聲，但是讀起來自然有個輕重高下。「不得不謝謝你」六個字
> 又都是仄聲，但是讀起來也有個輕重高下。……白話詩的聲調不在
> 平仄的調劑得宜，全靠這種自然的輕重高下。〔註90〕

胡適所舉的詩例呈現兩種音變現象。第一，白話文的音變問題。以周作人〈兩
個掃雪的人〉為例，「不得不謝謝你」第二個「不」字的讀音，完全是靠後面
接的字產生音變。若「不得不」後面接「去聲」，那麼第二個不字讀下平，如
「不得不謝謝你」因「不得不」遇到了去聲「謝」，所以第二個不字讀下平；
若接平上二聲，則讀去聲，例如「不得不說」、「不得不逃」、「不得不醒」，第
二個不字讀去聲。

　　相反的，近體詩因為格律的限制，「不得不」則固定讀為「仄仄仄」，如此
才能符合「仄仄仄平平」的格式。假設「不得不」後面接了「去」聲，讀為「仄
仄平」，則平仄譜應為「仄仄平仄仄（平）」，如此一來便不符合格律了。我們
檢視《全唐詩》，杜荀鶴五言律詩〈將遊湘湖有作〉：「一家相別意，不得不潸
然。」〔註91〕黃滔〈關中言懷〉：「三秦五嶺意，不得不依然。」〔註92〕兩首詩

當用平。」「試檢《唐詩三百首》中之七絕五十餘首，共二百餘句，其第三字
用仄者不過二十餘句。」《胡適日記全編》2，胡適著；曹伯言整理，（合肥：
安徽教育出版社，2001.10），頁325～326。另外1915年8月3日《留學日記》
〈讀詞偶得〉記載，讀詞若想瞭解音律，必須先讀同一詞牌，「讀詞須用逐調
分讀法」，因為唯有「細讀其聲律，才知其變革」。由以上可知胡適在詩詞的閱
讀及研究，是相當用功的。《胡適日記全編·2》，同上，頁217～221。

〔註90〕 胡適：〈談新詩〉，《星期評論·紀念號》，1919.10.10第五張，收錄於楊振武、
周和平主編：《紅色起點·14·中國共產主義運動早期稀見文獻彙刊·《每周評
論》·《星期評論》·《湘江評論》》，（上海：中西書局，2012.09），頁253。

〔註91〕 《全唐詩》第十冊，（北京：中華書局，1999.01），頁8008。

〔註92〕 《全唐詩》第十一冊，（北京：中華書局，1999.01），頁8178。

中的「不得不」之後都續接平聲，皆是「仄仄仄平平」的格式。因此近體詩中「不得不」的平仄是固定的，不似白話詩會產生音變的問題。

第二，同一字，文言與白話詞性不同，讀音用法也不同。以「的」字為例，文言「的」大都用於名詞、形容詞等，讀仄聲；〔註93〕然白話「的」字大多用於虛詞，當連接詞或語氣詞，讀來是輕聲，是新詩節奏中扮演著「自然的輕重高下」中「輕」的角色。於是類似「的」字的虛詞，必須經由誦讀，前後文意疏通後才能決定。胡適認為白話的音讀與文言的平仄不同，必須經由讀者誦讀才能決定，因此古詩平仄譜的限制，是不適用在白話詩的。據王力研究，輕聲不屬於平仄四聲的範疇，大約興起於十二紀，〔註94〕明顯與文言的語用不同，當然不適用於平仄譜，更遑論詩韻，「白話裡的平仄，與詩韻裡的平仄有許多大不相同的地方。」如胡適所言。

胡適根據此點論述平仄譜不適用於新詩，是很有說服力的。因為白話文的語法、語用、音讀已超越平仄譜能承載的範圍，尤其朗讀後，會發現讀者無法真正按照單一字面的平仄來念，有些字必須變調，才能傳達詩的含意。易言之，平仄限制並非真正有效提供新詩節奏的美感來源。從這個角度來說，我們或許可以推論，胡適的試驗和他喜好誦讀的美感經驗有關。沈從文〈談朗誦詩〉一文回憶五四新詩發展的階段，提到胡適和新詩誦讀的關係：

　　胡先生是一個樂於在客人面前朗誦他新作的詩人。他的詩因為是一種純粹的語言，由他自己讀來，輕重緩急之間見出情感，自然很好聽。〔註95〕

康白情〈新詩短論〉也有同樣說法：

　　總之，新詩裡音節底整理，總以讀來爽口，聽來爽耳為標準。〔註96〕

由此可知，新詩初期發展的階段誦讀是常態，胡適從展演的經驗發現文言、白

〔註93〕《康熙字典》「的」條：《唐韻》、《集韻》、《韻會》、《正韻》：「丁歷切，丁入聲。」《說文》：「明也。」《前漢・鼂錯傳》：「矢道同的。」《註》：「射之準臬也。」肖岸主編：《康熙字典》，（北京：華齡出版社，1998），頁786。筆者按：「的」在《唐韻》等書中歸於入聲，《說文》解釋「的」是「鮮明的」，形容詞的用法；《前漢・鼂錯傳》「矢道同的」之「的」是指箭靶的中心，名詞的用法。

〔註94〕王力認為輕音不屬於聲調的範疇，所以「輕聲」應稱為「輕音」。聲調主要是音高的關係，輕音主要是音強的關係。王力：《漢語史稿》，（北京：中華書局，1980.6（2010.6重印）），頁232～233。

〔註95〕肖向雲編：《民國詩論精選》，（杭州：西泠印社出版，2013.7），頁135。

〔註96〕肖向雲編：《民國詩論精選》，頁35。

話的音讀不同，舊格律平仄譜已不適用，以此論證白話詩該有其他的節奏形式，和同時期較粗疏的反舊思維相較，顯然較有說服力。〔註97〕

四、經由「誦讀」與「音步」的啟發，開展「節」的節奏性

胡適既然從各個層面論辯平仄四聲無法有效提供節奏性，那麼由白話語言構成的新詩，該如何展現節奏美感？〈談新詩〉論述：「新詩大多數的趨勢，依我們看來，是朝著一個公共方向走的。那個方向便是『自然的音節』。」〔註98〕概括而言，胡適試驗新詩的核心宗旨是白話文法、自然詩語，所謂「自然」乃相對於舊詩格律的限制而言，這當然和胡適初期試探的背景有關，因為第一首白話詩的誕生，就是與文言派梅覲莊的爭論而起。〔註99〕在此核心架構之下，胡適思考節奏的本質，是圍繞在如何呈現白話文法的「自然音節」，而構成自然音節的要素，則分為「節」與「音」兩大核心議題。〔註100〕雖然胡適界定「音」的要件是「一是平仄要自然，二是用韻要自然」，〔註101〕但如前所述，胡適幾乎否定平仄之於新詩的節奏性，因此重點仍在「用韻」。至於何謂「用韻」，將於下一章〈胡適新詩節奏理論的重點之二：韻腳的試探歷程及美感功效〉詳加論述，本文先論「節」。

何謂「節」？〈談新詩〉：

〔註97〕 Reuven Tsur 透過〈失樂園〉（John Milton, Paradise Lost）的出格詩句，證實節奏必須透過聲音展演才能感知，而非詩評家的規則歸納。在新舊交替之際，胡適的說法和 Tsur 的論證有異曲同工之妙。Reuven Tsur, *Poetic Rhythm: Structure and Performance*, p.p.26～27.

〔註98〕 胡適：〈談新詩〉，《星期評論·紀念號》，1919.10.10 第五張，收錄於楊振武、周和平主編：《紅色起點·14·中國共產主義運動早期稀見文獻彙刊·《每週評論》·《星期評論》·《湘江評論》》，頁253。

〔註99〕 詳見本論文〈晚清詩壇與友朋論辯對胡適新詩節奏理論形成的影響〉一章。除此之外，根據周策縱與王潤華的研究，認為胡適受美國詩壇的影響甚巨。參考周策縱：〈論胡適的詩〉，收於唐德綱：《胡適雜憶》〈附錄〉（台北：傳紀文學，1980.11），頁227；王潤華〈論胡適「八不主義」所受意象派之影響〉，《從司空圖到沈從文》，（學林出版社，1989.08），頁102～121。

〔註100〕 胡適〈談新詩〉：「自然的音節是不容易解說明白的。我且分兩層說：第一，先說『節』，……第二，再說『音』……。」《星期評論·紀念號》，1919.10.10 第五張，收錄於楊振武、周和平主編：《紅色起點·14·中國共產主義運動早期稀見文獻彙刊·《每週評論》·《星期評論》·《湘江評論》》，頁253。

〔註101〕 胡適：〈談新詩〉，《星期評論·紀念號》，1919.10.10 第五張，收錄於楊振武、周和平主編：《紅色起點·14·中國共產主義運動早期稀見文獻彙刊·《每週評論》·《星期評論》·《湘江評論》》，頁253。

「節」——就是詩句裡面的頓挫段落。……新體詩句子的長短，是無定的；就是句裡的節奏，也是依著意義的自然區分與文法的自然區分來分析的。白話裡的破音字比文言多得多，並且不止兩個字的聯合，故往往有三個字為一節，或四五個字為一節的。例如：

萬一—這首詩—趕得上—遠行人。

門外—坐著—一個—穿破衣裳的—老年人。

雙手—抱著頭—他—不聲—不響。

旁邊—有一段—低低的—土墻—擋住了個—彈三弦的人。

這一天—他—眼淚汪汪的—望著我—說道—你如何—還想著我。

想著我—你又如何—能對他？〔註102〕

上述引文有兩點值得注意：首先經由誦讀，胡適發現「節」的概念。所謂「節」，「就是詩句裡面的頓挫段落」。為何「詩句裡面」要有「頓挫段落」？原來漢語雖然一字一音，但「詞」（word）和「字」（character）的概念是不同的。要形成一個說話的單位，或者是一個詞的概念，必須由一個或一個以上的音節構成，所以也就必須由一個或一個以上的漢字組成，〔註103〕例如「貼紙」必須由「貼」與「紙」二字組成才能構成一詞，少一字則意義完全不同。然而漢詩又不像英詩有詞間空格，如果誦讀過程不在詞的邊界點稍加停頓，聽者是無法領略詩意的，因此誦讀一個詩句通常會停頓轉折，而詩句也就在停頓轉折處被區分成好幾個段落，胡適稱之為「節」。我們以胡適所舉沈尹默〈三弦〉的詩句為例，「門外坐著一個穿破衣裳的老年人」，段落（或節）區分後變成「門外—坐著——個—穿破衣裳的—老年人」，誦讀時便在段落（或節）之處稍加頓挫。經由節的區分朗讀而成的頓挫停歇，就形成了自然的節奏。胡適認為新詩使用的文字因是白話，加入較多的虛詞及敘述語法，所以一節中的字數有三、四五個字不等，區分的方式完全取決於「意義的自然」與「文法的自然」。

陳本益認為胡適的「節」承繼了清代劉熙載「頓」的觀念。劉氏在《藝概·詩概》中提出，「但論句中自然節奏，則七言可以上四字作一頓，五言可以上

〔註102〕 胡適：〈談新詩〉，《星期評論·紀念號》，1919.10.10 第五張，收錄於楊振武、周和平主編：《紅色起點·14·中國共產主義運動早期稀見文獻彙刊·《每周評論》·《星期評論》·《湘江評論》》，頁 253。

〔註103〕 劉若愚：〈中國詩學——做為詩之表現媒介的中文〉，《詩學》第一輯，瘂弦、梅新主編，（臺北：巨人出版社，1976），頁 89。

二字作一頓」，陳本益解釋：文中的「頓」即是詩句中的頓歇，因而與胡適的「節」有承繼關係。〔註104〕筆者則以為，胡適「節」的發明除了來自誦讀經驗之外，大多是留美時因不斷閱讀、創作英詩後而受「音步」的啟發。

　　加拿大阿爾伯塔大學（University of Alberta）東亞研究系（Department of East Asian Studies）教授傅雲博（Daniel Fried）提出，胡適的新詩創作靈感並非如王潤華所言，是來自美國意象派詩人的啟發，〔註105〕而是因留美階段修讀英詩課程，大量閱讀伊莉沙白時期、浪漫主義、維多利亞時期等傳統英詩所致；並以胡適的新詩作品為證，「他所讀的英詩都在詩中留下印記：從用字造句、意象、主題以及韻律來看，胡適的新詩創作很明顯和傳統英詩的典型相似」；〔註106〕除此之外，傅雲博更進一步指出，胡適寫新詩以前已經創作好幾首英詩，比對後推論，「胡適的新詩創作不僅來自英國抒情詩的閱讀，更來自英詩的創作」，所以胡適的中文新詩有可能是從英詩創作的經驗中轉借而來。〔註107〕筆者相當認同傅雲博的看法，但本文僅針「韻律」（prosody）的部份，闡發胡適「節」的來源與意涵。

　　前一節已述及，1914 年 12 月 22 日胡適寫完並修改"A Sonnet"一詩後，終於體悟十四行詩的格律與中國律詩的相通之處，並將「抑揚格五音步」對比律詩的平仄律，載錄：

　　　　尺者〔foot〕，詩中音節之單位。吾國之『平平仄仄平平仄』，平平為

　　　　一尺，仄仄為二尺，此七音凡三尺有半，其第四尺不完也。〔註108〕

如筆者前一節論述，英詩的抑揚格與中國的平仄律相去甚遠，無論在音調、重複的本質上皆不相同；而胡適也於此處記載之後，便不曾再深入探究。然而1919 年 10 月 10 日〈談新詩〉一文分析舊詩節奏的「節」，卻似乎又延續 1914年 12 月 22 日的說法。〈談新詩〉：

〔註104〕陳本益：《漢語詩歌的節奏》，（臺北：文津，1994 年），頁 25～28。

〔註105〕王潤華〈從「新潮」的內涵看中國新詩革命的起源──中國新文學史中一個被遺漏的腳註〉，《中西文學關係研究》，（台北：東大圖書，1987.12 再版），頁 227～245。

〔註106〕Daniel Fried, "Bcijing's Crypto-Victorian: Traditionalist lnfluences on Hu Shi's Poetic Practice", *Comparative Critical Studies*, Volume 3, Issue 3, 2006, pp.372～373.

〔註107〕Daniel Fried, "Bcijing's Crypto-Victorian: Traditionalist lnfluences on Hu Shi's Poetic Practice", p.386.

〔註108〕曹伯言整理：《胡適日記全集‧1》，（台北：聯經出版公司，2005），頁 572。

舊體的五七言詩是兩個字為一「節」的。隨便舉例如下：

風綻—雨肥—梅（兩節半）

江間—波浪—兼天—湧（三節半）

王郎—酒酣—拔劍—祈地—歌—莫哀（五節半）

我生—不逢—柏梁—建章—之—宮殿（五節半）

又—不得—身在—滎陽—京索—間（四節外兩個破節）

終—不似—一朵—釵頭—顫裊—向人—欹側（六節半）〔註109〕

「風綻雨肥梅」經由「節」區分後成為「風綻—雨肥—梅」，胡適最後括弧說明「兩節半」（其他例句類推），幾乎與 1914 年 12 月 22 日《留學日記》所載，「『平平仄仄平平仄』，平平為一尺，仄仄為二尺，此七音凡三尺有半」的說法雷同。當然，胡適後來已從各個層次否定平仄的節奏效果，但是卻依然留下「音步」的痕跡，「風綻—雨肥—梅」有「兩節半」，就仿若「平平仄仄平平仄」有「三尺半」，「節」就如同「尺」（foot，音步），都是詩中節奏的單位。胡適在〈談新詩〉一文雖然並未以所舉新詩的例句，也加入「共幾節」的說明，但精神是一致的。只不過新詩中的「節」是以「詞句」（word）為單位，按照胡適的語彙來說，是「依著意義的自然區分與文法的自然區分來分析的」，與舊詩固定兩字一節是不同的。〔註110〕但由此可證，胡適「節」的建立與英詩的「音步」密不可分，皆為詩行中的節奏的單位。

　　嚴格說來，胡適對於新詩「節」的劃分，僅借用英詩的音步形式，卻無其節奏特質。前一節論述，英國的格律詩是輕重音的組合，經由對比及重複達致節奏的效果；但是胡適對於「節」的界定，卻只依照「意義」與「文法」區分成為幾個段落，既無輕重對比，更無重複流動，實難達致一定的節奏性。不過自胡適以後，詩歌節奏的單位由「平仄」轉向「詞句」（word），影響一九二〇年代饒孟侃、聞一多等人的新格律詩發展，尤其 1926 年 5 月 13 日聞一多發表〈詩的格律〉，明確以「音尺」取代了「節」，不僅規定每一詩行的音尺數是

〔註109〕 胡適：〈談新詩〉，《星期評論·紀念號》，1919.10.10 第五張，收錄於楊振武、周和平主編：《紅色起點·14·中國共產主義運動早期稀見文獻彙刊·《每周評論》·《星期評論》·《湘江評論》》，頁 253。

〔註110〕 1936 年 12 月 10 日，朱光潛在〈論中國詩的頓〉一文批判胡適，不應將舊詩的段落區分視為自然音節，因為「風綻—雨肥—梅」、「江間—波浪—兼天—湧」的頓法並非「依意義的自然區分」，就意義來說，「肥」字和「天」字都是不應頓的。《新詩》月刊第三期，1936.12.10，頁 327～328。

固定的，且通篇重複、格律一致，〔註111〕節奏的重複流動由此形成，明顯補胡適「節」的不足；1936 年 12 月 10 日，朱光潛在《新詩》月刊第三期發表〈論中國詩的頓〉，則建立在胡適「節」的基礎上進一步闡發「頓」，〔註112〕就此而言，胡適「節」的建立實深具新詩節奏史的意義。〔註113〕

第五節　小結

胡適建立的新詩節奏是「自然音節」，而構成自然音節的要素之一便是「節」。胡適建立新詩的「節」歷經三階段：一為中國公學校時期批判律詩黏對的意義，二為留美時期，發現英詩的音步與律詩平仄律之間的相通處；最末則是歸國後因「誦讀」與「音步」的啟發，開展新詩「節」的節奏性。所謂「節」，便是將詩句裡的停頓轉折處區分成好幾個段落，而經由「意義的自然」與「文法的自然」所區分的「節」，便是新詩的自然節奏。自胡適以後，詩歌節奏的單位由「平仄」轉向「詞句」（word），影響一九二〇年代新格律詩的發展，以及一九三〇年代「頓」節奏的建立；就新詩節奏史而言，胡適「節」的建立實深具開創意義，功不可沒。

〔註111〕聞一多：〈詩的格律〉，《晨報・詩鐫》第 7 號，1926.5.13，頁 29～31。
〔註112〕朱光潛：〈論中國詩的頓〉，《新詩》月刊第三期，1936.12.10，頁 326～333。
〔註113〕陳本益認為胡適「節」的概念，有承先啟後的地位。上承劉熙載「頓」的概念，下開朱光潛等人「節頓」、「音組」的說法，具有節奏史上的意義。陳本益：《漢語詩歌的節奏》，（臺北：文津，1994 年），頁 25～28。

第三章　胡適新詩節奏理論的重點之二：韻腳的試探歷程及美感功效

　　胡適新詩節奏的宗旨是「自然音節」，而構成自然音節的要素，則分為「節」與「用韻」兩大核心議題。「節」的部份已於前一章述及，至於「用韻」一層，可再細分為「句中韻」與「韻腳」兩部份。「句中韻」將於第四章第四節〈胡懷琛改詩事件之節奏論爭〉詳析，本文先論「韻腳」。

　　從修辭學的角度來說，大量運用整齊押韻的語言結構是漢語修辭的特色之一。因為漢語的語素以單音節為主，而詞彙的構成大多是單音節與雙音節，所以很容易對偶押韻。「韻」是詩歌普遍的存在元素之一，屬於節奏的範疇。中國詩歌句末韻最常使用，相同的韻一再出現句末造成和聲，一般稱為「韻腳」。中國舊詩句末皆有韻，近體詩更嚴格限制一韻到底，不可換韻。胡適雖然主張「廢律」，但焦點在於反對平仄黏對，卻從來不主張「廢韻」，反對押韻。〈談新詩〉一文提到：「句尾用韻真是極容易的事……押韻乃是音節上最不重要的一件事。」[註1]研究者大都以此判定胡適不重視押韻，甚至否定韻腳存在的必要性。[註2]然筆者認為，〈談新詩〉同時也論述「詩的聲調」需要「用韻自然」為要件，而用韻自然又必須要有「三種自由」，可見得學者論述胡適

〔註 1〕歐陽哲生編：《胡適文集‧2》，（北京：北京出版社，1998.11），頁 140。
〔註 2〕如宋劍華：〈論胡適的新詩理論與創作〉，《荊州師專學報》，1995 年第 3 期、謝昭新：〈胡適《嘗試集》對新詩的貢獻〉，《安徽師範大學學報》，1996 年第 1 期，都僅順著胡適之說爬梳，沒有進一步論述。

不重視韻腳,仍有爭議空間。再者,筆者看探胡適的創作歷程,從 1906 年 5 月 30 日《澄衷中學日記》的第一首古詩,到 1959 年 6 月 4 日最後一首新詩的記錄,〔註3〕及各階段日記、書信等各式文章內容來看,胡適對於韻腳的看法恐不能僅以〈談新詩〉等幾篇文章定論。本論文則試圖完整呈現胡適創作、論述韻腳的詳細資料,再輔以美學、認知詩學(Cognitive Poetics)等詮釋,探看胡適詩歌韻腳的創作歷程及美感功效。

第一節　1906 至 1909 年澄衷中學及中國公學時代:古詩韻腳的習作與紮根

　　胡適的新詩創作和舊詩詞是互相交舞的。陳子展(1898～1990)在〈文學革命運動〉一文,將 1919 到 1928 年這十年間的新詩發展概況分成四個流派,其中胡適就歸屬於「形式上開始打破舊詩的規律,仍未脫盡舊詩詞音節和意境的」開山第一人。〔註4〕胡適於《舊詩稿存・題辭》引其 1916 年所作之〈沁園春・二十五歲生日自壽〉詞道:「種種從前,都成今我,莫更思量更莫哀。」〔註5〕因此想完整論述胡適詩歌韻腳的看法,追溯其舊詩詞韻腳的實驗過程是非常重要的。

　　中國學者胡明(1947～)在其 1993 年編注出版的《胡適詩存・增補本》一書,將胡適的舊體詩詞創作劃分成兩個階段:一為 1907 到 1909 年中國公學時代,二為 1910 到 1916 年留美時期。〔註6〕根據胡明收集,胡適最早的一首詩是〈觀愛國女校運動會記之以詩〉,寫於 1907 年,1908 年 5 月 20 日發表於《競業旬報》第 15 期。〔註7〕然而 2000 年夏天,北京大學重新發現了胡適的

〔註3〕根據胡明《胡適詩存・增補本》的考證,胡適生前最後一首詩寫於 1959 年 6 月 4 日,題名〈小詩獻給天成先生〉,是一首新詩(胡明:《胡適詩存・增補本》,北京:人民文學出版社,1993.10,頁 377);至於第一首寫於 1906 年 5 月 30 日的詩,乃筆者考證,將於下文說明。

〔註4〕陳子展撰;徐志嘯導讀:《中國近代文學之變遷・最近三十年中國文學史》,(上海:上海古籍出版社,2000.12)p320～321「第一,是形式上開始打破舊詩的規律,仍未脫盡舊詩詞音節和意境的。……第二,便是無韻詩,或自由詩。……第三便是小詩。……第四為西洋體詩。……」

〔註5〕歐陽哲生編:《胡適文集・9》,(北京:北京出版社,1998.11),頁 3。

〔註6〕胡明:〈前言〉,《胡適詩存・增補本》,(北京:人民文學出版社,1993.10),頁 2。

〔註7〕胡明編注:《胡適詩存・增補本》,(北京:人民文學出版社,1993.10),頁 1。

部份手稿，影印出版《澄衷中學日記》，是目前發現最早的胡適日記，起於 1906 年，比 2001 年安徽教育出版社出版的《胡適日記全編‧藏暉室日記‧己酉第五冊》早出三年多。〔註8〕我們從《澄衷中學日記》可以窺見胡適真正的第一首舊體詩，是寫於 1906 年 5 月 30 日。因此筆者將依據上述資料，將胡適第一階段的舊體詩詞創作上修到 1906 年，第二階段仍維持胡明的劃分。就韻腳表現而言，1906 到 1909 年是胡適的習作紮根期；1910 至 1916 年因至美國康乃爾大學、哥倫比亞大學留學，頻繁閱讀、翻譯西洋詩而展開一系列的韻腳實驗。本文一、二節將圍繞上述兩階段詳細論述，以探看其中變化。

一、早年的韻腳經驗：尚未習得古詩韻

　　胡適最初的韻腳經驗當然如本論文第二章第一節所述，與 1904 年春赴上海就讀，展開他為期六年的求學生涯有關。

　　初次到上海，胡適第一所念的學校是梅溪學堂。〔註9〕梅溪學堂的課程較不完備，僅有國文、算學、英文三項。白振民是澄衷學堂的總教，因賞識胡適的作文，便鼓勵他進較具規模的澄衷學堂，於是 1905 年轉入。〔註10〕就讀澄衷學堂的胡適，因國文教員楊千里（1882～1958）的推薦，開始讀嚴復（1854～1921）的譯本《天演論》。〔註11〕胡適與楊千里一直保持良好的互動，後來轉學至中國公學校，依然持續論學。我們檢視胡適的《澄衷中學日記》，並未見到楊千里講授舊體詩詞的課程；然而 1906 年 5 月 30 日，胡適卻記載第一次寫詩的經驗，內容如下：

> 予乘火車，此為第一次。車中忽得詩四句，錄之：「嗚嗚汽笛鳴，轆轆汽車行；憑窗試外矚，一瞬象一新。」雖不成為詩，聊以寫意耳。

根據《競業旬報》第 15 期，胡適當時是以筆名「鐵兒」發表。

〔註8〕北京大學圖書館編者〈序〉：「二 000 年夏季，隨著北京大學圖書館新館的啟用，館舍條件的改善，北大圖書館開始有計劃地整理在紅三樓樓頂與世隔絕了近四十年的部分胡適藏書。在其中我們『重新發現』了部分胡適日記、手稿和往來書信。」《北京大學圖書館藏胡適未刊書信日記》，（北京：清華大學出版社，2002），頁 1～2。

〔註9〕梅溪學堂是胡適的父親生平最佩服的朋友張煥綸所辦，胡適的二哥及三哥都在梅溪書院（後改為梅溪學堂）住過，胡適因而也進梅溪學堂。胡適：《四十自述》，頁 84。

〔註10〕胡適：《四十自述》，頁 85～91。

〔註11〕胡適：《四十自述》，頁 93。

　　　　然則今日又予學作詩之第一次也，一笑。〔註12〕

日記上的作品為五言詩，是胡適為了紀念第一次搭乘火車而寫。此詩每句的最末字分別為「鳴、行、矚、新」四字，各分屬「庚、庚、沃、真」韻，不論從古體詩或近體詩的韻腳規定來說，雖然第三句可以不入韻，但第四句的韻腳「真」則出了韻。當然初作五言詩的胡適是不懂格律的，尤其韻腳的格式、韻書的規定，連他自己也於詩後寫下：「雖不成為詩，聊以寫意耳。」

二、中國公學校的紮根期：古詩創作量豐沛

　　　　1906 年夏天，胡適考進上海中國公學校，加入學生自發組織的「競業學會」。學會辦了一個名為《競業旬報》的白話報，胡適應同寢室鍾君之邀，開始熱衷為旬報寫稿，〔註13〕此時胡適尚未真正接觸古詩法。

　　　　不過接下來如本論文第二章第一節所述，兩次腳氣病的發作、休養，促使胡適閱讀並創作古詩。休學前，胡適熱衷於白話小說的創作與翻譯，尚未深入涉略文言詩，僅有 1906 年 5 月 30 日五言詩一首，但不符合韻腳格律。第一次腳氣病痊癒後，胡適試寫了一首送別詩贈予《競業旬報》主編傅君劍，頗受好評，「從此以後發憤讀詩，想要做個詩人了」。〔註14〕1907 年 3 月，胡適與公學校的同學共遊杭州後，寫詩記錄，完成一首絕句。胡適拿給澄衷學堂的國文教員楊千里批閱，楊氏看完後大笑，說道：「一個字在『尤』韻，一個字在『蕭』韻。」接下來便依照韻書改了兩個詩句。胡適雖曾看過清代的韻書《詩韻合璧》，但尚未瞭解該如何應用於詩句，僅依徽州鄉音念讀，同韻便算押韻。楊千里改後的詩句雖然比較符合格律，卻與胡適本來要傳達的詩意相去甚遠，胡適不禁

〔註12〕胡適：《澄衷中學日記》，北京大學圖書館編：《北京大學圖書館藏胡適未刊書信日記》，（北京：清華大學出版社，2002），頁 39。

〔註13〕胡適：《四十自述》，（台北：遠流，2005），頁 110～112。1906 年 9 月 11 日胡適以筆名「期自勝生」發表第一篇白話文〈地理學〉於《競業旬報》第 1 至 3 期，該文連載 3 期；同年 11 月 16 日有白話章回小說〈真如島〉刊登，季維龍、曹伯言在《胡適年譜》一書認為胡適用「鐵兒」的筆名發表（季維龍、曹伯言：《胡適年譜》，（安徽教育出版社，1986），頁 23），然經筆者考察，1906 年《競業旬報》第 3 期，胡適是以「希彊」的筆名發表〈真如島〉。
再者，1906 年 12 月 6 日胡適有白話翻譯小說〈暴堪海艦之沉沒〉問世，以筆名「適之」發表於《競業旬報》第 5 期（頁 27～29）；1908 年 7 月擔任該報主編。初次嘗試白話的胡適有不少作品刊登於《競業旬報》，另外《國民白話日報》、《安徽白話報》亦有胡適的文字。

〔註14〕胡適：《四十自述》，（台北：遠流）頁 125～126。

興起「做詩要硬記詩韻」、「犧牲詩的意思來遷就詩的韻腳」等質疑。〔註15〕舊體詩的詩韻不適用於慣用口語，在胡適的心裡顯然留下造作的印象。

　　《四十自述》指出，胡適到上海前只會說安徽話，入績溪學堂後，教師全用上海話教書，因而學會上海話。至於中國公學校，是清末第一所用「普通話」教授的學校，胡適說明：「我初入學時，只會說徽州話和上海話；但在學校不久也就會說『普通話』了。」那麼，何謂普通話？《四十自述》描寫中國公學校的語言使用，「江浙的教員，如宋躍如，王仙華，沈翔雲諸先生，在講堂上也都得勉強說官話」，可見得在胡適的用法裡，「普通話」等同於「官話」。〔註16〕由此歸納，胡適當時使用的口語，共有徽州話、上海話以及官話三種，而三種之中最慣用的當然是母語徽州話，這不難瞭解為何胡適初次創作文言詩，會以徽州鄉音韻諧。即便不使用母語，以上海話及官話韻諧，還是與《詩韻和壁》的韻相去甚遠。

　　那麼胡適當時使用的口語，和韻書有何差異？其實清代使用的韻書，最早起源於隋朝陸法言所寫的《切韻》。《切韻》流傳至唐代改稱《唐韻》，在科舉的加持之下已成為官書，是作詩押韻的標準。但是語音是流動的，大約從開元天寶以後，詩歌用韻已不純然出自口語，必須參考韻書。《唐韻》到了宋朝改為《廣韻》，元末合併「同用」的韻，最後只剩106韻，一直沿用至今。〔註17〕

　　清朝韻書的音與晚清時期胡適所使用的官話也相去甚遠。據葉寶奎研究，清乾隆以前，即便漢語使用人數最多，但因為滿人統治漢人，「滿語卻成為官方使用的族際交際語，甚至在外交活動中也使用它」。〔註18〕一直到嘉慶以後，滿人漢化漸深，漢語反而成為官話。然而由於廣東、福建籍的官員在朝庭陳奏政事使用方言，語音無法溝通，因此皇帝不得不親自下令強制推行官話，於是諸多官話讀本應運而生，如《上音撮要》、《正音辨微》等即屬之。〔註19〕我們將官話讀本與韻書的語音相較，明顯得知二者不盡相同。例如以18到20世紀官話讀本《正音咀華》、《正音通俗表》、《官話新約全書》的韻母系統為代表，

〔註15〕胡適：《四十自述》，頁126～127。
〔註16〕《自述》描述公學校的語言使用：「江浙的教員，如宋躍如，王仙華，沈翔雲諸先生，在講堂上也都得勉強說官話。」可見得在胡適的用法裡，「普通話」等同於「官話」。胡適：《四十自述》，頁108～109。
〔註17〕王力：〈導言：韻語的起源及其流變〉，《漢語詩律學》，（上海：上海教育出版社，2002.9），頁4～5。
〔註18〕葉寶奎著：《明清官話音系》，（廈門：廈門大學出版社，2001.3），頁229。
〔註19〕葉寶奎著：《明清官話音系》，（廈門：廈門大學出版社，2001.3），頁229～230。

「東」、「庚」二韻母已經合流，〔註20〕但韻書卻是分開的。統而之言，無論胡適的母語徽州話，或者後來學會的上海話、官話，都與清代韻書不同；而韻書上的音與口語分歧，誦讀難免無法引起共鳴，只是掉書袋。

即使舊詩的韻腳限制不自然，不過少年胡適已經確立方向致力寫詩，也和一般文人一樣按照詩韻創作，尚未發想改革。1907 年 5 月至 7 月，胡適因第二次的腳氣病休養，期間反而創作了不少古體詩。〔註21〕胡適初期的古體詩，詩韻表現如何？我們先從格式談起。據王力研究，古體詩是依照古代的詩體來寫的，凡不受近體詩格律束縛的詩體，都是古體詩。〔註22〕換句話說，古體詩沒有近體詩講究平仄、對仗、限韻等的繁縟形式，唯一受限制的就是押韻。

> 古體詩既可以押平聲韻，又可以押仄聲韻。在仄聲韻中，還要區別
> 上聲韻、去聲韻、入聲韻；一般地說，不同聲調是不可以押韻的。
> 〔註23〕

然而古體詩的押韻限制又往往比近體詩寬鬆。從聲調來說，古體詩平聲韻、仄聲韻皆可押，近體詩則僅可押平聲韻；另外，近體詩一韻到底，古體詩則可換韻，可每兩句一換韻，四句一換韻，六句一換韻，也可以多到十幾句才換韻；可以連用兩個平聲韻，連用兩個仄聲韻，也可以平仄韻交替。〔註24〕再者，近體詩必須一韻獨用，古體詩用韻則較近體詩稍寬，鄰韻可通用。王力將 106 韻中平上去三聲分為十五類，入聲八類，同類者皆可通用；但在歸併為若干大類以後，仍有歌、麻、蒸、尤、侵、職、緝七個韻獨用。〔註25〕

從韻腳的規則比較古體詩與近體詩，不難看出古體詩確實較近體詩自由許多，難怪胡適被深深吸引，〔註26〕一開始便以古體詩的創作主為。據胡明考

〔註20〕葉寶奎著：《明清官話音系》，（廈門：廈門大學出版社，2001.3），頁 298。

〔註21〕胡適：《四十自述》，頁 127～128。

〔註22〕王力：《詩詞格律》，（北京：中華書局，2009.5），頁 20。

〔註23〕王力：《詩詞格律》，頁 72。

〔註24〕王力：《詩詞格律》，頁 80～81。

〔註25〕以下筆者分析古詩韻，皆採用王力的分法。王力：《詩詞格律》，頁 74～76。另外，王力在〈韻語的起源及其流變〉一文指出，初唐用前用韻並未以韻書為標準，而是依據實際語音。自開元天寶以後，用韻才完全依照韻書，與口語分離了。王力：〈韻語的起源及其流變〉，《漢語詩律學》，（上海：上海教育出版社，2002.9），頁 5。

〔註26〕從小就背誦《律詩六抄》的胡適，在閱讀樂府歌辭和五七言詩歌後，才感受到古詩形式的自由。他說：「我小時曾讀一本律詩，毫不覺得有興味，這回看了這些樂府歌辭和五七言詩歌，才知道詩歌原來是這樣自由的，才知道做詩原

證，胡適 1907 年與公學校同學共遊杭州期間的作品為古詩〈西湖錢王祠〉，
[註27] 分析原詩如下：

　　　步出湧金門，a

　　　買舟錢祠去。b（去，語韻）

　　　激灩西湖水，c

　　　慘澹前朝樹。b（樹，遇韻）————「語」、「遇」、「禦」通用

　　　江潮尚依然，d

　　　盛業歸何處？b（處，禦韻）

「錢王祠」乃供奉吳越國的建立者錢鏐（852～932），位在杭州西湖旁。胡適
遊玩錢王祠，感嘆西湖的美景依舊，然而吳越國的盛世卻不再，於是寫下〈西
湖錢王祠〉一詩憑弔。全詩共六句，為五言古詩；韻腳為二、四、六句之末字
「去、樹、處」，分屬「語」、「遇」、「禦」三韻目，王力將這三韻目歸在第四
類，是可以通用的。我們將第一句之韻腳以英文字母「a」代替，第二句則以
英文字母「b」代替，以此類推，凡同韻腳或通用者皆以同樣英文字母標識，
得出〈西湖錢王祠〉的韻腳為「abcbdb」，乃偶句押韻的格式。

　　至於胡明考訂胡適最早的一首詩〈觀愛國女校運動會紀之以詩〉，[註28]
用韻情情形又不同了，分析如下：

　　　爛漫春三天氣新，a（新，真韻）

　　　垂楊十畝草如茵。a（茵，真韻）

　　　名園曲曲深深處，b

　　　中有悲歌慢舞人。a（人，真韻）

　　　蛾眉回首幾辛酸，c（酸，寒韻）

　　　來不必先學對仗。」胡適：《四十自述》，（台北：遠流），頁 125。

[註27] 胡明：「此詩作於中國公學全體同學旅行杭州期間。」胡明編注：《胡適詩存‧
　　　增補本》，（北京：人民文學出版社，1993.10），頁 3。

[註28] 胡明在《胡適詩存‧增補本》僅注明〈觀愛國女校運動會記之以詩〉的寫作日
　　　期為「1907」，月份則未注明（胡明編注：《胡適詩存‧增補本》，頁 2），如何
　　　得知〈觀愛國女校運動會紀之以詩〉比寫於 1907 年 4 月的〈西湖錢王祠〉還
　　　早？筆者推測，因〈觀愛國女校運動會記之以詩〉發表於 1908 年 5 月 20 日
　　　《競業旬報》第 15 期，是《競業旬報》上胡適的第一首詩；而〈西湖錢王祠〉
　　　則刊登於 1908 年 6 月 9 日《竟業旬報》第 17 期，比〈觀愛國女校運動會記
　　　之以詩〉晚了 20 天，這該是胡明將〈觀愛國女校運動會記之以詩〉視為胡適
　　　第一首詩作的原因。

欲買青絲繡木蘭。c（蘭，寒韻）

姊妹花枝憔悴甚，d

為誰和淚看麻灘。c（灘，寒韻）

落日風翻照國旗，e（旗，支韻）

更無遺恨到蛾眉。e（眉，支韻）

劇憐嬌小玲瓏女，f

也執金刀學指揮。e（揮，微韻）

無端忽作天魔舞，g

宛轉琴聲踏踏歌。h（歌，歌韻）

歌到離離禾黍句，I

也應蹴損小蠻靴。h（靴，歌韻）

疏林回首夕陽斜，j（斜，麻韻）

愧煞鬚眉幾萬家。j（家，麻韻）

我欲讚揚無別語，k

女兒花發文明花。j（花，麻韻）

「支」、「微」通用

愛國女校原名愛國女學，1901 年由蔡元培、蔣觀雲等人籌建於上海，1902 年開學。該校注重革命教育，1907 年脫離革命機關，成為普通女校。〔註29〕胡適觀看該女校的運動會，當天有麻灘之戰，兵式操練相當不錯；而且還有體操表演，發號司令者是一位年幼的學生。〔註30〕此詩為七言古詩，共有五段，每四句一換韻。除第四段的韻腳格式為偶句押韻外，其餘各段皆是 aaba 的形式。

　　1907 至 1909 年胡適於中國公學校時期共有古詩 20 首，〔註31〕筆者檢視這些古詩作品，用韻情形如下：

〔註29〕 該校提倡男女平等，婦女獨立，在學生中宣傳自由、平等、博愛的思想，並提倡推翻帝制。作為革命活動聯絡機關，培養的學生有不少成為辛亥革命的女戰士。1907 年脫離革命機關，成為普通女校。盧樂山主編：《中國女性百科全書‧文化教育卷》，（瀋陽：東北大學出版，1995.06），頁 178。

〔註30〕 〈觀愛國女校運動會記之以詩〉注釋：「①是日有麻灘之戰，兵式操甚佳。②是日體操司令者為一幼年學生。」歐陽哲生編：《胡適文集‧9》，（北京：北京出版社，1998.11），頁 4。

〔註31〕 因胡適就讀澄衷中學所寫的第一首古詩，及寫於 1907 年 10 月的〈題秋女士瑾遺影〉二者韻腳皆不合格律，故不列入表格中。另外〈答丹斧十杯酒〉寫於1908 年 11 月，據胡明《胡適詩存‧增補本》記載，是學作歌曲的詞（胡明編注：《胡適詩存‧增補本》，頁 22），推測該是民間歌謠，韻腳格式與古詩不同，也同樣不列入表格。

韻腳形式	韻腳聲調	體　裁	詩　　名	寫作／發表時間
aaba	平聲韻	七古	〈觀愛國女校運動會紀之以詩〉，第四段 abcb	1907
	平聲韻	七古	〈送石蘊山歸湘〉	1907
	平仄韻交替	七言夾雜三言	〈棄父行〉分兩大段，上段韻腳變化較多，下段以 aaba 為主。	1907
	平聲韻	七古	〈追哭先外祖〉	1908.9
abcb	仄聲韻	五古	〈西湖錢王祠〉	1907.4
	平仄韻交替	五古	〈游萬國賽珍會感賦〉，共二十七段，第二段 dede；第三段 ffgf，其餘皆 abcb。	1907.5
	平仄韻交替	五古	〈西台行〉，最末兩句不屬 abcb，其餘皆是。	1907
	平聲韻	七古	〈贈近仁〉	1907.9.23
	平聲韻	五古	〈贈魯楚玉〉	1908.8
	仄聲韻	五古	〈秋日夢返故居覺而憮然若有所失因紀之〉，第四句及最末句不入韻。	1908.9
	平聲韻	五古	〈贈別黃用溥先生〉	1908.9
	平聲韻為主，穿插兩個仄韻。	五古	〈贈別湯保民〉	1908
	仄平韻交替	五古	〈電車詞〉	1908
	平聲韻主，穿插兩個仄韻。	五古	〈慰李莘伯被火〉	1908.12
	平聲韻	七古	讀大仲馬《俠隱記》《續俠隱記》	1908
	仄聲韻	五古	〈贈意君〉	1909.1
	平聲韻	五古	〈酒醒〉	1909
	平聲韻	五古	〈送二兄入都〉	1909
	平聲韻	五古	〈十月再題中國新公學合影時公學將解散〉	1909.11
	仄平韻交替	五古	〈讀《儒林外史》〉	1909

（資料來源：《胡適詩存・增補本》）

統計 1907～1909 年胡適中國公學時代的詩詞作品，歸納如下表：

	雜言	五古	七古	五絕	七絕	五律	七律	詞
1907～1909 年中國公學時代	2〔註32〕	13	6	0	4	13	4	1

（資料來源：《胡適詩存·增補本》）

由上表可知，胡適公學校時期使用 aaba 的韻腳形式大概皆是七言古詩。五言古詩以〈游萬國賽珍會感賦〉這首詩的押韻形式變化最多，其他大致上均是 abcb 偶句押韻的格式。另外平聲韻 10 首，仄聲韻 3 首，7 首平仄交替。和西洋詩的韻腳相較，中國詩的平仄韻限制，就顯得非常突出。西洋詩沒有聲調的分別，而中國古詩的聲調限制，反而突顯四聲特殊的聲情。黃永武在《中國詩學·鑑賞篇》談及韻腳四聲的不同情調，所謂「平聲平道莫低昂，上聲高呼猛烈強，去聲分明哀遠道，入聲短促急收藏。」〔註33〕胡適韻腳平仄韻的使用，與情感的轉換是有直接關聯的。至於韻腳形式所展現的美感效應，將待下文仔細分述。

第二節　1910 至 1916 年留美時期：試驗性的韻腳改革

1910 年 7 月，胡適以第 55 名考取清華庚子賠款留美官費生。〔註34〕9 月，入美國康乃爾大學就讀，至 1916 年 7 月止均以古詩詞的創作為主。和留美前比較，1910 到 1916 年的古詩創作，因受西洋詩影響，有試驗性的韻腳改革。如 1914 年 1 月中旬左右，〔註35〕因康乃爾大學颳起大風、下起大雪，溫度下降至零下十度左右，更有人因寒害受凍而殘廢，〔註36〕胡適有感而發，作詩

〔註32〕兩首雜言分別為〈棄父行〉與〈答丹斧十杯酒〉。〈棄父行〉寫於 1907 年，為七言夾雜三言；〈答丹斧十杯酒〉已於前註說明，筆者推測為民間歌謠，長短不一。

〔註33〕黃永武：《中國詩學·鑑賞篇》，（台北：巨流，2005.8），頁 187 引明朝釋真空《玉鑰匙歌訣》語。

〔註34〕胡適：《四十自述》，（台北：遠流），頁 156～157。胡適在學校時用「胡洪騂」的名字，北上應考時，為了怕考不上被朋友同學取笑，所以臨時改用「胡適」二字，沿用至今。

〔註35〕1914 年 1 月 29 日胡適追記寫詩的時間是「十餘日前」，筆者因而推測〈久雪後大風寒甚作歌〉寫於 1914 年 1 月中旬左右。曹伯言整理：《胡適日記全集·1》，（台北：聯經出版公司，2005），頁 267。

〔註36〕「十餘日前，此間忽大風，寒不可當。風卷積雪，撲面如割，寒暑表降至零下十度（華氏表）。是日，以耳鼻凍傷就校醫診治者，蓋數十起。前所記之俄人

〈久雪後大風寒甚作歌〉記錄。此詩為三句轉韻體，以平聲韻為主，中間穿插仄聲韻，最後再回到平聲韻，能增強詩中的情緒起伏。載錄全詩如下：

夢中石屋壁欲搖，a（搖，蕭韻）

夢回窗外風怒號，a（號，豪韻）　　「蕭」、「豪」通用

澎湃若擁萬頃濤。a（濤，豪韻）

侵夏出門凍欲僵，b（僵，陽韻）

冰風挾雪捲地狂，b（狂，陽韻）

嚙肌削面不可當。b（當，陽韻）

與風寸步相撐支，c（支，支韻）

呼吸梗絕氣力微，c（微，微韻）　　「支」、「微」、「齊」通用

漫漫雪霧行徑迷。c（迷，齊韻）

玄冰遮道厚寸許，d（許，語韻）

每虞失足傷折股，d（股，麌韻）　　「語」、「麌」通用

旋看落帽淩空舞。d（舞，麌韻）

落帽狼狽禍猶可，e（可，哿韻）

未能捷足何嫌跛，e（跛，哿韻）

抱頭勿令兩耳墮。e（墮，哿韻）

入門得暖百體蘇，f（蘇，虞韻）

隔窗看雪如畫圖，f（圖，虞韻）　　「虞」、「魚」通用

背爐安坐還讀書。f（書，魚韻）

明朝日出寒雲開，g（開，灰韻）

風雪於我何有哉！g（哉，灰韻）

待看冬盡春歸來！〔註37〕g（來，灰韻）

詩中描述冬雪狂風怒號，令人戰慄，詩人行走路上狼狽至極，深怕兩耳凍傷斷裂。然入門後則身暖舒適，詩人又安然讀書，欣賞著窗外雪景。此詩為七言古詩，前三句韻腳「搖、號、濤」分屬106韻中的「蕭、豪、豪」韻，蕭、豪同屬第八類通用；第四到六句最末字「僵、狂、當」均屬「陽」韻。如上圖所示，

Gahnkin 未著手套，兩手受凍，幾成殘廢。」曹伯言整理：《胡適日記全集·1》，（台北：聯經出版公司，2005），頁 267。

〔註37〕胡適 1914 年 1 月 29 日於《留學日記》追記。曹伯言整理：《胡適日記全集·1》，（台北：聯經出版公司，2005），頁 267～268。

每三句一轉韻，句句入韻。胡適寫完後甚是得意，自詡三句轉韻體雖然在西
洋詩中常見，但在中國則前所未聞，自己是獨創第一人。《留學日記》記載：
「此詩用三句轉韻體，乃西文詩中常見之格，在吾國詩中，自謂此為創見矣。」
〔註38〕並寄予好友許少南分享。許少南讀完詩後，1914 年 1 月 28 日致信回
覆，對於胡適的看法頗不以為然，認為中國古詩中早有三句一轉韻的格式，「三
句轉韻體，古詩中亦有之」，並引盛唐詩人岑參的作品〈走馬川行〉為證。但
胡適批判〈走馬川行〉並非整首全用三句轉韻體，直至後五韻才每韻三句一轉。
筆者引岑參〈走馬川行〉一詩分析如下：

　　　君不見走馬川行雪海邊，a
　　　平沙莽莽黃入天。b（天，先韻）
　　　輪台九月風夜吼，c（吼，宥韻）
　　　一川碎石大如鬥，c（鬥，宥韻）
　　　隨風滿地石亂走。c（走，宥韻）
　　　匈奴草黃馬正肥，d（肥，微韻）
　　　金山西見煙塵飛，d（飛，微韻）──── 「微」、「支」通用
　　　漢家大將西出師。d（師，支韻）
　　　將軍金甲夜不脫，e（脫，曷韻）
　　　半夜軍行戈相撥，e（撥，曷韻）
　　　風頭如刀面如割。e（割，曷韻）
　　　馬毛帶雪汗氣蒸，f（蒸，蒸韻）
　　　五花連錢旋作冰，f（冰，蒸韻）
　　　幕中草檄硯水凝。f（凝，蒸韻）
　　　虜騎聞之應膽懾，g（懾，葉韻）
　　　料知短兵不敢接，g（接，葉韻）
　　　車師西門佇獻捷。〔註39〕g（捷，葉韻）

從第三句開始每三句一轉韻，此詩誠如胡適所言，並非整首都用三句轉韻體，
首一、二句是未入韻的。縱然如此，中國全詩三句一轉韻的格式早有先例，胡
適絕非第一人。胡適回覆許少南的信雖然居功自恃，但經過深入閱讀後早已發
覺失言，悔悟不已。1914 年 5 月 31 日胡適終於讀到黃庭堅的〈觀伯時畫馬〉

〔註38〕曹伯言整理：《胡適日記全集‧1》，頁 268。
〔註39〕中華書局編輯部點校：《全唐詩》第三冊，（北京，中華書局，19990.1），頁 2059。

一詩，此詩整首全用三句一轉韻。胡適讀後甚是慚愧，評註：「此詩三句一轉韻也。……吾久自悔吾前此之失言，讀書不多而欲妄為論議，宜其見譏於博雅君子也。」〔註40〕查黃庭堅〈觀伯時畫馬〉一詩原文如下：

儀鸞供帳饜虱行，a（行，庚韻）�

翰林濕薪爆竹聲，a（聲，庚韻）────「庚」、「敬」通用

風簾官燭淚縱橫。a（橫，敬韻）

木穿石槃未渠透，b（透，宥韻）

坐窗不遨令人瘦，b（瘦，宥韻）

貧馬百敵逢一豆。b（豆，宥韻）

眼明見此五花驄，c（驄，東韻）

徑思著鞭隨詩翁，c（翁，東韻）

城西野桃尋小紅。〔註41〕c（紅，東韻）

筆者分析此詩的韻腳前三句為「行、聲、橫」，分屬「庚、庚、敬」韻，而「庚、敬」同屬第十一類通用；中間三句末字為「透、瘦、豆」，皆屬「宥」韻；最末三句韻腳「驄、翁、紅」，則屬「東」韻，是典型三句一轉韻的格式，無怪乎讀完詩後的胡適相當懊悔自己的狂傲。但也由此可知，胡適一開始接觸三句轉韻體的養份，是源自西洋詩而非中國古詩；而他的擅於嘗試與改革，則可見一斑了。

　　在試探了古詩不同韻腳的組合方式之後，1915年6月始，《留學日記》頻繁記載胡適讀詞、研究詞的心得，並且嘗試創作。關於韻腳部份，詞的押韻較古詩更為自由。按照詞譜，有數句一韻，或間句韻等。根據王力研究，詞韻並沒有任何正式的規定。戈載的《詞林正韻》，把平上去三聲分為十四部，入聲分為五部，共十九部，據說是採取古代名家的詞，參酌而定的，這十九部大約只能適合宋詞的多數情況。其實在某些詞人的筆下，第六部早已與第十一部、第十三部相通，第七部早已與第十四部相通。這是因為語音的發展，或者方言影響所致。〔註42〕

　　胡適讀詞時也發現詞的韻腳因語音發展而變遷。1915年6月6日寫下〈劉過詞不拘音韻〉一文，討論劉過〈六州歌頭〉二闋詞中的韻腳，發現其「庚、

〔註40〕曹伯言整理：《胡適日記全集‧1》，頁320～321。
〔註41〕黃庭堅著；鄭永曉整理：《黃庭堅全集‧輯校編年‧上》，（南昌：江西人民出版社，2008.09），頁503。
〔註42〕王力：《詩詞格律》，頁146～148。

青、蒸通真、元、文，且收入侵韻」，「可見得音韻之變遷，宋時已然」，並且還特別讚許南宋詞人不拘音韻之微，實在豪氣橫縱。〔註43〕由此可知，胡適其實贊同韻腳該隨著語音的變遷而更動，這或許影響他日後寫詞、主張新詩該用今韻的來源。查其 1917 年 1 月所寫〈沁園春兩首〉，也多歸在不同韻部；而主張新詩用今韻，則於下一節論述。

　　至於方言的影響，1915 年 6 月 7 日，胡適於〈山谷詞帶土音〉一文審視黃庭堅在〈洞仙歌〉詞中的韻腳，使用老、草、畫、守、棹、斗等字，這些在詞韻上皆是不相通的。於是胡適推論，黃庭堅應該是以江西鄉音來押的。〔註44〕上述研究，極有可能提供胡適試作白話詩改動韻腳的養份。

　　另外，胡適更在讀詞時發現「無韻之韻文」的可能。1916 年 4 月 7 日《留學日記》〈李清照與蔣捷之〈聲聲慢〉詞〉，他比較李清照與蔣捷的〈聲聲慢〉，提出韻律上的「實地試驗」。胡適指出，李清照連續使用七個疊字，後復用兩疊字，使人「讀之如聞泣聲」。而蔣捷則用了十個「聲」字描寫秋聲，押韻之處皆以「聲」字取代，胡適認為是「無韻之韻文」。因為除了聲字以外，並無其他韻字的使用，而「讀起來並不覺其為無韻之詞」，所以胡適進一步認為「可謂吾國無韻韻文之第一次試驗成功矣」。〔註45〕這和他後來在〈談新詩〉論述周作人〈小河〉通篇無韻的表現，可能有前後的承續關係。

第三節　白話新詩的韻腳嘗試

一、仿古詩韻腳的白話詩

　　此節標題稱為「白話新詩」而非「新詩」，乃因強調胡適在詩體上的試探歷程，一開始是語言白話的革新，再來探討白話詩的語法、節奏、意象等，二者完備後才稱為「新詩」。

　　清末已出現大量的白話小說、白話報，學者周策縱稱之為「文學改革思想的萌芽」，〔註46〕胡適也參與其中。〔註47〕留美後，因接觸西方文藝復興思想，

〔註43〕曹伯言整理：《胡適日記全集·2》，頁 129。

〔註44〕曹伯言整理：《胡適日記全集·2》，頁 129～130。

〔註45〕曹伯言整理：《胡適日記全集·2》，（台北：聯經出版公司，2005），頁 296～297。

〔註46〕周策縱：《五四運動：現代中國的思想革命》，（江蘇人民出版社 1996.12），頁 271。

〔註47〕胡適在清末白話報《競業旬報》投稿不少白話作品，1908 年 7 月更擔任該報

曾於 1916 年 2 月 3 日致信陳獨秀，提出輸入歐西名著，重造新文學的看法，批判當時「南社」的詩風，隨信並寄了一篇用白話文翻譯的俄國短篇小說〈決鬥〉。〔註48〕在時代的氛圍裡，小說、散文等各文類白話的使用已列入討論及嘗試，唯獨詩尚未提及。早在 1915 年 9 月 17 日，胡適在〈送梅覲莊往哈佛大學詩〉特別提及「文學革命」，就已開始了他一系列在詩體上的革命宣言，「梅生梅生毋自鄙，神州文學久枯餒，百年未有健者起，新潮之來不可止，文學革命其時矣……」，〔註49〕胡適與梅覲莊等友人，常書往來，相互論辯。

　　但最徹底施行他的白話詩理念，當是 1916 年 7 月 22 日寫給梅覲莊的一首白話詩──〈答梅覲莊──白話詩〉，這同時也是胡適首次白話詩的創作。胡適曾在日記追憶，因叔永寫了一首〈泛湖〉詩，引發梅覲莊與之筆戰。胡適從「活文字」的角度為叔永改詩，梅覲莊則力守文言詩堡壘，互不退讓。胡適被逼急了，於是寫了這一首白話詩回應。〔註50〕胡適的第一首白話詩是雜言，語言雖然白話，但形式上仍為古體，句末不僅押韻，且押古韻。以第一節為例，詩句原文如下：

　　「人閑天又涼」，老梅上戰場。
　　拍桌罵胡適，「說話太荒唐！」
　　說什麼，「中國要有活文學！」
　　說什麼，「須用白話做文章！」
　　文字豈有死活！白話俗不可當！
　　把《水滸》來比《史記》，
　　好似麻雀來比鳳凰。
　　說「二十世紀的活字，
　　勝於三千年的死字，
　　若非瞎了眼睛，
　　定是喪心病狂！」〔註51〕

　　　　　的主編。
〔註48〕胡適：〈致陳獨秀信〉，《新青年》雜誌，1916.9.1。
〔註49〕曹伯言整理：《胡適日記全集·2》，頁 228。
〔註50〕1916 年 7 月 29 日記載於《留學日記》。曹伯言整理：《胡適日記全集·2》，頁 377～381。參看本論文第四章第一節〈白話詩語言的確立：梅光迪反對成助力〉，對於這場論爭的始末有詳細論述。
〔註51〕胡適著，胡明編注：《胡適詩存》，（北京：人民文學出版社，1989.4），頁 112。

詩中句尾「涼」、「場」、「唐」、「章」、「當」、「凰」、「狂」七個字皆為七陽韻。
前四句敘寫梅觀莊與胡適論戰的模樣，情緒較激動，故而五字一韻，第三句不
押，為 aaba 的形式，韻腳較密。接下來藉梅氏夾敘夾議，偶句入韻，節奏稍
緩；最後突然三句不押，再以末句入韻作結，突顯作者的白話論，也彰顯反對
者的論述，節奏突緩，轉向理性。按照清代陳瑾的看法，韻腳的疏密可以調和
節奏，〔註52〕〈答梅觀莊──白話詩〉首段則將詩意搭配韻腳的疏密，調和得
很成功。

　　隔一週後（1916.7.29），胡適又在日記上寫下〈中庸〉、〈孔丘〉兩首白話
詩，皆為七言，句末押古韻。〔註53〕大體上來說，胡適初期的白話詩，僅在文
字、句法上突破文言，韻腳的部份仍未求改革，不僅遵守文言詩的韻腳形式，
且仍以平水韻為語音依歸。

二、白話詩韻腳的語音改革：突破韻書的限制

　　但胡適仍在韻腳上有溫和的語音改革，試圖突破韻書的限制。1916 年 9
月 6 日，《留學日記》寫了一首〈他〉，語言相當白話，用的是仿西洋詩的長腳
韻。

> 你心裡愛他，莫說不愛他。
>
> 要看你愛他，且等人害他。
>
> 倘有人害他，你如何對他？
>
> 倘有人愛他，更如何待他？〔註54〕

此詩韻腳為「愛、害、對、待」，「愛、害、對」同屬去聲隊韻，而「待」則明
顯出韻，屬上聲賄韻。其實就當時語音來說，「待」該念去聲的，胡適明知出
韻了，但又想突破韻書限制，於是注曰：「待字今音大概讀去聲。」〔註55〕就
韻腳的試驗而言，末句「更如何待他」之「待」字出韻，則明顯試圖以今韻取
代平水韻，這距離 1917 年 5 月 1 日，劉半農於《新青年》3 卷 3 號發表〈我

〔註52〕參看第一章第五節第二點之（3）項次「韻的節奏效果」。
〔註53〕〈中庸〉：「『取法乎中還變下，取法乎上或得中。』孔子晚年似解此，欲從狂
　　　　狷到中庸。」偶句末字「中」、「庸」為通韻；〈孔丘〉「『知其不可而為之』，亦
　　　　「不知老之將至」。認得這個真孔丘，一部《論語》都可廢。」此首一、二句
　　　　尾「之」、「至」通韻，三、四句不入韻。古詩較無此例，這或許是胡適的韻腳
　　　　試驗。
〔註54〕曹伯言整理：《胡適日記全集・2》，頁 417。
〔註55〕曹伯言整理：《胡適日記全集・2》，頁 417。

之文學改良觀〉一文，推動「破壞舊韻重造新韻」之論述，〔註56〕大約早了八個月左右。

　　1916 年 8 月 23 日《留學日記》載錄〈窗上有所見口占〉詩一首，自跋：「這首詩可算得一種有效的實地試驗。」〔註57〕胡適所謂「有效的實地試驗」是何意？我們可以從《新青年》雜誌上看出端倪。1917 年 2 月 1 日胡適將〈窗上有所見口占〉更名為〈朋友〉，發表在《新青年》雜誌上，直接宣告讀者在韻腳上的突破。

　　　　兩個黃蝴蝶雙雙飛上天
　　　　　不知為什麼一個忽飛還
　　　　　剩下那一個孤單怪可憐
　　　　　也無心上天天上太孤單〔註58〕

此詩發表時並無標點符號，格式上已與古詩不同。不僅分行，且二、四兩行還特別低一格書寫。胡適在〈朋友〉標題下注釋：「此詩天、憐為韻，還、單為韻，故用西詩寫法，高低一格以別之。」〔註59〕就格式來說，此詩是五言八句，「天、還、憐、單」該都是偶句的韻腳。然「天、憐」同屬先韻，而「還、單」則歸寒韻。若要換韻，也不該在第二、六句押先韻，第四、八句又換另一韻。胡適此舉，其實是想突破古詩押韻的貫例，尤其是韻書上的限制，因為就當時語音來說，「天、還、憐、單」其實是同韻的。〔註60〕

　　胡適突破韻書的實驗，也影響了文壇友人。1916 年 9 月 15 日於日記寫下朱經農的白話詩：「日來作詩如寫信，不打底稿不查韻……。」〔註61〕朱經農這首詩，已間接認同胡適的韻腳實驗。1917 年 5 月 1 日劉半農在《新青年》發表〈我之文學改良觀〉，提倡「破壞舊韻重造新韻」，〔註62〕更直接否定平水韻的存在價值。這波韻的改革，陳獨秀、錢玄同等共同呼應，引起詩壇的關注。朱自清在〈中國新文學研究綱要〉裡記載這段新韻律運動，就是以胡適

〔註56〕劉半農：〈我之文學改良觀〉，《新青年》3 卷 3 號，1917.5.1。
〔註57〕曹伯言整理：《胡適日記全集・2》，頁 403。
〔註58〕《新青年》雜誌第二卷第六號，上海：群益書社，1917.2.1。
〔註59〕《新青年》雜誌第二卷第六號，上海：群益書社，1917.2.1。
〔註60〕民國初年的語音，當還是以北京音為主。據葉寶奎研究，雖然當時制定老國音，但由於清代中後期以來，北京音地位日隆，以北京音為標準音是時代和人民的呼喚。《明清官話音系》，（廈門：廈門大學出版社，2001.3），頁 313。
〔註61〕曹伯言整理：《胡適日記全集・2》，頁 424。
〔註62〕《新青年》雜誌第三卷第三號，上海：群益書社，1917.5.1。

為起首。〔註63〕就此而言，胡適早期的韻腳實驗，確實功不可沒。

三、新詩的韻腳嘗試及論述

不過胡適的韻腳實驗，並不僅止於韻的古今之別。他的文學觀是進化的，新詩的節奏實驗也是美學的。從 1917 年 7 月起至 1918 年 1 月止，胡適與錢玄同頻繁書信往來，不斷討論白話詩的形式，同時也包括節奏美感。〔註64〕在錢氏的建議之下，胡適開始尋找古詩詞之外的養份來源——譯詩。1918 年 3 月 1 日胡適翻譯蘇格蘭女詩人 Anne Lindsay 的詩作 "Auld Robin Gray"，胡適譯為〈老洛伯〉，就已不再受限於古詩詞騷體的匡限，完全自創長短不拘的白話詩。我們檢視韻腳，擺脫平水韻、古詩押韻格式，偶而押今韻。以第一、二段為例，抄錄原詩如下：

一

羊兒在欄，牛兒在家，

靜悄悄地黑夜，

我的好人兒早在我身邊睡了，

我的心頭冤苦，都迸作淚如雨下。

二

我的吉梅他愛我，要我嫁他。

他那時只有一塊銀元，別無什麼，

他為了我渡海去做活。

要把銀子變成金，好回來娶我。〔註65〕

第一段「家、下」有相同韻尾「ia」，第二段「活、我」則同押韻腹、韻尾「uo」，「麼」則韻尾「o」互諧。到了 1919 年 2 月 26 日，胡適翻譯美國詩人 Sarah Teasdale〈關不住了〉，認為這首譯詩才可真正稱為新詩，稱它為「新詩成立的

〔註63〕朱自清：〈中國新文學研究綱要〉，收於《文藝論叢》，（上海文藝出版社，1982.2），頁 12～13。

〔註64〕1917 年 7 月 2 日錢玄同〈二十世紀第十七年七月二日錢玄同敬白〉特別提到「用詞調填新詩」似不太妥當，1917 年 11 月 20 日胡適以〈論小說及白話韻文〉回覆；1918 年 1 月 15 日錢玄同〈通信——論小說及白話韻文〉又再度強調「最自然者，終莫如長短無定之韻文」，要胡適真正脫離古詩詞的格律。參考《新青年》3 卷 6 號～4 卷 1 號。

〔註65〕考版次為《嘗試集》第二版，（上海：亞東，1920 年 9 月），頁 33～34。

紀元」〔註66〕。

　　　我說「我把心收起，

　　　　　像人家把門關了，

　　　叫愛情生生的餓死，

　　　　　也許不再和我為難了。」

　　　但是屋頂上吹來，

　　　　　一陣陣五月的濕風，

　　　更有那街心琴調

　　　　　一陣陣的吹到房中。

　　　一屋裏都是太陽光，

　　　　　這時候愛情有點醉了，

　　　他說「我是關不住的，

　　　　　我要把你的心打碎了！」〔註67〕

就韻腳來說，此詩偶句押韻，一、三段為長腳韻，每段換韻。首段押「an」韻，第二段為「ong」韻，末段則押「ui」韻。胡適以此詩為新詩典範，就節奏美感而言，可看出他是認同韻腳所帶來的形式美感。

　　但為何1919年10月10胡適發表〈談新詩〉一文，又說「押韻乃是音節上最不重要的一件事」？我們回到原文仔細探究。

　　　攻擊新詩的人，他們自己不懂得「音節」是什麼，以為句腳有韻，
　　　句裡有「平平仄仄」、「仄仄平平」的調子，就是有音節了。中國字
　　　的收聲不是韻母（所謂陰聲），便是鼻音（所謂陽聲），除了廣州入
　　　聲之外，從沒有用他種聲母收聲的。因此，中國的韻最寬。句尾用
　　　韻真是極容易的事，所以古人有「押韻便是」的挖苦話。押韻乃是
　　　音節上最不重要的一件事。〔註68〕

從引文可知胡適的目的，是對於反新詩、保守舊詩格式派的抨擊。如任鴻雋寫給胡適的書信中，幾度譏笑白話詩的好處在於創作速度快，沒稿可刊時，可在機器旁立刻做出幾首詩，「特今之問題不在詩成之遲速難易，乃在所成是詩非

〔註66〕胡適：《嘗試集》〈再版自序〉，頁2。
〔註67〕《嘗試集》第二版，頁46～47。
〔註68〕歐陽哲生編：《胡適文集・2》，頁140。

詩耳」。〔註69〕任氏之說，仍設限於古體詩的審美範疇批評新詩。1918 年 11月 3 日〈任鴻雋致胡適〉信中提到：「兄等的白話詩（無體無韻）絕不能稱之為詩。至於我們現在應取外國『自由詩』的觀念否，這是另外一個問題，暫且不必談罷。」〔註70〕所謂「無體無韻」指的就是新詩體裁已不是古詩，再加上不強調押韻，所以不稱之為詩。從任鴻雋的角度來說，「押韻」是詩很重要的形式之一，且必須押古韻，才稱之為詩。因此胡適才會明確反駁：「押韻乃是音節上最不重要的一件事。」

　　然而就節奏美感來說，韻腳能不能是一種形式呢？胡適另有說明：

　　新詩的聲調有兩個要件：一是平仄要自然，二是用韻要自然。⋯⋯
　　至於用韻一層，新詩有三種自由：第一，用現代的韻，不拘古韻，
　　更不拘平仄韻。第二，平仄可以互相押韻，這是詞曲通用的例，不
　　單是新詩如此。第三，有韻固然好，沒有韻也不妨。新詩的聲調既
　　在骨子裡，──在自然的輕重高下，在語氣的自然區分，──故有
　　無韻腳都不成問題。例如周作人君的〈小河〉雖然無韻，但是讀起
　　來自然有很好的聲調，不覺得是一首無韻詩。我且舉一段如下：

　　　　⋯⋯小河的水是我的好朋友，
　　　　他曾經穩穩的流過我面前，
　　　　我對他點頭，他對我微笑，
　　　　我願他能夠放出了石堰，
　　　　仍然穩穩的流著，
　　　　向我們微笑⋯⋯

　　又如周君的〈兩個掃雪的人〉中一段：

　　　　⋯⋯一面盡掃，一面盡下：
　　　　掃淨了東邊，又下滿了西邊；
　　　　掃開了高地，又填平了漥地。

　　這是用內部詞句的組織來幫助音節，故讀時不覺得是無韻詩。內部
　　的組織，──層次，條理，排比，章法，句法，──乃是音節的最
　　重要方法。〔註71〕

〔註69〕1918 年 9 月 5 日〈任鴻雋致胡適〉，中華民國史研究室編：《胡適來往書信選・上冊》，（中國社會科學院近代史研究所，1983），頁 14。

〔註70〕中華民國史研究室編：《胡適來往書信選・上冊》，頁 16。

〔註71〕胡適：〈談新詩〉，《星期評論・紀念號》，1919.10.10 第五張，收錄於楊振武、

我們可以清楚看到胡適將韻腳歸入自然音節的表現媒介之一，「新詩的聲調有兩個要件：……二是用韻要自然」，但卻不是決對條件，「有韻固然好，沒有韻也不妨」。如此一來，胡適其實拓展了原本文人固守的詩歌節奏美學範疇——僅以傳統格律畫地自限，而無表現空間。胡適嘗試的不僅是詩的語言白話，更重要的是新的節奏表現方式。就韻腳而言，押韻可以是節奏美感的表現方法之一，但不押韻也可以選擇他種策略達致音節美感。胡適舉周作人作品〈小河〉為例，通篇雖然無韻，但卻以「內部詞句的組織來幫助音節，故讀時不覺得是無韻詩」，此即另一種有別於傳統格律的表現方式。那麼何謂「內部詞句的組織」？胡適進一步說明，「內部的組織——層次，條理，排比，章法，句法，——乃是音節的最重要方法」。

筆者以為，胡適「以內部詞句的組織來幫助音節」的說法，是承繼中國古典詩論家對於節奏的界定。如筆者於第一章「節奏界定」一文所述，明初李東陽在《麓堂詩話》提到「長篇須有節奏」，[註72]節奏指的是篇章布局安排，即「章法」的表現；而明代胡應麟於《詩藪》論述五言律「節奏未舒」，七言律「纖徐委折」，[註73]節奏則意指五言或七言「句法」的表現效果。不論李東陽的「章法」或胡應麟的「句法」，與胡適所言「內部詞句的組織來幫助音節」，而「內部的組織」即是「層次，條理，排比，章法，句法」的說法是相類的。

總括而言，胡適試圖擺脫傳統音韻的束縛，擴大文人的選擇權，將表現節奏的媒介回歸詩行的脈絡中，由詩人決定。

第四節　韻腳的美感效應：記憶、機智與明確

胡適歷經古詩、三句轉韻及詞體韻腳洗禮後，轉而試探白話詩韻腳的可能性：譯詩〈老洛伯〉偶有互諧的韻腳，但卻沒有一定的格式；他自認為真正新詩的代表作〈關不住了〉則偶句押韻（abcb）。雖然〈談新詩〉並不認為韻腳是節奏必須表現的媒介之一，但是胡適的新詩作品押韻的卻不少，如〈希望〉（1919.2.28，aaba）、〈威權〉（1919.6.11，aaba abcb aaba）、〈小詩〉（1919.6.28，

　　　　周和平主編：《紅色起點·14·中國共產主義運動早期稀見文獻彙刊·《每週評論》·《星期評論》·《湘江評論》》，頁 253。
〔註72〕　（明）李東陽：《麓堂詩話》，（北京：中華書局，1985），頁 4。
〔註73〕　（明）胡應麟：《詩藪》，（北京：中華書局，1962.11），頁 81。

abcb）……等，不勝枚舉；甚至生前最後一首詩作〈小詩獻給天成先生〉
（1959.6.4，aaba）也是押韻的作品。可見得韻腳提供的，是詩歌美感的永恆
價值，遠超於文言與白話。

那麼，韻腳到底具有何種美感效應？朱自清在〈詩韻〉一文論述韻腳在詩
歌中的功效是「情感集中、便於記憶、音樂美感」，〔註74〕大抵如是。朱光潛
則在〈中國詩的節奏與聲韻的分析──論韻〉一文，從比較語言學的角度分析
中國詩歌用韻的重要性。他認為中文是輕重、長短較不分明的語系，而韻的使
用能凝聚詩的節奏，較不易使音節散漫。朱氏並認為，中文詩全平全仄一樣能
產生節奏，所以平仄相間並非真能顯現節奏，而韻的重複、迴返呼應卻具有貫
串的效果，反倒能凝聚詩的節奏感，所以中國韻腳的使用從《詩經》就開始記
錄了。〔註75〕由此不難說明，為何胡適的新詩嘗試，依然保留韻腳的使用。

一、abab 的韻腳形式：擴增記憶

韻有助於記憶，清代學者章學誠《文史通義・詩教》提到：「演疇皇極，
訓詁之韻者也，所以便諷誦，志不忘也。……後世雜藝百家，誦拾名數，率用
五言七字，演為歌謠，感以便記誦，皆無當于詩人義也。」〔註76〕章學誠之說
乃就有韻之文而言，而非專指詩歌。不過他指出了「韻」可方便記憶，而五言
及七言所組成的句子，更有助於背誦。從認知詩學（Cognitive Poetics）的角度
來說，章學誠的看法非常中肯。認知詩學家 Reuven Tsur 引用米勒（George A.
Miller）的組塊（chunk）概念，認為「韻」在詩歌中能增進短期記憶。米勒於
1956 年提出，人類的記憶能力是個信息加工系統，而信息加工的結構必須先
由短期記憶提取，才能進行下一步的加工進入到長期記憶中；因此短期記憶的
初步作用相當重要，而人類短時記憶的最大處理能力為 7±2。〔註77〕雖然如
此，經過實驗發現：如果將 12 個項目重新編碼，分成 3 個一組，就能記住這
12 個項目。米勒認為：測量短時記憶的最小單位是「組塊」（chunk），雖然短

〔註74〕朱自清：〈詩韻〉，《新詩雜話》，（香港：三聯，1947），頁 106。

〔註75〕朱光潛：〈中國詩的節奏與聲韻的分析──論韻〉，《詩論》，（台北：萬卷樓，
1990），頁 230～232。

〔註76〕章學誠：《文史通義》，（上海：上海書局影印出版，1988.3），頁 22。

〔註77〕George A. Miller, "The Magical Number Seven, Plus or Minus Two: Some Limits
on Our Capacity for Processing Information," *Psychological Review*, 1994, Vol.101,
No.2, pp.343～352.

時記憶的廣度是無法變更的，但是組塊的內容卻可以延伸。〔註78〕

　　Tsur 引米勒的說法進一步推論：從短期記憶來看，組塊容量愈大記住愈多，而韻腳則扮演了擴增組塊容量的推手。我們回到詩行來說，如果押韻的行數形成一組（group）〔註79〕，讀者閱讀 7±2 個組別，並且能加以誦讀記憶，就不是難事了。我們以此分析胡適早期公學校的古詩，或者後來的新詩代表作〈關不住了〉，多是偶句押韻 abcb 的形式。筆者運用 Tsur 的理論加以分析，abcb 的形式最有助於記憶背誦。因為兩句為一組塊，記憶廣度勢必隨著字數增加而擴大。

二、aaba 的韻腳形式：機智與明確

　　那麼胡適於公學校時代擅長 aaba 的古詩韻腳形式，到後來新詩作品如〈希望〉、〈威權〉等也延續使用，又具有何種美感功效？

　　根據 Tsur 運用格式塔理論（Gestalt Theory）的說法，人的天性有完形的傾向，希望相同韻腳一直往下延伸。Tsur 再引 Meyer 格式塔音樂理論，從讀者的心理素質論述：完形能創造心理氛圍的確定、安全性及特定目的，使得聽眾產生一種控制力和權力感，以及特定趨勢、明確方向。〔註80〕如此說來，aaaa 相同韻腳不斷重複，該是最好的完形韻腳形式？答案卻是否定的。Tsur 進一步論述，因為 aaaa 的韻腳形式太飽合，缺乏足夠的「不同」（differentiation），反而是「沒有結構的」（unstuctured）；反觀 aaba 的韻腳形式，卻因第四行韻腳的回歸（Law of Return），而由此產生機智、明確的美感效應。〔註81〕簡單來說，aaba 的韻腳形式，在重複兩個相同的韻腳之後，續接一個脫序的韻腳，讓重覆性產生變化，最後第四行再度回歸主要韻腳，如此的韻腳形式會讓讀者產生機智、明確的節奏美感。

　　我們檢視胡適早期古詩的韻腳形式，如〈送石蘊山歸湘〉：「北風烈烈雪霏

〔註78〕George A. Miller, "The Magical Number Seven, Plus or Minus Two: Some Limits on Our Capacity for Processing Information," *Psychological Review*, 1994, Vol.101, No.2, pp.348～350。筆者另有一篇論文敘述組塊與詩行字數的關聯，對於米勒之說有較詳盡的說明。林秋芳：〈建行的認知詩學詮釋──胡適初期的譯詩與新詩〉，國立臺中科技大學語文學院編：《2012 文化・語言・教學國際學術研討會論文集》，2012 年 11 月，頁 71～84。

〔註79〕"Symmetry is a device for making efficient use of our memory capacity." Reuven Tsur, *Toward a theory of cognitive poetics* (New York: North-Holland, 1992), p.118.

〔註80〕Reuven Tsur, *Toward a theory of cognitive poetics*, p.124.

〔註81〕Reuven Tsur, *Toward a theory of cognitive poetics*, p.125.

霏,大好河山已式微。滿眼風塵滿眼淚,夕陽影裡送君歸」(1907),〔註82〕在歷經首二句相同上平韻腳「霏」(微韻)、「微」(微韻)之後,讀者特定趨勢、明確方向的心理氛圍已形成,卻在第三句末字「淚」突然脫序轉入去聲「寘」韻,韻腳產生變化;最後第四行再度回歸主要韻腳「歸」(微韻),明確機智的美感由此產生。至於悼念徐志摩的新詩作品〈獅子〉:「獅子蜷伏在我的背後,/軟綿綿的他總不肯走。/我正要推他下去,/忽然想起了死去的朋友」(1931.12.4),〔註83〕同樣在首二句韻腳「ou」延續後,第三句末字「去」(u)產生變化,詩意在此引出懸疑,最末句「忽然想起了死去的朋友」韻腳回歸「ou」,也讓懸疑回歸首二句,「死去的朋友」與蜷伏在作者背後的獅子(貓的代稱)相互輝映、融合,悼念的意象也由此產生,此即為機智的美感效應。

第五節　小結

　　從書信、日記及古詩詞、新詩來看,胡適韻腳上的論述與試探,其實是嚴謹又開放的。無論對於平水韻、《廣韻》,或者詞譜、詞作的閱讀及研究,胡適總是嚴謹用功;但深入瞭解其中變化之後,又保持實驗及開放的態度,在白話語言基礎上,進行各式韻腳試探,以突破舊詩格律的局限。在美學上,胡適不因推行白話而否定文言詩韻腳的美感功效,反而保持開放的態度,拓展了新詩節奏的可能向度。總括而言,胡適試圖擺脫傳統音韻的束縛,擴大文人的選擇權,將表現節奏的媒介回歸詩行的脈絡中,由詩人決定。身為民初詩壇的領導者,胡適在新詩節奏史上的開創性,深具推展的意義。

〔註82〕胡明:《胡適詩存・增補本》,頁4。
〔註83〕胡明:《胡適詩存・增補本》,頁326。

第四章　晚清詩壇與友朋論辯對胡適新詩節奏理論形成的影響

　　前兩章就詩學內部爬梳胡適自然音節理論之形成與要義，本章則以外緣視角探討其形塑過程。

　　新詩發展的初期，胡適是首位質疑平仄黏對無法帶來節奏性，轉而以白話「詞句」（word）取代平仄的詩論家；〔註1〕另外又宣告句尾不一定要用韻，「有韻固然好，沒有韻也不妨」等，〔註2〕這些破解傳統格律的觀點相當現代化，是否和身處的晚清詩壇有關？

　　除此之外，與其往來的文壇友人，是否也影響他的試驗方向？《留學日記》〈文學篇〉曾言：「……吾數年來之文學的興趣，多出於吾友之助。若無叔永，杏佛，定無《去國集》。若無叔永，觀莊，定無《嘗試集》。」〔註3〕《去國集》乃集結胡適 1910 年 9 月至 1916 年 7 月間留美的文言詩詞作品，《嘗試集》則為 1916 年 7 月後至 1919 年 8 月間的新詩作品。〔註4〕從胡適的敘述，可看出友人無論在他的古詩創作或新詩試驗，皆扮演了不可或缺的角色。然這樣的影響是否也包括新詩節奏的試驗？目前有關胡適及其友人的研究，以楊天石（1936～）《哲人與名士》及李又寧《胡適與他的朋友》，論述最為詳實，然關

〔註1〕本論文第二章有詳細論述。
〔註2〕本論文第三章有詳細論述。
〔註3〕胡適著，曹伯言整理：《胡適日記全集・2》，（台北：聯經出版公司，2005），頁 517。
〔註4〕此為《嘗試集》第一版收錄詩作時間的起迄。

於新詩節奏的議題，卻未曾詳細探討。〔註5〕

胡適從古詩詞新節奏的實驗，到白話詩的嘗試，在在顯示開創新思想的企圖心。新節奏的試驗並不像文學革命的發言那麼令人震撼，但卻潛移默化開啟了另一條新思維、新美學的道路。而這條新美學的大道，來源為何？晚清詩壇及同輩友人是否佔有關鍵性的地位？本章將從胡適日記、友人信件往返等資料，追溯晚清詩壇與同輩友人對胡適新詩節奏試探的影響力。研究成果將有助於新詩節奏史的建立。

第一節　追溯：胡適的新詩節奏論與晚清詩壇

從目前的研究成果審視，研究者很輕易便連結胡適的白話文主張與黃遵憲「我手寫我口」之承續，但並無法提出有效的資料，證明胡適在晚清詩壇的閱讀經驗真的與黃遵憲有關。如李國輝在〈從胡適的文學創作重審其早期詩學理論〉一文便認為，「從歷史的聯繫來看……胡適的白話文學觀繼承了黃遵憲的觀點」，但論述內容僅是觀念推論，並無資料可證。〔註6〕

胡適於 1922 年 3 月 3 日應上海《申報》五十週年紀念冊所寫的〈五十年來之中國文學〉一文，〔註7〕大致論述 1872 至 1922 年中國文學之發展，於晚清詩壇則特別推崇金和（1818～1885）與黃遵憲（1848～1905）二人。不過胡適寫作此文時已歷經文學革命，有特定的文學史觀，我們無法根據此文重回胡適與晚清詩壇的聯繫。

《四十自述》追溯胡適個人的寫詩興味是起源於古詩閱讀，並且坦言 1907 年創作的古詩〈棄父行〉有白居易《長慶集》的影子。〔註8〕1906 年開始寫詩的胡適雖身在清末的文學現場，卻幾乎不提晚清詩壇對他的影響，僅可在 1921 年 10 月 10 日為應上海《時報》創辦十七週年之邀而寫的紀念文〈十七年的回顧〉，查得蛛絲馬跡。

〔註5〕楊天石在〈錢玄同與胡適〉一文曾論述兩人論辯新詩節奏的經過，但並不詳實，節奏理論探討也不深入。《哲人與名士》，台北：風雲時代，2009.12；李又寧《胡適與他的朋友》（共五冊），紐約：天外出版社，1990。

〔註6〕李國輝：〈從胡適的文學創作重審其早期詩學理論〉，《浙江社會科學》2008 年第 3 期，頁 112。

〔註7〕胡適：〈附錄：日本譯中國五十年來之文學序〉，姜義華主編：《胡適學術文集》，（北京：中華書局，1993 年 9 月），頁 161。

〔註8〕胡適：《四十自述》，（台北：遠流，2005），頁 127～128。

　　《時報》當時還有「平等閣詩話」一欄，對於現代詩人的紹介，選擇很精。詩話雖不如小說之風行，也很能引起許多人的文學興趣。

　　我關於現代中國詩的知識，差不多都是從這部詩話裏引起的。〔註9〕

《時報》1904年4月29日創刊於上海，由狄葆賢（1872～1941）主編。〔註10〕據胡適陳述，《時報》創刊最大的貢獻之一便是成立「帶文學興趣的『附張』」，也就是報紙的文藝副刊，是晚清報界的創舉。「附張」每日刊載陳冷血、包天笑的翻譯小說，〔註11〕因文筆暢達深受年輕人喜愛，1904年2月，年方十四的胡適赴上海讀書，也隨即在《時報》創刊後成為忠實的讀者，「幾乎沒有一天不看《時報》的」。〔註12〕不過除了小說，《時報》同時也刊登創辦人狄葆賢主筆的「平等閣詩話」一欄，主要評介晚清詩人的作品，胡適不僅閱讀也深受影響，「我關於現代中國詩的知識，差不多都是從這部詩話裏引起的」，這是胡適唯一且僅有的敘述——將自己拉回晚清詩壇的學習經驗。

　　不過另一筆《四十自述》的資料，或許可以和《時報》「平等閣詩話」欄相呼應。《四十自述》提及，為了應付上海梅溪學堂的作文，胡適的二哥「檢了《明治維新三十年史》，壬寅《新民叢報彙編》……一類的書，裝了一大籃，叫我帶回學堂去翻看」；〔註13〕又說「我那時讀的是他（梁啟超）壬寅癸卯做的文字」〔註14〕。胡適這兩段自述，較可能涉及清末詩壇的是壬寅、癸卯《新民叢報彙編》二書。《新民叢報》於1902年2月由梁啟超（1873～1929）創辦於日本橫濱，每半個月出刊，1902年3月24日第4期起開始登載由梁啟超主筆的《飲冰室詩話》；胡適二哥挑選的「壬寅《新民叢報彙編》」，即編選1902年共24期的《新民叢報》全文，〔註15〕其中第4、9、12、14、15、18、19、

〔註9〕　胡適：〈十七年的回顧〉，姜義華主編：《胡適學術文集》，（北京：中華書局，1993年9月），頁91。

〔註10〕曹聚仁：〈時報與狄平子〉，曹聚仁著；曹雷，曹憲鏞編：《上海春秋》，（上海：上海人民出版社，1996.08），頁160。

〔註11〕胡適在〈十七年的回顧〉一文論述：「《時報》出世以後每日登載『冷』或『笑』譯著的小說……。」所謂「冷」指的是陳景韓（陳冷血），「笑」則是包天笑（署名翻冷笑）。姜義華主編：《胡適學術文集》，頁91。

〔註12〕胡適：〈十七年的回顧〉，姜義華主編：《胡適學術文集》，頁90。

〔註13〕胡適：《四十自述》，頁88。

〔註14〕胡適：《四十自述》，頁97。

〔註15〕「壬寅《新民叢報彙編》」一書編輯兼發行者為日人下河邊半五郎，1904年5月發行，全一冊、豎排、精裝。齊全編著：《梁啟超著述及學術活動繫年綱目》，（北京：中國社會科學出版社，2011.05），頁268。

21、24 期均刊載《飲冰室詩話》；而癸卯《新民叢報彙編》則編選 1903 年 25
期至 48 期的《新民叢報》，26、28、29、38～39（合刊）、40～41（合刊）、42
～43（合刊）、46～48（合刊）也刊載了《飲冰室詩話》。

　　上述兩筆資料或許可供我們重建胡適與晚清詩壇的聯繫。首先，狄葆賢與
梁啟超二人本為莫逆之交，﹝註 16﹞二人所寫之《平等閣詩話》與《飲冰室詩
話》都曾互述彼此的詩作。﹝註 17﹞狄葆賢追隨康、梁，長梁啟超一歲，在政治
上屬維新黨人，詩歌理念亦與梁啟超相侔。1902 年 3 月 24 日梁氏主筆的《飲
冰室詩話》於《新民叢報》第 4 期刊登，公開讚揚譚嗣同、黃遵憲等新派詩的
作品，﹝註 18﹞其後更確立「黃公度、夏穗卿、蔣觀雲為近世詩界三傑」；﹝註 19﹞
然三傑之中梁啟超最肯定的仍是黃遵憲，「生平論詩，最傾倒黃公度，恨未能
寫其全集」。﹝註 20﹞兩年後（1904）狄葆賢撰寫《平等閣詩話》，也呼應梁啟超
的評述，「黃公度先生……雅好歌詩，為近來詩界三傑之冠」，﹝註 21﹞可見兩人
同樣讚許晚清詩壇引領詩界革命的新派詩。

　　不過狄葆賢因人在中國上海，政治氛圍較敏感，不似人在日本的梁啟超可
暢所欲言，因此《平等閣詩話》僅有這一條間接呼應梁啟超，且同樣讚許黃遵
憲。﹝註 22﹞據台灣學者鄭雅尹研究，《平等閣詩話》選詩、評論的核心皆在「感
物而鳴」﹝註 23﹞，只要詩作情感抒發得宜便能選入，並不特別標舉宗派或者主

﹝註 16﹞梁啟超《飲冰室詩話》有云：「余故交中復生、鐵樵之外，惟平子最有切密之
　　　　關係，相愛相念，無日能忘。」（梁啟超著；周嵐，常弘編：《飲冰室詩話》，
　　　　（長春：時代文藝出版社，1998.02），頁 69。）其中「平子」即為狄葆賢的別
　　　　號，梁氏當時人在日本，與人在上海的狄氏「相愛相念，無日能忘」，可見兩
　　　　人交情之深。
﹝註 17﹞台灣學者鄭雅尹〈東雲西雁兩遲遲：狄葆賢《平等閣詩話》探析〉一文對於《平
　　　　等閣詩話》與《飲冰室詩話》互涉的概要，有詳細說明。黃霖，周興陸主編：
　　　　《視角與方法‧復旦大學第三屆中國文論國際學術研討會論文集》，（南京：鳳
　　　　凰出版社，2013.08），頁 720～723。
﹝註 18﹞梁啟超主編：《新民叢報》第 4 期「飲冰室詩話」欄：「譚瀏陽志節學行思想，
　　　　為我中國二十世紀開幕第一人，不待言矣。其詩亦獨闢新界而淵含古聲。……
　　　　近世詩人能熔鑄新理想以入舊風格者，當推黃公度。」頁 99～100。
﹝註 19﹞梁啟超著；周嵐，常弘編：《飲冰室詩話》，頁 22。
﹝註 20﹞梁啟超主編：《新民叢報》第 9 期「飲冰室詩話」欄，頁 83。
﹝註 21﹞狄葆賢《平等閣詩話》卷二，（上海：有正書局出版），頁 1。
﹝註 22﹞鄭雅尹：〈東雲西雁兩遲遲：狄葆賢《平等閣詩話》探析〉，黃霖，周興陸主編：
　　　　《視角與方法‧復旦大學第三屆中國文論國際學術研討會論文集》，頁 723～
　　　　724。
﹝註 23﹞「感物而鳴」為狄葆賢用語，出自《平等閣詩話》卷一，頁 1。

張，〔註24〕甚至於摘錄黃遵憲的《日本雜事詩》及七律，也是佳許其文辭表現及情感之真摯，並不像梁啟超帶著主張及革命。因此《平等閣詩話》選詩反而較全面，能盡收晚清詩人的作品，難怪胡適於清末詩壇獨獨稱讚《平等閣詩話》能增進他「關於現代中國詩的知識」。

　　1904 年 2 月胡適至上海求學，可透過《時報》「平等閣詩話」欄與壬寅《新民叢報彙編》之「飲冰室詩話」項次，閱讀並瞭解晚清詩壇概況，因此狄、梁二人的詩觀取向應該影響胡適才是。

　　然而從胡適的文學經驗來說，白話小說早於詩歌。1899 年胡適尚在家塾期間，便開始閱讀《水滸傳》的殘本，此後迷戀白話小說，嗜讀不輟，1906 年 11 月 16 日有白話章回小說《真如島》於《競業旬報》刊登。至於詩歌，得等到 1906 年、1907 年兩次腳氣病的休養，才有較系統且深入的閱讀；1907 年 4 月完成第一首符合古詩格律的〈西湖錢王祠〉，1908 年 6 月 9 日正式發表刊登。由此推論，1904 年 4 月 29 日《時報》創刊後，胡適之所以成為忠實的讀者，就文學層面來說，該是陳冷血、包天笑的翻譯小說吸引他；至於「平等閣詩話」欄的論述，對於詩歌的閱讀與寫作尚未起步的胡適而言，應僅流於吸收「現代中國詩的知識」。

　　不過筆者檢視胡適的詩作，〈讀大仲馬《俠隱記》《續俠隱記》〉一詩寫於 1908 年，詩句內容為：「從來桀紂多材武，未必武湯皆聖賢。太白南巢一回首，恨無仲馬為稱冤」，其中最末句「恨無仲馬為稱冤」以新名詞「仲馬」入詩，頗有新派詩的味道，〔註25〕可惜當時並未發表。〔註26〕筆者以為，這或許和胡適閱讀晚清舊詩的另一筆資料——梁啟超所著壬寅《新民叢報彙編》之「飲冰室詩話」項次有關。胡適於《四十自述》不斷強調梁啟超《新民叢報》上的

〔註24〕鄭雅尹：〈東雲西雁兩遲遲：狄葆賢《平等閣詩話》探析〉，黃霖，周興陸主編：《視角與方法‧復旦大學第三屆中國文論國際學術研討會論文集》，頁 718～719。

〔註25〕胡適僅參雜一個新名詞入詩，已是梁啟超所言「以舊風格含新意境」的標準。《飲冰室詩話》「吾黨近好言詩界革命。雖然，若以堆積滿紙新名詞為革命，是又滿洲政府變法維新之類也。能以舊風格含新意境，斯可以舉革命之實矣。苟能爾爾，則雖間雜一二新名詞，亦不為病。」梁啟超著；周嵐，常弘編：《飲冰室詩話》，頁 54。

〔註26〕據胡明考證，胡適此詩寫於 1908 年，完成時並未發表；1916 年 9 月 16 日載錄於《留學日記》。請參考胡明編注：《胡適詩存‧增補本》，（北京：人民文學出版社，1993.10），頁 27。

《新民說》對他影響之深，且在二哥贈予壬寅《新民叢報彙編》之後，又再讀癸卯《新民叢報彙編》。胡適讚美梁氏文章，「明白曉暢之中，帶著濃摯的熱情，使讀的人不能不著他走，不能不著他想」，既是如此，「飲冰室詩話」欄理該也是胡適閱讀的項次之一。據中國學者夏曉虹（1953～）研究，1902 年前梁啟超提倡「詩界革命」，與夏曾佑等人唱和「新學之詩」，擅用「新語句」入詩；但 1902 年後，「梁啟超對『新語句』入詩已逐漸失去興趣，『新意境』成了『詩界革命』惟一的表徵」。〔註27〕《飲冰室詩話》：

> 吾黨近好言詩界革命。雖然，若以堆積滿紙新名詞為革命，是又滿
> 洲政府變法維新之類也。能以舊風格含新意境，斯可以舉革命之實
> 矣。苟能爾爾，則雖間雜一二新名詞，亦不為病。〔註28〕

這段引文出自《飲冰室詩話》第 63 條，納入癸卯《新民叢報彙編》（1903 年版），正是胡適繼二哥贈予壬寅《新民叢報彙編》後再讀之書籍。文中梁啟超對於推滿新名詞的詩頗不以為然，認為「以舊風格含新意境」才是詩界真正的革命，即便為了達至新意境而使用新名詞，也僅能「間雜一二」。我們審視胡適〈讀大仲馬《俠隱記》《續俠隱記》〉一詩，僅參雜「仲馬」一個新名詞，已符合梁啟超所言之標準。或許梁啟超 1902 年後於《飲冰室詩話》評述詩界三傑的詩作，以及由此而開展的詩觀，便在潛移默化之中影響著胡適。

然而梁啟超的詩觀，或者夏曾佑、黃遵憲等三傑的詩作，皆以「舊風格含新意境」為要務，因此詩作表現縱然有新境界、新語句的突破，但在節奏部份並無特別省思，皆謹守舊詩格律，較無新意。查胡適〈讀大仲馬《俠隱記》《續俠隱記》〉一詩，以及 1907 至 1910 年早期的詩作表現亦然。胡適後來發展的「自然音節」節奏理論完成於 1919 年 10 月，推測受梁氏、三傑影響的成份不高。〔註29〕

〔註27〕夏曉虹：《覺世與傳世——梁啟超的文學道路》，（北京：中華書局，2006.01），頁 88。

〔註28〕梁啟超著；周嵐，常弘編：《飲冰室詩話》，頁 54。

〔註29〕梁啟超 20 年代之後特別強調詩中的情感表現，因而更趨向於保留傳統形式，與胡適的意見相左。如寫於 1920 年《晚清兩大家詩鈔》題辭）：「我也曾讀過胡適之的《嘗試集》，大端很是不錯，但我覺得他依著詞家舊調譜下來的小令，格外好些。」（（清）梁啟超著：《梁啟超全集・9》，（北京：北京出版社，1999.07），頁 4929）；1925 年 7 月 3 日梁啟超致信胡適，表明不同意詩中無韻，〈與適之足下書〉云：「我雖不敢說無韻的詩絕對不能成立，但終覺其不能移我情。前固不必拘定什麼《佩文齋詩韻》、《詞林正韻》等，但取用普通話念

第二節　白話詩語言的確立：梅光迪反對成助力

本節探索同輩友人對胡適新詩節奏理論形成的影響。之所以先從白話詩語言談起，是因為胡適的新詩節奏論述，是建立在白話的基石之下。〔註30〕當然，胡適白話詩語言的提出，本是源於救國救民。早在1905年胡適就讀澄衷學堂，因受梁啟超《新民說》的影響，於是興起以西洋文化改造中國民族的雄心，「我們在那個時代讀這樣的文字，沒有一個人不受他的震盪感動的」。〔註31〕1910年9月留美之後，閱讀的範圍更加廣博，古今中外全囊括。1915年5月28日，胡適在《留學日記》中自省道：

> 吾生平大過，在於求博而不務精。蓋吾返觀國勢，每以為今日祖國
> 事事需人，吾不可不周知博覽，以為他日國人導師之預備。不知此
> 謬想也。吾讀書十餘年，乃猶不明分功易事之義乎？吾生精力有限，
> 不能萬知而萬能。吾所貢獻於社會者，惟在吾所擇業耳。吾之天職，
> 吾對於社會之責任，唯在竭吾所能，為吾所能為。〔註32〕

胡適之所以如此求博不務精，目的在於「祖國事事需人」，而「吾不可不周知博覽，以為他日國人導師之預備」，念茲在茲都是為了「救國」。為了救國，當

去合腔便好。句中插韻固然更好，但句末總須有韻。（自然非句之末，隔三幾
句不妨。）若句末為語助詞，則韻挪上一字。（如匪報也，永以為好也）我總
盼望新詩在這種形式下發展。」丁文江、趙豐田編：《梁啟超年譜長編》，（上
海：上海人民出版社，1983.08），頁1045。可參考夏曉虹所著《梁啟超：在政
治與學術之間》第二輯〈1920年代梁啟超與胡適的詩學因緣——以新發現的
梁啟超書札為中心〉一文，有相關論辯。（北京：東方出版社，2014.02），頁
154～180。

〔註30〕胡適〈談新詩〉一文解釋新詩中的「音節」（筆者按：「音節」即是「節奏」的
意思），提到：「白話裡的多音字比文言多得多，並且不止兩個字的聯合，故往
往有三個字為一節，或四五個字為一節的……白話裡的平仄，與詩韻裡的平
仄有許多大不相同的地方。……」，可見得是圍繞在白話文法之下的節奏論述。
《胡適學術文集》，姜義華主編，頁394～395。

〔註31〕胡適《四十自述》：「我在澄衷一年半，看了一些課外的書籍。……我個人受了
梁先生無窮的恩惠。現在追想起來，有兩點最分明。第一是他的《新民說》，……
梁先生自號『中國之新民』，又號『新民子』，他的雜誌也叫做《新民叢報》，
可見他的全副心思貫注在這一點。『新民』的意義是要改造中國的民族，要把
這老大的病夫民族改造成一個新鮮活潑的民族」（台北：遠流，2005，頁95）；
「《新民說》的最大貢獻在於指出中國民族缺乏西洋民族的許多美德」（台北：
遠流，2005，頁98）。

〔註32〕胡適：〈吾之擇業〉，曹伯言整理：《胡適日記全集·2》，（台北：聯經出版公司，
2005），頁121。

務之急是提高教育普及率，使民智大開。〔註33〕1915 年 8 月 26 夜，胡適又於
《留學日記》述及中國文言的教學之所以成效不佳，是因為傳統私塾大都囿於
重複朗誦，以為如此便「可得字義」，「漢文所以不易普及者，其故不在漢文，
而在教之之術之不完。……以徒事誦讀，不求講解之故，而終身不能讀書作
文」，殊不知重複朗誦而不求講解，是導致學習成效不佳的原因之一，更無法
使教育普及。他大膽宣告「漢文乃是半死之文字」，既是半死的文字，「與教外
國文字略相似，須用翻譯之法，譯死語為活語」，如此一來學生即能透過活語
瞭解文言死語之意，才能進一步提高學習效率，使讀書作文不成問題。〔註34〕
那麼何謂「活語」？要使用何種活語來翻譯文言，才能使學生或讀者瞭解？胡
適舉西洋語言對照，詳細說明如下：

> 活文字者，日用語言之文字，如英法文是也，如吾國之白話是也。
> 死文字者，如希臘、拉丁，非日用之語言，已陳死矣。半死文字者，
> 以其中尚有日用之分子在也。如犬字是已死之字，狗字是活字；乘
> 馬是死語，騎馬是活語。故曰半死文字也。〔註35〕

胡適以英文、法文為例，說明中國的「白話」如英、法文，是尋常百姓不斷運
用的活文字，而文言就像希臘、拉丁語般不常使用，卻偶而出現於日常生活中，
因而是半死的文字。胡適此番論述雖引起諸多爭議，但卻是首次以「活用」、
「死文字」區分文言白話的宣言。事隔近一年後，1916 年 7 月 6 日胡適追記
〈白話文言之優劣比較〉一文，已直接宣告「凡文言之所長，白話兼有之。而
白話之所長，則文言未必能及之」，「白話並非文言之退化，乃是文言之進化」，
〔註36〕明顯標榜白話的價值高於文言。白話之所以是達成救國目標的最佳工

〔註33〕 胡適雖身在美國，但心繫中國。1915 年 12 月袁世凱稱帝，改國號為中華帝
　　　　國，建元洪憲。胡適極力反對，提出「教育救國」的策略。1916 年 1 月 25 夜
　　　　《留學日記》紀錄：「適近來勸人，不但勿以帝制攖心，即外患亡國亦不足慮。
　　　　倘祖國有不能亡之資，則祖國決不致亡。倘其無之，則吾輩今日之紛紛，亦不
　　　　能阻其不亡。不如打定主意，從根本上下手，為祖國造不能亡之因，庶幾猶有
　　　　雖亡而終存之一日耳。……適以為今日造因之道，首在樹人；樹人之道，端賴
　　　　教育。」胡適：〈再論造因，寄許怡蓀書〉，曹伯言整理：《胡適日記全集·2》，
　　　　（台北：聯經出版公司，2005），頁 267～268。
〔註34〕 胡適：〈如何可使吾國文言易於教授〉，曹伯言整理：《胡適日記全集·2》，（台
　　　　北：聯經出版公司，2005），頁 207～208。
〔註35〕 胡適：〈如何可使吾國文言易於教授〉，曹伯言整理：《胡適日記全集·2》，頁
　　　　208。
〔註36〕 胡適：〈白話文言之優劣比較〉，曹伯言整理：《胡適日記全集·2》，頁 353。

具，是因具備了活用性及可教授性，如此可提高教育率，使民智大開，國家方能改造。曾為香港中文大學中文系教授的黃維樑（1947～）在〈五四新詩所受的英美影響〉一文，也論述了胡適主張白話的用意：「胡適為什麼作這樣的主張？大家都知道，乃是為了文學平民化，為了提高國民的文化水準，而最終目的是救國。胡適這樣的主張，源於救國救民的思想……。」〔註37〕可為最佳的註腳。

　　除了上文提及胡適白話詩語的主張乃源自救國心切的目的之外，黃維樑更進一步指出，1910 年至 1917 年胡適在美留學，適逢美國詩壇龐德（Ezra Pound）、羅厄爾（Amy Lowell）等意象派詩人相繼崛起，胡適白話詩語言的主張，該是受其影響才是。〔註38〕至於胡適的朋友梅光迪等人，本可與之一同唱和，然而他們卻極力攻擊這些新興詩人，反而不能為胡適的白話文運動「支撐門面」，〔註39〕胡適是孤軍奮鬥一人。黃維樑否定了梅光迪等友人對胡適建立白話詩語言的助力，但筆者從胡適日記、信件的記載，卻發現了這些友人扮演了不可或缺的角色，反而成為一股不容小覷的影響力。

　　我們先從梅光迪談起。梅光迪（1890～1945）字迪生，一字覲莊，安徽宣城人，與胡適是同鄉。梅光迪〈序胡適交誼的由來〉一文記載著：

> 自余寄跡吳淞江上，同遊中頗與績溪胡紹庭意相得。紹庭數為余言
> 其宗友適之負異才，能文章。余心志之而未由一識其面也。去秋，
> 適之過淞視紹庭，時與余與紹庭同舍而居，因得由紹庭以介於適之。
> 今年仲夏，余約一二友人北上應遊美之試，遇適之於舟中，彼此驚
> 喜過望。由是，議論漸暢洽，而交益以密。〔註40〕

文中敘述梅光迪因好友胡紹庭，多次提及宗弟胡適是個「負異才，能文章」的雋秀，心生仰慕。1909 年秋天，胡適路過上海拜訪胡紹庭，終於得以相見，三

〔註37〕黃維樑：〈五四新詩所受的英美影響〉，《中國文學縱橫論》，（臺北：東大圖書，1988），頁 72。

〔註38〕黃維樑於文中論述，胡先驌於二○年代即提出胡適的白話詩主張，是受美國意象派詩人的影響，後來梁實秋、朱自清、方志彤、周策縱、夏志清及王潤華等人，均持相同看法。黃維樑：〈五四新詩所受的英美影響〉，《中國文學縱橫論》，（臺北：東大圖書，1988），頁 72～73。

〔註39〕黃維樑：〈五四新詩所受的英美影響〉，《中國文學縱橫論》，（臺北：東大圖書，1988），頁 73～75。

〔註40〕梅光迪：〈序胡適交誼的由來〉，中華梅氏文化研究會編：《梅光迪文存》，（武漢：華中師範大學出版社，2011.4），頁 12。

人還「同舍而居」，有足夠的時間交換彼此的理念。隔年 1910 年夏天，梅光迪北上應遊美考試，兩人又恰巧同船，從此以後「交益以密」。所謂遊美考試，指的是 1909 年 7 月 10 日外務部的公告，起因美國為了減收庚子賠款，「經與駐京美使商定，自撥還賠款之年起，初四年每年遣派學生約一百名赴美遊學，自第五年起，每年至少續派五十名」。〔註41〕1909 年 8 月在北京舉行第一次招考庚款留學生，胡適與梅光迪的巧遇是發生在 1910 年的第二屆招考。

胡適當年榜上有名，1910 年 8 月 16 日旋即赴美。梅光迪落榜，隔年 1911 年再戰成功。胡適相當關注梅光迪的考情，庚款留學考試一放榜，即於 1911 年 8 月 18 日《留學日記》寫著：「見北京清華學堂榜，知覲莊與鍾英皆來美矣，為之狂喜不已。」〔註42〕胡適於 1910 年 9 月入美國康乃爾大學就讀，梅光迪則在 1911 年的暑期先到美國威斯康辛大學就讀，1913 年秋天再轉入西北大學。〔註43〕兩人一前一後到美國留學，雖不同校，但因志趣相投，信件往來頻繁而為摯友。我們從 2011 年出版的《梅光迪文存》收錄給胡適的四十六封信，再加上中國學者眉睫（原名梅杰，1984～）所著〈梅光迪致胡適信函創作

〔註41〕 外務部、學部：〈會奏為收還美國賠款遣派學生赴美留學辦法折〉，陳學恂，田正平編：《中國近代教育史資料彙編‧留學教育》，（上海：上海教育出版社，1991.07），頁 172～73。

〔註42〕 曹伯言整理：《胡適日記全集‧1》，（台北：聯經出版公司，2005），頁 173。

〔註43〕 關於梅光迪 1911 年至美國就讀的大學，根據《宣城縣文史資料》輯錄兩篇梅光迪的傳記，其一為郭斌龢所著〈梅迪生先生傳略〉，「宣統三年考取清華官費，赴美國入西北大學……」（宣城縣政協文史委員會：《宣城縣文史資料 第 1 輯》1985.06，頁 62）；其二為梅光道之〈梅光迪先生傳略〉，「買棹往美利堅，考取西北大學……」（同上，頁 66），二者均言梅光迪先入西北大學。然據梅杰考證，父親梅藻於 1911 年 8 月 28 來信梅光迪，提到：「聞外國大學多四年畢業，若學生能於每假期內將各項功課趕向前，亦可三年畢業。汝若在威斯康新三年畢業，再至哈佛或耶魯等最著名之校再學二年得一博士，將來亦不想做官、亦不想多獲金錢，即使一丘半壑窮老著書，使千載後知有某文學家、某政治家或得其學說奉為金科玉律，風行全國，余生平之至願也。小子其有意乎？……」（眉睫：〈梅光迪年表〉，《文學史上的失蹤者》，（北京：金城出版社，2013.01），頁 218。）又 1913 年 8 月 14（時間據梅杰考證）梅光迪致信胡適，提到「在 Wis.兩年，為吾生最黑暗最慘苦時代。內則心神恍惚，如風濤中絕梳之船，體氣尤虧，日夜懼死期之將至。外則落寞潦倒，為豎子欺凌。所謂自重自信諸德，蓋消磨殆盡。此吾之所由決計舍去，另覓新地也」（梅光迪：〈致胡適四十六通‧第三十函〉，中華梅氏文化研究會編：《梅光迪文存》，武漢：華中師範大學出版社，2011.4，頁 534）。上述資料顯示，梅光迪 1911 年的暑期確實先入學美國威斯康辛大學，後才轉至西北大學就讀。

時間考辨〉一文，〔註44〕可知梅光迪自 1910 年 12 月 16 日〔註45〕尚未考取庚子賠款留美考試前，便開始與胡適通信。1911 年 3 月 30 致信第二涵，一直到 1911 年 8 月赴美後，往來信件更是頻繁。另外，從胡適的《留學日記》、信件，也可看出他與梅光迪的友誼。自 1911 年 8 月 18 日胡適《留學日記》載錄梅光迪將赴美的消息後，同年 9 月 22 日「得仲誠一書、觀莊一書」；9 月 26 日「作書寄觀莊」；10 月 3 日「得觀莊所寄《顏習齋年譜》，讀之亦無大好處」……，每隔幾天，便記載與梅光迪的信件往來。〔註46〕

　　但友好的兩人因個性、所學不同，理念亦趨於分歧。我們從 1911 年 10 月 3 日，胡適收到梅光迪所寄《顏習齋年譜》，於日記寫下「讀之亦無大好處」便可看出端倪。時胡適尚未師學杜威，仍在康乃爾大學就讀農學，以為顏習齋之

〔註44〕耿雲志（1938～）編選的《胡適遺稿及秘藏書信》第 33 冊，收錄梅光迪致胡適 45 通信，並附梅光迪〈序與胡適交誼的由來〉一文（胡適著，耿雲志主編：《胡適遺稿及秘藏書信·33》，合肥市：黃山書社，1994.12）。2001 年 2 月，遼寧教育出版社發行《梅光迪文錄》，除了收錄上述 45 通信及〈序與胡適交誼的由來〉一文外，又從胡適〈我的歧路〉一文錄出梅光迪致胡適的書信一通。編者羅崗（1967～）解釋：「雖然書信原編次在時間上頗多前後錯雜，但在未充分辨析的情況下，仍以維持原貌為宜，只是略加注釋，以助讀者理解。」（羅崗：〈本書說明〉，羅崗、陳春艷編：《梅光迪文錄》，遼寧教育出版社，2001.2）但眉睫以為，遼寧教育版的注釋及編排，反而「使得讀者把它們誤認成『1909 年到 1920 年間寫給胡適的 45 封書信』」（眉睫：〈梅光迪致胡適信函創作時間考辨〉，《文學史上的失蹤者》，北京：金城出版社，2013.01，頁 155）。2011 年，武漢華中師範大學出版《梅光迪文存》一書，除了收錄更多梅光迪的書信及文章之外，致胡適信四十六通則維持原貌，不加注釋，以免讀者誤解（中華梅氏文化研究會編：《梅光迪文存》，武漢：華中師範大學出版社，2011.4）。然編者之一梅杰（即眉睫）於隔年 2012 年 5 月著寫〈梅光迪致胡適信函創作時間考辨〉一文，將梅光迪寫信的時間加以考辨，論證詳實，非常值得參考（眉睫：〈梅光迪致胡適信函創作時間考辨〉，《文學史上的失蹤者》，頁 155～165）。故本文以武漢華中師範大學出版《梅光迪文存》所錄〈致胡適四十六通〉為主要參考資料，再輔以眉睫所著〈梅光迪致胡適信函創作時間考辨〉一文，期能將梅光迪與胡適的通信時間及內容，針對白話詩語與節奏等相關議題，釐清概要。

〔註45〕據武漢華中師範大學出版《梅光迪文存》所錄〈致胡適四十六通〉的第一涵，梅光迪最末落款時間為「中十一月半」，眉睫〈梅光迪致胡適信函創作時間考辨〉一文考證，該年為 1910 年，至於「中十一月半」應是農曆紀年，為統一起見，一律改為西曆紀年，更為「1910 年 12 月 16 日」（眉睫：〈梅光迪致胡適信函創作時間考辨〉，《文學史上的失蹤者》，北京：金城出版社，2013.01，頁 156～157）。本文所引梅光迪致胡適四十六涵的信件，時間皆為西曆。

〔註46〕曹伯言整理：《胡適日記全集·1》，（台北：聯經出版公司，2005），頁 173。

說不如程朱。〔註47〕於隔日回信後，引發梅光迪 10 月 8 日致信回覆，對於胡適的看法相當不認同，「得來書，讀之如冷水澆背，誠初料所不及也」，「細觀尊意，其回護程朱與詆毀習齋處，皆強詞奪理，不能道其所以然」，〔註48〕多有激烈語言。胡適收信後，於日記載錄「得觀莊書，攻擊我十月四日之書甚力」。〔註49〕與梅光迪同門又是同事的郭斌龢（1900～1987），是如此談論梅氏：「平日接物和易，而遇事則辨是非，持正義，發論侃侃，激濁揚清，能言人所不敢言。」〔註50〕而與梅光迪一起創辦《學衡》雜誌的樓光來（1895～1960），在〈悼梅迪生先生〉則言：「先生為人坦白真率，往往面斥人過，不稍寬假，惟絕不藏怒宿怨，友人與先生議論不合，直言其非者，先生亦毫不介意。」〔註51〕可窺測梅光迪的性情直率而少寬容，論事喜怒形於色，抨擊力道甚大。相較於梅光迪，胡適因自小身體較弱，不能跟著野蠻的孩子們一塊玩，不曾養成活潑遊戲的習慣，所以有個「文謅謅」的「先生」美名——因本名「嗣穈」，家鄉老輩都稱他為「穈先生」〔註52〕，屬於溫文儒雅，謹言慎行的先生形象。長大後與人交往，也大都寬容、擅於助人，林語堂（1895～1976）、陳之藩（1925～2012）、李敖（1935～）等人都曾在經濟拮据時受助於胡適。〔註53〕錢鍾書（1910～1998）的老師溫源寧（1899～1984）在〈胡適博士〉一文回憶：「在

〔註47〕 胡適 1915 年到哥倫比亞大學攻讀哲學，師從哲學家杜威後，漸漸對於顏習齋的學說持不同的看法。1937 年胡適在廬山暑期訓練團演講，講題〈顏習齋哲學及其與程朱陸王之異同〉，則大力讚揚顏習齋「寧粗而實，勿妄而虛」的哲學大旨，認為「是很偉大的見解」、「至今還可以做我們一切工作的箴言」，「是很『摩登』的」。胡適：〈顏習齋哲學及其與程朱陸王之異同〉，歐陽哲生編：《胡適文集‧12》，（北京：北京出版社，1998.11），頁 338～339。

〔註48〕 梅光迪：〈致胡適四十六通‧第三涵〉，中華梅氏文化研究會編：《梅光迪文存》，（武漢：華中師範大學出版社，2011.4），頁 498～501。

〔註49〕 1911 年 10 月 11 日胡適《留學日記》記載。曹伯言整理：《胡適日記全集‧1》，（台北：聯經出版公司，2005），頁 186。

〔註50〕 郭斌龢：〈梅迪生先生傳略〉，宣城縣政協文史委員會編著：《宣城縣文史資料‧第 1 輯》，（1985.06），頁 64。

〔註51〕 樓光來：〈悼梅迪生先生〉，羅崗、陳春豔編：《梅光迪文錄》，（遼寧教育出版社，2001.2），頁 259。

〔註52〕 胡適《四十自述》：「我小時身體弱，不能跟著野蠻的孩子們一塊玩。我母親也不准我和他們亂跑亂跳。小時不曾養成活潑遊戲的習慣，無論在什麼地方，我總是文謅謅地。所以家鄉老輩都說我『像個先生樣子』，遂叫我做『穈先生』。」（台北：遠流，2005），頁 58。

〔註53〕 韓海：〈胡適的為人處世哲學〉，《那些年情依何處——民國十大才子的恩怨糾葛》，（北京：台海出版社，2014.01），頁 110～111。

少數人眼中，胡適博士不是老練的敵手，就是很好的朋友。在大多數人眼中，他是老大哥，大家都認為他和藹可親，招人喜歡，甚至他的死敵也這樣看。」〔註54〕梅光迪與胡適，二者個性之迥殊，可見一斑。

　　至美留學後，兩人所學也日漸趨歧。梅光迪大約於 1914 年左右開始接觸歐文・白璧德（Irving Babbitt，1865～1933），其 "Irving Babbitt: man and teacher" 一文，有如下的紀錄：

> 我第一次接觸到歐文・白璧德，是在 1914 年或者是 1915 年，還是在與 R・S・克萊恩（Crane）交談中偶然談到的，後來在西北大學就讀的時候，克萊恩指著《現代法國批評大師》這本書對我說：「這本書會讓你思考。」於是，就像所有同齡人一樣，沈浸於托爾斯泰的人道主義之中的我，同樣渴盼著在西方文學中能找到某種與古老的儒教傳統相通的更為沉穩而又有朝氣的東西。帶著極為虔誠的熱情，我反複閱讀了白璧德當時所出的三部著作。這些書給我展示出來的是一個嶄新的世界，或者說是把舊的世界賦予了新的意義和新的語彙。我第一次意識到要以同樣的精神去彌合在過去二十年中中國新舊文化基礎交替所出現的日趨明顯的無情的雜亂無章的斷層，我也第一次意識到要以同樣的精神和所積累的財富，在這樣一個前所未有的關鍵時刻去加固這個斷層。或許我 1915 年的秋天來到劍橋，拜師於這位德高望重的聖人的目的就在於此。〔註55〕

1915 年 9 月，梅光迪入讀哈佛大學研究所，因受歐文・白璧德新人文主義（New Humanism）的吸引，受業其門下，專攻文學。根據台灣教授林麗月的研究，白璧德的學術思想，遠宗希臘哲人亞里斯多德，近師英國文學家安諾德（Matthew Arnold）。雖從未來過東方，但對中國的傳統文化一向深為嚮往，尤其欽仰孔子的中心思想「仁」。白氏認為二十世紀的混亂現象，都是自然主義作祟所致。因以培根為始的科學主義將征服自然、追求人類的舒適視為職志，而以盧騷為首的感情主義，卻以絕聖棄智、追求自然為理想。影響所及，造就了急功近利的功利主義，及放縱自我的浪漫主義。白氏認為解決之道在於以

〔註54〕溫源寧：〈胡適博士〉，蕭南編：《我的朋友胡適之》，（四川：四川文藝出版社，1995.5），頁 1。

〔註55〕周俐玲譯。轉載於眉睫：〈梅光迪年表〉，《文學史上的失蹤者》，（北京：金城出版社，2013.01），頁 222。

「克己復禮」為手段，兼顧內省工夫及文化傳統，在功利主義、浪漫主義及極端墨守舊章的古典主義二者之間，尋求一條中庸之道，此即為白氏的「新人文主義」。〔註56〕

梅光迪深受白璧德啟發，「渴盼著在西方文學中能找到某種與古老的儒教傳統相通的更為沉穩而又有朝氣的東西」，「把舊的世界賦予了新的意義和新的語彙」，企圖在新舊文化交替之間找到融合之道。尤其他的父親梅藻是晚清的稟貢生，梅光迪六歲即隨父受學，讀《四書》。十三歲通過縣試，被鄉人目為神童，宋代文人梅堯臣、元代大儒梅致和皆其遠祖。〔註57〕在家學傳承的影響下，對舊學本就懷抱著一定的理想。如何兼容傳統與現代，是梅光迪所學所思的方向。

相較於梅光迪的中庸路線，胡適則走了一條實驗主義的道路。1912 年春天，胡適由康乃爾大學的農學院轉入該校的文學院，學習哲學、政治、經濟和文學。〔註58〕胡適提到自己為何放棄農科，改習文科的原因有三：第一，對農科較無興趣；第二，因代替蔡吉慶向美國聽眾講說中國革命和共和政府，反倒引起胡適的喜好，「替我職業上開闢了一個新的方向」；第三，對英、法、德三國文學的深度研讀，喚起對中國文學興趣的復振。〔註59〕然而因康乃爾大學哲學系崇尚「新唯心主義」（New Idealism），常批評「實驗主義」（Experimentalism）之杜威（John Dewey，1859～1952）等人，反而促使胡適漸漸對杜威及其哲學感到好奇。1915 年自康乃爾大學文學院畢業後，即對實驗主義做了一番有系統的閱讀和研究，後來決定師學杜威，進哥倫比亞大學的哲學系就讀。〔註60〕我們仔細翻閱胡適 1910 年至 1917 年在美的留學日記，鮮少述及杜威；但 1939 年上海亞東圖書館發行胡適的留美日記《藏暉室劄記》，裡面附有 1936 年 7 月 20 日胡適書寫的〈自序〉，則說明遺漏的原因：

〔註56〕林麗月：〈梅光迪與新文化運動〉，汪榮祖編：《五四研究論文集》，（台北：聯經出版公司，1979.5），頁 386～387。

〔註57〕眉睫：〈梅光迪年表〉，《文學史上的失蹤者》，（北京：金城出版社，2013.01），頁 212～214。

〔註58〕同在哲學班上課的中國留學生，還有趙元任、胡明復。他們彼此常相往來，後來成為摯友。季維龍、曹伯言：《胡適年譜》，（安徽教育出版社，1986），頁 44～45。

〔註59〕胡適口述，唐德剛譯註：《胡適口述自傳》，（台北：遠流，2010.11），頁 64～68。

〔註60〕胡適口述，唐德剛譯註：《胡適口述自傳》，（台北：遠流，2010.11），頁 132～133。

在這裏我要指出，劄記裏從不提到我受杜威先生的實驗主義的哲學的絕大影響。這個大遺漏是有理由的。我在 1915 年的暑假中，發憤盡讀杜威先生的著作，做有詳細的英文提要，都不曾收在劄記裏。從此以後，實驗主義成了我的生活和思想的一個嚮導，成了我自己的哲學基礎。但 1915 年夏季以後，文學革命的討論成了我們幾個朋友之間一個最熱鬧的題目，劄記都被這個具體問題占去了，所以就沒有餘力記載我自己受用而不發生爭論的實驗主義了。其實我寫《先秦名學史》、《中國哲學史》都是受那一派思想的指導。我的文學革命主張，也是實驗主義的一種表現；《嘗試集》的題名就是一個證據。劄記的體例最適宜於記載具體事件，但不是記載整個哲學體係的地方，所以劄記裏不記載我那時用全力做的《先秦名學史》論文，也不記載杜威先生的思想。〔註61〕

文中說明杜威對於胡適的影響始於 1915 年的夏天，但由於劄記體例不適合記載哲學體係，再加上那時胡適正因受杜威實驗主義之啟發，與友朋們互辯「文學革命」之可行與否，日記大量記載過程，則再無餘力撰寫杜威事宜。但實際上胡適終其一生受杜威影響甚巨，〔註62〕「實驗主義成了我的生活和思想的一個嚮導，成了我自己的哲學基礎」。胡適由唐德綱紀錄的口述自傳裡，提到杜威對他思想的影響，主要在〈邏輯思考的諸階段〉一文，論述人類和個人思想的過程都要通過四個階段，即「固定信念」、「破壞和否定主觀思想」、「從『蘇格拉底的法則』向亞里斯多德的邏輯之間發展」及最後一個階段「歸納實證和

〔註61〕 胡適：《《藏暉室劄記》自序〉，曹伯言整理：《胡適日記全集·1》，（台北：聯經出版公司，2005），頁 110。

〔註62〕 學者吳森博士於《五四研究論文集》發表一篇論文〈杜威思想與中國文化〉，認為胡適與杜威的關係是「有師而無承」，並批判胡適的學風和為人與杜威大相逕庭。（吳森：〈杜威思想與中國文化〉，汪榮祖編：《五四研究論文集》，（台北：聯經出版公司，1979.5），頁 125～156。）中國學者耿雲志則以一篇〈論胡適的實驗主義〉為胡適正名，認為胡適並未如吳森博士所言借杜威以自重，反而是忠誠如實地信仰杜威哲學。耿雲志進一步從胡適的〈實驗主義〉等文章及諸多言論，證明與杜威的師承關係，至於胡適之所以對某些封建文化思想批評尖銳，是「一種哲學因實際應用環境的不同而顯現的不同效用，不涉及哲學本身性質問題」。（耿雲志：〈論胡適的實驗主義〉，《胡適研究論稿》，（北京：社會科學文獻出版社，2007），頁 66～99。）筆者以為，吳森的文章著重論述杜威的為人及哲學的內涵，至於胡適如何與杜威「有師而無承」，並未詳細論辯；而耿雲志〈論胡適的實驗主義〉則詳析胡適與杜威的師承內涵，故筆者採中國學者耿雲志的說法，認為胡適終其一生受杜威影響甚巨。

實驗邏輯的科學」。〔註63〕就文學領域而言，從認定文言是「半死文字」，白話為「活文字」，乃至提出「文學革命」的口號，並花了三年多的時間試驗白話詩，最後詩集取名為《嘗試集》等，無一不受其影響。〔註64〕

　　以上論述，可顯現梅光迪與胡適無論是個性或所學均不同，因此當胡適受杜威啟發，進而提出文言乃半死之文字時，戰火便開始點燃。

　　那是 1915 年的夏天，胡適身為東美中國學生會「文學科學研究部」（Institute of Arts and Sciences）文學股委員，必須負起分股討論的責任。當時擔任華盛頓清華學生監督處書記的鍾文鰲，常藉發支票之便挾帶小傳單，以進行社會改革的宣傳，小傳單上面印有「廢除漢字，取用字母」等內容。胡適因此與趙元任共議，將「中國文字的問題」作為當年的論題，由他們兩個先寫論文。趙元任贊成廢除漢字，便以「吾國文字能否採用字母制，及其進行方法」為題；然胡適自認趨近保守，並不贊同廢除漢字，反而從教學的方法思考漢字之所以無法普及的因素，於是有「如何可使吾國文言易於教授」之論題。〔註65〕此文寫於 1915 年 8 月 26，內容已於前面述及。胡適此時正勤讀杜威的著作，將文言視為「半死之文字」而白話卻是「活文字」，不無受其啟發。

　　不過也恰好在這年的夏天，任鴻雋、梅光迪、楊杏佛、唐鉞等好友皆在紐約州的綺色佳（Ithaca）過夏，胡適與這群好友常常討論中國文學的議題，當然也論及文言、白話是否適用。〔註66〕胡適的立場早已確認，但梅光迪受白璧

〔註63〕胡適口述，唐德剛譯註：《胡適口述自傳》，頁 134～135。
〔註64〕杜威於 1919 年 5 月 1 日到中國上海訪問，最後因好奇中國的五四新文化運動而居住兩年多。回美後，胡適於 1921 年 7 月 11 日寫了一篇文章〈杜威先生與中國〉，其中提到杜威的實驗方法亦可呼應。胡適〈杜威先生與中國〉：「實驗的方法至少注重三件事：（一）從具體的事實與境地下手；（二）一切學說理想，一切知識，都只是待證的假設，並非天經地義；（三）一切學說與理想都須用實行來試驗過；實驗是真理的唯一試金石。第一件，注意具體的境地使我們免去許多無謂的假問題，省去許多無意義的爭論。第二件，一切學理都看作假設可以解放許多『古人的奴隸』。第三件，實驗可以稍稍限制那上天下地的妄想冥思。實驗主義只承認那一點一滴做到的進步，步步有智慧的指導，步步有自動的實驗才是真進化。」（歐陽哲生編：《胡適文集・2》，北京：北京大學出版社，1998.11，頁 280）由上敘述，可知胡適從語言的實際運用，假設文言乃半死的文字；而文學革命口號的提出，則重在解放書寫文字成為「古人的奴隸」；接下來白話詩語的試驗，則是「實驗是真理的唯一試金石」之最佳寫照。
〔註65〕胡適：〈逼上梁山──文學革命的開始〉，歐陽哲生編：《胡適文集・1》，（北京：北京大學出版社，1998.11），頁 140～141。
〔註66〕胡適：〈逼上梁山──文學革命的開始〉，歐陽哲生編：《胡適文集・1》，（北

德新人文主義的洗禮，再加上家學傳統的影響下，當然依舊肯定文言的價值。朋友之間觀點不同引發討論本屬人之常情，然以梅光迪「往往面斥人過，不稍寬假」〔註67〕的個性，卻使得這場聚會充滿了火藥味。

> 這時候我已承認白話是活文字，古文是半死的文字。……最守舊的是梅覲莊，他絕不承認中國古文是半死或全死的文字。因為他的反駁，我不能不細細想過我自己的立場。他越駁越守舊，我倒漸漸變得更激烈了。我那時常提到中國文學必須經過一場革命"文學革命"的口號，就是那個夏天我們亂談出來的。……〔註68〕

從胡適的記載，可知討論的現場梅覲莊不僅肯定文言的功效，連他「不稍寬假」的言辭，該也是充塞會場才是。然也因拜梅光迪激烈論辯所賜，反倒促成胡適思考白話的可行性。接下來兩人的戰火漫延至 1915 年 9 月 17 日，梅光迪將入哈佛大學就讀，胡適寫了一首〈送梅覲莊往哈佛大學詩〉送他，「文學革命」的口號就此確立。

> ……吾儕治疾須對症，學以致用為本根。但祝天生幾牛敦，還求千百客兒文，輔以無數受迭孫，便教國庫富且殷……梅生梅生毋自鄙，神州文學久枯餒，百年未有健者起，新潮之來不可止，文學革命其時矣……。作歌今送梅君行，狂言人道臣當烹。我自不吐定不快，人言未足為重輕。居東何時游康可，為我一弔愛謀生，更弔霍桑與索虜：此三子者皆崢嶸。應有「煙士披裡純」，為君奚囊增瓊英。〔註69〕

胡適在詩後自跋：「此詩凡用十一外國字，一抽象名，十為本名。人或以為病。其實此種詩不過是文學史上一種實地試驗……。」〔註70〕胡適藉由寫給梅光迪的詩，不僅提出「文學革命」的口號，更公開他的文學實驗，可謂向摯友們的宣言。於是除了梅光迪之外，與胡適同為留美友人的任鴻雋（1886～1961）加入論戰，也持反對意見。〈送梅覲莊往哈佛大學詩〉用中文共音譯了十一個外國字，包括抽象詞如「煙士披裡純」（Inspiration），人名如牛敦（Newton）、愛

　　　　京：北京大學出版社，1998.11），頁 143。

〔註67〕樓光來：〈悼梅迪生先生〉，羅崗、陳春豔編：《梅光迪文錄》，（遼寧教育出版社，2001.2），頁 259。

〔註68〕胡適：〈逼上梁山——文學革命的開始〉，歐陽哲生編：《胡適文集・1》，（北京：北京大學出版社，1998.11），頁 143。

〔註69〕曹伯言整理：《胡適日記全集・2》，頁 227～228。

〔註70〕曹伯言整理：《胡適日記全集・2》，頁 229。

迭孫（Edison）、倍根（Bacon）等，任鴻雋則戲謔地以胡適詩中的十一個外國字，寫成〈任生用胡生送梅生往哈佛大學句送胡生往哥比亞大學〉一詩，諷刺胡適的文學實驗，「牛敦，愛迭孫，培根，客爾文，索虜，與霍桑，『煙士披裡純』，鞭笞一車鬼，為君生瓊英。文學今革命，作歌送胡生。」胡適收到詩後，於日記載錄：「叔永戲贈詩。知我乎？罪我乎？」〔註71〕字裡行間盡透露出孤軍奮鬥的猶疑與惆悵。

　　但任叔永的論述溫和，通常有建議，卻不像梅光迪如此強硬反對。上文已論述郭斌龢、樓光來等人評論梅光迪，是直率而少寬容，抨擊力道強勁；梅光迪的家譜也記載他「性急一」，〔註72〕而根據中國學者劉克敵（1956～）的研究，梅光迪因「性格比較自負，好勝好強，似乎任何問題都要與胡適爭論」〔註73〕，不過也就因為梅光迪的好強論爭，卻在無形之中反倒成為胡適思考白話詩語的助力。1915 年 9 月 20 日，胡適尚未提到白話詩語，但已有「詩國革命」的概念，認為「作詩如作文」是改變古詩的開端，於是就在 1915 年 9 月 19 日收到任鴻雋的戲謔詩後，隔兩天便寫了一首〈依韻和叔永戲贈詩〉寄予任鴻雋、梅光迪、楊杏佛、唐鉞等，當初聚集在綺色佳（Ithaca）的諸好友們，進一步宣示他的理念。

　　　　詩國革命何自始？要須作詩如作文。琢鏤粉飾喪元氣，貌似未必詩
　　　　之純。小人行文頗大膽，諸公一一皆人英。願共謬力莫相笑，我輩
　　　　不作腐儒生。〔註74〕

梅光迪收到信後，對於「詩國革命何自始？要須作詩如作文」的宣言頗不認同。除了認為詩之文字與文之文字當分道而馳之外，更強烈質疑胡適的才能，「若移文之文字於詩，即謂之革命，則詩界革命不成問題矣。以其太易易也。」〔註75〕

〔註71〕1915 年 9 月 19 日，胡適於《留學日記》記載。曹伯言整理：《胡適日記全集‧1》，頁 230～231。
〔註72〕根據宣統二年《宣林宛陵梅氏宗譜》記載：「藻長子光迪，復旦公學畢業生，原名昌運，字子開，號覲莊，行急一。」轉引自眉睫：〈梅光迪年表〉，《文學史上的失蹤者》，（北京：金城出版社，2013.01），頁 212。
〔註73〕〈從摯友到對手——對胡適與梅光迪「文學革命」爭論的再評價〉，山東師範大學學報（人文社會科學版），2013 年第 58 卷第 3 期（總第 248 期），頁 28。
〔註74〕1915 年 9 月 21 日，胡適記載於《留學日記》。曹伯言整理：《胡適日記全集‧2》，頁 232。
〔註75〕1915 年 9 月 25 日梅光迪致信胡適。梅光迪：〈致胡適四十六通‧第三十一涵〉，中華梅氏文化研究會編：《梅光迪文存》，（武漢：華中師範大學出版社，

梅光迪這段論述，顯然認為胡適的論調太過簡單，不成一事。這當然引起胡適反彈，1916 年 2 月 2 日，胡適致信任鴻雋，提到：「觀莊不解吾命意所在，邃以為詩界革命若僅僅移文之文字入詩，則不可，以其太易也。此豈適所持論乎？」〔註 76〕於是經過幾個月的苦讀與思考，於 1916 年 4 月 5 日提出「活文學」的概念，〔註 77〕同年 6 月中旬，終於明確主張以白話作詩。〔註 78〕

　　1916 年 7 月 2 日，因往克利佛蘭（Cleveland）赴「第二次國際關係討論會」（Conference of International Relations）的胡適，欲回紐約時再次經過綺色佳，又遇見了梅光迪。兩人雖僅談話半天，〔註 79〕卻再度燃起第二次戰火。這次的議題已不如去年，僅是文言白話何者適用的問題，而是進階聚焦在「用白話作文，作詩，作戲曲」〔註 80〕。任叔永在〈五十自述〉一文回憶當時兩人的論辯現場，坦言梅光迪是為了反對而反對，「迪生之反對白話蓋為全般的，凡以白話為文者皆在其反對之列」。〔註 81〕胡適回哥倫比亞大學後，過了幾天也追記：「細析其議論，乃全無真知灼見，似仍是前此少年使氣之梅觀莊耳。」〔註 82〕

　　但真正激發胡適寫出第一首一千多字的白話詩，是 1916 年 7 月 17 日梅光迪寫給胡適的信。

2011.4），頁 536。

〔註 76〕 胡適：〈致任鴻雋〉，耿雲志、歐陽哲生編：《胡適書信集‧上》，（北京大學出版，1996.9），頁 68。

〔註 77〕 胡適〈吾國歷史上的文學革命〉：「總之，文學革命，至元代而登峰造極。其時，詞也，曲也，劇本也，小說也，皆第一流之文學，而皆以俚語為之。其時吾國真可謂有一種『活文學』出世。」曹伯言整理：《胡適日記全集‧2》，頁 295。

〔註 78〕 胡適〈逼上梁山──文學革命的開始〉：「1916 年 6 月中，我往克利佛蘭（Cleveland）赴「第二次國際關係討論會」（Conference of International Relations），去時來時都經過綺色佳，去時在那邊住了八天，常常和任叔永、唐擘黃、楊杏佛諸君談論改良中國文學的方法，這時候我已有了具體的方案，就是用白話作文，作詩，作戲曲。」歐陽哲生編：《胡適文集‧1》，（北京：北京大學出版社，1998.11），頁 149。1916 日 7 月 6 日胡適於《留學日記》追記〈白話文言之優劣比較〉：「余力主張以白話作文作詩作戲曲小說。」曹伯言整理：《胡適日記全集‧2》，頁 351。

〔註 79〕 胡適與梅光迪論辯的日期，是根據〈逼上梁山──文學革命的開始〉一文的記錄。歐陽哲生編：《胡適文集‧1》，頁 150。

〔註 80〕 胡適：〈逼上梁山──文學革命的開始〉，歐陽哲生編：《胡適文集‧1》，頁 149。

〔註 81〕 任鴻雋：〈五十自述〉，樊洪業、張久春選編：《科學救國之夢──任鴻雋文存》，（上海：上海科技教育出版社，2002.8），頁 684。

〔註 82〕 胡適：〈觀莊對余新文學主張之非難〉，1916 年 7 月 13 日追記。曹伯言整理：《胡適日記全集‧2》，頁 364。

> 讀致叔永片，見所言皆不合我意，本不欲與足下辯，因足下與鄙之
> 議論，恰如南北極之不相容，故辯之無益；然片末乃以 dogmatic 相
> 加，是足下有引起弟爭端之意……。〔註83〕

原來梅光迪寫這封信，源自胡適批評任叔永的〈泛湖即事詩〉。事件起因於 1916 年 7 月 8 日當天，任叔永與陳衡哲、梅覲莊等人在凱約嘉湖上划船，近岸時不僅翻船又遇大雨。事後任叔永以一首〈泛湖即事詩〉致信胡適，詩中有「猜謎賭勝，載笑載言」等句。〔註84〕胡適讀完詩後，認為「載笑載言」的「載」及「言」二字都是死字，不該使用；而「猜謎賭勝」就是二十世紀的活句了，力勸叔永該自己鑄造活句，不要借用陳言套語。〔註85〕梅光迪頗不認同，坦率地批判胡適認定的白話活文字，是「無永久之價值」。

> 大抵新奇之物多生美（Beauty）之暫時效用，足下以俗語白話為向來
> 文學上不用之字，驟以入文似覺新奇而美，實則無永久之價值，因
> 其向未經美術家之鍛鍊……〔註86〕

梅光迪之所以認為白話文字不適合入詩，乃因民間使用的白話尚未經過美術家的鍛鍊，是不美且鄙俚的，於是信末再次強調：「欲加用新字，須先用美術以鍛鍊之，非僅以俗語白話代之即可了事者也」。胡適其實贊同梅光迪的鍛鍊說，眉批：「此亦有理，我正欲叩頭作揖求文學家、美術家，采取俗語俗字而加以『鍛鍊』耳。」〔註87〕然梅光迪接著又強勢寫道：「如足下言，乃以暴易暴耳，豈得謂之改良乎！」〔註88〕這番情緒化的論述，遂引發胡適的挑戰，寫了第一首白話長詩〈答梅覲莊——白話詩〉，「覲莊有點動了氣，我要和他開開玩笑，所以做了一首一千多字的白話游戲詩回答他。」〔註89〕摘錄〈答梅覲莊——白話詩〉部份原詩如下：

〔註83〕梅光迪：〈致胡適四十六通·第三十四涵〉，中華梅氏文化研究會編：《梅光迪文存》，頁 538。
〔註84〕胡適：〈逼上梁山——文學革命的開始〉，歐陽哲生編：《胡適文集·1》，頁 151。
〔註85〕胡適：〈胡適答叔永〉，曹伯言整理：《胡適日記全集·2》，頁 378～379。
〔註86〕梅光迪：〈致胡適四十六通·第三十四涵〉，中華梅氏文化研究會編：《梅光迪文存》，頁 539。
〔註87〕梅光迪：〈致胡適四十六通·第三十四涵〉，中華梅氏文化研究會編：《梅光迪文存》，頁 539～540。
〔註88〕梅光迪：〈致胡適四十六通·第三十四涵〉，中華梅氏文化研究會編：《梅光迪文存》，頁 540。
〔註89〕胡適：〈逼上梁山——文學革命的開始〉，歐陽哲生編：《胡適文集·1》，頁 153。

「人閑天又涼」，老梅上戰場。
拍桌罵胡適，「說話太荒唐！
說什麼，『中國要有活文學！』
說什麼『須用白話做文章！』
文字豈有死活！白話俗不可當！
把《水滸》來比《史記》，
好似麻雀來比鳳凰。
說『二十世紀的活字，
勝於三千年的死字』，
若非瞎了眼睛，
定是喪心病狂！」
……
……

老胡連連點頭，「這話也還不差。
今我苦口嘵舌，算來卻是為何？
正要求今日的文學大家，
把那些活潑潑的白話，
拿來『鍛煉』，拿來琢磨，
拿來作文演說，作曲作歌：——
出幾個白話的囂俄，
和幾個白話的東坡。
那不是『活文學』是什麼？
那不是『活文學』是什麼？」〔註90〕

胡適回憶，這首白話詩一半出於游戲，一半是他有意試作白話的韻文，〔註91〕
第四節「今我苦口嘵舌，算來卻是為何？正要求今日的文學大家，把那些活潑
潑的白話，拿來『鍛煉』，拿來琢磨，……」就是呼應並實踐梅光迪所言「欲
加用新字，須先用美術以鍛煉」的建議。但這首白話詩並未取得留美友人的認
同，尤其梅光迪於兩天後回信，開頭便反諷：「讀大作如兒時聽『蓮花落』，真

〔註90〕1916 年 7 月 22 日，胡適載錄於《留學日記》。曹伯言整理：《胡適日記全集．
2》，頁 372～377。
〔註91〕〈逼上梁山——文學革命的開始〉，歐陽哲生編：《胡適文集．1》，頁 154。

所謂革盡古今中外詩人之命者，足下誠豪健哉！」〔註 92〕言下之意，則貶抑〈答梅覲莊——白話詩〉如民間流傳的說唱詞〈蓮花落〉，是踏不進文人詩歌之殿堂的。胡適雖在幾天後於《留學日記》如實補記梅光迪來信的片段，但其實很在意，不然不會在三年後寫作〈我為什麼要做白話詩〉一文，以「覲莊來信大罵我」描寫這一段。〔註 93〕愈挫愈勇的胡適因此在 1916 年 7 月 26 日致信個性較溫和的任叔永，堅決表示「吾自此以後，不更作文言詩詞」，〔註 94〕表明放棄文言，勇往試作白話詩的決心；並且給自己三年的期限，終於成就日後的《嘗試集》。1917 年 6 月 1 日，胡適將自美歸國，於日記慨然寫下：「若無叔永、覲莊，定無《嘗試集》。」〔註 95〕可見梅光迪對於胡適之重要。梅光迪雖僅在語言文字的部份激發胡適試作，對於節奏韻律並無進一步論述，但白話語言是基石，有了它，才有節奏議題。這個部份，則有待任叔永與錢玄同的論辯了。

　　平心而論，梅光迪在這場白話詩的論爭中，以丑角的形象出現在胡適《留學日記》、〈我為什麼要做白話詩〉及〈逼上梁山——文學革命的開始〉等諸文中，大都起因於「性急一」〔註 96〕的個性所致。排除胡適的描寫，回到梅光迪的論述，會發現有很多可行且合宜的見解；台灣師範大學教授林麗月於〈梅光迪與新文化運動〉一文論述：「在白話文運動中，梅氏被視為反派小丑，當作嘲笑的對象，往往有意無意的曲解或忽略其見解的全部意義，未免有欠公允。」〔註 97〕以 1916 年 7 月 24 日批判胡適的第一首白話詩如〈蓮花落〉為例，梅光迪後來在 1916 年 8 月 8 日寫給胡適的信就明確提出他的見解。

　　文章體裁最須分辨，前書已言之。詩者，為人類最高最美之思想感情之所發宣，故其文字亦須最高最美，擇而又擇，選而又選，加以種種

〔註 92〕1916 年 7 月 24 日梅光迪致信胡適。梅光迪：〈致胡適四十六通·第三十六涵〉，中華梅氏文化研究會編：《梅光迪文存》，（武漢：華中師範大學出版社，2011.4），頁 541。

〔註 93〕本文後來改為《《嘗試集》自序》。歐陽哲生編：《胡適文集·9》，頁 77。

〔註 94〕1916 年 7 月 26 日，胡適於日記寫下：「吾誠以叔永能容吾盡言，故曉曉如是。」可見在胡適的心中，任叔永確實比梅光迪溫和，較能吐露心事。曹伯言整理：《胡適日記全集·2》，頁 393。

〔註 95〕胡適：〈文學篇〉，曹伯言整理：《胡適日記全集·2》，（台北：聯經出版公司，2005），頁 517。

〔註 96〕轉引自眉睫：〈梅光迪年表〉，《文學史上的失蹤者》，（北京：金城出版社，2013.01），頁 212。

〔註 97〕林麗月：〈梅光迪與新文化運動〉，汪榮祖編：《五四研究論文集》，（台北：聯經出版公司，1979.5），頁 390。

格律音調以限制之，而後始見奇才焉，故非白話所能為力者。〔註98〕
可知梅光迪之所以否定胡適〈答梅覲莊──白話詩〉的試驗，是因為他認為
「詩」的體裁不同於散文、戲曲，必須有「最高最美之思想感情」，「文字」經
過推敲精煉，最後再加上適度的「格律音調」方才完成。反觀胡適的白話詩，
顯然是遊戲之作思想感情不夠高美；多有重複用字及用句，文字當然不夠精
煉；至於節奏，雜言句式，無一定規律，較像分行的散文。從詩的文類及美學
準則審視，胡適的白話詩明顯不及格。然梅光迪因提出「非白話所能為力者」，
故一般都將他視為謹守文言壁壘的守舊者，反對白話使用。〔註99〕其實早在
1916 年 7 月 17 日梅光迪已提出白話可以使用，但必須經過錘煉，「俗語白話
固亦有可用者，惟須必經美術家之鍛煉耳」〔註100〕，1922 年〈評提倡新文化
者〉一文，則論述「若古文白話之遞興，乃文學體裁之增加，實非完全變遷，
尤非革命也」，「蓋文學體裁不同，而各有所長，不可更代混淆，而有獨立並存
之價值」，〔註101〕可知梅光迪並非完全否定白話，只是無法認同胡適獨尊白話
而捨棄文言。〔註102〕胡適表面上雖反對梅光迪，但實際上仍受其影響。查胡
適作於 1916 年 7 月 29 日第二首白話詩〈中庸〉：

　　「取法乎中還變下，取法乎上或得中。」

　　孔子晚年似解此，欲從狂狷到中庸。〔註103〕

〔註98〕梅光迪：〈致胡適四十六通・第三十七涵〉，中華梅氏文化研究會編：《梅光迪文存》，（武漢：華中師範大學出版社，2011.4），頁 543。

〔註99〕其實梅光迪在此封信中，也提出「文學革命」四點，表明他的立場。一、擯去通用陳言腐語；二、復用古字以增加字數；三、添入新名詞，如科學、法政諸新名字，為舊文學中所無者；四、選擇白話中之有來源、有意義、有美術之價值者之一部分，以加入文學，然須慎之又慎耳。（梅光迪：〈致胡適四十六通・第三十七涵〉，中華梅氏文化研究會編：《梅光迪文存》，頁 545。）從第四點也可看出梅光迪不盡然反對白話。

〔註100〕梅光迪：〈致胡適四十六通・第三十四涵〉，中華梅氏文化研究會編：《梅光迪文存》，（武漢：華中師範大學出版社，2011.4），頁 539。

〔註101〕梅光迪：〈評提倡新文化者〉，中華梅氏文化研究會編：《梅光迪文存》，（武漢：華中師範大學出版社，2011.4），頁 133。

〔註102〕林麗月於〈梅光迪與新文化運動〉一文，將梅光迪對五四的抨擊以 1921 年為分界點，劃分前後兩期，認為梅光迪無論前期或後期，「對文學改革的看法並未堅持守舊的極端」，且「不是反對白話，只是不贊成盡棄文言而獨尊白話」。林麗月盡覽梅光迪著述，並從梅氏師承白璧德的角度詳析與胡適的異同，論述詳實，深具參考價值。林麗月：〈梅光迪與新文化運動〉，汪榮祖編：《五四研究論文集》，（台北：聯經出版公司，1979.5），頁 388～396。

〔註103〕曹伯言整理：《胡適日記全集・2》，頁 382。

「解此」、「欲」、「狂狷」等皆屬文言；同日另一首〈孔丘〉：

> 「知其不可而為之」，亦「不知老之將至」。
>
> 認得這個真孔丘，一部《論語》都可廢。〔註104〕

朱經農讀後，評述：「乃極古雅之作，非白話也。」〔註105〕後續〈江上晨秋〉〔註106〕、〈落日〉〔註107〕等也多夾雜文言，可見得胡適尚未完全摒棄文言。1917 年 7 月 2 日錢玄同致信胡適，則一語道破：「先生之『白話詩』，竊以為猶未能脫盡文言窠臼。」〔註108〕胡適回信坦言：「吾於去年（五年）夏秋初作白話詩之時，實力摒文言，不雜一字。如〈朋友〉、〈他〉、〈嘗試篇〉之類皆是。其後忽變易宗旨，以為文言中有許多字盡可輸入白話詩中。故今年所作詩詞，往往不避文言。」並以為白話是「明白如話」，但「不妨夾幾個文言的字眼」，〔註109〕此種論述顯然與梅光迪之說不謀而合。雖然胡適歸國後採錢玄同建議，考量文學改革的成效而盡棄文言，但梅光迪影響胡適之深，則由上述可證了。

第三節　建行〔註110〕句式的試驗：任叔永對於詩歌節奏美學的論辯

胡適在美《嘗試集》的試驗，除了因梅光迪反對成助力之外，任叔永的影響力也不容小覷。較之梅光迪，任叔永除了反對白話詩，更進一步從形式、節

〔註104〕曹伯言整理：《胡適日記全集·2》，頁 382。

〔註105〕1916 年 8 月 2 日朱經農致信胡適。曹伯言整理：《胡適日記全集·2》，頁 396。

〔註106〕〈江上晨秋〉作於 1916 年 10 月 14 日，全詩為「眼前風景好，何必夢江南。雲影渡山黑，江波破水藍。漸多黃葉下，頗怪白鷗貪。小小秋蝴蝶，隨風來兩三。」胡適於日記載錄，此詩乃以白話入律詩的遊戲之作，而任叔永、朱經農讀後也不認同是白話詩。曹伯言整理：《胡適日記全集·2》，頁 426。筆者以為，「雲影渡山黑，江波破水藍」二句明顯為文言句法及用語，並非如胡適所言為白話表現。

〔註107〕〈落日〉作於 1917 年 2 月 27 日，全詩為「黑雲滿天西，遮我落日美。忽然排雲出，團團墮江裡。」（曹伯言整理：《胡適日記全集·2》，頁 472）筆者以為，「團團」二字並非白話，「圖」也非如胡適所言之活文字。

〔註108〕錢玄同：〈二十世紀第十七年七月二日錢玄同敬白〉，《新青年》3 卷 6 號。

〔註109〕胡適：〈論小說及白話韻文〉，《新青年》4 卷 1 號。

〔註110〕所謂「建行」是指詩歌每一行建立的形式，包含字數、韻腳或者格律等，屬於詩歌節奏範疇的討論。目前可見最早有系統討論建行的文獻，是林庚於 1950 年 7 月 12 日發表於《光明日報》〈新詩的「建行」問題〉。參考林庚：《新詩格律與語言的詩化》，（北京：經濟日報，2001.1），頁 44～46。

奏等層次給予胡適不少提醒與建議。

　　任鴻雋，字叔永，先祖原設籍浙江省歸安縣，後因避太平天國之亂逃至四川，1886 年 12 月 29 日出生於四川省墊江縣。〔註111〕六歲入家塾，因師從徐甫唐，耳濡目染擅於吟詩作對。十四歲即讀完朱注的四書，因父親之故開筆習作八股，以準備科舉考試，惜未完篇。但十二歲時，已寫得一手好策論文，常令當地耆老驚服。1904 年春天，十八歲的任叔永參加中國最後一次科舉考試，得四川巴縣第三名秀才。〔註112〕

　　1907 年至上海公學校就讀，與胡適成為同班同學。〔註113〕據任叔永回憶，胡適雖然是班上年紀最小的學生，但已參與《競業旬報》的編輯，〔註114〕而且還發表小說。兩人最初文字上的往來是從贈詩開始，有「鼎鑄奸如爥，台成債是詩。雕形寧素志，歌哭感當時」等詩句贈予胡適；〔註115〕而胡適自己也在《四十自述》提到，1907 年在公學校已「頗有少年詩人之名」，經常和同學們唱和，任叔永即是其中之一。〔註116〕但兩人當時的友誼並不深，1907 年 5 月胡適因腳氣病復發休學兩個多月，1908 年的年初任叔永則東渡日本留學，所以兩人共學的時間並不長。任叔永有詩回憶：「我昔識適之，海上之公學。同班多英俊，君獨露頭角。……憶昔見君時，瀟灑瓊樹姿。異俗誇少年，佻達安可期？」〔註117〕詩中透露對胡適的不滿，以為胡適雖是班上的翹楚人物，卻有幾分輕薄放蕩，前途堪虞。

〔註111〕趙慧芝：〈任鴻雋年譜〉，《中國科技史料》，（第 9 卷第 2 期，1988），頁52。

〔註112〕任鴻雋：〈五十自述〉，樊洪業、張久春選編：《科學救國之夢——任鴻雋文存》，（上海：上海科技教育出版社，2002.8），頁 677。

〔註113〕任鴻雋〈五十自述〉：「同班學友後有名於時者有胡適之（原名胡洪騂）、但懋辛、蘇鑒軒（原名蘇明藏）朱經農（原名朱經）諸君……。」樊洪業、張久春選編：《科學救國之夢——任鴻雋文存》，頁 678～679。

〔註114〕據胡適《四十自述》，1908 年 7 月他擔任《競業旬報》主編（台北：遠流，2005，頁 115），然任叔永早在 1908 年的春天已遠赴日本留學（趙慧芝：〈任鴻雋年譜〉，頁 55），因此據任叔永〈五十自述〉描述，「同班中，胡適之年紀最小，但他那時已經在辦雜誌（《競業旬報》）、著小說」（任鴻雋：〈五十自述〉，頁 704），該僅是參與《競業旬報》的編輯庶務。

〔註115〕任鴻雋：〈五十自述〉，樊洪業、張久春選編：《科學救國之夢——任鴻雋文存》，頁 704。

〔註116〕胡適：《四十自述》，（台北：遠流，2005），頁 128。

〔註117〕任叔永：〈送胡適之往哥倫比亞大學〉，曹伯言整理：《胡適日記全集·2》，頁202～203。

　　但約五年後，任叔永再度與胡適同校，「及我重見君，始知大不然」〔註118〕，則完全改觀。1912 年 12 月 1 日，任叔永因胡適之故至美國康乃爾大學留學，〔註119〕胡適於車站相迎，〔註120〕再度開啟兩人的論學之路。根據胡適〈《嘗試集》自序〉回憶：「民國前二年，我往美國留學。初去的兩年，作詩不過兩三首，民國成立後，任叔永（鴻雋）楊杏佛（銓）同來綺色佳（Ithaca），有了做詩的伴當了。」〔註121〕楊杏佛（1893～1933），名銓，江西清江縣人，為胡適在中國新公學的授業弟子。〔註122〕1912 年 12 月與任鴻雋共赴美留學後，胡、任、楊三人常作詩唱和。我們檢視胡適的《留學日記》，1913 年後文言詩創作量大增，並常與任、楊二人往來唱和，討論詩法與詩意。

一、任叔永慧眼獨具：胡適譯詩建行的試驗

　　除了舊詩唱和之外，任叔永更是胡適譯詩的伯樂。1914 年 2 月 3 日，胡適為了使譯詩更符合原著，於是試驗新的節奏形式，使用騷體、《詩經》的體裁翻譯拜倫〔註123〕（George Gordon Byron，1788～1824）的作品〈哀希臘歌〉（"The Isles of Greece"）。此譯詩不但分行書寫，更將每行的字數差距拉大，試圖掙脫傳統五七言的限制，期能達致「抑揚如意，疾徐應節」〔註124〕的效

〔註118〕　任叔永：〈送胡適之往哥倫比亞大學〉，曹伯言整理：《胡適日記全集・2》，頁
　　　　　203。
〔註119〕　除了胡適的引介之外，因志在科學之故，也促使任叔永至擅長科學著稱的康
　　　　　奈爾大學留學。任鴻雋〈五十自述〉：「吾等何以獨赴康校？以同行諸人志習
　　　　　政治經濟及社會科學者為多，獨吾與楊君志在科學，康校在美國，固以擅長
　　　　　科學著稱，且是時胡君適之已先在此校，時時繩康校風景之美以相勸誘，吾
　　　　　等遂決計就之。」樊洪業、張久春選編：《科學救國之夢──任鴻雋文存》，
　　　　　頁 682。
〔註120〕　1912 年 12 月 1 日，胡適於《留學日記》記載：「十二時下山，至車站迎任叔
　　　　　永，同來者楊宏甫，皆中國公學同學也。」曹伯言整理：《胡適日記全集・1》，
　　　　　頁 225。
〔註121〕　姜義華主編：《胡適學術文集》，（北京：中華書局，1993 年 9 月），頁 370。
〔註122〕　據中國學者楊宇清研究，1908 年 9 月，中國公學鬧風潮，多數學生退出另組
　　　　　中國新公學，胡適被聘為英文教師，楊杏佛則為其授業弟子之一。楊宇清：
　　　　　〈楊杏佛傳〉，楊宇清編著：《楊杏佛》，（北京：中國文史出版社，1991.4），
　　　　　頁 1～2。
〔註123〕　1914 年 2 月 3 日胡適於《留學日記》將"George Gordon Byron"譯為「裴倫」
　　　　　（曹伯言整理：《胡適日記全集・1》，頁 269），馬君武、蘇曼殊、任叔永等
　　　　　也是此譯，然今通譯「拜倫」。為求行文通曉明白，本文一律全用今譯「拜倫」。
〔註124〕　胡適：〈譯餘賸墨〉，耿雲志主編：《胡適遺稿及秘藏書信》第十一冊，（合肥
　　　　　市：黃山書社，1994），頁 184。

果。〔註125〕這點，任叔永也看見了。1914 年 7 月 13 日胡適於《留學日記》
寫道：

> 寫此本成，叔永為作序，復附君武、曼殊兩家譯本以寄怡蓀，令印
> 行之。怡蓀方在籌款為學費，故即以此冊贈之。售稿所得，雖未必
> 能多，然故人力所能及僅有此耳。〔註126〕

「怡蓀」即許怡蓀（？～1919），是胡適的同鄉，因就讀中國公學校與胡適交
遊，兩人同居一室，感情相當深厚。1919 年 3 月 22 日許怡蓀病死，胡適哀傷
地為他寫了一篇〈許怡蓀傳〉，提到：「後來怡蓀轉入復旦公學，不久他的父親
死了（庚戌），他是長子，負擔很重……」，〔註127〕可知許怡蓀家中的經濟本
就不佳。1913 年 4 月，許怡蓀遠赴日本明治大學就讀；1914 年 7 月，胡適為
籌許怡蓀的學費，打算將〈哀希臘歌〉的譯詩，連同馬君武及蘇曼殊的舊譯謄
寫成冊，再由任叔永寫序，以便出版發售。筆資或許不多，但卻是留美窮學生
能為朋友盡的棉薄之力。這是胡適首次將自己的譯詩付梓出版，即囑託任叔永
作序，可看出胡、任二人交誼之篤。

　　任叔永亦不負胡適囑託。因自小師從能詩善吟的徐甫唐，再加上蜀地家鄉
詞章之盛，〔註128〕使得勤學的任叔永一眼便能識別胡適譯詩形式上的試探，
給予不少讚許。"The Isles of Greece" 源自拜倫的作品《唐璜》（Don Juan）的第
三章，在中國的譯介始自梁啟超，一開始並無特定的詩名，梁啟超取名〈端志
安〉，馬君武譯為〈哀希臘歌〉，蘇曼殊、胡適沿襲，自此〈哀希臘歌〉的譯名
廣為中國文人接受。梁、馬、蘇、胡四人的譯本皆採用不同的形式，我們先將
拜倫 "The Isles of Greece" 第一節的原文與四者的譯本比較如下：
拜倫 "The Isles of Greece"

> The Isles of Greece, the Isles of Greece !
> Where burning Sappho loved and sung,
> Where grew the arts of war and peace,

〔註125〕關於胡適譯詩的節奏表現，及〈哀希臘歌〉節奏樣式的詳細分析，請參見〈從
　　　　胡適新詩節奏的建立論胡適的詩〉一章。
〔註126〕曹伯言整理：《胡適日記全集・1》，頁 405。
〔註127〕胡適：〈許怡蓀傳〉，歐陽哲生編：《胡適文集・2》，（北京：北京大學出版社，
　　　　1998.11），頁 574。
〔註128〕據中國學者王東杰（1971～）研究指出：「墊江是個偏遠小邑『固不易得通人
　　　　為童子師』，但晚清以來蜀地文章之風頗盛，詞章乃是強項。」《建立學界・
　　　　陶鑄國民：四川大學校長任鴻雋》，（山東教育出版社，2012.4），頁 18。

> Where Delos rose, and Phobus sprung !
>
> Eternal summer gilds them yet,
>
> But all, except the sun, is set. 〔註129〕

梁啟超〈端志安〉：

> （沈醉東風）咳！希臘啊！希臘啊！你本是平和時代的愛嬌，你本
> 是戰爭時代的天驕。撒芷波歌聲高，女詩人熱情好，更有那德羅士、
> 菲波士（兩神名）榮光常照。此地是藝文舊壘，技術中潮。即今在
> 否，算除卻太陽光線，萬般沒了。〔註130〕

馬君武〈哀希臘歌〉：

> 希臘島，希臘島，詩人沙孚安在哉？愛國之詩傳最早。戰爭平和萬
> 千術，其術皆自希臘出。德妻飛布兩英雄，溯源皆是希臘族。吁嗟
> 乎！漫說年年夏日長，萬般銷歇剩斜陽。〔註131〕

蘇曼殊〈哀希臘〉：

> 巍巍希臘都，生長奢浮好。
>
> 情文何斐亹，茶輻思靈保。
>
> 征伐和親策，陵夷不自葆。
>
> 長夏尚滔滔，頹陽照空島。〔註132〕

胡適〈哀希臘歌〉：

> 嗟汝希臘之群島兮。
>
> 實文教武術之所肇始。
>
> 詩媛沙浮嘗詠歌於斯兮。
>
> 亦義和素娥之故里。
>
> 今唯長夏之驕陽兮。
>
> 紛燦爛其如初。

〔註129〕 出自拜倫在其作品《唐璜》（Don Juan）的第三章，並無特別詩名，引自廖七
一：《胡適詩歌翻譯研究》，（北京：清華大學出版社，2006.4），頁295。

〔註130〕 梁啟超：〈新中國未來記〉，張韌主編：《爭鳴小說百年精品係‧1》，（北京：
當代世界出版社），頁42。

〔註131〕 馬君武：〈哀希臘歌〉，施蟄存主編：《中國近代文學大系（1840～1919）‧第
11集‧第28卷‧翻譯文學集‧3》，（上海：上海書店出版社，1991.04），頁
135。

〔註132〕 蘇曼殊：〈哀希臘〉，柳亞子編：《蘇曼殊全集 1》，（北京：當代中國出版社，
2007.05），頁50。

　　我徘徊以憂傷兮。

　　哀舊烈之無餘。　〔註133〕

1902 年 11 月 14 日至 1903 年 9 月 6 日，《新小說》月刊一至七號刊登梁啟超的政治小說〈新中國未來記〉，這部小說以對話體的形式撰寫，共分五回。第四回因主角人物黃、李兩君下榻客店，聽到隔壁房傳來吟詠的詩歌，其中之一便是拜倫的〈哀希臘歌〉。兩人本想再聽下去，歌聲卻戛然而止，因此小說僅載錄一、三兩節。〔註134〕梁啟超採用〈沉醉東風〉和〈如夢憶桃源〉兩種曲牌翻譯，有敘事的效果，相當呼應〈新中國未來記〉的對話體形式。然而 1905 年馬君武批評梁啟超「非知英文者，賴其徒羅昌口述之」，〔註135〕認為梁氏因不熟諳英文，根本無法瞭解拜倫詩歌的意涵，於是重新用歌行體翻譯，以七言為主。兩年後（1907），鍾情於拜倫的蘇曼殊出版譯本《拜倫詩選》，則以五言古詩的形式翻譯〈哀希臘歌〉。比較梁、馬、蘇三者的譯本，蘇曼殊因特別崇敬拜倫，翻譯時情感投入深刻，不像梁、馬以政治目的出發，所以較得青睞。〔註136〕1914 年胡適因友人張耘至美留學，攜帶馬、蘇兩家譯本前來，方得閱讀；但「頗嫌君武失之訛，而曼殊失之晦」，〔註137〕以為馬君武的譯本有誤，而蘇曼殊的版本則晦澀難明。據中國學者張永中研究，拜倫原詩的內容本描述希臘將亡國，第一節 6 行，為抑揚格 4 音步，韻腳 ababcc；另外，詩中還運用長元音如〔i:〕、〔u:〕等展現平緩的節奏，與詩人對現實的惋惜和哀歎渾然結合，技巧高超自然。〔註138〕反觀蘇曼殊的譯詩，採用五言古詩的形式，情感雖然真摯動人，卻無法表達拜倫原詩哀歎感傷的節奏。胡適則採用騷體，參差

〔註133〕胡適：〈哀希臘歌〉，胡適著，耿雲志主編：《胡適遺稿及秘藏書信》第十一冊，頁 187。

〔註134〕梁啟超：〈新中國未來記〉，張韌主編：《爭鳴小說百年精品係・1》，（北京：當代世界出版社），頁 39～42。

〔註135〕馬君武：〈哀希臘歌序〉，文明國編：《二十世紀名人自述系列・馬君武自述》，（合肥：安徽文藝出版社，2013.05），頁 88。

〔註136〕據中國學者張永中研究，梁啟超的譯本放在政治小說〈新中國未來記〉之第四回，本就以希臘將亡國比喻中國，政治訴求濃厚；而馬君武則藉〈哀希臘歌〉鼓吹民主革命，二者皆以政治為目的。唯有蘇曼殊，因崇拜之故翻譯《拜倫詩選》，故譯本較符合原詩之情意。張永中：《文化視野下的變譯研究》，（武漢：湖北人民出版社，2013.01）頁 118～120。

〔註137〕胡適：〈哀希臘歌序〉，《嘗試集・去國集》，（上海：亞東圖書館，1920 年 9 月再版），頁 9。

〔註138〕張永中：《文化視野下的變譯研究》，（武漢：湖北人民出版社，2013.01）頁 117。

不齊的句式，再加上「之」、「兮」等語助詞的加入，讀來仿若一唱三歎；尤
其最後兩句依自己的理解補上「我徘徊以憂傷兮，哀舊烈之無餘」（原詩並沒
有），頗有屈原詩中感時憂國的精神與節奏效果，與拜倫原詩有異曲同工之
妙。

　　任叔永替胡適的譯本寫序，除了交誼深厚之緣由，關鍵在於自己亦賞識拜
倫。任氏於〈胡適之譯裴倫哀希臘歌序〉表示，自幼於鄉里家塾即聽聞拜倫，
稍長才讀近人〈哀希臘歌〉的譯本，但從未見過原著。直至 1912 年 12 月遠赴
北美綺色佳留學後，終得窺見原文。任叔永閱讀作者的傳記，知曉拜倫晚年選
擇與異族希臘人共同抵禦外辱，深具俠義精神；因而讀出〈哀希臘歌〉的情意，
於是比較諸多譯本的好壞，認為胡適勝過馬、蘇，「曲盡其意，宜其後來居上」，
是當今譯本中最傑出的。任叔永特別看重胡適使用「騷體」的形式，在建行字
數的建構上能屈伸自如，「吾友明君適之，嘗取是詩譯以騷體，乃能與原文詞
旨相酬，無少增減」，以為騷體最能恰如其分地傳達拜倫的詩意，毫無增減。
〔註 139〕如前所言，任叔永因自幼善於吟詠，對於詩歌的形式，包括節奏與詩
意的相倬特別敏銳，因此能識辨胡適的試驗。從建行句式的角度來說，胡適翻
譯的試探歷程從原本局限的五七整言，到長短相差六字的參差形式，這在節奏
上的跌宕起伏是較好展現的。任叔永瞭解胡適的用心，特別提到騷體的形式較
能符合裴倫原詩的情意，因此為之寫序。

二、白話詩節奏上的異議

　　任叔永對於胡適譯詩形式上的試驗，展現支持的態度；但對於 1916 年 7
月 22 日胡適第一首白話詩的試作，批評則不少，「足下此次試驗之結果，乃完
全失敗是也」〔註 140〕。不過誠如任叔永〈五十自述〉所言，他與梅光迪最大
的不同，在於梅光迪全面反對白話，而「吾則承認除白話有其用處，但不承認
除白話外無文學，且於白話詩之能否成立，為尤斷斷耳。」〔註 141〕其實自幼
習八股、策論文的巴縣秀才任鴻雋，對於胡適將白話推廣至散文、詩、戲曲、
小說等各式文類的主張，並非全然反對；尤其後來竟在科學社年會的演說稿使

〔註 139〕任叔永：〈胡適之譯裴倫哀希臘歌序〉，《胡適遺稿及秘藏書信》第十一冊，頁
　　　　 180～181。
〔註 140〕1916 年 7 月 24 日任叔永致信胡適，曹伯言整理：《胡適日記全集‧2》，頁
　　　　 384。
〔註 141〕任鴻雋：〈五十自述〉，《科學救國之夢──任鴻雋文存》，頁 684。

用白話，更讓胡適雀躍不已。〔註142〕但是善於吟詠的任叔永，對於胡適白話詩的試驗，則終究無法認同。不像梅光迪僅從新人文主義的立場反對白話，任叔永因古詩素養頗高，除了文言白話孰是孰非的論爭外，更能在詩歌美感上給予不少建議，當然包括節奏。1916 年 7 月 24 日，任叔永批評胡適〈答梅覲莊——白話詩〉的試驗完全失敗，但進一步指出節奏上的缺點：

> 蓋足下所作，白話則誠白話矣，韻則有韻矣，然卻不可謂之詩。蓋
> 詩詞之為物，除有韻之外，必須有和諧之音調，審美之辭句，非如
> 寶玉所云「押韻就好」也。〔註143〕

任叔永顯然從詩歌美學的角度提出善意的批評。胡適第一首白話詩，語言雖然白話，但形式仍為雜言古體，句末押古韻，任叔永卻否定其為詩體，「蓋足下所作，白話則誠白話矣，韻則有韻矣，然卻不可謂之詩」，原因在於胡適使用文言詩的格式承載白話的語言，任叔永讀來覺得音調不和諧，當然文辭也不夠優美。胡適此首白話詩確實使用不少較俚俗的白話，如「若非瞎了眼睛」、「天下那有這等蠢才」等，任叔永認為欠缺「審美之辭句」原可預期；但對於「和諧之音調」的建議，則堪稱中肯且關鍵。我們分析〈答梅覲莊——白話詩〉的節奏形式雖為雜言古體，但因文言與白話原本句法不同，當然也影響詩的節奏表現。以兩字一頓為例，古詩的兩個字，其實大都由獨立的兩個單詞意義所組成，可各字拆解成一個意義；然新詩的二字一頓，大都是由兩個音節、兩個詞素構成單獨意義的雙音詞〔註144〕，是無法拆解的。況且白話會有大量的虛詞及敘述語法，使用承載文言的古體形式試驗白話，會破壞原本形式的節奏美感，無怪乎任叔永批評胡適的第一首白話詩，僅有句末押韻而已。

1916 年 7 月 26 日胡適致信任叔永，針對「和諧之音調」提出辯駁。

> 此詩中大有「和諧之音調」。如第四章「今我苦口嘵舌」以下十餘句，
> 若一口氣讀下去，便知其聲調之佳，抑揚頓挫之妙，在近時文字中
> 殊不可多見（戲台裡喝彩）。〔註145〕

〔註142〕 胡適：〈白話文言之優劣比較〉，曹伯言整理：《胡適日記全集・2》，頁 355。

〔註143〕 1916 年 7 月 24 日任叔永致信胡適，曹伯言整理：《胡適日記全集・2》，頁 384。

〔註144〕 董秀芳認為「所謂雙音詞，是指語音形式為兩音節的詞，但這裡所討論的雙音詞不包括雙音節的聯綿詞和音譯詞。」《詞彙化：漢語雙音詞的衍生和發展》，（成都：四川民族出版，2002），頁 1。

〔註145〕 1916 年 7 月 26 日胡適致信任叔永，載錄於《留學日記》。曹伯言整理：《胡適日記全集・2》，頁 386。

胡適自嘲「戲台裡喝彩」，解釋他的白話詩其實具有「和諧之音調」，還特別舉第四節「今我苦口嘵舌」以下十餘句以資證明。我們先將胡適自認為音調和諧的句子載錄如下：

> 今我苦口嘵舌，算來卻是為何？
>
> 正要求今日的文學大家，
>
> 把那些活潑潑的白話，
>
> 拿來「鍛鍊」，拿來琢磨，
>
> 拿來作文演說，作曲作歌：——
>
> 出幾個白話的囂俄〔註146〕，
>
> 和幾個白話的東坡。
>
> 那不是「活文學」是什麼？
>
> 那不是「活文學」是什麼？〔註147〕

胡適自詡上述詩行具有和諧之音調，但無法從舊詩的音韻格律說明，只好訴求朗誦，「一口氣讀下去，便知其聲調之佳，抑揚頓挫之妙」。但何以朗誦後能產生和諧的音調？則無進一步說明，「戲台裡喝彩」的意謂果真頗濃，無怪乎俄羅斯漢學家阿列克謝耶夫（В.М.Алексеев，1881～1951）於1924年8月完成〈中國詩歌語言的改革：以胡適教授的《嘗試集》與附錄《去國集》為準繩〉一文，諷刺胡適的白話詩因缺乏音韻，所以僅有革命意義，而無美學價值。〔註148〕

但我們如果嘗試從胡適的節奏發展脈絡來看，「今我苦口嘵舌」等詩句，或許是胡適〈談新詩〉裡論述「雙聲疊韻」的前身。〈談新詩〉於1919年10月發表，第四節論述新詩節奏，提到「雙聲疊韻」可以是節奏的表現方式之一，「這種音節方法，是舊詩音節的精彩，能夠容納在新詩裡，固然也是好事」〔註149〕，

〔註146〕筆者注：維克多-馬里・雨果（Victor, Marie Hugo，1802～1885）在中國最初的譯名為「囂俄」。

〔註147〕胡適：〈答梅覲莊——白話詩〉，1916年7月22日載錄於《留學日記》。曹伯言整理：《胡適日記全集・2》，頁376～377。

〔註148〕阿列克謝耶夫著，陳相因譯：〈中國詩歌語言的改革：以胡適教授的《嘗試集》與附錄《去國集》為準繩〉，《中國文哲研究通訊》第23卷・第2期（2013.6），頁59～60。阿列克謝耶夫是歐洲第一批關注中國新文學的學者之一，於1924年8月完成〈中國詩歌語言的改革：以胡適教授的《嘗試集》與附錄《去國集》為準繩〉一文，但當時並未出版，2013年6月由台灣中央研究院中國文哲研究所助研究員陳相因譯出。

〔註149〕胡適：〈談新詩〉，《星期評論・紀念號》，1919.10.10第五張，收錄於楊振武、周和平主編：《紅色起點・14・中國共產主義運動早期稀見文獻彙刊・《每周

並舉陸放翁「我生不逢柏梁建章之宮殿，安得峨冠侍游宴」之詩句為例，分析「讀起來何以覺得音節很好呢」？那是因為「逢宮疊韻，梁章疊韻，不柏雙聲，建宮雙聲，故更覺得音節和諧了」。〔註150〕我們回到胡適第一首白話詩「今我苦口嘵舌」等詩句加以分析，「苦口」（kǔ kǒu）雙聲，「大家」（dà jiā）、鍛煉（duàn liàn）、琢磨（zhuó mó）皆為疊韻；「算來」（suàn lái）二字則韻腹皆都有〔a〕音等，以上諸種表現，或許是胡適堅定自詡讀起來音節和諧的緣由了。然詩的節奏美感不能僅賴雙聲疊韻表現，如何保有白話詩的語言，又兼顧詩歌的節奏美感，是胡適後續不斷思考試驗的方向。〔註151〕但若非任叔永致信質疑，胡適或許無法自覺。就此而言，任叔永對胡適詩歌節奏的啟發不容小覷。

第四節　自然音節的提出：錢玄同的論辯與任叔永的質疑

一、從復古到反復古：錢玄同與《新青年》的第一次接觸

在所有胡適諸友中，最直接給予新詩節奏上的建議，並影響胡適日後試驗方向的是錢玄同（1887～1939）。不過錢玄同不似梅光迪，早在胡適留學前便相識，更不像任叔永、楊杏佛等人，是胡適公學校時期的同學、學生；而是要等到胡適自美歸國後，透過蔡元培設宴洗塵，二人才有機會見面。然當時錢玄同已在北京師大國文系及北京大學任教，因精通經學、文字學頗負盛名，〔註152〕為何會支持胡適的新詩嘗試，又給予節奏上的建議？

我們先從錢玄同的生平所學談起。錢玄同字德潛，原籍浙江吳興。因父親錢振常（1825～1899）中年擢進士，晚年湛深經學，精於考據；又治小學，能

〔註150〕 評論》‧《星期評論》‧《湘江評論》》，（上海：中西書局，2012.09），頁253。
胡適：〈談新詩〉，《星期評論‧紀念號》，1919.10.10第五張，收錄於楊振武、周和平主編：《紅色起點‧14‧中國共產主義運動早期稀見文獻彙刊‧《每周評論》‧《星期評論》‧《湘江評論》》，頁252。

〔註151〕 胡適《嘗試集‧自序》：「這些詩的大缺點就是仍舊用五言七言的句法。句法太整齊了，就不合語言的自然……音節一層，也受很大的影響……」（胡適：《嘗試集》再版，上海：亞東，1920.9，頁39。）；〈再版自序〉：「我這幾十首詩代表二、三十種音節上的試驗……」。胡適：《嘗試集》再版，頁4。

〔註152〕 1913年錢玄同於於北京大學兼任教授文字學，1915年於北京師大國文系任教授「經學史略」，顧頡剛（1893～1980）自認受其影響甚大。曹述敬：《錢玄同年譜》，（濟南：齊魯書社，1986.08），頁20～23。

究文字之變遷，[註153]錢玄同四歲即由父親教導《爾雅》詞義，八歲讀《說文解字》。[註154]據〈錢玄同先生傳〉記載，錢振常長子錢恂（1853～1927）數次科考失利，於是殷盼錢玄同及第繼承衣缽，故而督導甚是嚴厲。[註155]錢玄同子女們也回憶，「我們的父親在十五歲以前，是被關在書房裡讀經書學做八股預備考秀才的一個人」[註156]。可知錢玄同自幼因家庭傳統教育的影響，不僅飽讀詩書、國學底子深厚，而且還練就一身經學、小學的功夫。

　　1898 年錢玄同喪父，經過四年後又喪母。原本預計同年 1902 年參加科舉考試，卻因喪母守制不得應試。然父母相繼離世後，錢氏反而有機會走出書房接觸外界，讀梁啟超主辦的《新民叢報》。1904 年主編〈湖州白話報〉，1906 年赴日留學，拜章太炎為師，聽其講授語言文字之學，讚揚其革命排滿及國故主張。1910 年歸國後，又與章太炎等人合辦《教育今語雜誌》，發表〈中國文字略說〉、〈說文部首今語解〉等學術論文，但篇篇全是白話，[註157]比《新青年》白話雜誌早了近八年左右[註158]。然此時的錢玄同尚未產生白話文學的主張，中國學者曹述敬（1916～）評述：「（錢玄同）那時還沒有『文學革命』的意識。『今語』只是通俗的意思，並非後來那樣『有意的主張白話文學』。」[註159]其實錢氏一直崇敬章太炎的復古學說，到了袁世凱稱帝後才漸漸轉向。日記回憶：

　　　　一九〇八──九（廿二、廿三歲），忽然要保存國粹。從章太炎師問

〔註153〕王森然：〈錢玄同評傳〉，《近代名家評傳・二集》，（北京：生活・讀書・新知三聯書店，1998.11），頁 331。

〔註154〕曹述敬：《錢玄同年譜》，（濟南：齊魯書社，1986.08），頁 2～3。

〔註155〕黎錦熙〈錢玄同先生傳〉：「六歲，從塾師讀經，老父因其兄不第，故屬望殷，督責嚴……。」曹述敬：《錢玄同年譜》，（濟南：齊魯書社，1986.08），頁 147。

〔註156〕秉雄、三強、德充：〈回憶我們的父親──錢玄同〉，曹述敬：《錢玄同年譜》，（濟南：齊魯書社，1986.08），頁 242。

〔註157〕曹述敬：《錢玄同年譜》，（濟南：齊魯書社，1986.08），頁 4～13。

〔註158〕《新青年》原名《青年雜誌》，1915 年 9 月 15 日由陳獨秀在上海創辦，群益書社出版發行，以文言文為主要書寫語言；1916 年 9 月，更名《新青年》。1917 年 8 月，出完第 3 卷第 6 號後停刊 4 個月。1918 年 1 月 15 日《新青年》復刊，出版第 4 卷第 1 號。從此，只刊用白話文，並且采取新式標點。參考熊權：《《新青年》圖傳》，（西安：陝西人民出版社，2013.06），頁 294。

〔註159〕曹述敬：《錢玄同年譜》，（濟南：齊魯書社，1986.08），頁 14。另外，周作人在〈現代散文導論・上〉指出：「《教育今語雜誌》……用白話講述，目的在於行銷南洋各地，宣傳排滿。」蔡元培等著：《中國新文學大系導論集》，（長沙：嶽麓書社，2011.08），頁 156。

小學，專文字名稱，一切主張極端的復古。一九一〇（廿四歲），回國做教員。思想仍與前兩年無異。一九一一（廿五歲），由文字復古進而至於尊孔讀經。……一九一六（三十歲），因為袁世凱造反做皇帝，並且議甚麼郊廟的制度，於是復古思想為之大變。起初對於衣冠禮制反對復古，夏秋間見《新青年》雜誌及陳頌平、彭清鵬諸公改國文為國語的議論，於是漸漸主張白話作文……。〔註160〕

上文乃錢玄同敘寫自己思想的轉變——從原本極端的復古，到漸漸主張白話作文的過程，寫於 1919 年 1 月 1 日的日記。歷來研究錢玄同與《新青年》的接觸、到同為胡適新文學運動上的盟友，大多起自 1917 年 1 月 1 日胡適將〈文學改良芻議〉發表於《新青年》後論起；〔註161〕但筆者認為，2014 年 8 月由中國學者楊天石（1936～）主編的《錢玄同日記・整理本》問世後，〔註162〕解決 2002 年福建教育出版的《錢玄同日記・影印本》手稿判讀問題，〔註163〕裨益研究者更能從日記上的蛛絲馬跡，準確解讀錢玄同的思想；而寫於 1919 年 1 月 1 日的日記，則有助於推論錢玄同早期與《新青年》、胡適的接觸，是非常關鍵性的資料。

錢玄同日記中載錄的「保存國粹」原是章太炎重要的教育思想。晚清由於湧進大量的西方思潮，教育界出現否定中國文化與傳統的聲音，一味迷信歐美學說；〔註164〕章太炎提出「教育的根本要從自國自心發出來」〔註165〕，要國

〔註160〕1919 年 1 月 1 日錢玄同於日記追記。楊天石主編：《錢玄同日記・整理本》上冊，（北京市：北京大學出版社，2014.08），頁 336～337。

〔註161〕較早如周作人所撰〈錢玄同的復古與反復古〉，曹述敬：《錢玄同年譜》，（濟南：齊魯書社，1986.08），頁 223～224；90 年代如楊天石：〈錢玄同與胡適〉，李又寧主編：《胡適與他的朋友》，（紐約：天外出版社印行，1991.12），頁 154～155；皆從 1917 年後論述錢玄同與《新青年》雜誌的接觸。

〔註162〕楊天石主編：《錢玄同日記・整理本》上・中・下三冊，（北京市：北京大學出版社，2014.08。

〔註163〕2002 年福建教育出版的《錢玄同日記・影印本》雖然保存錢玄同的手稿原貌，但字跡潦草蕪亂而難以解讀。北京魯迅博物館編：《錢玄同日記・影印本》一～十二卷，福州：福建教育出版社，2002。

〔註164〕1917 年 1 月 1 日，錢玄同於日記追記章太炎為何保存國粹，實與維新改革西學東漸有關。「余自一九〇七年（丁未）以來，保存國粹文論，蓋當時從太炎□□□問學，師邃於國學，又丁滿洲政府偽言維新改革之時，舉國不見漢儀，滿街盡是洋奴，師因昌國粹之說，冀國人發思古之幽情，振大漢之天聲，光復舊物，宏我漢□□然。」楊天石主編：《錢玄同日記・整理本》上冊，（北京市：北京大學出版社，2014），頁 296。

〔註165〕章炳麟：《章太炎的白話文》，（瀋陽：遼寧教育出版社，2003.03），頁 37。

人愛惜中國之「語言文字」、「典章制度」與「人物事蹟」，〔註166〕並在逃亡日本時積極開辦「國學講習會」，主要聽者為中國留學生。1908 年至 1909 年同在日本留學的錢玄同對章太炎甚是崇拜，以為他的主張「絕對之是而不容他人之匡正」，不僅拜章太炎為師，同時也主張保存國粹，並且極端復古。〔註167〕但是到了 1916 年，袁世凱稱帝、議論郊廟制度，錢玄同的復古思想因此大變；而在同年夏秋間，又因接觸《新青年》雜誌及陳頌平、彭清鵬等人改國文為國語的議論後，漸漸轉向主張白話作文。〔註168〕為何錢玄同「見《新青年》雜誌」及「陳頌平、彭清鵬諸公改國文為國語的議論」後會漸漸主張白話作文？關於「陳頌平、彭清鵬改國文為國語的議論」，乃涉及 1916 年成立的「中華民國國語研究會」。據黎錦熙（1890～1978）研究，當時陳頌平、彭清鵬幾個教育部的官員，有感於袁世凱帝制推翻後，怕民智趕不上共和國體，因而擬請教育部下令改國文科為國語科，目的在於增強學生「所學之本國文字能應用與否而已」。〔註169〕專精於文字聲韻的錢玄同，正在質疑復古之際，對「本國文字能應用與否」倍加關注誠屬當然，但是筆者欲深入探索的是，錢玄同所見 1916 年夏秋間之《新青年》有何特殊之處？與白話作文有何關聯？

考察《新青年》原名《青年雜誌》，1915 年 9 月 15 日創刊，陳獨秀（1879

〔註166〕章炳麟〈東京留學生歡迎會之演說錄〉：「為甚要提倡國粹？不是要人尊信孔教，只是要人愛惜我們漢種的歷史。這個歷史，是就廣義說的，其中可以分為三項：一是語言文字，二是典章制度，三是人物事蹟。近來有一種歐化主義的人，總說中國人比西洋人所差甚遠……。」《太炎最近文錄》，（上海：國學書室，1915.4），頁 100。

〔註167〕錢氏主張極端復古，比章太炎更甚。據其回憶指出：「我那時對於太炎先生是極端地崇拜的，覺得他真是我們的模範，他的議論真是天經地義，真以他的主張為『絕對之是而不容他人之匡正』。但太炎先生對於國故，實在是想利用它來發揚種性以光復舊物，並非以為它的本身都是好的，都可以使它復活的。而我則不然，老實說罷，我那時的思想，比太炎先生還要頑固得多呢。我以為保持國粹底目的，不但要光復舊物，光復之功告成以後，當將滿清底政制儀文一一推翻而復於古。不僅復於明，且將復於漢唐，不僅復於漢唐，且將復於三代。總而言之，一切文物制度，凡非漢族的都是要不得的，凡是漢族的都是好的……。」林文光編：《錢玄同文選》，（成都：四川文藝出版社，2010.04），頁 107。

〔註168〕台灣學者王汎森（1958～）認為錢玄同後來在文學革命的主張始終不離章太炎。「事實上，他在新文化運動前後主張，有不少是師承自章氏的，只是錢氏幾乎未自道及。」王汎森：《章太炎的思想（1968～1919）及其對儒學傳統的衝擊》，（臺北：時報出版社，1985.5），頁 205。

〔註169〕黎錦熙著：《國語運動史綱》，（北京：商務印書館，2011.05），頁 133。

～1942）主編，由上海群益書社每月出刊。1916 年 2 月 15 日第六號出版後因戰亂延刊半年多，〔註170〕要到 1916 年 9 月 1 日才出版第二卷第一期，第二期則為 10 月 1 日出刊。又上海基督教青年會致信群益書社，抗議與他們主辦的《上海青年雜誌》同名，於是加一字「新」，更名為《新青年》。〔註171〕錢玄同提到「一九一六……夏秋間見《新青年》雜誌」，該是看到更名後的第一、二期。據汪原放回憶，更名後的《新青年》「決定要標點、分段。……用外文的標點符號來做底子刻成的」，〔註172〕已有現代標點的雛形；另外，主編陳獨秀也公告加入新成員，胡適為其中之一。〔註173〕錢玄同閱讀 1916 年夏秋間的《新青年》雜誌，不僅編排上加入西式標點，同時也刊登了胡適的白話翻譯小說〈決鬥〉、陳嘏的白話翻譯悲劇〈弗羅連斯〉以及薛琪瑛的白話翻譯喜劇〈意中人〉。胡適的翻譯小說〈決鬥〉使用流暢的白話翻譯，已有歐化傾向，儼然與五四時期的現代小說文字不相上下。但這一期的《新青年》同時也刊登原本就在舊版《青年雜誌》連載的文言翻譯小說〈初戀〉，二者形成鮮明的對比，這或許多少啟發錢玄同正視白話語文，進而思考主張白話作文的可能。

　　不過，最關鍵在於 1916 年 10 月 1 日《新青年》第二卷第二期的通信欄，選入胡適致信陳獨秀論述文學革命八事一文，此乃 1917 年 1 月 1 日〈文學改良芻議〉的雛形。信中提到文學革命八事的第四點「不避俗字俗語」，並特別括弧說明「不嫌以白話作詩詞」，〔註174〕顯然將白話視為文學的表現媒介。此時人尚在美國的胡適因與梅光迪論辯「文學改良」，正如火如荼地試驗白話詩。雖然錢玄同尚未有機會讀胡適的白話詩，但是「不嫌以白話作詩詞」的觀點極

〔註170〕1916 年 8 月 13 日，陳獨秀致信胡適，《青年雜誌》延刊的原委乃因戰事。〈陳獨秀致胡適〉：「《青年》以戰事延刊多日，茲已擬仍續刊。依發行者之意，已改名《新青年》，本月內可以出版。」中華民國史研究室編：《胡適來往書信選·上冊》，（中國社會科學院近代史研究所，1983），頁 3。

〔註171〕雖然陳獨秀在《新青年》2 卷 1 號的「通告一」說明：「本誌自出版以來，頗蒙國人稱許。第一卷六冊已經完竣。自第二卷起，欲益加策勵，勉副讀者諸君屬望，因更名為《新青年》……。」（上海：群益出版社，1916.9.1）好似因應讀者的需求而改名；但實際上根據陳獨秀的至交，亞東圖書館老板汪孟鄒（1878～1953）回憶，乃起因上海基督教青年會的抗議。汪原放：《回憶亞東圖書館》，（學林出版社，1983.11），頁 32～33。

〔註172〕汪原放：《回憶亞東圖書館》，（學林出版社，1983.11），頁 32。

〔註173〕1916 年 9 月 1 日全新出擊的《新青年》在「通告」說明：「得當代名流之助，如溫宗堯、吳敬恆、張繼、馬君武、胡適、蘇曼殊諸君。」《新青年》第二卷第一期，上海：群益出版社。

〔註174〕〈胡適致陳獨秀〉，《新青年》「通信欄」，第二卷第二期，1916.10.1。

有可能正是引發錢玄同「漸漸主張白話作文」的觸媒，否則錢氏不會在讀完
1917 年 1 月 1 日《新青年》完整版的〈文學改良芻議〉後，便於日記肯定胡
適「必能於中國文學界開新紀元」，〔註175〕而且還致信陳獨秀，讚美胡適的白
話文學主張「最精闢」（後刊載於 1917 年 2 月 1 日《新青年》通信欄）。

　　然錢玄同早在 1904 年主編過〈湖州白話報〉，對於白話的使用並不陌生，
為何隻字不提白話報與日後主張白話作文的關聯？這很可能和當時辦白話報
的目的有關。1903 年冬天，錢玄同因讀章太炎〈駁康有為論革命書〉及鄒慰
丹的《革命軍》，大受刺激，興起排滿革命的思維。1904 年 4 月 25 日剪了辮
子，以示「義不帝清」，〔註176〕同年 5 月 15 日辦〈湖州白話報〉，發刊詞曰：

　　大家都說道，開報館是能夠感動人的，若是把天下大勢，一項一項
　　的登下去，使得個個人買一本去看，這些看報的人，見了那外國人
　　欺侮中國的情形，自然良心發現，必定要發憤起來了。但是不能夠
　　說得明白曉暢，也是不中用的，所以我們這種報，專用白話，好叫
　　女人家小孩向來不大考究文法的，也可以一目了然，這就是湖州白
　　話報的意思了。〔註177〕

從發刊詞可知辦報目的，是要湖州人民明白「天下大勢」。雖說文中敘述所謂
的「天下大勢」是指「外國人欺侮中國」，要人民「發憤起來」，似僅為排外目
的；但報刊封面不寫「光緒三十年」，而以干支「甲辰年」替代，亦明顯看出
排滿思維。〔註178〕為了達致啟迪民智、進行社會教育的目的，「專用白話，好

〔註175〕1917 年 1 月 1 日，錢玄同日記上不僅讚美胡適，也同時肯定陳獨秀。「余謂
　　　　文學之文，當世哲人如陳仲甫（筆者按：陳獨秀，字仲甫）、胡適之二君，均
　　　　倡改良之論，二君邃於歐西文學，必能於中國文學界開新紀元。」楊天石主
　　　　編：《錢玄同日記·整理本》上冊，（北京市：北京大學出版社，2014），頁 296。
〔註176〕錢玄同：〈三十年來我對於滿清的態度底變遷〉，林文光編：《錢玄同文選》，
　　　　（成都：北川文藝出版社，2010.4），頁 103～105。
〔註177〕〈發刊詞〉，錢玄同等主辦：《湖州白話報》，上海：開明書店，1904.5.15。
〔註178〕錢玄同在〈三十年來我對於滿清的態度底變遷〉一文，說明不能在發刊詞直
　　　　接訴說排滿的目的，而以微言大義「甲辰」代替「光緒三十年」的理由，「當
　　　　時我和幾個朋友辦一種《湖州白話報》，封面上決不肯寫『光緒三十年』，只
　　　　寫『甲辰年』；當時這種應用『《春秋》筆法』的心理，正和二十年後現在的
　　　　遺老們不肯寫『民國十三年』而寫『甲子年』一樣。其實寫干支還不能滿足，
　　　　很想寫『黃帝紀元四千六百零二年』，這也與遺老們很想寫『宣統十六年』一
　　　　樣的心理；只因這樣一寫，一定會被官廳干涉，禁止發行，所以只好退一步
　　　　而寫干支。」林文光編：《錢玄同文選》，（成都：北川文藝出版社，2010.4），
　　　　頁 105。

叫女人家小孩向來不大考究文法的，也可以一目了然」，因此報刊中的白話必須老嫗能解，接近當時的俗語；至於文字的文法或美感當然不在考慮範圍內，僅為宣傳工具。台灣學者李瑞騰（1952～）論述：「無疑地，晚清的白話文運動有其侷限性，主要是知識份子將白話視為工具，只知利用它快速而普遍傳達新觀念。……大部分還停留在「知道要用白話」的階段，尚未發展到『用什麼樣的白話』和『怎麼把白話用好』的階段，易言之，他們還沒有把做為文學表現媒介的白話當作經之營之的對象。」〔註179〕另外，現為北京大學中文系教授龔鵬程（1956～）則將晚清的白話文學分成兩類，一為如上述李瑞騰所言將白話視為工具，另一類則「有大量文人投入其中，參與研究及創作，如王國維、吳梅、俞樾、劉鶚……等。其目的皆不在啟迪民智也。」〔註180〕錢玄同顯然屬於前者。因此就在袁世凱稱帝，對復古主張產生質疑之際，巧遇批孔〔註181〕、且漸漸形成文學革命雛形的《新青年》雜誌，瞬間的衝擊與轉向，不無使得錢玄同因而「漸漸主張白話作文」的可能。就錢玄同日後致力支持胡適、參與新文學的戰場而言，1916年夏秋間遇見《新青年》的歷程，顯然有一定的影響力。

二、錢、胡二人透過《新青年》通信討論新詩節奏

　　約莫一個月後（1916年11月）胡適完成〈文學改良芻議〉，明確主張白話文學，1917年1月1日刊登於《新青年》。這篇文章較前一期通信欄上的文學革命八事更加完整，而且八事之順序亦有調動。我們將前後期刊登的內容比較如下：

〈胡適致陳獨秀〉，於1916年10月1日《新青年》二卷二號「通信欄」

　　　　年來思慮觀察所得，以為今日欲言文學革命，須從八事入手，八事
　　　　者何？

〔註179〕李瑞騰：〈晚清白話文運動的意義〉，《晚清文學思想論》，（臺北：漢光出版公司，1992年），頁191。不過陳萬雄在〈晚清白話文運動〉一文仍是特別強調白話報的意義，在於協助晚清國語的統一，「察中國方言眾多，語言不統一之弊，而提出要統一全國語言，形成國語。至於國語完成的方法，乃端賴白話報的日益深入和普及。」陳萬雄：《五四新文化的源流》，（北京：生活‧讀書‧新知三聯書店，1997.01），頁164。

〔註180〕龔鵬程：〈傳統與反傳統──論晚清到五四的文化變遷〉，《近代思想史散論》，（臺北：東大圖書公司，1991），頁38。

〔註181〕1916年9月1日《新青年》刊登易白沙〈孔子平議‧下〉一文，內容重點在於批評獨尊孔子儒學之謬論。《新青年》2卷1號，上海：群益書社，1916.9.1。

一曰，不用典。

二曰，不用陳套語。

三曰，不講對仗（文當廢駢，詩當廢律）。

四曰，不避俗字俗語（不嫌以白話作詩詞）。

五曰，須講求文法之結構。

　　此皆形式上之革命也。

六曰，不作無病之呻吟。

七曰，不模仿古人，語語須有個我在。

八曰，須一言之有物。

　　此皆精神上之革命也。

〈文學改良芻議〉，於 1917 年 1 月 1 日《新青年》二卷五號

吾以為今日而言文學改良，須從八事入手。八事者何？

一曰，須言之有物。

二曰，不摹仿古人。

三曰，須講求文法。

四曰，不作無病之呻吟。

五曰，務去濫調套語。

六曰，不用典。

七曰，不講對仗。

八曰，不避俗字俗語。

除了順序不同之外，〈文學改良芻議〉還花了很大的篇幅說明八事的內容。第八點「不避俗字俗語」則貶抑文言文是「死字」，推舉施耐菴、曹雪芹、吳趼人等作品為活文學，確認「白話文學之為中國文學之正宗」，並且主張「今日作文作詩，宜採用俗語俗字」。〔註182〕早已關注《新青年》動態的錢玄同，讀後心生讚嘆，致信主編陳獨秀：

頃見六號（筆者按：應為二卷五號）《新青年》胡適之先生文學芻議，極為佩服。其斥駢文不通之句，及主張白話體文學說，最精辟。

〔註183〕

錢玄同對於胡適提出的文學改良八事，深感佩服，尤其第三條「須講文法」針

〔註182〕胡適：〈文學改良芻議〉，《新青年》二卷五號，1917.1.1。

〔註183〕錢玄同：〈錢玄同致陳獨秀〉，《新青年》二卷六號，1917.2.1。

砭文句不通的駢文，及第八條不避俗語俗字、提倡白話文學，最是贊許。不久，又於同月 25 日致信陳獨秀，再度針對八事中第六條「不用典」詳加論辯。

> 惟於「狹義之典」，胡君雖主張不用，顧又謂「工者偶一用之，未為不可」則似猶未免依違於俗論。弟以為凡用典者，無論工拙，皆為行文之疵病。〔註184〕

原來胡適在第六條「不用典」一則，將典分為廣狹二義，而「狹義之典」是胡適主張不用的。所謂「狹義之典」是指責文人寫景寫情時不能自己鑄詞造句，卻借用故事陳言以圖含混通過。但胡適話鋒一轉，又說「狹義之典亦有工拙之別，其工者偶一用之，未為不可；其拙者則當痛絕之已」。〔註185〕錢玄同則認為胡適既提倡不用典，就不該再說「工者偶一用之，未為不可」；應該全面禁止，「弟以為凡用典者，無論工拙，皆為行文之疵病」，並於信中發表他對於文學的諸多看法。當時錢玄同已是北大受人景仰的文字學教授，〔註186〕以錢氏古文學大師的身份肯定白話文學，絕對能引起大眾的迴響。陳獨秀深諳此理，於通信欄回應：「以先生之聲韻訓詁學大家，而提倡通俗的新文學，何憂全國之不景從也。」〔註187〕胡適讀後更是驚喜，也致信陳獨秀，回覆錢玄同的看法。

> 通信欄中有錢玄同先生一書，讀之尤喜。適之改良文學一論雖積思於數年，而文成於半日，故其中多可指摘之處。今得錢先生一一指出之，適受賜多矣。中如論用典一段，適所舉五例，久知其不當。所舉江君二典，尤為失檢。錢先生之言是也。……。〔註188〕

文中對於錢玄同不用典的建議表示贊同，又針對中國小說等議題提問。此後，胡、錢二人常透過《新青年》「通信欄」書信往來。當時他們倆尚未謀面，但精神互通，相濡以沫，學者楊天石認為二人是「神交」〔註189〕。

　　但兩人真正談論新詩節奏的議題，則起於胡適發表〈白話詩八首〉及〈白

〔註184〕錢玄同寫於 1917 年 2 月 25 日，〈錢玄同致陳獨秀〉，《新青年》三卷一號，1917.3.1。
〔註185〕胡適：〈文學改良芻議〉，《新青年》二卷五號，1917.1.1。
〔註186〕黎錦熙：〈錢玄同先生傳〉，曹述敬著：《錢玄同年譜》，頁147。
〔註187〕陳獨秀：〈陳獨秀答錢玄同〉，《新青年》2 卷 6 號，1917.2.1。
〔註188〕胡適：〈胡適致陳獨秀答錢玄同〉，《新青年》3 卷 4 號，1917.6.1。
〔註189〕楊天石：「古有所謂『神交』之說，常用以指人們雖未見面，卻已經精神交通，成為莫逆。錢玄同與胡適的友誼即發端於『神交』。」〈錢玄同與胡適〉，《哲人與名士》，頁280。

話詞〉四首之後，錢玄同撰寫〈二十世紀第十七年七月二日錢玄同敬白〉一文，刊登於 1917 年 8 月 1 日《新青年》通信欄。《新青年》二卷六號刊載胡適〈白話詩八首〉，分別是〈朋友〉、〈贈朱經農〉、〈月〉三首、〈他〉、〈江上〉及〈孔丘〉；三卷四號則刊登白話詞〈采桑子・江上雪〉、〈生查子〉、〈沁園春・生日自壽〉及〈沁園春・「新俄萬歲」〉四首。錢玄同評論：

> 惟玄同對於先生之白話詩，竊以為猶未能脫盡文言窠臼。如〈詠月〉第一首後二句，是文非話；〈詠月〉第三首及〈江上〉一首，完全是文言。……日前獨秀先生又示我以先生近作之「白話詞」，鄙意亦嫌太文。〔註190〕

首先，錢玄同針對白話用語批評，認為胡適寫的詩、詞雖號稱白話，但還是太過文言，尤其〈詠月〉第一首後二句「窗上青藤影，／隨風舞娟媚」，〈詠月〉第三首「月冷寒江靜，／心頭百念消。／欲眠君照我，／無夢到明朝」；〈江上〉「雨腳渡江來，／山頭衝霧出。／雨過霧亦收，／江樓看落日」，用字遺詞全是文言。我們分析上述錢玄同所舉的詩例，如「月冷寒江靜」五個字，則全由單字詞組成，是相當典雅的文言詩，幾乎與古詩如出一轍，違背胡適「不避俗字俗語」的主張，無怪乎錢玄同批評「未能脫盡文言窠臼」。

第二，胡適獨厚詞調而寫「白話詞」，錢玄同也頗不認同：

> 且有韻之文，本有可歌與不可歌二種。尋常所作，自以不可歌者為多。既不可歌，則長短任意，仿古創新，均無不可。至於可歌之韻文，則所填之字，必須恰合音律，方為合格。詞之為物，在宋世本是可歌者，故各有其名。後世音律失傳，於是文士按前人所作之字數、平仄，一一照填，而云「調寫某某」。此等填詞，實與做不可歌之韻文無異；起古之知音者於九原而示之，恐必有不合音節之字之句；就詢填詞之本人以此調如何音節，亦必茫然無以為對。玄同之意，以為與其寫了「調寫某某」而不知其調，則何如直做不可歌之韻文乎！若在今世必欲填可歌之韻文，竊謂舊調惟有皮簧，新調惟有風琴耳。〔註191〕

〔註190〕錢玄同：〈二十世紀第十七年七月二日錢玄同敬白〉，《新青年》三卷六號，1917.8.1。

〔註191〕錢玄同：〈二十世紀第十七年七月二日錢玄同敬白〉，《新青年》三卷六號，1917.8.1。

錢氏指出，詞在宋代雖然可歌，但至今已是按譜填詞，早已失去可歌的音樂性。因此，「玄同之意以為與其寫了『調寫某某』而不知其調，則何如直做『不可歌』之韻文乎？」而如果要寫不可歌的白話詩，那麼模仿古詩中的長短句、或自己創新均可，不必獨厚詞調而寫「白話詞」。再者，如果真想填可歌的韻文，那麼「舊調惟有皮簧，新調惟有風琴耳」，「皮簧」及「風琴」是可以考慮的節奏形式，因為二者是現在通行可唱的，填入的白話詩當然可歌。

　　錢玄同的論辯精闢，不僅形成胡適鑄煉白話詩語的一股力量，更有助於節奏思辨。同年 7 月 10 日，胡適自美考過博士學位的口試〔註192〕後歸國，9月至北京大學任教〔註193〕，一直未能及時回信。1917 年 9 月 12 日，蔡元培設宴北京為胡適洗塵，地點在六味齋。一同應邀出席的人有蔣竹莊、湯爾和、劉叔雅、陶孟和、沈尹默、馬幼漁以及錢玄同，錢、胡二人終得相見。〔註194〕

三、胡適北京時期的新詩節奏：錢玄同的論爭

　　錢、胡二人見面後，不僅成為論學上的好友，〔註195〕而且還同為北京大學的同事。但是歸國後的胡適忙於備課、適應新生活，所以遲至 1917 年 11 月20 日才正式回應錢玄同〈二十世紀第十七年七月二日錢玄同敬白〉一文，於1918 年 1 月 15 日刊登《新青年》通信欄，題名〈論小說及白話韻文〉。首先，胡適相當認同錢玄同對於自己的白話詩「未能脫盡文言窠臼」的批判，直指「此

〔註192〕 1917 年 5 月 22 日，胡適僅於《留學日記》記載「考過」博士學位的最後口　　　試，而並非「通過」（曹伯言整理：《胡適日記全集·2》，頁 515～516）；易　　　竹賢於〈真博士，還是假博士〉一文指出，自唐德剛首次披露胡適於 1927 年　　　才取得博士學位後，胡適是否為真博士，一直備受爭議。但易竹賢又進一步　　　論述，「袁同禮編《中國留美同學博士論文目錄》，根據哥倫比亞大學所提供　　　的正式名單，胡適是 1927 年的博士」；又富路得「是胡適取得學位，領取文　　　憑，接受加帶的見證人」，也證實 1927 年胡適獲得博士學位。因此胡適是貨　　　真價實的博士，只是晚了十年才取得正式文憑。易竹賢：《胡適傳》，（武漢：　　　湖北人民出版社，2005.04），頁 84～86。
〔註193〕 1917 年 7 月 10 胡適抵達上海。9 月，應蔡元培的聘請，赴北京大學擔任教　　　授，講授中國哲學、中國哲學史、英國文學、亞洲文學名著。季維龍、曹伯　　　言：《胡適年譜》，（安徽教育出版社，1986），頁 121～122。
〔註194〕 1917 年 9 月 12 日錢玄同於日記載錄。楊天石主編：《錢玄同日記·整理本》　　　上冊，（北京市：北京大學出版社，2014.08），頁 316。
〔註195〕 錢玄同日記記載二人初次會面一個星期後（9 月 19 日），錢氏即至北大與胡　　　適討論儒學，「暢談，甚樂」（楊天石主編：《錢玄同日記·整理本》上冊，頁　　　317）；胡適則於 10 月 26 日致信錢玄同，探討六書議題（季維龍、曹伯言：　　　《胡適年譜》，頁 122），可見二人已成為論學上的好友。

等諍言，最不易得」。胡適進一步解釋，雖提倡白話詩，但發現文言中有不錯的詞彙可供運用，「故今年所作詩詞，往往不避文言」。〔註196〕但錢玄同又於同年 10 月 31 日復次來信，鼓勵胡適「現在我們著手改革的初期，應該盡量用白話去做才是。倘使稍懷顧忌，對於『文』的一部分不能完全捨去，那麼便不免存留舊污，於進行方面，很有阻礙。」〔註197〕胡適感同深受，於是竭力白話語言的試驗，「所以在北京所做的白話詩，都不用文言了。」〔註198〕考察胡適 1917 年 9 月在北京後的作品有〈一念〉、〈人力車夫〉、〈老鴉〉等共三十餘首。以〈一念〉為例，「我笑你繞太陽的地球，一日夜只打得一個回旋；／我笑你繞地球的月亮，總不會永遠團圓」，大多為淺顯易懂的白話文，雙字詞以上的語彙居多，並收錄在《嘗試集》的第二編，〔註199〕以區隔留美時期的作品。我們或許可以推論，因為錢玄同的鼓勵，使得胡適在不斷試驗白話詩語的過程中，發現文言與白話具有不同的節奏特性，進而推展以白話文法為核心的「自然音節」。〔註200〕

　　再來，錢玄同論填詞一節，已真正觸及白話詩的形式問題，尤其節奏的展現。他認為胡適之所以選擇詞調的形式填入白話詩，是為了可歌。但胡適解釋，可歌或不可歌並非他的第一考量，而是因為詞的形式本就長短不一，再加上使用的語言較自然，「詞與詩之別，並不在一可歌而一不可歌，乃在一近言語之自然，一不近言語之自然也。」〔註201〕因此，長短不一、語言自然，就是胡適 1917 年 7 月以前試作白話詩的節奏要素。上一節論述，早在 1914 年 2 月 3 日胡適翻譯〈哀希臘歌〉，便發現長短不一的句式較容易暢情達意，五七整言反而使語意頓塞。後提倡白話，更發現五七整言無法展現白話詩的節奏，於是開始嘗試詞曲的音節。胡適此番試驗，是希望能找到屬於白話詩的節奏

〔註196〕胡適：〈論小說及白話韻文〉，《新青年》4 卷 1 號「通信欄」，1918.1.15。

〔註197〕目前無法看到錢玄同此封信的原文，此引文乃出自胡適：〈論小說及白話韻文〉，《新青年》4 卷 1 號「通信欄」，1918.1.15。

〔註198〕胡適：〈論小說及白話韻文〉，《新青年》4 卷 1 號「通信欄」，1918.1.15。

〔註199〕第二編詩作的總量，因《嘗試集》版本的不同而有出入。《嘗試集》初版第二編有新詩 25 首，第二版因增詩又刪詩共有 30 首，第四版則因增添第三編，再加上刪詩，故僅剩 17 首。

〔註200〕〈談新詩〉：「舊體的五七言詩是兩個字為一『節』的……白話裡的多音字比文言多得多，並且不止兩個字的聯合，故往往有三個字為一節，或四五個字為一節的。」以上敘述，可看出胡適對於文言與白話節奏特性的區分。姜義華主編：《胡適學術文集》，頁 394。

〔註201〕《新青年》4 卷 1 號。

樣式——語言白話，但仍俱有音韻美感；而「凡可傳之詞調，皆經名家製定，其音節之諧妙、字句之長短，皆有特長之處」〔註202〕，胡適認為只要將已具備美調的形式略加剪裁，就能有絕妙的音節了，為何不用呢？

但胡適在信末仍強調「最自然者，終莫如長短無定之韻文」，可看出詞曲形式僅是他試驗節奏的一種樣式，然並非最適合、最自然的選擇。錢玄同〈答胡適論小說及白話韻文〉回覆：

> 論填詞一節，先生最後之結論，也是歸到“長短無定之韻文”，是吾二人對於此事，持論全同，可以不必再辯。惟我之不贊成填詞，正與先生之主張廢律詩同意，無非因其束縛自由耳。先生謂“工詞者相題而擇調，並無不自由”，然則工律詩者所作律詩，又何嘗不自然？不過未“工”之時，做律詩勉強對對子，填詞硬扣字數，硬填平仄，實在覺得勞苦而無謂耳。〔註203〕

錢玄同的論述相當具有說服力，以胡適主張廢律詩之原由，來說服他放棄填詞。因為詞的形式仍必須記字數、填平仄，並非真正「長短無定之韻文」，可偶一為之，但最終不是新詩節奏的樣式。胡適雖沒回信表達自己的看法，但實際上已經接受錢玄同的建議，放手試驗長短無定的白話詩，不拘詞曲格式。1922年3月3日，胡適應《申報》五十週年之邀撰寫〈五十年來中國文學〉一文，交代自己從詞曲試驗進化到自然音節的過程，提到錢玄同對他的影響：「錢玄同指出這種缺點來，胡適方才放手去做那長短無定的白話詩。」〔註204〕

四、任叔永對「自然」二字的質疑

但此時的胡適尚未真正有系統建立「自然音節」的理論，一直到1918年6月8日任叔永來信討論「詩體」問題，針對「自然」二字提出質疑：

> 今人倡新體的，動以「自然」二字為護身符。殊不知「自然」也要有點研究。不然，我以為自然的，人家不以為自然，又將奈何？……
> 所以我說「自然」二字也要加以研究，才有一個公共的理解。〔註205〕

任叔永認為胡適既主張白話詩必須符合語言之自然，但「自然」二字必須具有普遍性，不然如何使人信服？任叔永畢竟是科學家，進一步論述：

〔註202〕《新青年》4卷1號。
〔註203〕錢玄同：〈答胡適論小說及白話韻文〉，《新青年》4卷1號「通信欄」，1918.1.15。
〔註204〕姜義華主編：《胡適學術文集》，頁153。
〔註205〕姜義華主編：《胡適學術文集》，頁363。

> 大凡有生之物，凡百活動，不能一往不返，必有一個迴圈張弛的作
> 用。譬如人體血液之迴圈，呼吸之往復，動作寢息之相間，皆是這
> 一個公理的現象。文中之有詩，詩中之有聲有韻，音樂中之有調和
> （Harmony），也不過是此現象的結果罷了。因為吾人生理上既具有
> 此種天性，一與相違，便覺得不自在。近來心理學家用機器試驗古人
> 的好詩好文，其字音的長短輕重，皆有一定的次序與限度。我想此種
> 研究，於詩的 Meter（平仄？），句法的構造，都有關係。……詩到了
> 七言，就句法構造上言，便有不能再長之勢。再長，就非斷不可了。
> 且七言詩句，大概前四字可作一頓，後三字又自成一段。〔註206〕

任叔永認為人的生理結構、動作寢息本具有往返重復的天性，一旦違反，便覺
得很不自在。而詩歌的聲韻應該也源自人的天性，因此往復來回產生和諧的音
調，該有一定的規律。任叔永指出，心理學的機器試驗，可看出好的古詩文，
字音長短輕重的次序與限度，很適合詩的格律、句法研究。例如古詩的建行字
數為何只能到七言？有可能七言是極限；再來七言詩句不可能一口氣讀完，必
須分成前四字一頓，後三字一頓。

　　任叔永此番論述相當具有詩歌節奏史的價值。首先，任叔永率先提出節奏
的「重複」特質，如西洋詩的音步格律（meter）、中文詩的「聲」、「韻」皆具
備重複的特性，在中國詩歌節奏史上有開創之功。而胡適不斷試驗白話詩的形
式，卻不曾具體論述為何白話詩「必須具有節奏」，任叔永的「天性說」賦予
節奏形而上的意義，深具普遍性。再者，任叔永提到中國的七言詩，該為前四
言一頓，後三言一頓，胡適後來在〈談新詩〉一文，具體分析何謂自然的音節，
提出「節」的概念，即具有任叔永「頓」的涵意，或許極有可能受了任叔永的
影響。胡適於文末引述：「我的朋友任叔永說，『自然』二字也要點研究。」
〔註207〕由此可証。

　　最末，筆者在此要特別提及，任叔永認為「詩到了七言，就句法構造上言，
便有不能再長之勢。再長，就非斷不可了」，其實已涉及認知詩學的概念。認
知詩學學者 Reuven Tsur 提出，詩的形式、批評家的認定，都有可能是來自人
類認知上的極限。Tsur 更進一步指出：早在亞里士多德的《詩學》，就限定戲
劇情節不能無限制發展，而要有一定的規範，因為「有限度的情節，可以輕易

〔註206〕姜義華主編：《胡適學術文集》，頁 363～364。
〔註207〕姜義華主編：《胡適學術文集》，頁 396。

地進入記憶中」。〔註208〕亞里士多德強調戲劇的功能在於淨化人心，以達到「幸福」的目標；因此能記住劇中情節的前後發展，是相當重要的。就這個角度而言，亞氏限制情節的長度，和人類信息處理、記憶的極限是有關係的。然而亞氏的說法畢竟籠統，他無法說明為何要將情節的長度設限在 24 小時之內。隨著認知科學研究的推展，1956 年米勒（George A. Miller）提出，人類短時記憶的最大處理能力為 7 ± 2。〔註209〕

　　然而米勒的理論和建行有何關聯呢？首先，Tsur 以感知為導向的格律理論（Perception-oriented Theory of Metre）取代詩評家制式的格律理論。他認為「詩歌節奏是一個音樂現象，而非規則檢查」〔註210〕。Tsur 所指的「音樂現象」，並不等同「節奏就是音樂」的說法，而是認為無論何種格律，都必須透過朗誦才能被讀者感知；換言之，Tsur 認為詩歌節奏必須在聲音的展演中才能顯現。〔註211〕Tsur 的研究範疇是古典詩歌，因此他舉米爾頓〈失樂園〉（John Milton, Paradise Lost）的作品為例，說明從既定的抑揚五音格檢視，有些詩句是出格的。如果讀者親自朗誦，就能發現展演過程，出格的詩句是無法按照詩評家分析的形式朗誦。試以 Tsur 舉的例子摘錄如下：

　　（失樂園，Ⅰ.59～61）

　　2. At ónce as fár as ´Angels kén he víews
　　　 w s　　w s w s　w　　s　w s

　　3. The dísmal situátion stránge and wílde:
　　　 w s　　w s ws　w　　s　　w s

　　4. A dúngeon hórrible, on áll sídes róund
　　　 w s w　　s w s w s w　　s

首先按照詩評家分析，〈失樂園〉是抑揚格五音步（iambic pentameter）的格律，「W」符號標示輕音（unstress），而「S」符號標示重音（stress）。Tsur 分析，在摘錄的第 3 例句中，situátion 第一個音節是這句詩行中的第四個音，按照格律該讀重音，但就發音來說，situátion 的第一音節反而是讀輕音的。又例如在

〔註208〕 Reuven Tsur, *Toward a theory of cognitive poetics*, p.2.
〔註209〕 George A. Miller, "The Magical Number Seven, Plus or Minus Two: Some Limits on Our Capacity for Processing Information," *Psychological Review*, 1994, Vol.101, No.2, pp.343～352.
〔註210〕 Reuven Tsur, *Poetic Rhythm: Structure and Performance*,(Berne:Lang,1998),p.26.
〔註211〕 Reuven Tsur, *Poetic Rhythm: Structure and Performance*, p.p.13～14.

第 4 例句中，sídes 是這句詩行中的第九音節，格律上應該讀輕音，但實際上的發音卻又是重音。〔註212〕我們從讀者的朗誦過程來說，那些出格的詩句反而「最能展現節奏的聲音特質」〔註213〕；換句話說，出格的詩句反而更加印證了詩的格律或節奏，必須透過聲音的展演才能感知。

接下來，Tsur 引用米勒的說法加以驗證，因為短期記憶的限制，讀者在朗誦過程中必須在聽覺記憶痕消失之前找到方法解決韻律吟誦中可能出現的衝突，更加證實了讀者感知能力的重要性。「如果遇到重音模式與韻律模式之間的衝突，讀者就必須在聽覺記憶痕消失之前找到方法以解決這種韻律吟誦中所出現的衝突。假如在記憶痕消失之前尚未找到解決方法吟誦就被迫中斷。因為短時記憶或者我們現在所說的工作記憶是不能延長的，所以讀者要麼就必須對音位和字間界（word boundaries）作過度誦讀，要麼就得把某些簡單的單位歸組。」〔註214〕

朗誦詩歌必須先提取短時記憶的聲音紀錄，才能進行下一步的加工，按照米勒的說法，短時記憶是 7±2，若是英語字彙的短時記憶，則有五個單詞，〔註215〕而英語中有大量的單詞，發音都是一輕一重，由是之故，Tsur 推論為何英詩最長的詩行為十音節〔註216〕，和人類短期記憶的極限有關的。從詩歌建行的形式，可印證讀者的參與過程，以及人類聲音感知能力的極限。

不過漢語和英語的書寫系統不一樣，英語屬於拼音文字，漢語則由漢字書寫。〔註217〕不同的書寫系統，短期記憶的提取廣度是否不同呢？米勒提出英

〔註212〕 Reuven Tsur, *Poetic Rhythm: Structure and Performance*, p.27.

〔註213〕 Reuven Tsur, *Poetic Rhythm: Structure and Performance*, p.26.

〔註214〕 蘇曉軍：〈國外認知詩學研究概觀〉，《外國語文》第 25 卷第 2 期，2009 年 4 月，頁 7。

〔註215〕 George A. Miller, "The Magical Number Seven, Plus or Minus Two: Some Limits on Our Capacity for Processing Information," *Psychological Review*, p.349.

〔註216〕 Reuven Tsur, *Poetic Rhythm: Structure and Performance*, p.73.

〔註217〕 一般認為，英語是拼音文字，以聲音表現為主；而漢語是漢字書寫，較不具聲音表現。以下兩筆資料則針對上述論點加以反駁。首先，劉若愚在〈中國詩學──做為詩之表現媒介的中文〉這篇論文中，提及西方讀者普遍誤解漢字都是象形文字或會意文字，尤其 Ernest Fenollosa 在其所著"The Chinese Character as a Medium for Poetry"一文，以為漢字因為象形特徵，而使得漢詩具有圖象美感的說法，其實是有誤的。劉氏認為大多數的漢字含有音符要素。《詩學》第一輯，瘂弦、梅新主編，（台北：巨人出版社，1976），頁 85～89。筆者按：其實漢詩，尤其是唐詩之所以具有圖象美感，完全是因為語法因素。參考葉維廉：〈中國現代詩的語言問題〉，收於張漢良、蕭蕭編選：《現代詩導

語字彙的短時記憶有五個單詞，那麼漢語呢？我們是否也可以從 Tsur 的感知理論加以說明為何中國古詩建行最多七言？

　　1983 年春天，美國著名科學家、認知心理學和人工智能創始人之一西蒙（Herbert A. Simon）應中國大陸科學院的邀請進行科研合作，其間也在北京大學講授認知心理學。全部講座共 30 講，歷時三個月，由中國學者荊其誠、張厚粲等將其演講內容翻譯、整理，而有《人類的認知——思維的資訊加工理論》〔註218〕一書。西蒙根據米勒的研究，進一步實驗漢語短期記憶的可能極限。他先引用米勒的「組塊」（chunk）概念。米勒雖然提出人的短期記憶是 7±2，但是經過實驗發現：如果將 12 個項目重新編碼，分成 3 個一組，就能記住這 12 個項目。米勒認為：測量短時記憶的最小單位是「組塊」（chunk），雖然短時記憶的廣度是無法變更的，但是組塊的內容卻可以延伸。所以人的記憶廣度不在於信息數量的多少，而在於編碼方式。西蒙進一步分析：

> 在即時回憶實驗中，如果給一系列沒有聯繫的字母，被試只能記 4、
> 5 個字母；如果給的是英文字詞，回憶出來的可能是 4、5 個字詞；
> 如果給的是短語，即要求記住像「中華人民共和國」這樣的短語，
> 能即時回憶的是 4、5 條短語。可見，組塊是人們熟悉的一個單元。
> 〔註219〕

西蒙的實驗認為人的短時記憶容量是 4 個組塊。所以當各自獨立、無關聯的漢字出現，可記住 4 個漢字；如果是兩個字組成一個詞，如朋友、老師等，則能記住 4 個組塊（4 個詞）。以此類推，由 4 個漢字組成的片語，如萬里長城、良師益友等，4 個組塊就是 16 個漢字了。〔註220〕

　　西蒙的組塊結論，或許可供我們進一步推論，為何胡適的新詩建行最多不

讀——理論、史料篇》，（台北：故鄉，1982.04），頁 173～197。
　　另外，曾志朗以神經語言學的方法研究漢字，發現利用 fMRI（功能性磁共振造影）記錄漢字閱讀時所引發的腦部活動，和拼音文字的閱讀結果「幾乎」是完全相同的。也就是說，漢語與拼音文字的閱讀過程同樣都有形、音、義的提取，並非如一般人所言，漢語僅有圖象，不用經過聲音的提取。曾志朗：〈漢字閱讀：腦中現形記〉，《科學人》第 20 號，2003.10，頁 70～73。
〔註218〕Herbert A. Simon 著，荊其誠、張厚粲譯：《人類的認知——思維的資訊加工理論》，北京：科學出版社，1986。
〔註219〕Herbert A. Simon 著，荊其誠、張厚粲譯：《人類的認知——思維的資訊加工理論》，頁 23。
〔註220〕Herbert A. Simon 著，荊其誠、張厚粲譯：《人類的認知——思維的資訊加工理論》，頁 23。

超過十四個漢字。至於文言的記憶廣度，以及任叔永推論的七言極限，則有待進一步的研究。不過任叔永的七言極限說，實已涉及認知詩學的雛形了。

第五節　胡懷琛改詩事件之節奏論爭

　　本節將從接受視角論述胡懷琛與胡適的節奏論爭，對新詩節奏發展的意義。目前學界研究胡適的新詩節奏，多以〈談新詩〉一文論述其「自然音節」的發明，再分析《嘗試集》作品呼應後，便直接跳至下一階段的新格律詩派；至於 1920 年 4 月到 1921 年 1 月之間的胡懷琛改詩事件，胡先驌、聞一多等二○年代讀者群對於《嘗試集》、〈談新詩〉的詮釋、批評，以及胡適的因應等，則消匿於節奏史的大架構中。〔註221〕本文則借用詮釋學（Hermeneutik）及接受美學（Aesthetic of Reception）的觀念，特別是姚斯（Hans Robert Jauss, 1921～1997）對於文學史及讀者的界定，審視節奏史的另一向度。姚斯批判「文學史採用實用主義範型，把文學經驗簡化為作品與作品、作者與作者間的因果關係，於是乎，作者、作品和讀者間的歷史交流就消匿於徒有歷史之名的專題論述的連續系列中」，〔註222〕所以建立文學史的過程中，讀者是被動接受的一群，不具備討論價值。然詮釋學學者加達默爾（Hans-Georg Gadamer，1900～2002）以為文學作品存在的意義，乃在於被展現的過程（Gespieltwerden），〔註223〕姚斯則建基在加達默爾的理論之上，特別彰顯讀者的存在價值。姚斯不認為讀者在作家、作品排列的地位上是處於無聲、被動的一群，相反的，因為讀者的存在，文學作品才得有歷史的生命。作品因為讀者的接受、詮釋、批評，甚至改寫再創造，才得以激發後續的新作品，「只有通過讀者的傳遞過程，作品才進入一種連續性變化的經驗視野」，如姚斯所言。〔註224〕從接受美學的史觀來

〔註221〕如陳本益《漢語詩歌的節奏》下編專論「新詩的節奏形式」，大抵以歷史縱向的順序，將民國初年以來新詩的節奏樣式，分成自由詩及格律詩兩大脈絡。文中分析胡適的作品及理論，認為他雖屬自由詩派，但已初具後續格律詩的雛形。（臺北：文津，1994），頁 377～402。在節奏史的脈絡下，胡適的新詩形式是靜止、客觀的被評論者分析，至於讀者的閱讀、批評及回應已然消失。

〔註222〕〔德〕H．R．姚斯&〔美〕R．C．霍拉勃著，周寧、金元浦譯：《接受美學與接受理論》，（瀋陽：遼寧人民出版社，1987.09），頁 65。

〔註223〕漢斯·格奧爾格·加達默爾著，洪漢鼎譯：《真理與方法：哲學詮釋學的基本特徵（上卷）》，（上海：上海譯文出版社，2004.7），頁 122。

〔註224〕周寧、金元浦譯：《接受美學與接受理論》，（瀋陽：遼寧人民出版社，1987.09），頁 24。

說，二〇年代的讀者群由於期待視野（horizon of expectations）的不同，而有《嘗試集》的改詩、詮釋，及圍繞在自然音節概念下的筆戰，並經由視野的調節及融合，發展出更加深化的節奏意涵？同時也彰顯二〇年代讀者群的節奏概念？目前學界相關研究不多，〔註 225〕本文將就此展開論述，期能裨益民國以來，新詩節奏史的擴充及建立。

一、胡懷琛改詩事件的節奏論辯

　　如果我們將時間往前追溯，最早觸及胡適新詩的接受，該是任叔永（1886～1961）、梅覲莊（1890～1945）等留美友人。那是 1916 年至 1918 年之間，因胡適友人無法接受白話入詩，於是常有書信往返爭論文言白話，尚未深入涉及節奏議題。〔註 226〕一直到陳獨秀將胡適作品刊登《新青年》，北大教授錢玄同、劉半農等人呼應，〔註 227〕風潮遂起，讀者群增多，白話詩語言被大部份讀者接受，新詩的節奏議題才有較深入的探析。

　　1920 年代初期，詩壇大都肯定胡適「自然音節」的創始之風。分別於 1920 年 1 月、8 月出版的《新詩集》及《分類白話詩選》，不僅選入胡適詩作，更

〔註 225〕目前關於胡適新詩接受及讀者反應，有兩位研究者較具成果。其一，武漢大學歷史學院博士後余薔薇研究胡適詩學的接受史，有〈胡適詩學的接受歷史考察——以中西之爭為中心〉（海南師範大學學報（社會科學版）2012 年第 4 期）、〈胡適詩學的接受歷史考察——以新舊之爭為中心〉（雲南師範大學學報（哲學社會科學版）2012 年 5 月第 44 卷第 3 期）、〈胡適詩學的接受史考察——以懂與不懂之爭為中心〉（武漢大學學報（人文科學版）第 67 卷第 4 期 2014 年 7 月）三篇論文，其中〈胡適詩學的接受歷史考察——以新舊之爭為中心〉以胡適「自然音節」為核心，考察自 1917 年起迄 1949 年文壇之接受狀態，與本文的研究有關。然余薔薇的研究較偏向歷史考查，對於胡懷琛改詩後引發的節奏議題，並未深入探究。其二，姜濤所著《「新詩集」與中國新詩的發生》（北京：北京大學出版社，2005.5），以埃斯卡皮（Robert Escarpit）文學社會學的視角，考察文本的生產、銷售、接受和處理。雖也觸及一九二〇年代讀者群對胡適《嘗試集》的閱讀及接受，但較著重新詩發生背後的社會性因素，描述性居多，審美性的價值評判較少。唯第四章〈「新詩集」與新詩的閱讀研究〉與本論文的研究有關，將於後續詳細論辯。

〔註 226〕胡適的留美友人群，以任叔永的論述較涉及節奏議題。詳見本章第二、三節。

〔註 227〕1917 年 2 月 1 日，《新青年》主編陳獨秀首次刊登胡適白話詩八首，錢玄同則於隔月讀者欄發文支持胡適，「詞曲以白話為美文，此為文章之進化。」錢玄同：〈通信——寄陳獨秀〉，《新青年》第 3 卷第 1 號。後續劉半農、沈尹默則以實際創作呼應胡適，於《新青年》第 4 卷第 1 號共同發表新詩九首（1918.1.15），這是《新青年》第二次刊登新詩。從此以後幾乎每一期皆有新詩作品刊登。

將「自然音節」的說法奉為圭臬，而《新詩集》也選入胡適〈我為什麼要做白話詩〉、〈談新詩〉兩篇文章以示認同。〔註228〕另外，1920年12月，留法的李思純（1893～1960）在《少年中國》發表〈詩體革新之形式及我的意見〉，文中相當肯定胡適在節奏上的努力，「近年來國人的討論，除胡適之先生略及於形式方面外，其他的討論，都偏重於詩的作用價值，及詩人的修養。」〔註229〕再者從出版量來說，《嘗試集》發行的冊數亦可窺見胡適讀者群眾多。自1920年3月《嘗試集》首次出版後，同年9月旋即再版，兩年之內又再版兩次，據出版社亞東圖書館關係人汪原放回憶，當時有幾萬本的銷售量，〔註230〕可見得讀者群之多。

雖然周策縱斬釘截鐵判定，文學革命結合國語運動，運用政府教育資源主導讀者的閱讀市場，所以二○年代縱然有守舊派「學衡」、「甲寅」等的反對，卻已如強弩之末，影響力不大；〔註231〕然而從出版總量來說，二○年代古詩相關出版品依然活躍，佔有一席之地卻是不爭的事實。筆者依據《民國時期總

〔註228〕《新詩集》是中國第一本新詩總集，比胡適《嘗試集》早兩個月出版。新詩社編輯部在序言裡，直接肯定胡適倡導的自然音節理論及詩作，〈吾們為什麼要印《新詩集》——《新詩集（第一編）》序〉：「新詩的價值，有幾層可以包括他，……就是……合乎自然的音節，沒有規律的束縛」，「我們為什麼要印《新詩集》，有四種理由，可以回答這個問題。第一，自從胡適之先生提倡『新詩』以來，一天發達一天，現在幾乎通行全國了！不過大家還有一些懷疑，以為他是粗俗，音節也不講，總比不上老詩的俊逸，清新，鏗鏘，……我們現在編印這《新詩集》，一方面就是彙集幾年來大家試驗的成績，一方面使懷疑派知道——新詩雖是只有了二三年——各處做的很多，也很有精彩，將來逐漸研究，一定還要更進步！從此以後，他們的懷疑，便可『冰消瓦解』了！《中國新詩集序跋選（1918～1949）》，（湖南：湖南文藝出版社，1986.5），頁3。

〔註229〕〈詩體革新之形式及我的意見〉《少年中國》2卷6期，1920.12.15。

〔註230〕汪原放是亞東圖書館主人汪孟鄒的侄兒。他回憶《嘗試集》出版後相當受歡迎，「到1953年亞東結束為止，《嘗試集》總印數為四萬七千冊。」汪原放：《回憶亞東圖書館》，（學林出版社，1983.11），頁53；而胡適〈四版自序〉也說明：「《嘗試集》是民國九年三月出版的。當那新舊文學爭論最激烈的時候，當那初次試作新詩的時候，我對於我自己的詩，選擇自然不很嚴；大家對於我的詩，判斷自然也不很嚴。我自己對於社會，只要求他們許我嘗試的自由。社會對於我，也很大度的承認我的詩是一種開風氣的嘗試。這點大度的承認遂使我的《嘗試集》在兩年之中銷售到一萬部。這是我很感謝的。」《嘗試集》，（上海：亞東圖書館，1922年四版），頁1。

〔註231〕美·周策縱著，周子平等譯：《五四運動：現代中國的思想革命》，（江蘇：人民出版社，1996.12），頁383～388。

書目》所載，〔註232〕將 1920～1929 古詩、新詩相關出版品總數彙整如下：

古　詩		新　詩	
類型	出版總數	類型	出版總數
古詩評論與研究	46	新詩評論與研究	5
古詩總集	35		
古詩別集	11		
民國詩人古詩總集	11	民國詩人新詩總集	17
民國詩人古詩別集	33	民國詩人新詩別集	127
總計	136	總計	149

從上表數據顯示，1920～1929 詩壇創作古詩的總量雖然遠遠落後新詩，但相關出版品總數卻呈現與新詩近乎分庭抗禮的樣貌。由此推論，閱讀市場的古詩讀者群應該佔有半壁江山，但這一群讀者卻不像新詩諸人，藉由成立社團宣告主權，強勢聲明創作理念，反而默默如細水穿透出版市場，成為二〇年代詩壇的另一風景。

　　加達默爾在《真理與方法》引海德格爾（Martin Heidegger，1889～1976）之說，認為解釋者對於本文的理解，永遠都是被「前理解」（Vorverständnis）的先把握活動所規定的，〔註233〕因此理解不是主體性的行為，而是一種置身於傳統過程中的行動（Eimücken）。〔註234〕據此而言，胡適的自然節奏論雖廣為新詩讀者所接受，然對於幾近半壁的古詩讀者而言，則是徘徊於傳統與現代的矛盾掙扎中。例如 1923 年 12 月 15 日章太炎發表〈答曹聚仁論白話詩〉，相當反對胡適提倡周作人一類的無韻詩。他認為「形式」是區別各種文類的標誌，而詩與其他文類的不同，主要是「以有韻無韻為界」，由於新詩排斥舊詩的韻，因而不能稱之為詩。〔註235〕章太炎之說是五四時期徘徊於傳統，頗具代表性的觀點。

〔註232〕北京圖書館編：《民國時期總書目 1911～1949 文學理論・世界文學・中國文學・上》（北京：書目文獻出版社，1992.11），頁 146～429。

〔註233〕漢斯・格奧爾格・加達默爾著，洪漢鼎譯：《真理與方法：哲學詮釋學的基本特徵（上卷）》，頁 379。

〔註234〕斯・格奧爾格・加達默爾著，洪漢鼎譯：《真理與方法：哲學詮釋學的基本特徵（上卷）》，頁 375。

〔註235〕章太炎：〈答曹聚仁論白話詩〉，王永生主編：《中國現代文論選》第一冊，（貴陽：貴州人民出版社，1982.08），頁 71～72。

　　然而發生於 1920 年 4 月到 1921 年 1 月之間的胡懷琛改詩事件，則更凸顯古詩讀者群的矛盾。1920 年 4 月 30 日，《嘗試集》出版不到兩個月，胡懷琛即於〈神州日報〉發表〈讀胡適之《嘗試集》〉，替胡適改了八首詩〔註 236〕；1920 年 5 月 12 日，胡適致信《時事新報‧學燈》主編張東蓀，反對胡懷琛改詩之舉。信中特以〈小詩〉為例，說明句中韻及雙聲疊韻的使用。〔註 237〕其後劉大白、朱執信等十餘位文人加入戰火，展開一場歷時半年有餘的筆戰。〔註 238〕因論戰諸文多有意氣之爭，且涉及措辭、用字準確與否等吹毛求疵事宜，中國學者姜濤在〈「新詩集」與新詩的閱讀研究〉一文原本評論這場論戰「只是新詩史上的一個插曲，在詩學的層面沒有深入討論的必要」，但話鋒一轉，仍看到二○年代讀者群的接受視野，「如果仔細考察論爭雙方論點的來往交插，會發現在瑣碎支離的見解中，還是暴露出新詩發生的某種基本困境，即新詩的『讀法』問題」。〔註 239〕姜濤將詩的「音節」與「意義」一分為二，以為胡懷琛改詩的焦點是重視詩中的音節，至於意義則不予關注，是新詩發生初期的困境。但姜濤進一步推論，後續朱執信在論戰中提出「聲隨意轉」的說法，是改變此困境的契機，「意義開始替代音節，成為新詩表現力的中心」。〔註 240〕筆者認為，姜濤從「音節」視角詮解胡懷琛改詩事件，確實可補新詩節奏史之不足；但是將詩的「音節」與「意義」截然劃分，且從意義取代音節的歷史進程界定這場論戰的意義，不但誤解朱執信對於「聲與意」的探討，〔註 241〕更

〔註 236〕《神州日報》僅刊登〈讀胡適之《嘗試集》〉一半（該文最後一行顯示為〔未完〕），剩下另一半筆者目前無法搜集，但全文已收入《嘗試集批評與討論》，並更名〈《嘗試集》批評〉。參考胡懷琛：〈讀胡適之《嘗試集》〉，《神州日報》，1920.4.30，6 版；胡懷琛：〈《嘗試集》批評〉，《嘗試集批評與討論》，泰東圖書局，1925.3 三版。

〔註 237〕〈胡適致張東蓀的信〉，胡懷琛編：《嘗試集批評與討論》，泰東圖書局，1925.3 三版。

〔註 238〕根據胡懷琛編著《嘗試集批評與討論》記載，有胡適、胡懷琛、劉大白、朱執信、朱僑、劉伯棠、胡渙、王崇植、吳天放、井湄、伯子及未署名一位，共十二名文人加入改詩筆戰。胡懷琛編：《嘗試集批評與討論》，1925.3 三版。

〔註 239〕姜濤：《「新詩集」與中國新詩的發生》，（北京：北京大學出版社，2005.5），頁 103。

〔註 240〕姜濤：《「新詩集」與中國新詩的發生》，頁 103～104。

〔註 241〕台灣大學教授鄭毓瑜也不贊同姜濤的說法，認為將「音節」與「意義」一分為二，會忽略漢字聲音與意義的關聯。鄭毓瑜：〈聲音與意義——「自然音節」與現代漢詩學〉，《清華學報》新 44 卷第 1 期（2014.3），頁 161。又根據曾志朗研究，漢語的閱讀過程必須經過形、音、義三者的提取，因此聲音無法與

抹煞二〇年代詩人群在節奏上的革新與試驗。本文以為，胡懷琛改詩事件不但深化節奏意涵，同時也彰顯了二〇年代古詩讀者群的掙扎，以及新詩讀者群的期待視野，觸及韻及節拍等議題。

（一）胡懷琛的徘徊與矛盾：可歌，近於整言的新派詩

胡懷琛（1986～1938）是著名文字訓詁學家胡樸安之弟。少聰穎，自上海育才中學畢業後，對古詩的造詣更深，1910 年加入南社。曾應童子試，深受舊詩傳統影響。然 1912 年任職《神州日報》編輯，〔註242〕又受新文化的衝擊，在新舊交雜下，自創「合新舊二體之長而去其短」的「新派詩」〔註243〕，與胡適的新體詩〔註244〕互別苗頭，1921 年 3 月出版個人新派詩專集《大江集》，比胡適《嘗試集》約晚一年。《大江集》〈自序〉描述：「胡適之的《嘗試集》出版而後，我很誠懇、很公平、很詳細的批評了一下，因此打了半年多的筆墨司。我的《大江集》出版而後，不知有人批評沒有？如其有的，我是很歡迎的。」〔註245〕可知胡懷琛自我期許甚高，希望締造如胡適新體詩一般的佳績。可惜《大江集》雖然三年之內再版三次，〔註246〕但仍引不起二〇年代新

意義截然劃分。曾志朗：〈漢字閱讀：腦中現形記〉，《科學人》第 20 號，2003.10，頁 70～73。

〔註242〕 柳亞子：〈亡友胡寄塵傳〉，柳亞子著《人民日報近代中國人物自述係列·柳亞子自述·續編·1887～1958》（北京：人民日報出版社，2012.01），頁 175。

〔註243〕 胡懷琛〈新派詩說〉：「新派二字，是對於舊派而言。即不滿意於普通所謂『舊體詩』，故別創新派也。然則何以不名『新體』？蓋吾於普通所謂『新體詩』，亦有不滿意之處；故名新派以示與新體有分別耳。」胡懷琛：《大江集·附錄》，（上海：梁溪圖書館，1924.8.1 三版），頁 24。可知胡懷琛創新派詩之用意。

〔註244〕 「新體詩」三個字最早的使用，乃任鴻雋於 1918 年 6 月 8 日致信胡適，討論詩體形式事宜而提及。「公等做新體詩，一面要詩意好，一面還要詩調好，一人的精神分作兩用，恐怕有顧此失彼之慮。若用舊體舊調，便可把全副精神用在詩意一方面，豈不於創造一方面更有希望呢？」（任鴻雋：〈寄胡適書〉，歐陽哲生編：《胡適文集·2》，頁 75。）此時胡適已開始改革白話詩的節奏，任鴻雋稱之為「新體詩」。胡適沿襲，於〈談新詩〉一文與「新詩」二字交替使用。「新體詩」與「新詩」二者實無差別，最大的區分，在於「新體詩」特別強調「新體裁」的創新。

〔註245〕 胡懷琛：〈自序〉，《大江集》，上海：梁溪圖書館，1924.8.1 三版。

〔註246〕 據胡懷琛〈《大江集》·再版自序〉陳述，《大江集》的初版由陳東阜出資印刷後，旋將所有印製書籍、紙版送還胡懷琛，第二版則由胡懷琛本人自費出版。可知《大江集》的行銷管道大都由胡懷琛一人包辦，與《嘗試集》應讀者需求再版不同。胡懷琛：〈再版自序〉，《大江集》，上海：梁溪圖書館，1924.8.1 三版。

文學讀者群的正向關注，〔註247〕鮮少被提及，連 1936 年阿英編選的《中國新文學大系·史料索引》中的「作家小傳」都未曾載錄。〔註248〕但 1924 年 4 月錢基博編纂《國學必讀》一書，於新文學諸文中，選錄了胡懷琛〈新派詩說〉一文，與胡適〈談新詩〉、胡先驌〈中國文學改良論〉等文章並列，〔註249〕可見得胡懷琛的新派詩在二〇年代仍有一定的讀者群及影響力。

有別於胡適新體詩的「自然音節」，新派詩如何界定節奏？徘徊於傳統的胡懷琛雖然反對律詩格律，但卻溯源詩樂不分的傳統，界定新派詩的節奏來源在於「能唱」。然又矛盾於新文化的衝擊，仿自然音節之說提倡「天然音節」，並且「不在乎有韻無韻」，〔註250〕是典型徘徊於傳統，又矛盾於現代的節奏論述。就句式而言，「以五言七言為正體，亦作雜言。但以自然為主，絕對廢除律詩」，〔註251〕他反對胡適提倡的新詩，句法歐化、參差不齊，以為大多不能唱。胡適誦讀而成的「自然音節」，其中「節」的頓挫停歇所形成的自然節拍，是不符合胡懷琛的美感期待。概括來說，胡懷琛對於節奏的感知，仍停留在古詩的五七言句法。

在白話文法的前題之下，胡適的新詩語言，必須包括大量的虛詞及敘述語句，因此每一節拍（或斷詞）的字數不定，自然可誦不可歌。胡懷琛認為新詩要能唱，則必須講究文字整齊、句法齊一。

「我在東邊的籬笆下採菊花，悠然見了南山。」……不能唱不算詩。

「採菊東籬下，悠然見南山。」……能唱算是詩。〔註252〕

從胡懷琛舉的詩例，可知區分能唱不能唱的關鍵，在於句法文言或者白話。葉維廉在〈中國現代詩的語言問題〉分析白話詩與文言詩的不同，指出白話詩裡多了文言詩不會有的人稱代名詞（例如「你」如何、「我」如何）、時間副詞（如

〔註247〕 姜濤以為，「胡懷琛有意要挑戰『新詩』的命名權，但他『不新不舊』的發明，在正統新詩壇中卻得不到認同」，並舉錢玄同「這個人知識太淺……他的話實在不值得一駁」，及鄭振鐸「犯不著費許多工夫去批評」等人的評語為例，加以驗證。姜濤：《「新詩集」與中國新詩的發生》，頁 82。

〔註248〕 阿英編選：《中國新文學大系·史料索引》，上海：良友圖書，1936 年 2 月。

〔註249〕 錢基博編著：《國學必讀·上》，中國書局，1924.4。

〔註250〕 胡懷琛：〈胡適之派新詩根本的缺點〉，《詩學討論集》，（上海：新文化書社，1934 年七版），頁 21。

〔註251〕 胡懷琛：〈新派詩說〉，《大江集·附錄》，（上海：梁溪圖書館，1924.8.1 三版），頁 45。

〔註252〕 胡懷琛：〈胡適之派新詩根本的缺點〉，《詩學討論集》，頁 21。

「今天」、「明天」）及知性文字的說明，〔註253〕胡懷琛對於白話詩語言的特色顯然不認同，因此刪掉人稱代名詞「我」，虛詞「的」、「了」等，僅認同「採菊果籬下，悠然見南山」能唱算是詩。至於可唱的原因是否來自五言，他並未提供任何訊息。就五言詩的發展歷史而言，朱光潛認為東漢五言的興盛，最大特徵就是把多變句法、可歌的《詩經》轉變為整齊五言，且因詩樂分離後而不可歌。〔註254〕因此胡懷琛所舉的詩例，實在無法說明為何可唱。似乎僅流連於傳統，引用上古《虞書》「歌永言」之說證明「詩係可以唱的東西」，〔註255〕但卻無法建構一套完整的節奏理論。

其實胡懷琛論述常前後不一、自相矛盾；既想創新因應潮流，又不自覺深受舊詩影響。所著〈新派詩說〉述及「用韻」，「暫以通行本詩韻為準，其韻目注明古相通者通用之」，〔註256〕似仍遵循舊詩用韻法。然而 1921 年 1 月發表〈胡適之派新詩根本的缺點〉談到，「凡叫做詩，有兩個必須的條件……（二）能唱。……能唱不能唱的分別，不在乎有韻無韻，也不在乎句的整齊不整齊，只在有天然的音節」，〔註257〕又矛盾得認為新派詩不一定要押韻或整言。但所舉不押韻不整言的詩例，通常截取騷體與詞的一兩句；「『洞庭波兮木葉下。』有天然的音節」；「『簾捲西風，可憐人比黃花瘦。』有天然音節」。〔註258〕其實胡懷琛所舉詩例原出自屈原的〈湘夫人〉及李清照的〈醉花陰〉，兩首本來有韻，斷章截取「洞庭波兮木葉下」、「簾捲西風，可憐人比黃花瘦」〔註259〕說明不押韻是有瑕疵的。至於以騷體、詞體說明不整言的詩例，是否認為新派詩的節奏來源該模仿古調，胡懷琛並未深入探究。何謂能唱，何謂天然音節，仍無明確定義。查其新派詩作品《大江集》大都整言，類似漢代五言歌行。如：

> 送君天平去，去去看紅葉。不能同車行，我心獨憂悒。倘能攜贈我，
> 一筐為我拾。〈送友人往天平山看紅葉〉

〔註253〕葉維廉：〈中國現代詩的語言問題〉，出自張漢良、蕭蕭編選：《現代詩導讀》，（臺北：故鄉出版社，1982.4），頁 173〜184。

〔註254〕朱光潛：〈中國詩何以走「律」的路〉，《詩論》，（臺北：萬卷樓，1990），頁 241〜242。

〔註255〕胡懷琛：〈詩與詩人〉，《大江集・附錄》，頁 1〜2。

〔註256〕胡懷琛：〈新派詩說〉，《大江集・附錄》，頁 45。

〔註257〕胡懷琛：〈胡適之派新詩根本的缺點〉，《詩學討論集》，頁 21。

〔註258〕胡懷琛：〈胡適之派新詩根本的缺點〉，《詩學討論集》，頁 21〜22。

〔註259〕〈醉花陰〉原文該是「簾捲西風，人比黃花瘦」，「可憐」二字應為胡懷琛所加。

　　樹葉兒，經秋霜。一半青，一半黃。樹無知，人自傷。〈秋葉〉〔註260〕
〈送友人往天平山看紅葉〉全詩五言，〈秋葉〉則三言。無論五言或三言，通
篇一致，五言節拍多如文言詩，為「二二一」、「二一二」等輪替交換，但為求
句式整齊，會流於如錢玄同批評胡適所言「犧牲白話語文之自然」〔註261〕的
缺點，以文言兩個單字詞所組成的語句較多，而白話的雙字詞運用較少，文言
成份仍濃。胡懷琛雖於《大江集》初版封面題上「模範的白話詩」字樣，但在
節奏部分，則徘徊於可唱、幾近整言的舊詩傳統，又掙扎於胡適提倡之雜言、
有韻無韻皆可的自然音節之中。中國史學家雷頤（1956～）評論中國現代知識
份子，在身處時代所面臨的困境，是「對傳統文化愛之痛苦、破之更痛苦的複
雜矛盾心理」，〔註262〕可視為胡懷琛新派詩的最佳註腳。

（二）改詩的節奏論辯之一：關於「節」

　　以胡懷琛如此矛盾複雜的心理，遇見實驗精神如胡適者，必定擦撞出不同
的火花。前面論述，胡適因白話語法產生「節拍」的概念，所以能合乎自然音
節的新詩，大都句式參差不齊，每節字數不定，必須依照文法及語義來區分。
但是胡懷琛卻在〈《嘗試集》批評〉一文，大肆讚揚〈江上〉、〈中秋〉、〈三溪
路上大雪裡一個紅葉〉、〈寒江〉四首，〔註263〕而這些卻被胡適貶低為「刷洗
過的舊詩」〔註264〕，是不符合自然音節的。這當然與胡懷琛只看重句法整齊，
反對大量虛詞及敘述語法有關；而上述四首也大致符合他的美感價值。至於胡
適認為是「有效的實地試驗」〈蝴蝶〉一詩，胡懷琛則有改動。

　　　　兩個黃蝴蝶，雙雙飛上天、
　　　　不知為什麼，一個忽飛還、
　　　　剩下那一個，孤單怪可憐、
　　　　也無心上天，天上太孤單、

〔註260〕胡懷琛：《大江集》，頁5。
〔註261〕錢玄同在〈《嘗試集》序〉提到胡適新詩以詞曲為節奏，容易為了符應格律而
　　　　　失去語言之自然。《新青年》4卷2號，1918.2.15。
〔註262〕雷頤：〈譯者序〉，美‧周明之著，雷頤譯：《胡適與中國現代知識份子的選擇》，
　　　　　（桂林：廣西師範大學出版社，2005.2），頁2。
〔註263〕胡懷琛〈《嘗試集》批評〉一文明確表示，自己比較認同胡適《嘗試集》第一
　　　　　編等仿古整言的詩，對於長短不齊的第二編，「便不對了」。胡懷琛編：《嘗試
　　　　　集批評與討論》，泰東圖書局，1925.3三版。
〔註264〕胡適：〈自序〉，《嘗試集》，（上海：亞東圖書館，1920年9月再版），頁39。

「也無心上天」一句應改「無心再上天、」讀起來方覺得音節和諧、
〔註265〕

分析〈蝴蝶〉原詩八句，節拍皆為「二三」，唯有第七句為「三二」。無論是「二三」抑「三二」，皆是胡適為了突破文言詩句法而有的表現。胡適以為「舊體的五七言詩是兩個字為『一節』的」〔註266〕，為了使用白話文，胡適嘗試「二三」節拍（因「黃蝴蝶」、「為什麼」、「那一個」必須三個字一頓，無法拆解〔註267〕），第七句則突然加入虛詞「也」〔註268〕，使句法改為「三二」，詩意也在此處轉折，如此形成胡適所言符合意義與文法的自然音節。1920 年 5 月23 日，朱執信發表〈詩的音節〉一文，肯定胡適第七句「也無心再上天」是「意境忽然變轉的，他的音節，也要急變」，反而批評胡懷琛的改詩是「不懂音節的」。〔註269〕

　　胡懷琛改為「無心再上天」，句式又回到一致性的「二三」，並下評語：「讀起來方覺得音節和諧。」再度印證他的節奏美學觀：首字較無虛詞的古詩句法。同樣的改法，也出現在〈黃克強先生哀辭〉一詩。胡懷琛將胡適原詩第一行「當年曾見先生之家書」九個字，改為七個字「當年見君之家書」，原因在於「因為下面二句，都是七個字」。〔註270〕除了整言的考量之外，胡懷琛的改法，更凸顯文言詩與白話詩因句法不同而影響節奏的表現。以兩字一頓為例，古詩的兩個字，其實大都由獨立的兩個單詞意義所組成，可各字拆解成一個意義，如胡懷琛所改的「見君」二字，是由「看見」與「先生」兩個意義組合而成

〔註265〕　《《嘗試集》批評》，胡懷琛編：《嘗試集批評與討論》，泰東圖書局，1925 年3 月三版。

〔註266〕　胡適：〈談新詩〉，歐陽哲生編：《胡適文集·2》，頁 142。這是胡適論述古詩節拍法的觀念，未必適用所有古詩。

〔註267〕　當然「黃蝴蝶」也可再細分為「黃／蝴蝶」，但就文法意義而言，「黃蝴蝶」三個字一頓較符合詞義。陳本益在《漢語詩歌的節奏》（臺北：文津，1994 年，頁 388～389）論述〈蝴蝶〉的節拍，也與筆者有相同的分法。

〔註268〕　王力認為「也」雖是副詞，但能起聯繫的作用，故視為虛詞。王力：〈什麼是虛詞和怎樣用虛詞〉，《王力文集·第三卷》，（山東教育出版社，1985 年），頁 357。

〔註269〕　朱執信：〈詩的音節〉，《星期評論》第 51 號，1920.5.23 第三版，收錄於楊振武、周和平主編：《紅色起點·14·中國共產主義運動早期稀見文獻彙刊·《每周評論》·《星期評論》·《湘江評論》》，（上海：中西書局，2012.09），頁 457。然而朱執信的節奏觀是「聲隨意轉」，乃有別於節拍的另一議題，不在此論述。

〔註270〕　胡懷琛：〈《嘗試集》批評〉，《嘗試集批評與討論》，泰東圖書局，1925.3 三版。

的。然新詩的二字一頓，大都是由兩個音節、兩個詞素構成單獨意義的雙音詞〔註271〕，是無法拆解的，如胡適原詩「當年曾見先生之家書」之「當年」及「先生」二字。陳本益就此肯定胡適在新詩自然音節上之發明，認為古詩的格律節奏，往往是藝術與形式上的考量，與意義節奏的劃分經常不一致；而新詩的自然音節則試圖結合意義與聲音，是較之於古詩的一大進步。〔註272〕

（三）改詩的節奏論辯之二：關於「句中韻」的感知效果

　　1920 年代最先開起胡適新詩用韻戰火的，仍是胡懷琛。胡懷琛在〈《嘗試集》批評〉一共改了四首詩，最引起胡適反彈並發表回信反擊的，是胡懷琛改〈小詩〉的部份。載錄胡懷琛改詩如下：

> 小詩
> 也想不相思、
> 可免相思苦、
> 幾次細思量、
> 情願相思苦、
> 這首詩應該改正如下、
> 小詩
> 也要不相思、
> 可免相思惱、
> 幾度細思量、
> 還是相思好、

胡懷琛解釋「改正的理由」，認為第一句「也想不相思」，「想」與「相」同音，卻一平一上，讀來不順口，所以將「想」改為「要」，如此一來就不會與「相」是同音了。「幾次細思量」第二個字「次」改為「度」也是因「次」與「細」音相近，讀來太拗口。至於二四兩句改詩的因素，在於胡懷琛認為兩句韻尾皆用「苦」字，如此押韻似乎不太好。於是第二句韻尾改為「惱」，第四句韻尾則改為「好」，「惱」、「好」互押，音節方順。〔註273〕

〔註271〕董秀芳認為「所謂雙音詞，是指語音形式為兩音節的詞，但這裡所討論的雙音詞不包括雙音節的聯綿詞和音譯詞。」《詞彙化：漢語雙音詞的衍生和發展》，（成都：四川民族出版，2002），頁 1。

〔註272〕陳本益：《漢語詩歌的節奏》，（臺北：文津，1994 年），頁 386～387。

〔註273〕胡懷琛：〈《嘗試集》批評〉，《嘗試集批評與討論》，泰東圖書局，1925.3 三版。

　　胡適於 1920 年 5 月 12 日寫信致張東蓀，重點在於反駁胡懷琛的改詩，尤其針對〈小詩〉的部份，批評胡懷琛「他改的都錯了」〔註274〕。胡適提出的看法可分為「雙聲疊韻」、「擬聲」及「句中韻」三大節奏議題，本文僅探討「句中韻」。

　　胡適回信指出：

> 他又嫌我二四兩句都用苦字煞尾，故替我改押「惱」、「好」兩字，
> 他又錯了。我這首詩是有韻的，押的是第二句的第二字和第四句的
> 第二字，「免」和「願」兩字。這種押韻法是我的一種嘗試，好不好
> 另是一個問題，但他的改本便把我要嘗試的本意失掉了。〔註275〕

〈談新詩〉論述：「有韻固然好，沒有韻也不妨。」〔註276〕不管有韻無韻，拓展原本舊詩的格律樣式是胡適嘗試的本意；而〈小詩〉的押韻方式，則是此一實驗的證明。第二句「可免相思苦」與第四句「情願相思苦」押韻處並不在句尾「苦」字，而是第二個字「免」與「願」互押。胡適回信後不到幾天，胡懷琛隨及答覆，認為胡適的押法前無古人，「讀來也不好聽」。〔註277〕胡適不再回應，但卻引發劉大白、朱執信等人與胡懷琛筆戰，焦點集中在古詩是否有此例，及「句中韻」的用法是否可行。劉大白試圖從《詩經》、杜詩中找到相類的押法，證明胡適句中韻的嘗試是可行的。〔註278〕諸多論述較值得關注的，

〔註274〕　胡適：〈致張東蓀〉，胡懷琛編：《嘗試集批評與討論》，泰東圖書局，1925.3
　　　　　三版。據中共中央馬克恩、列寧、恩格斯、斯大林著作編譯局研究室編：《五
　　　　　四時期期刊介紹‧第 3 集‧下》（北京：生活‧讀書‧新知三聯書店，1959.12，
　　　　　頁 785）所載，1920 年 5 月 12 日此文發表於《時事新報‧學燈》。

〔註275〕　胡適：〈致張東蓀〉，胡懷琛編：《嘗試集批評與討論》，泰東圖書局，1925.3
　　　　　三版。

〔註276〕　胡適：〈談新詩〉，歐陽哲生編：《胡適文集‧2》，頁 144。

〔註277〕　胡懷琛：〈致東蓀〉，《嘗試集批評與討論》，泰東圖書局，1925.3 三版。據中
　　　　　共中央馬克恩、列寧、恩格斯、斯大林著作編譯局研究室編：《五四時期期刊
　　　　　介紹‧第 3 集‧下》（北京：生活‧讀書‧新知三聯書店，1959.12，頁 785）
　　　　　所載，1920 年 5 月 15 日此文發表於《時事新報‧學燈》；然而中國學者張黎
　　　　　敏，其博士論文《《時事新報‧學燈》：文化傳播與文學生長》（華東師範大學，
　　　　　2009，頁 132 註 2）認為「《五四時期期刊介紹》」（第三冊下）的《學燈》目
　　　　　錄記載『1920 年 5 月 15 日』有誤，筆者查證應是『1920 年 5 月 16 日』，特
　　　　　此更正」。

〔註278〕　劉大白：〈致石岑〉，胡懷琛編：《嘗試集批評與討論》，泰東圖書局，1925.3
　　　　　三版。據中共中央馬克恩、列寧、恩格斯、斯大林著作編譯局研究室編：《五
　　　　　四時期期刊介紹‧第 3 集‧下》（北京：生活‧讀書‧新知三聯書店，1959.12，
　　　　　頁 785）所載，1920 年 5 月 21 日此文發表於《時事新報‧學燈》。

是胡懷琛、朱執信觸及讀者的感知效果，在 20 年代的讀者群中顯得相當突出。胡懷琛第一時間回覆胡適，信中提到：

> 「免」字「願」字既是押韻，我們讀的時候，在「可免」、「情願」兩處不得不停頓一下，而且這兩字要讀重些，下面三字要讀輕些……下三字都是幾幾等於無聲（因為須讀得輕的緣故），這還成個甚麼音節。〔註279〕

胡懷琛認為韻若放在句中，韻之下的字得要輕讀，朗誦時反而造成其他字音的困擾。朱光潛在〈中國詩的節奏與聲韻的分析——論韻〉一文，從比較語言學的角度分析中國詩歌用韻的重要性。他認為中文是輕重、長短較不分明的語系，而韻的使用能凝聚詩的節奏，較不易使音節散漫。〔註280〕就此而言，胡懷琛之說不無道理。若韻放於句中，為了達致音節凝聚的效果，讀者誦讀時必須在押韻之處停頓，以將韻之前的音節收斂，那麼韻之後的字音就顯得相當不重要了，何必存在？

另外，就胡適自然音節說的定義而言，新詩的頓挫或節拍必須依照文法及語義來區分，因此節奏必然考量文法意義，押韻之處則理所當然必得衡量詩意。這點胡懷琛也注意到了。1920 年 5 月 23 日胡懷琛再度回信：

> 「免」字「願」字既是押韻，讀到「免」字「願」字當然要停，但「免」、「願」二字都是 Transitive Verb，「相思苦」「相思苦」都是 Object，試問可以分斷不可以分斷？〔註281〕

「免」、「願」二字是及物動詞，必須接續後面的受詞「相思苦」，才能使讀者有較足夠的線索推敲語意。就這個角度而言，胡適此番試驗，實是不能成立。幾乎在同一時間，朱執信也思考了讀者的閱讀效果。

> 至於「也想不相思」一首，適之先生雖然自己解釋了許多，在我看卻不滿足。……他前兩句「也想不相思，可免相思苦」，免字是韻，不能夠不在免字以前，把全句意思送足。然而這個可字，完全沒有

〔註279〕 胡懷琛：〈致東蓀〉，《嘗試集批評與討論》，泰東圖書局，1925.3 三版。

〔註280〕 朱光潛：〈中國詩的節奏與聲韻的分析——論韻〉，《詩論》，（臺北：萬卷樓，1990），頁 230～232。

〔註281〕 胡懷琛：〈致石岑〉，《嘗試集批評與討論》，泰東圖書局，1925.3 三版。據中共中央馬克恩、列寧、恩格斯、斯大林著作編譯局研究室編：《五四時期期刊介紹·第 3 集·下》（北京：生活·讀書·新知三聯書店，1959.12，頁 785）所載，1920 年 5 月 23 日此文發表於《時事新報·學燈》。

力氣，簡直是一個多餘的字，而把這樣高而且宏的音壓在免字上（所以令讀的人不能感覺免字是韻），弄到免字的效能到減少了。我想這句當初，應該是「也想不相思，免卻相思苦」。卻因為韻的關係，把來改做「可免」。〔註282〕

朱執信認為詩歌用韻必須與意義結合，在押韻字前，應當把全句意思都說足了才行。因此他進一步推測，胡適原詩應該是「也想不相思，免卻相思苦」，如此在押韻字「免」之前，才能將「也想不相思」之意表述完整；而胡適之所以將「免卻」改為「可免」，是為了和第四句「情願苦相思」同在第二個字的「願」押韻。朱執信的推測胡適完全同意。1920年9月，《嘗試集》再版自序胡適提到：「原稿用的『免得』確比改稿『可免』好。」〔註283〕並於同年9月12日〈答胡懷琛〉一文論述：

《嘗試集》裡的詩，除了〈看花〉一首之外，沒有一首沒有韻的。我押韻有在句末的，有在倒數第二字的，都不用舉例，還有在倒第三字的（如〈應該〉一首的「望著我」押「想著我」），有在倒第四字的（如〈小詩〉的「免」押「願」），有在倒第三和第四字的（如〈我的兒子〉一首詩「教訓兒子」押「孝順兒子」），有完全在句裡的（如〈一顆星兒〉的「我望遍天邊，尋不見一點半點光明」一句中押韻七次），這都是我一時高興的「嘗試」，大概我這點嘗試的自由是可以不用向讀者要求的。〔註284〕

從作者的角度來說，力求藝術創新、突破前人窠臼本是天職，因而胡適認為他在第幾個字押韻是作者實驗之自由，不須經過讀者認同的。然作品一旦完成，便脫離作者而存在，之所以能流傳於後，還是必須經由讀者的閱讀、詮釋、傳誦、選輯方可。雖然讀者的審美興味會影響作品的詮釋方式，但是讀者的感知

〔註282〕　朱執信：〈詩的音節〉，《星期評論》第51號，1920.5.23第三版，收錄於楊振武、周和平主編：《紅色起點·14·中國共產主義運動早期稀見文獻彙刊·《每周評論》·《星期評論》·《湘江評論》》，（上海：中西書局，2012.09），頁457。

〔註283〕　胡適：〈再版自序〉，《嘗試集》，（上海：亞東圖書館，1920年9月再版），頁6。

〔註284〕　胡適：〈答胡懷琛〉，耿雲志、歐陽哲生編：《胡適書信集·上》，（北京：北京大學出版社，1996），頁242。據中共中央馬克恩、列寧、恩格斯、斯大林著作編譯局研究室編：《五四時期期刊介紹·第3集·下》（北京：生活·讀書·新知三聯書店，1959.12，頁798）所載，原標題為〈答胡懷琛先生九月一日的信〉，1920年9月12日此文發表於《時事新報·學燈》。

能力有時是來自認知上的極限，這就牽涉到作者的實驗是否「有效」的問題。以胡適〈小詩〉句中韻的實驗為例，胡懷琛、朱執信，以及後來加入筆戰的劉伯棠、王庚等均無法辨識「免」、「願」有韻，這或許和讀者的審美興味無關，而是接受過程中感知能力的限制。

　　1992 年 Tsur 在他的著作《走向認知詩學理論》一書提出：

　　　　認知詩學乃探討認知科學對詩學的可能貢獻：它試圖找出詩的語言、

　　　　形式、批評家的論定，是如何被人類的資訊處理所制約和塑造的。

　　〔註285〕

從 Tsur 的論述來說，詩的形式、批評家的認定，都有可能是來自人類認知上的極限。就此而言，句中韻之所以無法有效引起讀者感知，原因在於組塊邊界不確定。以分行詩來說，縱使句尾無韻，誦讀時到了句末，眼球必須移動到下一行才能再次進行，因此會有暫時性的停頓，所以句尾押韻最能引起注意，組塊也能輕易辨識。若置於句中，首先會面臨斷詞不確定性的問題。研究指出：在中文讀者的感覺中，單音節語詞的存在容易讓人感到不安，因此在顯性的斷詞作業中，會傾向於將單字詞往前或往後合併，稱為「單字詞過度延伸現象」。〔註286〕所以在誦讀過程中，縱使可根據文法及意義區分斷詞，但因單字詞會有過度延伸的現象，將使得斷詞與斷詞之間雖會停頓，但斷詞之末字無法如一行之句尾般引起較多注意，是故句中押韻較無法使讀者有效感知。如果押韻之處又不在斷詞的末字，如胡適所言，「可免」二字最初的版本是「免卻」，韻押在首字「免」，那麼「免」字的押韻要引起讀者注意，可就難上加難了。

　　因此我們會發現古代詩例中，句首韻與句中韻很少見，而且即使句首、句中有韻時，句尾一般也仍須用韻，如《詩經・豳風》〈九罭〉：「鴻飛遵渚，公歸無所。」其中「鴻」、「公」和「飛」、「歸」分別押韻，而句末「渚」、「所」也是韻腳。〔註287〕我們審視胡適所舉句中韻詩例，如〈應該〉、〈我的兒子〉、〈一顆星兒〉等，句尾也往往押韻。〔註288〕這或許是胡適雖想自由嘗試，卻

〔註285〕 Reuven Tsur, *Toward a theory of cognitive poetics* (New York: North-Holland, 1992), p.1.

〔註286〕 彭瑞元、陳振宇：〈「偶語易安、其字難適」：探討中文讀者斷詞不一致之原因〉，《中華心理學刊》第 46 卷第 1 期，頁 49～53。

〔註287〕 田張普主編：《中華小百科全書・語言文字卷》，（四川辭書出版社，1994.6），頁 128。

〔註288〕 胡適：〈答胡懷琛〉，耿雲志、歐陽哲生編：《胡適書信集・上》，（北京：北京大學出版社，1996），頁 242。

無法爭脫韻的美感效果，仍然必須考量讀者的感知能力；而之所以引起這場「句中韻」的論戰，在於胡適否認句尾用韻，只訴求句中有韻，這當然引起 20 年代讀者群的異議。

　　1920 年代類似胡懷琛的看法，還有胡先驌（1884～1968）。1922 年 1 月及 2 月胡先驌於《學衡》發表〈評《嘗試集》〉一文，第三節專論「聲調格律音韻與詩之關係」，舉諸多外國詩論家為證，論述「整言」之於詩的功效及地位，進一步闡述中國整齊的五七言句法，乃是為了增加「美感」、一種藝術化的表現。〔註289〕不過這樣的論述，隨即遭周作人（1885～1967）反駁。周作人〈〈評嘗試集〉匡謬〉一文以白話文言之區分為開端，除了貶斥胡先驌詭辯之外，最重要乃提出白話於時代之必須。〔註290〕胡先驌是徹底的守舊者，不但否定白話入詩，更堅持五七整言的節奏價值。不論胡先驌或胡懷琛，對於節拍的概念，仍徘徊於舊形式的思維中。

　　本節研究顯示，發生於 1920 年 4 月到 1921 年 1 月之間的胡懷琛改詩事件，展現 20 年代讀者對於胡適自然音節的接受狀態。胡懷琛改〈蝴蝶〉末句，凸顯白話與文言句法之間的差異，也彰顯 20 年代守舊派的美感價值；〈小詩〉「句中韻」的來回攻防，則意外點出讀者對於韻的感知能力。

二、聞一多的藝術化節奏

　　據陳本益對節奏類型的劃分，胡適「自然音節」的「節」，該就是「音組」的類別，即「以意義和文法關係來劃分音組的」。但陳本益更進一步提出音組論的缺點，「沒有把這樣劃分音組的語音特徵包括進去」，「如果詩行的音組真的沒有一定的語音特徵來標誌它們，那麼，即使它們在語意和文法上是有分別的，在語音上卻只能是一連串渾整不分的音響，不能構成節奏」。〔註291〕音組確實存在陳本益論述的問題，而胡適對於「節」的劃分也如同音組一樣，無法提供有效的語音特徵加以區分，如此一來和散文是沒兩樣的。

　　二〇年代新一輩的作家聞一多（1899～1946）看出類似的問題。1922 年 5 月，聞一多在〈《冬夜》評論〉〔註292〕一文中批評：「所謂『自然音節』最多

〔註289〕胡先驌：〈評《嘗試集》〉，《學衡》第 1 期，1922 年 1 月。
〔註290〕式芬（周作人）：〈〈評嘗試集〉匡謬〉，《晨報副刊》，1922 年 2 月 4 日。
〔註291〕陳本益：《漢語詩歌的節奏》，（臺北：文津，1994 年），頁 20～22。
〔註292〕關於〈《冬夜》評論〉的發表時間，據梁實秋〈談聞一多〉：「他在臨離開清華的時候寫過一篇長文〈冬夜評論〉，是專批評俞平伯的詩集《冬夜》的，但也

不過是散文的音節。散文的音節當然沒有詩的音節那樣完美。」〔註293〕聞一多以為詩必須有一定的外顯節奏，不能如散文般毫無拘束。這點胡先驌及胡懷琛早已提及，〔註294〕他們之所以堅守五七整言，就是為了形式美的效果。但畢竟五七整言已不符合語言之自然，更無法因應時代所需。

聞一多雖然不認同自然音節，卻不走胡先驌及胡懷琛的老路。1921 年 3 月 11 日，聞一多在《清華週刊》發表〈敬告落伍的詩家〉，引胡適之言「告人此路不通行，可使腳力莫枉費」，力勸詩的發展切莫不可恢復舊詩平仄譜，要時人讀胡適〈談新詩〉、《嘗試集》等，且大聲疾呼：「若要真做詩，只有新詩這條道走，趕快醒來……」，〔註295〕可看出他對於胡適新詩的支持。但是新詩的節奏該如何表現？聞一多顯然有自己的想法。1921 年 12 月 2 日，22 歲的聞一多就讀清華大學，在文學社所報告「詩底音節的研究」，目前雖無法看到全文，僅有大綱手稿可供參考，〔註296〕但從大綱細目的編寫，可窺見聞一多對於節奏思考之縝密，所列參考書目則有西洋節奏專論，可知鑽研之深。

是他對新詩的看法之明白的申述，這一篇文章的底稿交由吳景超抄寫了一遍
徑寄孫伏園主編的《晨報副刊》，不料投稿如石沉大海，不但未見披露，而且
原稿亦屢經函索而不退回。幸虧留有底稿。我索性又寫了一篇《草兒評論》，
《草兒》是康白情的詩集，當時與《冬夜》同樣的有名，二稿合刊為《冬夜
草兒評論》，由我私人出資，交琉璃廠公記印書局排印，列為「清華文學社叢
書第一種」，於一九二二年十一月一日出版。」又 1922 年 5 月 7 日聞一多給
弟弟聞家駟的家書中，提到〈冬夜評論〉一文已完成，綜合上述資料推測，
大約完成於 1922 年 5 月。參考：梁實秋著，劉天、華維辛編選：《梁實秋懷
人叢錄》，（北京：中國廣播電視出版，1991.2），頁 87；聞黎明、侯菊坤編：
《聞一多年譜長編》，（湖北人民出版社，1989），頁 165。

〔註293〕 朱自清等編：《聞一多全集·三》，（臺北：里仁書局，1999～2000），頁 143。

〔註294〕 胡先驌〈評《嘗試集》〉：「詩之調格律音韻，古今中外，莫不皆然。詩之所以
異於文者，亦以聲調格律音韻故。」《學衡》第 1 期，1922 年 1 月；胡懷琛
〈新派詩說〉：「若新體詩則往往不能得天然之音節，讀之不能上口，聽之不
能入耳，何能感人！」《大江集·附錄》，（上海：梁溪圖書館，1924.8.1 三版），
頁 36。

〔註295〕 郭道暉、孫敦恒編：《聞一多青少年時代詩文集》，（雲南人民出版社，1983
年），頁 101～102。

〔註296〕 聞一多當時的手稿以英文書寫，標題為 "A Study of Rhythm in Poetry"，並在
標題下漢譯〈詩底音節的研究〉。「武漢大學聞一多研究室」編者認為「音節」
是五四前後的用法，通同「節奏」。為免引起誤會，以「節奏」二字取代「音
節」。筆者認為，本篇論文討論胡適新詩節奏之接受，胡適本用「音節」二字，
故恢復聞一多漢譯，以重現文壇概況。武漢大學聞一多研究室編：《聞一多論
新詩》，（武漢大學出版社，1985.4），頁 17～23。

　　然而要深入探究聞一多對於胡適自然音節的完整看法，還是必須回到〈《冬夜》評論〉一篇。文中雖然主要評述俞平伯的詩集《冬夜》，但其實花了相當多的篇幅探討新詩的音節，尤其討論舊詞曲的音節該如何運用，才能與新詩緊密結合等等。聞一多認為新詩還是必須汲取舊詞曲節奏的養份，因此相當反對胡適「新詩乃詞曲之進化」的論調。

　　　　胡適之先生自序再版《嘗試集》，因為他的詩中詞曲的音節進而為純
　　　　粹的「自由詩」的音節，很自鳴得意。其實這是很可笑的。〔註297〕

聞一多認為自由詩的音節是「天然的」，而詞曲的音節則是「人工的」；一切的藝術都該以天然為原料，再經由人工修飾方可。他並進一步讚譽俞平伯《冬夜》使用詞曲音節，有「凝鍊綿密婉細」的特色，是「俞君對新詩的一個貢獻」。〔註298〕此番論述顯然與胡適不同。胡適認為運用詞曲音節入詩，僅是新詩試驗的過渡期，真正的新詩，還是必須回到白話文法的自然音節為主。

　　其實聞一多看待詩如同一件精美的藝術品，因此節奏的表現當然必須經過淬鍊。胡適思考的則是如何將文言格律轉化為白話節奏，就其發展的進程而言，提倡以白話文法為主的自然音節，是歷史之必然。客觀來說，胡適自嘗試新詩以來所面臨的節奏議題，和聞一多是不同的。1916 年 7 月，以文言詩普遍存在的時代氛圍來說，胡適嘗試白話詩其實是相當冒險的。我們可以說，胡適節奏試驗所面臨的課題是白話入詩的可能性，以及如何走出一條既兼有白話入詩，又保有詩歌節奏美感的道路。然而出生於 1899 年的聞一多，第一首新詩作品〈西岸〉發表已是 1920 年 9 月 24 日〔註299〕，當時文壇新詩寫作已蔚然成風，不僅報紙、雜誌刊登，各種新詩集也紛紛出版，語言的使用已順理成章可以使用「白話」了。因此聞一多所面臨的課題，自然是新詩雖興盛，卻流於淺薄的弊病，節奏更缺乏精煉。就此而言，1925 年 5 月聞一多自美返國後，於 1926 年 5 月 13 日發表〈詩的格律〉，主張以「音尺」規範新詩的格律，〔註300〕就是節奏精煉化的必然結果了。相較於胡適，又是一大進步。

〔註297〕朱自清等編：《聞一多全集·三》，（臺北：里仁書局，1999～2000），頁143。
〔註298〕朱自清等編：《聞一多全集·三》，頁142。
〔註299〕1920 年 7 月 13 日〈西岸〉完稿，1920 年 9 月 24 日發表於《清華週刊》第191 期。參考聞黎明，侯菊坤編：《聞一多年譜長編》，（湖北：人民出版社，1994.07），頁102。
〔註300〕聞一多：〈詩的格律〉，《晨報·詩鐫》第 7 號，1926.5.13，頁29～31。

第六節　小結

　　本章研究，可看出晚清詩壇對胡適新詩節奏論的影響不大，倒是友朋論辯則確實有關鍵性的啟發。若非梅光迪反對，胡適的第一首白話長詩不會出現；而任叔永對於詩歌節奏美學的論辯，促成胡適思考真正屬於白話詩的節奏樣式，尤其「節」的建立和任叔永「頓」的概念密不可分。再者，若非與錢玄同頻繁書信往來，胡適可能依舊嚴守詞曲格式的堡壘，而不會進化到自然音節的階段了。另外，2014 年 8 月由中國學者楊天石（1936～）主編的《錢玄同日記・整理本》問世後，解決 2002 年福建教育出版的《錢玄同日記・影印本》原稿判讀問讀，裨益筆者更能從日記上的蛛絲馬跡，準確解讀錢玄同的思想；而寫於 1919 年 1 月 1 日的日記，則透露錢玄同早在 1916 年的秋天已接觸過《新青年》雜誌，同時也閱讀胡適〈文學改良雛議〉一文的雛形，這與學界一般從 1917 年 1 月 1 日論述錢、胡二人的接觸，大約早了半年左右。

　　另外，在眾多新詩專著中，胡懷琛為胡適改詩的內容及始末，以及聞一多的〈《冬夜》評論〉等鮮少被提及，更遑論是否牽引著新詩節奏的發展。經本文研究顯示，發生於 1920 年 4 月到 1921 年 1 月之間的胡懷琛改詩事件，展現 20 年代讀者群對於胡適自然音節的接受狀態。他們徘徊於舊格律的思維中，又掙扎於新文化的衝擊，不但凸顯白話與文言句法之間的差異，更點出讀者對於韻的感知能力，對於胡適節奏理論及作品深度的論辯，有一定詩學史上的意義。至於 1922 年 5 月聞一多發表〈《冬夜》評論〉一文，則呈現年輕一輩對於節奏發展之貢獻——真正的新詩節奏該經過人工淬鍊，而非自然呈現，這與 20 年代後起的新格律詩發展有密不可分的關係。

第五章　從胡適新詩節奏的建立論胡適的詩

　　胡適因受杜威實驗主義的影響，建立新詩節奏的過程中，詩作往往是最前線的實驗品。自 1916 年 7 月 22 日胡適試作第一首白話詩以來，便透過不斷創作、自省，再加上與文壇友人的論爭等，花了三年多的時間，成就一本詩作《嘗試集》。不過這本《嘗試集》同時也收錄 1910 至 1916 年胡適的舊詩詞作品 22 首，別名《去國集》，為《嘗試集》之附錄；再加上第一編、第二編的白話詩作 46 首，共 68 首，由上海亞東書局印製，1920 年 3 月發行第一版。〔註1〕《嘗試集》初版發行後，因讀者群眾多且銷售量頗高，經過半年，1920 年 9 月又印製第二版。但是再版的《嘗試集》刪詩又增詩，詩作總數共有 74 首。1922 年 2 月《嘗試集》三版付梓，詩作又異動，〔註2〕直到 1922 年 10 月四版發行後便不再更動，一直沿用至今，成為最通用的版本。四版的《嘗試集》共有舊詩詞 14 首，白話詩 50 首，總數 64 首。〔註3〕

　　胡適在〈《嘗試集》自序〉提到，「用『嘗試』兩字作我的白話詩集的名字」，是為了「要看『嘗試』究竟是否可以成功」，〔註4〕因此雖然 1919 年 10 月 10

〔註1〕　《嘗試集》初版的詩名與詩作總數，乃參考賈植芳、俞元桂主編：《中國現代文學總書目》，（福州市：福建教育出版社，1993.12），頁 3。

〔註2〕　請參考高楠：「《嘗試集》的版本分析兼及文學史評價」，（陝西師範大學碩士學位論文，2012.5），頁 5。

〔註3〕　此算法乃根據胡適：〈四版自序〉，《嘗試集》，（上海：亞東書局，1922.10），頁 5。

〔註4〕　胡適：〈自序〉，《嘗試集》再版，（上海：亞東書局，1920.9），頁 36。

日胡適發表〈談新詩〉後，終於確定「自然音節」是新詩的節奏理論，一九二
○年代的新詩壇也奉「自然音節」為金科玉律；但是胡適的詩作，卻因試驗的
過程而留下階段性的軌跡，節奏的展現，也隨著階段性的發展而呈現不同的樣
式，因而不能僅以「自然音節」全然概括。這點，胡適早有自知之明，於《嘗
試集》〈再版自序〉中先供認，「我這幾十首詩作代表二三十種音節上的試驗」，
〔註5〕並且將自己詩作上的節奏表現，區分為「舊詩音節」、「詞曲音節」、及
「自然音節」三進程。〔註6〕不過筆者認為1920年12月15日李思純在〈詩
體革新之形式及我的意見〉一文的區分法更為精細：

> 胡適之先生的改革我們還可以看出他的變化之痕跡來。他原以文言
> 創新體。進一步而以白話來做舊式的歌行及詞曲，再進一步而打破
> 舊形式，作自由句。但有時仍運用詞曲的風格形式，並且句末用韻。
> 最後纔從事於無韻的自由句，他的嘗試的 Programme，是很明白見
> 的。……他這種嘗試，究竟成功或失敗，他此刻或已得了解答，或
> 還未得解答，無從知道。但國內從事于新詩創造的人，卻是風起雲
> 湧。新詩的作品，也日見其多。……胡適之先生的嘗試事業，我不
> 能知他意中的成功與失敗。但在我個人的意中，卻認為有成功的希
> 望了。〔註7〕

李思純將胡適在新詩節奏上的試驗細分為四階段，第一，文言創新體；第二，
以白話做舊式的歌行及詞曲；第三，打破舊形式，作自由句，但有時仍運用詞
曲的風格形式，並且句末用韻；第四，無韻的自由句。一、二階段的分法大致
無誤，但是筆者以為，「打破舊形式，作自由句」的第三階段，除了依然運用
詞曲的風格形式之外，應該再加入英詩格律。另外，「無韻的自由句」筆者並
不認為可以獨立為一階段，而是第三階段某一試驗作品而已。再者，李氏不僅
肯定胡適在節奏上的耕耘，更讚許最後「無韻的自由句」階段是「有成功的希
望了」。李氏此文畢竟寫於1920年5月，無法預測1923年後胡適竟又走回詞
的老路，且運用更加自如，融古典於現代；1935年以詞體寫成的〈飛行小贊〉
甚至成為經典的「胡適之體」，為時人模仿。本文參考李思純的四階段區分法，
但將「無韻的自由句」歸入第三階段，1923年以後回歸詞律的作品則為第四

〔註5〕胡適：〈再版自序〉，《嘗試集》再版，頁4。
〔註6〕胡適：〈再版自序〉，《嘗試集》再版，頁4～12。
〔註7〕李思純：〈詩體革新之形式及我的意見〉，《少年中國》2卷6期，1920.12.15。

階段。下文將圍繞著這四階段的詩作，分析胡適詩中的節奏展現。

第一節　以文言創造新節奏

一、文言詩韻腳的新節奏

胡適寫詩的起步較晚，要到十七歲左右（1907 年）才開始創作符合舊詩格律的文言詩。筆者歸納，1907 至 1909 年是胡適認識格律、寫舊體詩的紮根期，有古體詩 19 首，絕句 4 首，律詩 17 首，外加詞 1 首，雜言 2 首。〔註 8〕此時的胡適尚未發想改革，僅在舊格律的框架中求發展。

真正回歸詩的本質思考節奏，並嘗試創發新體，則要等到留美後。留美時期的胡適因大量研讀西洋詩，再加上勤奮寫英詩及譯詩，有不少作品嘗試運用新節奏，1910 至 1916 年是使用文言創造新節奏的階段。

胡適最終完成的新詩節奏理論是「自然音節」，自然音節則包含「節」與「用韻」兩層論述。從時間上來說，胡適最先改革的是「韻腳」，第一首試驗的作品是 1914 年 1 月中旬左右完成的〈久雪後大風寒甚作歌〉。此詩初次嘗試三句轉韻體，胡適自認為「創見」。雖然後來證實中國古詩早有此體，卻可視為胡適有意創造新節奏的開端。關於〈久雪後大風寒甚作歌〉的三句轉韻體運用，已在本論文第三章〈胡適詩歌韻腳的試探歷程及美感功效〉第二節〈1910 至 1916 年留美時期〉詳加論述，此不復贅言。

二、文言譯詩句式的新節奏

但真正迫使胡適試驗新節奏，則肇始於譯詩。早在 1907 年，尚在公學校就讀的胡適已開始從事翻譯。1908 年 10 月 15 日，胡適以「適盦」為筆名發表第一首譯詩〈六百男兒行〉，隨文附在〈軍人美談〉之後。摘錄首二段如下：

半里復半里°　半里向前馳°　馳驅入死地°　六百好男兒°
男兒前進耳°　會須奪炮歸°　馳驅入死地°　六百好男兒°　（一解）
男兒前進耳°　寧復生恇懼°　軍令即有失°　吾曹豈復顧°
不敢復詰責°　戰死以為期°　偕來就死地°　六百好男兒°　（二解）〔註 9〕

〔註 8〕參考本論文第三章〈胡適新詩節奏理論的重點之二：韻腳的試探歷程及美感功效〉第一節〈中國公學校的紮根期〉之統計表格。

〔註 9〕胡適：〈六百男兒行〉，《競業旬報》第 30 期，（1908 年 10 月 15 日），頁 45～46。

此首譯詩發表於《競業旬報》第 30 期，當時句與句之間的停頓是在最末字的右上角加上小圈號，並附加一個空格表示。據胡適所言，〈六百男兒行〉譯自鄧耐生（Alfred, Lord Tennyson，1809～1892）〔註 10〕的作品"The Charge of the Light Brigade"。我們比照胡適譯詩的首二段，Tennyson 的原詩如下：

> Half a league, half a league,
>
> Half a league onward,
>
> All in the valley of Death
>
> Rode the six hundred.
>
> "Forward the Light Brigade!
>
> Charge for the guns!" he said.
>
> Into the valley of Death
>
> Rode the six hundred.
>
> Forward, the Light Brigade!"
>
> Was there a man dismayed?
>
> Not tho' the soldier knew
>
> Some one had blundered.
>
> Theirs not to make reply,
>
> Theirs not to reason why,
>
> Theirs but to do and die.
>
> Into the valley of Death
>
> Rode the six hundred. 〔註 11〕

Tennyson 向以敘事詩聞名，此詩描述克里米亞戰爭英國軍人驍勇戰死的事蹟。全詩雖無固定格律，但大致以抑揚四音步為主，兩行或三行換韻。Tennyson 擅用重複音韻描摹聲音，首段「Half a league」連用三次，製造軍隊無畏前進的效果。反觀胡適譯詩的節奏，雖然首二句「半里復半里，半里向前馳」似有模仿原詩重複用句的味道，但全詩以五言古詩的格式呈現，第一段及第二段兩句

〔註 10〕胡適在〈軍人美談〉一文將"Alfred, Lord Tennyson"譯為「鄧耐生」（《競業旬報》第 30 期，（1908 年 10 月 15 日），頁 45），目前一般通譯「阿佛烈·丁尼生」，是華茲華斯（William Wordsworth，1770～1850）之後的英國桂冠詩人，也是英國著名的詩人之一。

〔註 11〕原詩參考廖七一：《胡適詩歌翻譯研究》，（北京：清華大學出版社，2006.4），頁 272～274。

一韻，〔註12〕皆與原詩的節奏表現相去甚遠。

　　其實公學校時期的胡適還尚未有意識運用或者模仿西洋詩的音步格律，誠如胡適在《四十自述》所言，清末文人的譯詩習慣「都側重自由的意譯，務必要『典雅』」，〔註13〕因此不僅原詩的節奏不模仿，甚至連詩意的部份為了求典雅，也可稍更動。〔註14〕所以縱然 Tennyson 原詩是在譴責統帥戰略錯誤致使六百軍士戰死，胡適卻反而歌頌六百戰士為國捐軀的美德，「他們一遇國家有事，去當了兵，便把自己的自由，都丟在耳背後去了」，如胡適在〈軍人美談〉一文所言。〔註15〕不過這首譯詩最值得注意的，是胡適根據原詩的形式分成六段（筆者按：「解」即「段」），1908 年 11 月譯自 Thomas Hood 的〈縫衣歌〉也按照原詩分段的形式寫作，為往後新詩形式的前驅。

　　留美後的胡適則脫胎換骨，不似公學校時期僅側重自由的意譯，反而力求「辭旨暢達」，符合原著，於是著手進行諸多形式的試驗，更意識建行的字數會影響詩意及情感的表達。1914 年 1 月 29 日翻譯英國詩人白朗寧〔註16〕（Robert Browning，1812～1889）的作品〈樂觀主義〉，載錄譯文如下：

> 吾生唯知猛進兮。
> 未嘗卻顧而狐疑。
> 見沉霾之蔽日兮。
> 信雲開終有時。
> 知行善或不見報兮。
> 未聞惡而可為。
> 雖三北其何傷兮。
> 待一戰之雪恥。
> 吾寐以復醒兮。

〔註12〕第一段韻腳「支、微、齊」（通韻），兩句一韻；第二段韻腳「遇、支」，同樣兩句一韻。

〔註13〕胡適：《四十自述》（台北：遠流，2005），頁 128～129。

〔註14〕胡適《四十自述》：「姚先生在課堂上常教我們翻譯，從英文譯漢文，或從漢文譯英文。有時候，我們自己從讀本裏挑出愛讀的英文詩，邀幾個能詩的同學分頭翻譯成中國詩，拿去給姚先生和胡先生評改。……當時所謂翻譯，都側重自由的意譯，務必要『典雅』，而不妨變動原文的意義與文字。」頁 128～129。

〔註15〕胡適：〈軍人美談〉，《競業旬報》第 30 期，頁 41。

〔註16〕1914 年 1 月 29 日胡適於《留學日記》將"Robert Browning"譯為「卜郎吟」，今譯「白朗寧」。曹伯言整理：《胡適日記全集・1》，（台北：聯經出版公司，2005），頁 269。

　　亦再蹶以再起。〔註17〕

〈樂觀主義〉排版的樣式頗多，上面譯文的排列及標點是參考胡適的手稿。筆者分析此譯詩已有仿西洋詩的分行概念，又嘗試使用騷體，最長八言「知行善或不見報兮」，最短六言「信雲開終有時」，七言共有四句；又因有「兮」字的加入，抑揚頓挫較明顯。胡適譯完之後，也頗得意自己的試驗，直言用騷體譯詩的過程較不費力，「殊不費氣力而辭旨都暢達」，自詡「闢一譯界新殖民地也」。〔註18〕

　　為了力求譯詩辭旨暢達，胡適再次試驗新的節奏樣式。1914 年 2 月 3 日，胡適又使用騷體，並增加創意結合《詩經》的體裁，翻譯拜倫（George Gordon Byron，1788～1824）的作品〈哀希臘歌〉（"The Isles of Greece"）。摘錄〈哀希臘歌〉第二節、第七節如下：

　　　　悠悠兮我何所思。
　　　　荷馬兮阿難。
　　　　慷阮兮、歌英雄、
　　　　纏綿兮、敘幽歡。
　　　　享盛名於萬代兮、
　　　　獨岑寂於斯土。
　　　　大聲起乎仙島之西兮、
　　　　何此邦之無語。
　　　　（以上第二節）
　　　　徒愧赧曾何益兮。
　　　　嗟雪涕之計拙。
　　　　獨不念我先人兮。
　　　　為自由而泣血。
　　　　吾欲訴天閽兮。
　　　　還我斯巴達之三百英魂兮。
　　　　尚令百一存兮。

〔註17〕胡適著，耿雲志主編：《胡適遺稿及秘藏書信》第十一冊，（合肥市：黃山書社，1994），頁 185。

〔註18〕1914 年 1 月 29 日胡適寫於《留學日記》。曹伯言整理：《胡適日記全集・1》，頁 270。

　　　　以再造我瘦馬披離之關兮。〔註19〕

　　　（以上第七節）

此次的試驗句式變化更多了，不僅分行書寫，還將每行的字數差距拉大，最多十一個字「還我斯巴達之三百英魂兮」，最少五個字「荷馬兮阿難」，胡適認為此種形式掙脫五七言的限制，較能達致「抑揚如意，疾徐應節」〔註20〕的效果。〈譯餘賸墨〉說道：

　　　此本參用三百篇、楚辭諸體，不拘一格，不獨恣肆自如，達意較易，

　　　而於原文精神氣象，皆能委曲保存之。〔註21〕

〈哀希臘歌〉譯詩結合《楚辭》、《詩經》的形式，〔註22〕以參差不齊的句式展現原詩該有的抑揚快慢，可謂詩歌節奏上的新體悟。

　　就胡適節奏的建立歷程而言，〈哀希臘歌〉譯詩的建行突破，是胡適新詩節奏論述的開端。透過翻譯，胡適發現詩的形式確實會影響詩意的傳達，尤其整言的古體實在無法表達複雜的情感起落。更深一層來說，錯落、參差的形式即是節奏的表現；而節奏的錯落也才能表達詩人的情感。因為翻譯，讓胡適思考詩的情感表達與形式的關聯，也更進一步思考節奏的樣式。

第二節　以白話做舊式的歌行及詞

一、白話古詩的節奏

　　1916 年 7 月 22 日之後，胡適轉而致力白話詩的創作。因為放棄文人慣用

〔註19〕此譯文及排列樣式乃參考胡適的手稿。胡適著，耿雲志主編：《胡適遺稿及秘藏書信》第十一冊，頁 187～202。

〔註20〕胡適：〈譯餘賸墨〉，耿雲志主編：《胡適遺稿及秘藏書信》第十一冊，（合肥市：黃山書社，1994），頁 184。

〔註21〕胡適：〈譯餘賸墨〉，耿雲志主編：《胡適遺稿及秘藏書信》第十一冊，頁 183。

〔註22〕胡適〈譯餘賸墨〉：「此本參用三百篇、楚辭諸體，不拘一格，不獨恣肆自如，達意較易，而於原文精神氣象，皆能委曲保存之。蓋說理述懷，莫善於騷，而三百篇中，如緇衣、大叔于田……伐檀諸體，皆記事言情，無上上品。吾合此諸體以譯裝倫，故能抑揚如意，疾徐應節。」（耿雲志主編：《胡適遺稿及秘藏書信》第十一冊，頁 183～184。）據筆者研究，胡適〈哀希臘歌〉仍以騷體居多，偶而模仿《詩經》〈緇衣〉五言，末字有「兮」的句型，至於〈大叔于田〉三、四言參差的句型，則未見於譯詩中。所以郭延禮在《中國近代翻譯文學概論》上編第三章〈中國近代翻譯詩歌鳥瞰〉一文中，仍以「騷體」二字評論胡適的〈哀希臘歌〉。郭延禮：《中國近代翻譯文學概論》，（武漢：湖北教育出版社，1997），頁 100。

的文言，選擇白話入詩頗受爭議，〔註23〕一開始胡適嘗試的節奏樣式反而是傳統的古詩體裁，以五七言為主，句末押古韻。如寫於 1916 年 8 月 31 日，後發表於《新青年》2 卷 6 號的〈贈朱經農〉一詩，載錄並分析原詩的節奏如下：

> 六年你我不相見，見時在赫貞江邊；握手一笑不須說：你我於今更少年。（筆者注：「邊」、「年」為韻，為 abcb 的格式）
>
> 回頭你我年老時，粉條黑板作講師；更有暮氣大可笑，喜作喪氣頹唐詩。（筆者注：「師」、「詩」為韻，為 abcb 的格式）
>
> 那時我更不長進，也往喝酒不顧命；有時盡日醉不醒，明朝醒來害酒病。（筆者注：「命」、「病」為韻，為 abcb 的格式）
>
> 一日大醉幾乎死，醒來忽然怪自己：父母生我該有用，似此真不成事體。（筆者注：「己」、「體」為韻，為 abcb 的格式）
>
> 從此不敢大糊塗，六年海外頗讀書。幸能勉強不喝酒，未可全斷淡巴菰。（筆者注：「書」、「菰」為韻，為 abcb 的格式）
>
> 年來意氣更奇橫，不消使酒精狂生。頭髮偶有一莖白，年紀反覺十歲輕。（筆者注：「生」、「輕」為韻，為 abcb 的格式）
>
> 舊事三天說不全，且喜皇帝不姓袁，更喜你我都少年，「辟克醫克」來江邊，赫貞江水平可憐，樹下石上好作筵，黃油麵包頗新鮮，家鄉茶葉不費錢，吃飽喝脹活神仙，唱個「蝴蝶兒上天」！〔註24〕（筆者注：「全」、「袁」、「年」、「邊」、「憐」、「筵」、「鮮」、「錢」、「仙」、「天」為韻，句句入韻）

朱經農（1887～1951）是胡適就讀中國公學校時期的同班同學，〔註25〕兩人經常作詩唱和。〔註26〕1916 年朱經農遠赴美國華盛頓大學留學，同年 8 月底至

〔註23〕參考第四章〈晚清詩壇與友朋論辯對胡適新詩節奏理論形成的影響〉一文。

〔註24〕胡適：《嘗試集》再版，頁 5～7。此詩最早載錄於 1916 年 8 月 31 日的胡適《留學日記》，但是筆者目前無法覓得手稿，不知最初的編排方式為何。後來雖然刊登於《新青年》（1917.2.1），但筆者認為《嘗試集》的編排方式該較忠於胡適，故引用此版本。

〔註25〕胡適《四十自述》：「不久我已感得公學的英文數學都很淺，我在甲班裡很不費氣力。……甲班的同學有朱經農、李琴鶴等，都曾擔任翻譯。」（頁 106～107）可見朱、胡二人同為中國公學校的同班同學。

〔註26〕胡適《四十自述》：「丁未以後，我在學校裡頗有少年詩人之名，常常和同學們唱和。……同學中如湯昭（保民），朱經（經農），任鴻雋（叔永），沈翼孫（燕謀）等都能作詩。」頁 128。

紐約拜訪胡適，朱、胡二人相聚三天，暢談甚歡。離別後胡適不勝傷感，於是寫下〈贈朱經農〉寄予好友。〔註27〕全詩以「赫貞江邊」起首，最末也以此收尾，前後呼應，結構完整。「赫貞江」（Hudson River）今譯「哈德遜河」，是美國紐約州的大河，胡適經常與好友野餐聚會其江邊。

　　〈贈朱經農〉一詩僅分段不分行，通篇七言，共有七段。第一段至第六段敘述二人相見話當年的情形，兩句一韻，為 abcb 的格式，是胡適公學校時期便擅用的古詩韻腳典型。朱、胡二人年少時期即為同窗好友，自然促使胡適憶起從前作詩唱和的歲月，以及少不更事的 1909 年。〔註28〕胡適運用七言、abcb 的韻腳格式說當年，其美感效應相當呼應內容。為何呢？筆者於〈胡適詩歌韻腳的試探歷程及美感功效〉一章已述及，韻的重複、迴返呼應具有貫串的效果，能凝聚詩的節奏感；而 abcb 的韻腳格式，兩句為一個組塊（chunk），記憶廣度隨著字數增加而擴大，朗誦時韻與韻之間重複凝聚的時間也拉長。尤其胡適又使用七言的句式，必須在朗誦十四個字之後才會再次遇到韻腳，故而迴返呼應、凝聚音節的節奏是緩慢的，較能呈現朱、胡二人話當年的淡淡憂傷。最後一段又以句句入韻收束，三日匆匆流逝的急促感與韻腳呼應，是很成功的節奏樣式。

　　不過這首贈別詩畢竟是白話文，因通篇使用七言句式，多處呈現如胡適所言「句法太整齊了……不能不時時犧牲白話的字和白話的文法，來牽就五七言的句法」，〔註29〕如第二段 3、4 句「更有暮氣大可笑，喜作喪氣頹唐詩」，因省略主詞、連接詞，語句其實並不自然，語意也需多方揣測才能得知。但是胡適為了突破七言上四下三的標準句式，也為了順應白話文法，如「見時在／赫貞江邊」，句式已成為上三下四，打破了原本七言的節奏。胡適一開始的白話詩試驗，雖然選擇整言的古詩節奏，卻偶而可見不屬於整言的句式，除了上述例句外，又如〈孔丘〉詩「亦『不知／老之將至』」，〔註30〕也是上三下四。胡適又批評「整齊劃一的音節沒有變化，實在無味」，〔註31〕因此有時在一致的

〔註27〕胡適〈贈朱經農・序〉：「經農自美京來訪余於紐約，暢談極歡。三日之留，忽忽遂盡。別後終日不樂，作此寄之。」《嘗試集》再版，頁 5。
〔註28〕1909 年，胡適因歷經中國新公學改革失敗，又家中分產、母親生病，自覺前途茫茫，遂與一群朋友玩樂墮落。胡適：《四十自述》，頁 141～144。
〔註29〕胡適：《《嘗試集》自序》，《嘗試集》再版，頁 39。
〔註30〕胡適：《嘗試集》再版，頁 4。
〔註31〕胡適：《《嘗試集》自序》，《嘗試集》再版，頁 39。

句法中，又突然穿插一兩句的不同，以增加節奏的變化。如〈十二月五夜月〉全詩均為上二下三的五言句式，「明月／照我床，臥看／不肯睡。窗上／青藤影，隨風／舞娟媚」，卻在第二段第二句「更不想／什麼」成為上三下二的句式，〔註32〕讓原本一致的節奏有了些變化。

但是五七整言的古詩，其節奏來源除了韻之外，便是重複的句式，因此不同句式僅能偶一為之，不能任意使用。在古詩整言的設限下，白話文法及意義無法盡情發揮，故而迫使胡適選擇詞體。

二、白話詞的節奏

早在 1915 年 6 月至 9 月，胡適便於日記頻繁記載讀詞寫詞的心得。本文第一節論述，胡適經由譯詩發現句式長短不一的優點，這可說是胡適進入詞體的前導；詞體又與胡適後續試驗白話詩的節奏密不可分。1915 年 6 月 6 日，胡適於〈詞乃詩之進化〉一文說道：

> 吾國詩句之長短韻之變化不出數途。又每句必頓住，故甚不能達曲折之意，傳宛轉頓挫之神！至詞則不然。……以文法言之，乃是一句。何等自由，何等頓挫抑揚！〔註33〕

與古詩相比，胡適認為詞的形式可長可短，較能提供完整表達情意的空間。其實中國古歌行或者雜言同樣長短不一，胡適為何獨鍾詞體？這或許是因為詞的長短不拘，還包括文法上的不拘，可在同一意義裡，用不同的句式共同傳達，也能自在的表現節奏上的抑揚頓挫，較類似新詩的換行。我們以胡適分析辛棄疾的〈八六子〉為例：

> 「『落日樓頭，斷鴻聲裡，江南遊子，把吳鉤看了，闌干拍遍，無人會，登臨意。』以文法言之，乃是一句。何等自由，何等頓挫抑揚！」
>
> 〔註34〕

從胡適的論述可看出他之所以鍾情於詞，是因為詞的體裁可由多句形容一意，如此一來，無論在詩意的表現或者節奏的抑揚頓挫，都較古詩富有變化。古詩則囿於字數變化不多，「每句必頓住，故甚不能達曲折之意，傳宛轉頓挫之神」，如果又承載白話語法及意義，則處處難以暢意，節奏也顯呆板無味。

〔註32〕胡適：《嘗試集》再版，頁 10。
〔註33〕曹伯言整理：《胡適日記全集·2》，（台北：聯經出版公司，2005），頁 127。
〔註34〕胡曹伯言整理：《胡適日記全集·2》，頁 127。

　　胡適既然如此看重詞體的節奏，那麼在白話詩嘗試的初期，運用古體略顯窒礙難行之後，理所當然向詞體取暖。1916 年 9 月 12 日，胡適在試驗了 10 首白話古詩之後，〔註35〕首次嘗試白話詞〈虞美人・戲朱經農〉。〔註36〕載錄原詩如下：

> 先生幾日魂顛倒，他的書來了！雖然紙短卻情長，帶上兩三白字又何妨？
> 可憐一癡對兒女，不慣分離苦；別來還沒幾多時，早已書來細問幾時歸！〔註37〕

胡適初次以白話入詞，便選擇「虞美人」詞牌，「虞美人」不似胡適之前在〈詞乃詩之進化〉分析黃庭堅的〈八六子〉，能以多句表達一意；反而較類似古體以兩句為一聯，每片兩聯，共四句，雙調。又下片與上片格式一致，乍看之下仿若由兩首四句的古體組成。不過，就平仄譜而言，「虞美人」每聯的上下兩句並不成對，有其規定的平仄樣式，則有別於古體。再者，就句式而言，高友工認為「虞美人」以七言為基調，每聯的起句皆為七言，上下片首聯的下句續接五言，與上句的七言相較，「表現的是一種緊縮」；上下片第二聯下句皆以九言為結，「正又表現了一種張弛」。這一緊一張形成獨特的節奏，一聯之中原本七言的平衡也被打破了，「形成一種新的結構」，〔註38〕造就了不同的節奏樣式。

　　〈虞美人・戲朱經農〉描述朱經農留美後收到家書，雖然信有錯別字，卻是語短情長。全詩符合詞譜的平仄規定，韻腳「倒、了」，「長、妨」，「女、苦」，「時、歸」各一韻，為 aabb 的格式，押古韻。首句「先生幾日魂顛倒」為七言，再續接五言「他的書來了」，相較之下有緊縮之感；接下來第三句又回到七言「雖然紙短卻情長」，續接九言「帶上兩三白字又何妨」，又有張弛之感。這一緊一張的節奏感，與原本皆為七言的白話古體詩相比，是較活潑、富有變化的節奏感。

〔註35〕據胡明《胡適詩存・增補版》一書收錄，1916 年 7 月 22 日至 1916 年 9 月 11 日，除了打油詩之外，胡適共寫白話古詩 10 首。胡明編注：《胡適詩存・增補本》，（北京：人民文學出版社，1993.10），頁 112～130。
〔註36〕1916 年 9 月 12 日，胡適《留學日記》記載：「此為吾所作白話詞之第一首。」曹伯言整理：《胡適日記全集・2》，頁 422。
〔註37〕胡適：《嘗試集》再版，頁 8～9。此首白話詞最早載錄《留學日記》，因筆者無法窺見手稿，認為《嘗試集》的編排方式該較忠於胡適，故而引用此版本。
〔註38〕高友工：〈小令在詩傳統中的地位〉，《中國美典與文學研究論集》，（台北：台大出版社，2004），頁 275～276。

從白話文法及語意的角度審視，詞體因句式變化較多，也較能自由運用白話。例如首句「先生幾日魂顛倒」，下句接五言，胡適以「他的書來了」續接，不僅符合白話文法，語意也顯得相當輕鬆活潑，非常吻合題意「戲」。但詩中保留舊詞的語句，下片第二聯首句「別來還沒幾多時」，而「……幾多……」為舊詞的慣用句法，如李煜〈虞美人〉「問君能有幾多愁」；晏殊〈木蘭花〉「長於春夢幾多時」等。另外下片第一聯首句「可憐一癡對兒女」，其中「一癡對兒女」倒裝，較不符合胡適論述白話詩的主張。幾年之後胡適更務求白話通曉明白，「雖然細微的很，但也有很可研究之點」，〔註39〕故而在 1922 年《嘗試集》三版將「一癡對兒女」改為「一對癡兒女」，〔註40〕不過此時已進入胡適新詩嘗試的第三階段了，將於下節再述。

第三節　融合中國舊詞曲與英詩格律的自由句

胡適將 1916 年 7 月 22 日至 1917 年 7 月的白話舊詩詞編入《嘗試集》第一編，以區分 1917 年 7 月至 1920 年第二編的詩作。據胡適陳述，第一編的詩，「實在不過是一些刷洗過的舊詩」，〔註41〕因為節奏沿襲舊詩詞，所以無論在句式、押韻或平仄方面皆不離古體。語言部份雖然力圖使用白話，但依然夾雜文言，有些作品甚至就是古詩詞而不是白話詩。後來錢玄同致信胡適給予建議，1917 年 7 月胡適歸國後便致力白話詩創作，不再眷戀文言。〔註42〕不過節奏的表現則可區分為三類：第一，自由句與舊詞曲的融合，但不受詞譜限制；第二，藉由譯詩模仿英詩格律，產生一種有別於傳統詩句的自由詩，並朝向「自然音節」發展；第三，融合二者而成為「自然音節」的新詩。

一、自由句與舊詞曲的融合

與《嘗試集》第一編相較，自由句融合舊詞體的作品較不受詞譜限制，不拘平仄、押韻，不刻意寫上詞牌名，有時一首詩僅摻雜幾句詞體，並結合曲體

〔註39〕胡適：〈《嘗試集》四版自序〉，《嘗試集》四版，頁 6。
〔註40〕胡適：〈虞美人・戲朱經農〉，《嘗試集》三版，胡適著，耿雲志主編：《胡適遺稿及秘藏書信》第十一冊，頁 214。
〔註41〕胡適：〈《嘗試集》自序〉，《嘗試集》再版，頁 39。
〔註42〕參考本論文第四章〈晚清詩壇與友朋論辯對胡適新詩節奏理論形成的影響〉第四節〈自然音節的提出：錢玄同的論辯與任叔永的質疑〉一文，有詳細論述。

的襯字，以及套數的用法。按照胡適的說法，詞譜、曲譜僅是拿來調和運用，最終目的是讓白話詩有節奏。〔註43〕於是，寫於 1918 年 12 月 1 日的〈十二月一日奔喪到家〉，胡適坦言「前半首，還只是半闋添字的『沁園春』詞」，〔註44〕所謂「添字」指的是仿曲體的「襯字」。換言之，在「沁園春」固定的句式中，隨著白話語法及詩意而添加字數，如此一來將更趨近「自然音節」的終極目標。載錄〈十二月一日奔喪到家〉一詩如下：

> 往日歸來，纔望見竹竿尖，纔望見吾村，
>
> 便心頭狂跳，遙知前面，老親望我，含淚相迎。
>
> 「來了？好呀！」──更無別話，說盡心頭歡喜悲酸無限情。
>
> 偷回首，揩乾淚眼，招呼茶飯，款待歸人。
>
> 今朝，──
>
> 依舊竹竿尖，依舊溪橋，──
>
> 只少了我的心頭狂跳！──
>
> 何消說一世的深恩未報！
>
> 何消說十年來的家庭夢想，都一一雲散煙銷！──
>
> 只今日到家時，更何處能尋他那一聲「好呀，來了！」〔註45〕

和「沁園春」詞譜對照，〈十二月一日奔喪到家〉僅第一段仿「沁園春」上半闋，第二段則為完全的自由句。載錄「沁園春」上片詞譜如下：

> 仄仄平平，仄仄平平，仄仄平仄（韻）。仄平平仄仄（上一下四），平平
> 仄仄；平平仄仄，仄仄平平（韻）。仄仄平平，平平仄仄，仄仄平平仄仄
> 平（韻）。平平仄，仄平平仄仄（上一下四），仄仄平平（韻）。〔註46〕
>
> （註：字體較小的平（或仄），即是可平可仄）

兩相對照之下，可發現胡適有幾點創新：第一，押韻句後即換行。「沁園春」上片有三個韻，因此共分三行。自《嘗試集》第二編起，胡適即便融合詞譜，也以「行」考量新詩的形式，不似第一編完全不分行。第二，融合曲的形式增

〔註43〕胡適：〈論小說及白話韻文〉，《新青年》4 卷 1 號「通信欄」，1918.1.15。詳細論述，請見本論文第四章〈晚清詩壇與友朋論辯對胡適新詩節奏理論形成的影響〉第四節第三點〈胡適北京時期的新詩節奏：錢玄同的論爭〉。

〔註44〕胡適：〈《嘗試集》再版自序〉，頁 2。

〔註45〕胡適：《嘗試集》再版，頁 45～46。

〔註46〕「沁園春」詞譜參考王力：《詩詞格律》，（北京：中華書局，2009.5），頁 141～142。

添字數。如「纔望見竹竿尖」添「纔、竹」二字,「纔望見吾村」添「纔」一字。至於「說盡心頭歡喜悲酸無限情」則添加「歡喜悲酸」四個字。第三,最末一韻僅有三句,胡適則多添一句,且在第二句少了一字,僅有四個字。

〈十二月一日奔喪到家〉乃胡適為了紀念母親馮順弟(1873～1918)而寫,藉由今昔對比凸顯母愛,引發詩人對母親的思念。「纔望見竹竿尖」、「纔望見吾村」二句各添「纔」一字,讓詩人歸心似箭之情溢於言表;「纔望見竹竿尖」又添「竹」一字,使得場景描述更加精確。第一段末行「偷回首,揩乾淚眼,招呼茶飯,款待歸人」多增一句,能盡情描繪母親見到詩人後,既激動又內斂的情感;至於「偷回首」下一句原本接上一下四的五言,「上一」一字有情緒轉折的效果,胡適將「上一」去除,僅接「揩乾淚眼」,呈現母親流淚後的情緒轉換是較平和而悠遠的。就詩意而言,這些細微的調動算是成功的。

但是就節奏來說,胡適的增字、減字反而破壞原本詞譜的美感。高友工以為,從文人詞潛在的美感意識來說,最基本的形態是保留「齊言的基調」,因此詞的節奏變化最重要的來源,是在基調的緊縮及擴張這兩端。[註47]例如第二節討論過的「虞美人」詞牌,基調是七言,藉由續接五言及九言這兩端,以達成一緊一縮的節奏感。至於「沁園春」,基調是四言,上片開頭連續三個四言後,才續接一個上一下四的五言,在「上一」這一字形成情緒轉折,有擴張的節奏感。接下來又連續五個四言,其後再續接一個七言,則較五言更為擴張。層層擴張之後再續接三言及五言(上一下四),又是一緊一縮,最後又以四言終結。整體來說,「沁園春」以相當平穩的四言當基調,開頭及中間皆連續使用三個以上的四言,最後又以四言終結,非常適合事件的鋪陳;又擴張之處層層推出,展現既平穩又擴張的節奏,因此龍榆生(1902～1966)認為「沁園春」「最宜抒寫壯闊襟懷,表現恢宏器宇,因此歷來多被豪邁磊落的英雄志士所愛采用」。[註48]

反觀胡適增減字之後的半闋「沁園春」,因第二句「纔望見竹竿尖」添了兩個字,第三句「纔望見吾村」又添一字,破壞原本連續三個四言的平穩節奏,反而呈現擴張感;又連續五個四言中間加一句「來了?好呀!」雖然是四言,但是「了、呀」語助詞之後有顯示情感的標點符號,節奏在「了、呀」之處不

〔註47〕 高友工:〈小令在詩傳統中的地位〉,《中國美典與文學研究論集》,(台北:台大出版社,2004),頁 274～275。

〔註48〕 龍榆生:《詞學十講》,(北京:北京出版社,2011.02),頁 41。

得不停頓，破壞了原本連續五個四言的平穩感。另外，七言添四個字之後成為十一言「說盡心頭歡喜悲酸無限情」，以四言的基調來說，兩相對比反而擴張得太大以致於無法融合，好似和諧的樂音中突然出現一個尖銳的聲音，極有可能會破壞原本的節奏。經過胡適改動後，「沁園春」的壯闊襟懷，成為悼念母親的小我情感。

其實胡適在寫這首「半闋添字的『沁園春』詞」之前，已寫過 8 首〈沁園春〉詞，分別為〈沁園春・春遊〉（1908.3）、〈沁園春・題績溪旅滬學生八人合影〉（1910.5.6）、〈沁園春・別杏佛〉（1915.9.2）、〈沁園春・誓詩〉（1916.4.12）、〈沁園春・二十五歲生日自壽〉（1916.12.17）、〈沁園春兩首之一・過年〉（1917.1.1）、〈沁園春兩首之二・新年〉（1917.1.2）、〈沁園春・新俄萬歲〉（1917.4.17）。〔註49〕分析這 8 首詞，前 4 首為文言詞，後 4 首為白話詞，可見得胡適對「沁園春」的詞譜相當熟稔，無論文言或者白話皆可填寫。尤其在白話詩嘗試的初期，胡適運用整言的古詩發現不妥後，便轉向長短不一的詞體，其中按「沁園春」詞牌填寫的白話詞便有 4 首。不過這 4 首白話〈沁園春〉依然太文言了些，胡適收入《嘗試集》第一編。〔註50〕至於收入第二編的〈十二月一日奔喪到家〉一詩，則不但不標明詞牌，第一段更融入曲的形式做了不少更動，第二段則完全使用自由句。統而言之，胡適添、減字的實驗有助於展現白話的文法及語意，但是卻破壞了原本詞牌的節奏感，就新詩節奏的試驗來說，否定是多於肯定的。

二、自由句與英詩格律的融合

胡適自 1907 年便不斷持續譯詩，譯詩的文字與形式，也隨著不同時期的變化而轉變。中國公學校時期以文言古詩為主，留美後為了精準傳達詩意，則嘗試騷賦。1916 年 7 月 22 日後，因力圖白話詩創作，譯詩改用白話，形式則既不模仿古詩整言，也不融合詞曲長短句，而是自創的自由句。然而譯詩中的自由句又是從何而來？尤其 1919 年 2 月 26 日胡適翻譯美國詩人 Sarah Teasdale（1884～1933）"Over The Roofs"（譯為〈關不住了〉），自稱此首譯詩才是真正的新詩，那麼，胡適自以為的新詩句法、節奏，與英詩格律有無關聯？

〔註49〕 此八首乃據施議對考證。《胡適詞點評・增訂本》（北京：中華書局，2006）。
〔註50〕 胡適最後僅選〈沁園春・二十五歲生日自壽〉及〈沁園春・新俄萬歲〉這兩首詞編入《嘗試集》第一編，至於另外兩首一直未發表，僅存於日記。

　　答案絕對是肯定的。筆者於第二章〈胡適的新詩節奏論述——關於「節」的建立〉第四節第四點〈經由「誦讀」與「音步」的啟發，開展「節」的節奏性〉一文已述及，胡適將「節」視為詩行中的節奏單位，與留美時期不斷閱讀、創作英詩後而受「音步」的啟發有關。而加拿大漢學家傅雲博（Daniel Fried）更進一步推論，〈關不住了〉這首譯詩相當精確地模仿 Sarah Teasdale 使用的音步及韻腳，因此胡適發明的中文新詩，絕對與英詩格律有關。〔註51〕先對照譯詩與原文如下：

Over The Roofs

I said, 'I have shut my heart

　　As one shuts an open door,

That Love may starve therein

　　And trouble me no more.'

But over the roofs there came

　　The wet new wind of May,

And a tune blew up from the curb

　　Where the street-pianos play.

My room was white with the sun

　　'I am strong, I will break your heart

And Love cried out in me,

　　Unless you set me free.'

〈關不住了〉

我說「我把心收起，

　　像人家把門關了，

叫愛情生生的餓死，

　　也許不再和我為難了。」

但是屋頂上吹來，

　　一陣陣五月的濕風，

更有那街心琴調

〔註51〕 Daniel Fried, "Bcijing's Crypto-Victorian: Traditionalist lnfluences on Hu Shi's *Poetic Practice*", *Comparative Critical Studies*, Volume 3, Issue 3, 2006, p.384〜385.

　　　　　一陣陣的吹到房中。

　　　一屋裏都是太陽光，

　　　　　這時候愛情有點醉了，

　　　他說「我是關不住的，

　　　　　我要把你的心打碎了！」〔註52〕

對比 Sarah Teasdale 的原詩，會驚訝地發現胡適極盡可能模仿原詩的節奏：分行、跨行、抑揚音步、雙韻腳（長腳韻）及標點，這與之前的譯詩形式截然不同，已逼近〈談新詩〉「自然音節」的界定。

　　先述分行及跨行。追溯胡適將詩句分行，肇始於 1914 年 1 月 29 日譯詩〈樂觀主義〉，同年 2 月 3 日翻譯〈哀希臘歌〉也分行。分行的句式同為一句一行，而且每一行的語意已足，如「悠悠兮我何所思」。若不是譯詩，則模仿中國舊詩詞的形式，在韻腳押韻處分行。如 1917 年 2 月 1 日胡適發表〈朋友〉一詩，雖然也分行，但一行之中其實有兩句，「兩個黃蝴蝶雙雙飛上天」，應為「兩個黃蝴蝶，雙雙飛上天」。〔註53〕至於仿詞形式的〈十二月一日奔喪到家〉，則在詞譜押韻處分行，如「往日歸來，纔望見竹竿尖，纔望見吾村」，因最末句「村」押韻，所以三句為一行〔註54〕。大抵胡適詩中的換行邏輯，可由譯詩以及仿傳統形式兩種類型推論。

　　然而譯於 1919 年 2 月 26 日的〈關不住了〉一詩，則有進一步的突破——跨行。王力（1900～1986）認為，所謂跨行，「就是一個句子分跨兩行或多行」，〔註55〕筆者以為，「但是屋頂上吹來，／一陣陣五月的濕風，／更有那街心琴調／一陣陣的吹到房中」，這四句就是相當典型的跨行。「但是屋頂上吹來，／一陣陣五月的濕風」譯自「But over the roofs there came／The wet new wind of May」，就英文文法來說，二者為一句才能將語意表達完整；就中文譯詩來說，也得要到第二句的最後一個字才能完成意義。梁宗岱（1903～1983）認為，「中國詩律沒有跨句，中國詩裡的跨句亦絕無僅有」；〔註56〕就此而言，胡適〈關不住了〉跨行句式的試驗，有開創之功。

　　另外，「更有那街心琴調／一陣陣的吹到房中」兩句，除了跨行之外，更

〔註52〕胡適：《嘗試集》第二版，頁 46～47。

〔註53〕《新青年》雜誌第二卷第六號，上海：群益書社，1917.2.1。

〔註54〕胡適：《嘗試集》再版，頁 45～46。

〔註55〕王力：《漢語詩律學》，（上海教育出版社，2005.4），頁 809。

〔註56〕梁宗岱著：《梁宗岱文集·2》，（香港：中央編譯出版社，2003.9），頁 38。

有標點符號的突破。古代的文章一向連著寫無標點，非常容易引起理解上的分歧。民國以後引進西方標點，1918 年 1 月《新青年》率先采取新式標點，〔註57〕影響頗大。胡適一直很關注標點符號，《留學日記》又多處記載標點符號的使用，〔註58〕1916 年 1 月則發表〈論句讀及文字符號〉一文，說明標點對文學改革的重要性。〔註59〕一般來說，標點符號的功用「是把詞組或句子分隔開來，有助於閱讀和理解書面語的符號」，〔註60〕因此胡適大部份的散文或文章皆使用標點符號。至於白話詩，就如同一般文章以達意功能為導向，和節奏較無關聯。

但是譯詩〈關不住了〉就不同了。按照胡適詩中逗點的使用慣例，「更有那街心琴調／一陣陣的吹到房中」兩行，在前一行「更有那街心琴調」底下該有逗點才是，就如同「但是屋頂上吹來，／一陣陣五月的濕風」的使用方式，不過實際上並沒有。傅雲博認為胡適這首譯詩，「謹慎地運用標點符號，控制詩中的速度與情感」，〔註61〕所言甚是。筆者認為，在「更有那街心琴調」底下不用逗點，直接跨到下一行「一陣陣的吹到房中」，節奏加速，就彷若琴聲吹到房中的速度加快，寓含詩人「剪不斷，理還亂」的情感。在〈關不住了〉詩中的標點符號，不再僅是達意的工具，而是具備更高的美感功能——表現節奏與情感。

不過譯詩中最精彩的，莫過於模仿原詩的韻腳與音步。先談韻腳。本論文在第三章〈胡適詩歌韻腳的試探歷程及美感功效〉第三節〈白話新詩的韻腳嘗試〉，已大致論述〈關不住了〉韻腳的表現，本文重點在於探討胡適如何模仿原詩。Sarah Teasdale "Over The Roofs"韻腳為 abcb，胡適〈關不住了〉也同為abcb，但是根據傅雲博研究，abcb 的韻腳類型中國舊詩早有使用，胡適最特別

〔註57〕 參考熊權：《《新青年》圖傳》，（西安：陝西人民出版社，2013.06），頁 294。

〔註58〕 1914 年 7 月 29 日記載〈標點符號釋例〉；1915 年 3 月 15 日追憶 1914 年 12 月所寫的〈睡美人歌〉一詩，說明此首詩是胡適第一次寫詩使用他所擬的新式標點符號；1915 年 8 月 3 日〈讀詞偶得〉對於斷句特別研究，也區分了標點與不用標點的差別；1916 年 7 月 30 日〈一首白話詩引起的風波〉多有提到「和諧之音調」、白話語文、標點符號的聲音意義等。

〔註59〕 胡適：〈論句讀及文字符號〉，《科學》第 2 卷第 1 期，1916.01。

〔註60〕（法）德拉圖爾，（法）熱納潘，（法）萊昂～杜富爾等編著；毛意忠編譯；吳振勤審校：《巴黎索邦大學語法教程・全新法語語法》，（上海：上海譯文出版社，2013.08），頁 309。

〔註61〕 Daniel Fried, "Bcijing's Crypto-Victorian: Traditionalist lnfluences on Hu Shi's Poetic Practice", p.384.

的是在一、三段運用很自然的「雙音節」（two-syllable）模仿原詩的韻腳，如「關了」模仿"door"，「難了」模仿"more"。〔註62〕傅雲博進一步論述，胡適額外添加「了」字，從中文譯詩的文法來說或許是多餘的，但卻能巧妙的接近原詩。〔註63〕漢語一字一音，韻腳後面加上輕聲「了」，則仿若英詩韻腳的輕音。

音步的模仿也如出一轍。傅雲博認為，「Teasdale 詩是由三步抑揚格組成的，一行之中有三個重音節，但都有一個輕音節間隔。偶爾，一行之中會額外添加一個輕音節，以便創造一種急衝的感覺，或者表現連續的動作」〔註64〕，而胡適為了模仿 Teasdale 詩中的節奏，會將中文的「輕聲字」擺在較重讀的中文字前後。〔註65〕除了上述韻腳「了」的例子之外，筆者認為胡適詩中較輕字的使用，如「叫愛情生生的餓死」，「一陣陣五月的濕風」等，其中「的」輕聲字的使用，及「一陣陣」的「一」字皆有如傅氏所言，是一種音步的模仿。筆者更進一步推論：胡適或許透過這首譯詩的音步試驗，發現了新詩中的「節」。Teasdale 詩是三步抑揚格，每一詩行由三組一輕一重的音步組成，如：（「╳」代表非重讀音節，「╱」指重讀音節）

$$\times \quad \diagup \quad \times \quad \diagup \quad \times \quad \diagup$$
| I said, | 'I have | shut my heart |

$$\times \quad \diagup \quad \times \quad \diagup \quad \times \quad \diagup$$
| As one | shuts an o | pen door, |

$$\times \quad \diagup \quad \times \quad \diagup \quad \times \quad \diagup$$
| That Love | may starve | there | in

$$\times \quad \diagup \quad \times \quad \diagup \quad \times \quad \diagup$$
| And trou | ble me | no more.'

每行有三組一輕一重的音步，首行"my"、第二行"an"，就如傅雲博所言，是 Teasdale 特別營造的節奏，「額外添加一個輕音節，以便創造一種急衝的感覺，或者表現連續的動作」；對比胡適的譯詩：

〔註62〕Daniel Fried, "Bcijing's Crypto-Victorian: Traditionalist lnfluences on Hu Shi's Poetic Practice", p.385.
〔註63〕Daniel Fried, "Bcijing's Crypto-Victorian: Traditionalist lnfluences on Hu Shi's Poetic Practice", p.385.
〔註64〕Daniel Fried, "Bcijing's Crypto-Victorian: Traditionalist lnfluences on Hu Shi's Poetic Practice", p.385.
〔註65〕Daniel Fried, "Bcijing's Crypto-Victorian: Traditionalist lnfluences on Hu Shi's Poetic Practice", p.385.

｜我說｜「我把心｜收起，｜

　｜像人家｜把門｜關了，

｜叫愛情｜生生的｜餓死，｜

　｜也許不再｜和我｜為難了。」｜

胡適明顯模仿 Teasdale 每行有三組音步的劃分，而「｜像人家｜把門｜關了」，其中「像人家」多少有 Teasdale 特別額外添加"my"一個輕音節的用意。本論文第二章第四節論述，胡適界定「自然音節」是新詩的節奏，而構成自然音節的要素之一便是「節」。「節」是詩行中的節奏單位，胡適舉沈尹默的新詩，如「旁邊─有一段─低低的─土墻─擋住了個─彈三弦的人」，將「低低的」、「擋住了個」等區分為一節，就如同〈關不住了〉詩中「節」的表現。

經過融合中國舊詞曲與模仿英詩格律的自由句洗禮後，胡適彷彿找到一條新的道路，信手拈來，有時融合舊詞曲的句式，如發表於 1919 年 7 月 6 日的〈小詩〉，開宗明義說「用『生查子』詞調，作了這首小詩」，〔註66〕但是詩句卻完全脫離舊詞的氣味，「也想不相思、／免得相思苦。／幾度細思量、／情願苦相思！／」；而寫於 1920 年 6 月 23 日的〈蔚藍的天上〉，則最具現代性，已有現代新詩形式之雛形。

蔚藍的天上，

這裡那裡浮著兩三片白雲；

暖和的日光

斜照著一層一層的綠樹，

斜照著黃澄澄的琉璃瓦：──

只有那望不盡的紅墻，

襯得住這些顏色！

下邊，一湖新出水的荷葉，

在涼風裡笑的狂抖。

那黝綠的湖水

也吹起幾點白浪，

陪著那些笑彎了腰的綠衣女郎微笑！〔註67〕

〔註66〕《每週評論》29 期，1919.7.6，第四版。

〔註67〕胡適：《嘗試集》再版，（上海：亞東書局，1920.9），頁 71。

全詩不押韻腳，以雙聲疊韻、重複的隱藏韻腳、重複字句，以及詩中的頓挫段落來調節奏。如「蔚藍的天上，／這裡那裡浮著兩三片白雲」，首句「藍、天」同韻；第二句「這裡那裡」重複「裡」，且誦讀時，「裡」為輕讀，自然形成頓歇。另外，「暖和的日光／斜照著一層一層的綠樹，／斜照著黃澄澄的琉璃瓦：——」，「琉璃」雙聲；而標點符號似〈關不住了〉般謹慎運用，成為抒情展現的節奏功效，如「暖和的日光」下不標點，形成跨行句式，製造節奏緩慢的效果〔註68〕；「斜照著黃澄澄的琉璃瓦：——」最後刪節號的使用有夕照延續的美感。胡適寫景詩一向評價較高，這首〈蔚藍的天上〉堪稱集所有試驗於一身，發展成最佳真正屬於「自然音節」的新詩——以詩中的頓挫段落為節奏，有韻有好，沒韻也無妨——如〈談新詩〉所言。

第四節　再度回歸舊詞的新詩，但運用更加自如

自 1923 年起，胡適開始從事舊詞編選，歷經漫長的三年，終於完成《詞選》一書，1927 年 7 月由商務書局出版發行。1926 年 9 月 30 日夜，胡適在英國倫敦作〈《詞選》自序〉〔註69〕說道：

> 《詞選》的工作起於三年之前，中間時有間斷，然此書費去的時間卻已不少。我本想還擱一兩年，等我的見解更老到一點，方才出版。但今年匆匆出國，歸國之期遙遙不可預定，有些未了之事總想作一結束，使我在外國心裏舒服一點。所以我決計把這 287 部書先行付印。〔註70〕

可知胡適編選舊詞的工作是起於 1923 年，出版時間本想延後，但 1926 年 7 月起發生國共內戰，又因至英國出席中英庚款委員會議，於是在國外旅遊。心情較平穩之後，決定提前出版。

胡適既然力求舊文學改良，提倡新文學，為何又要從事舊詞編選？這其實和他主張整理國故有關。余英時（1930～）評論，胡適留美歸國後不到兩年，便「暴得大名」而成為新學術、新思想的領導人物，探其原委，除了因為提倡

〔註68〕陳啟佑：〈新詩緩慢節奏的形成因素〉，《中外文學》7 卷 1 期，1978 年 6 月，頁 182～201。

〔註69〕寫作日期及地點，參考季維龍、曹伯言：《胡適年譜》，（安徽教育出版社，1986），頁 322。

〔註70〕朱正編選：《胡適文集·第 2 卷》，（廣州：花城出版，2013.01），頁 292。

白話文學所致外，他在國故學有出色的演出是最關鍵的因素，〔註71〕如留美期間發表的學術論文〈詩三百篇言字解〉，便深受蔡元培賞識。〔註72〕而 1919 年 8 月 16 日，胡適因致信毛子水，提出「用科學的研究法去做國故的研究」，〔註73〕更引發一股國故學的新思潮。早在章太炎、劉師培便有「保存國故」的說法，不過有別於章、劉等人的排外、民族主義目的，胡適較著重的反而是國故學的現代化意義，〔註74〕1921 年 7 月 31 日至南京東南大學演說〈研究國故的方法〉，提出「系統」的研究國故、整理國故，「方能使人有研究的興趣」，〔註75〕這便是強調國故的現代化意義。

胡適於演說中提出研究國故的四個方法，其中第四點便是「整理」。整理國故是為了使人人能解，故於形式上應「加上標點和符號，替它分開段落來」；於內容方面，則要「加上新的注解，折中舊有的注解。並且加上的序跋和考證，還要講明書底歷史和價值」。〔註76〕1923 年 1 月，由胡適任編委主任的《國學季刊》〔註77〕發行，胡適作〈發刊宣言〉，又再次強調「系統的整理」；〔註78〕同年舊詞的編選工作開始進行，則明顯隸屬有系統整理國故之一環。傳統的詞作排印通常不分行，句與句之間僅有句讀，片與片之間則空一格區分；胡適的《詞選》則不僅加上新式標點和符號，且在分片處分段，內容方面也加上新注解，為「系統的整理國故」之呼應。

胡適《詞選》之整理，深深影響他 1923 年以後所寫的新詩。早在 1925 年 1 月 25 日，胡適便於日記中寫道：「今年（1924）〔註79〕因選詞的關係，受詞

〔註71〕余英時：《中國近代思想史上的胡適》，頁 35～38。
〔註72〕余英時：《中國近代思想史上的胡適》，頁 38 注 44。
〔註73〕胡適：〈論國故學——答毛子水〉，胡適著：《胡適文集‧3》，（北京：人民文學出版社，1998.12），頁 328。
〔註74〕徐雁平：《胡適與整理國故考論——以中國文學史研究為中心》，（安徽教育出版社，2004.2），頁 3。
〔註75〕胡適：〈研究國故的方法〉，曹伯言整理：《胡適日記全集‧3》，（台北：聯經出版公司，2005），頁 237。
〔註76〕胡適：〈研究國故的方法〉，曹伯言整理：《胡適日記全集‧3》，頁 239～240。
〔註77〕1922 年 3 月 21 日胡適於日記載錄：「下午，開《國學季刊》編輯部會，他們仍要我做主任編輯。」曹伯言整理：《胡適日記全集‧3》，頁 477。
〔註78〕胡適：〈《國學季刊》發刊宣言〉，胡適著：《胡適文集‧3》，頁 372。
〔註79〕胡適日記雖寫於 1925 年 1 月 25 日，但實際上是對 1924 年的回顧，有標題〈一九二四年的年譜〉。曹伯言整理：《胡適日記全集‧4》，（台北：聯經出版公司，2005），頁 291～293。

調的影響很大，作詩多帶詞意，但已能脫胎換骨，不像《嘗試》第二編的一路了。填的詞也有好幾首。」並於日記述及，1924 年最得意的一首詩是〈小詩〉：

> 坐也坐不下，
>
> 忘又忘不了。
>
> 剛忘了昨兒的夢，
>
> 又分明看見夢裡那一笑。〔註80〕

胡適於日記僅載錄最後兩句「剛忘了昨兒的夢，／又分明看見夢裡那一笑」，〔註81〕該是呼應「受詞調的影響很大，作詩多帶詞意」的說法。其實「坐也坐不下，／忘又忘不了」兩句頗有「生查子」「也想不相思／免得相思苦」的味道；而最後兩句則具備詞的句式，可區分為「剛忘了，昨兒的夢；又分明，看見夢裡，那一笑」，典型以三言為基調，後續接四言，形成擴張的節奏感。1924年，胡適也再度填詞，有〈江城子〉、〈鵲橋仙・七夕〉等詞。大抵而言，1923年以後仿詞的詩，確實如胡適所言，較《嘗試集》第二編更成熟，不使用曲的襯字添字，文字較洗鍊，節奏也較輕快舒朗。有時仿詞的三句一韻，表現卻相當現代化，如〈鵲橋仙・七夕〉下片「不須蛛盒，／不須瓜果，／不用深深私禱」，〔註82〕用字相當自然，節奏表現也與第三階段「自然音節」的目標不同了。

　　不過胡適此時期的作品，則遠離現代性而走回頭路了。儘管仿詞的詩作已較現代化，但終究囿於詞牌之格律限制，無法省思各類形式所賦予的節奏意義了。

第五節　小結

　　以上研究，可看出胡適詩作中節奏的試驗軌跡大致有兩大脈絡：一為傳統舊詩詞曲，另一則為西洋譯詩。以傳統舊詩詞曲來說，從整言、abcb（或 aaba）的韻腳格式，到長短不一、三句一韻（或多句一韻）有別於詩的形式，最後甚至援用曲的襯字補白話語言之不足；這些都是傳統給予的養份。

　　不過，真正引發胡適詩歌節奏的改變契機，並影響中國新詩節奏史的源

〔註80〕　胡明編注：《胡適詩存・增補本》，頁 284。
〔註81〕　曹伯言整理：《胡適日記全集・4》，頁 293。
〔註82〕　胡明編注：《胡適詩存・增補本》，頁 287。

頭，還是來自於譯詩。因翻譯〈樂觀主義〉、〈哀希臘歌〉，開始意識長短不一的形式較能「辭旨暢達」，於是有舊詞形式的試驗；因翻譯、創作十四行詩，發現「音步」與「平仄律」的相通之處，而開展新詩「節」的理論；因譯詩〈關不住了〉更精確模仿原詩的分行、跨行、標點符號、韻腳及音步，故而使得詩中的分行、跨行及標點符號超越工具性，具備節奏及美感功能；「輕聲字」的使用，讓胡適更明確發現英詩的「音步」與新詩「節」的關聯，進一步運用於詩作。

就此而言，傳統舊詩詞曲如同堅固的堡壘，讓胡適有足夠的基石打下底子，不怕敵人入侵；譯詩則仿若作戰的前鋒，總能迎面對抗，打下精彩的一頁。傳統再結合譯詩，終使得胡適新詩節奏的建立影響一九二〇年代的詩壇，甚至整個中國新詩節奏史。

第六章　結　論

綜上論述，本論文的研究成果有下列幾點：

第一，胡適建立的新詩節奏是「自然音節」，而構成自然音節的要素之一便是「節」。胡適建立新詩的「節」歷經三階段：一為中國公學校時期批判律詩黏對的意義，二為留美時期，發現英詩的音步與律詩半入律之間的相通處；最末則是歸國後因「誦讀」與「音步」的啟發，開展新詩「節」的節奏性。所謂「節」，便是將詩句裡的停頓轉折處區分成好幾個段落，而經由「意義的自然」與「文法的自然」所區分的「節」，便是新詩的自然節奏。

然而胡適對於「節」的劃分，既無輕重對比，更無重複流動，與英詩音步相較之下，實難達致一定的節奏性。不過自胡適以後，詩歌節奏的單位由「平仄」轉向「詞句」（word），影響一九二〇年代新格律詩的發展，以及一九三〇年代「頓」節奏的建立；就新詩節奏史而言，胡適「節」的建立實深具開創意義，功不可沒。

第二，從胡適的書信、日記及古詩詞、新詩來看，胡適韻腳上的論述與試探，其實是嚴謹又開放的。無論對於平水韻、《廣韻》，或者詞譜、詞作的閱讀及研究，胡適總是嚴謹用功；但深入瞭解其中變化之後，又保持實驗及開放的態度，在白話語言基礎上，進行各式韻腳試探，以突破舊詩格律的局限。在美學上，胡適不因推行白話而否定文言詩韻腳的美感功效，反而保持開放的態度，拓展了新詩節奏的可能向度。總括而言，胡適試圖擺脫傳統音韻的束縛，擴大文人的選擇權，將表現節奏的媒介回歸詩行的脈絡中，由詩人決定。身為民初詩壇的領導著，胡適在新詩節奏史上的開創性，深具推展的意義。

　　第三，晚清詩壇對胡適新詩節奏論的影響不大，倒是友朋論辯則確實有關鍵性的啟發。若非梅光迪反對，胡適的第一首白話長詩不會出現；而任叔永對於詩歌節奏美學的論辯，促成胡適思考真正屬於白話詩的節奏樣式，尤其「節」的建立和任叔永「頓」的概念密不可分。再者，若非與錢玄同頻繁書信往來，胡適可能依舊嚴守詞曲格式的堡壘，而不會進化到自然音節的階段了。另外，2014 年 8 月由中國學者楊天石（1936～）主編的《錢玄同日記・整理本》問世後，解決 2002 年福建教育出版的《錢玄同日記・影印本》原稿判讀問讀，裨益筆者更能從日記上的蛛絲馬跡，準確解讀錢玄同的思想；而寫於 1919 年 1 月 1 日的日記，則透露錢玄同早在 1916 年的秋天已接觸過《新青年》雜誌，同時也閱讀胡適〈文學改良芻議〉一文的雛形，這與學界一般從 1917 年 1 月 1 日論述錢、胡二人的接觸，大約早了半年左右。

　　第四，發生於 1920 年 4 月到 1921 年 1 月之間的胡懷琛改詩事件，展現 20 年代讀者群對於胡適自然音節的接受狀態。胡懷琛改〈蝴蝶〉末句，凸顯白話與文言句法之間的差異，也彰顯 20 年代守舊派的美感價值；〈小詩〉「句中韻」的來回攻防，則意外點出讀者對於韻的感知能力。

　　第五、胡適詩作中節奏的試驗軌跡大致有兩大脈絡：一為傳統舊詩詞曲，另一則為西洋譯詩。以傳統舊詩詞曲來說，從整言、abcb（或 aaba）、的韻腳格式，到長短不一、三句一韻（或多句一韻）有別於詩的形式，最後甚至援用曲的襯字補白話語言之不足；這些都是傳統給予的養份。

　　不過，真正引發胡適詩歌節奏的改變契機，並影響中國新詩節奏史的源頭，還是來自於譯詩。因翻譯〈樂觀主義〉、〈哀希臘歌〉，開始意識長短不一的形式較能「辭旨暢達」，於是有舊詞形式的試驗；因翻譯、創作十四行詩，發現「音步」與「平仄律」的相通之處，而開展新詩「節」的理論；因譯詩〈關不住了〉更精確模仿原詩的分行、跨行、標點符號、韻腳及音步，故而使得詩中的分行、跨行及標點符號超越工具性，具備節奏及美感功能；「輕聲字」的使用，讓胡適更明確發現英詩的「音步」與新詩「節」的關聯，進一步運用於詩作。

　　就此而言，傳統舊詩詞曲如同堅固的堡壘，讓胡適有足夠的基石打下底子，不怕敵人入侵；譯詩則仿若作戰的前鋒，總能迎面對抗，打下精彩的一頁。傳統再結合譯詩，終於使得胡適新詩節奏的建立影響一九二〇年代的詩壇，甚至整個中國新詩節奏史。

　　然而本論文尚有議題未論。第一，影響胡適節奏建立的友人，除梅光迪、任叔永及錢玄同三位外，楊杏佛、朱經農、擘黃等也必須含括在內，因為他們同為胡適的文壇好友。然而因論爭的焦點不全集中在節奏，再加上資料取得有難度，將來時再議。第二，《新青年》主編陳獨秀獨具慧眼，大量刊登胡適的文章、白話詩詞等，並一同呼應文學革命，對於胡適新詩節奏的建立與討論，具有相當重要的意義。若非此傳媒，文學革命論不會如此排山倒海引發討論，胡適白話詩不會有如此多的讀者群，更不會引起錢玄同的論爭。然因主題與本論文不盡相侔，將另闢專文再述。

　　第三，胡適新詩節奏之接受，除了一九二〇年代胡懷琛改詩事件外，聞一多、胡先驌、周作人、朱湘等都該列入討論範疇。可惜閱讀反應的一手資料較無法收集，故筆者目前暫且擱下，待來時再議。

　　最末，認知詩學之應用於新詩節奏的闡釋，實是解析各類節奏形式之美感效應、讀者感知的最佳幫手。不過 Reuven Tsur 的著作目前在台灣學界仍無人關注，僅有東海大學周世箴教授開設認知詩學相關課程，但著重在「隱喻的認知詩學」研究；中國則僅有蘇曉軍、蔣勇軍等外文系學者引介，況且目前認知詩學的研究仍囿限於英文詩歌，中文詩歌的閱讀研究則較缺乏。曾志朗等研究者，只是針對一般文章的中文閱讀進行研究，至於詩歌的閱讀，則尚未進行。因此關於認知詩學之運用於新詩節奏的解析，尚需長久的學歷積累，方可觸及一二。

參考書目

1. （希）亞里斯多德（Aristotle）著，姚一葦譯注：《詩學箋註》，臺北：中華書局，1993 年。

2. （西）簡·施密特著，孫國榮譯：〈節奏及其他〉，收入白燕編：《音樂的基本知識——音樂知識文論選萃》，北京：中國文聯出版，1986 年。

3. （法）德拉圖爾、（法）熱納潘、（法）萊昂·杜富爾等編著，毛意忠編譯，吳振勤審校：《巴黎索邦大學語法教程·全新法語語法》，上海：上海譯文出版社，2013 年。

4. （德）H.R.姚斯、（美）R.C.霍拉勃著，周寧、金元浦譯：《接受美學與接受理論》，瀋陽：遼寧人民出版社，1987 年。

5. （德）漢斯·格奧爾格·加達默爾著，洪漢鼎譯：《真理與方法：哲學詮釋學的基本特徵上卷》，上海：上海譯文出版社，2004 年。

6. （日）松浦友久著，石觀海、趙德玉、賴幸譯：《節奏的美學——日中詩歌論》，瀋陽：遼寧大學出版社，1995 年。

7. （前蘇聯）阿列克謝耶夫著，陳相因譯：〈中國詩歌語言的改革：以胡適教授的《嘗試集》與附錄《去國集》為準繩〉，《中國文哲研究通訊》第 23 卷第 2 期，2013 年 6 月，頁 41～71。

8. （宋）黃庭堅著；鄭永曉整理：《黃庭堅全集·輯校編年·上》，南昌：江西人民出版社，2008 年。

9. （明）李東陽：《麓堂詩話》，北京：中華書局，1985 年。

10. （明）胡應麟：《詩藪》，北京：中華書局，1962 年。

11. （明）謝榛：《四溟詩話》卷三，北京：中華書局，1985 年。

12. （清）孫希旦著：《禮記集解·下》，北京：中華書局，1989 年。

13. （清）章學誠：《文史通義》，上海：上海書局影印出版，1988 年。

14. （清）陳僅：《詩誦》卷三，清光緒十一年四明文則樓木活字本。

15. 丁文江著，趙豐田編：《梁啟超年譜長編》，上海：上海人民出版社，1983 年。

16. 中共中央馬克恩、列寧、恩格斯、斯大林著作編譯局研究室編：《五四時期期刊介紹·第 3 集·下》，北京：生活·讀書·新知三聯書店，1959 年。

17. 中華民國史研究室編：《胡適來往書信選·上冊》，中國社會科學院近代史研究所，1983 年。

18. 中華書局編輯部點校：《全唐詩》，北京：中華書局，1999 年。

19. 尹海燕：《1896～1923：現代漢語詩歌音樂性理論研究》，四川師範大學文學院碩士論文，2008 年。

20. 王力：〈中國格律詩的傳統和現代格律詩的問題〉，《文學評論》，1959 年，頁 1～12。

21. 王力：〈什麼是虛詞和怎樣用虛詞〉，《王力文集·第三卷》，濟南：山東教育出版社，1985 年。

22. 王力：《詩詞格律》，北京：中華書局，2009 年。

23. 王力：《漢語史稿》，北京：中華書局，1980 年。

24. 王力：《漢語詩律學》，上海：上海教育出版社，2002 年。

25. 王光利：《胡適詩學批判》，浙江大學博士論文，2012 年 5 月。

26. 王汎森：《章太炎的思想 1968～1919 及其對儒學傳統的衝擊》，臺北：時報出版社，1985 年。

27. 王東杰：《建立學界·陶鑄國民·四川大學校長任鴻雋》，濟南：山東教育出版社，2012 年。

28. 王書婷：《為情感賦形：新詩節奏與意象的理論與實踐 1917～1937》，華中科技大學中文系博士論文，2006 年。

29. 王書婷：《新詩節奏和意象的理論與實踐 1917～1937》，武漢：華中科技大學出版社，2007 年。

30. 王軍宵：《現代詩歌音樂性的研究》，青島大學碩士論文，2003 年。

31. 王清波：《詩潮與詩神·中國現代詩歌三十年》，北京：中國人民大學出版社，1989 年。

32. 王森然：〈錢玄同評傳〉，《近代名家評傳・二集》，北京：生活・讀書・新知三聯書店，1998 年。

33. 王潤華：〈從「新潮」的內涵看中國新詩革命的起源——中國新文學史中一個被遺漏的腳註〉，《中西文學關係研究》，臺北：東大圖書，1987 年。

34. 王潤華：〈論胡適「八不主義」所受意象派之影響〉，《從司空圖到沈從文》，學林出版社，1989 年。

35. 王澤龍：〈胡適研究的歷史與現狀（上）〉，《荊州師專學報》，1998 年第 4 期。

36. 王澤龍：〈胡適研究的歷史與現狀（下）〉，《荊州師專學報》，1998 年第 6 期。

37. 北京圖書館編：《民國時期總書目 1911～1949 文學理論・世界文學・中國文學・上》，北京：書目文獻出版社，1992 年。

38. 北京魯迅博物館編：《錢玄同日記・影印本》，福州：福建教育出版社，2002 年。

39. 田張普主編：《中華小百科全書・語言文字卷》，四川辭書出版社，1994 年。

40. 白萩：〈在舊金山與紀弦話詩潮〉，《笠》171 期，1992 年 10 月，頁 104～124。

41. 任鴻雋：〈五十自述〉，收入樊洪業、張久春選編，《科學救國之夢——任鴻雋文存》，上海：上海科技教育出版社，2002 年。

42. 式芬（周作人）：〈〈評嘗試集〉匡謬〉，《晨報副刊》，1922 年 2 月 4 日。

43. 朱乃長編譯：《英詩十三味》，臺北：書林，2009 年。

44. 朱文華：《胡適評傳》，重慶：重慶出版社，1988 年。

45. 朱正編選：《胡適文集・第 2 卷》，廣州：花城出版，2013 年。

46. 朱光潛：〈詩的起源〉，《詩論》，臺北：萬卷樓，1990 年。

47. 朱光潛：〈論中國詩的頓〉，《新詩》月刊第三期，1936 年，頁 327～328。

48. 朱自清：〈中國新文學研究綱要〉，收於《文藝論叢》，上海文藝出版社，1982 年，頁 1～45。

49. 朱自清：〈詩韻〉，《新詩雜話》，香港：三聯，1947 年。

50. 朱自清：〈導言〉，《中國新文學大系・詩集》，上海：良友圖書，1935 年。

51. 朱自清等編：《聞一多全集》，臺北：里仁書局，1999 年。

52. 余光中：〈現代詩的節奏〉，《掌上雨》，天津：百花文藝出版社，2003 年。

53. 江勇振：《璞玉成璧【舍我其誰：胡適第一部】》，台北：聯經出版公司，2011.01。

54. 余薔薇：〈胡適詩學的接受史考察——以懂與不懂之爭為中心〉，武漢大學學報（人文科學版），第 67 卷第 4 期，2014 年 7 月。

55. 余薔薇：〈胡適詩學的接受歷史考察——以中西之爭為中心〉，海南師範大學學報（社會科學版），2012 年第 4 期。

56. 余薔薇：〈胡適詩學的接受歷史考察——以新舊之爭為中心〉，雲南師範大學學報（哲學社會科學版），第 44 卷第 3 期，2012 年 5 月。

57. 吳奔星：〈序言〉，收入吳奔星、李興華編選：《胡適詩話》，四川：四川文藝，1991 年。

58. 吳森：〈杜威思想與中國文化〉，收入汪榮祖編：《五四研究論文集》，臺北：聯經出版公司，1979 年，頁 125～156。

59. 吳潔敏、朱宏達：《漢語節律學》，北京：漢文出版社，2001 年。

60. 呂宗麟：〈館藏贈書專櫃手稿整理——方師鐸先生《淺說唐詩》系列〉，東海大學圖書館館訊 新十一期，2002.8.15，http://www.lib.thu.edu.tw/newsletter/11～200208/lib11-5.htm。

61. 宋劍華：〈論胡適的新詩理論與創作〉，《荊州師專學報》，1995 年第 3 期。

62. 李又寧主編：《胡適與他的朋友》，紐約：天外出版社，1990 年。

63. 李宗剛：〈科舉制度的廢除與五四文學的發生〉，《徐州師範大學學報》（哲學社會科學版），第 32 卷第 5 期，2006 年。

64. 李思純：〈詩體革新之形式及我的意見〉，《少年中國》2 卷 6 期，1920.12.15。

65. 李美燕：〈「和」與「德」——柏拉圖與孔子的樂教思想之比較〉，《藝術評論》第二十期，2010 年，頁 125。

66. 李國輝：〈從胡適的文學創作重審其早期詩學理論〉，《浙江社會科學》2008 年第 3 期。

67. 李國輝：《比較視野下中國詩律觀念的變遷》，北京：中國社會科學出版社，2011 年。

68. 李瑞騰：〈晚清白話文運動的意義〉，《晚清文學思想論》，臺北：漢光出版公司，1992 年。

69. 李翠瑛：〈詩情音韻——論新詩的內在節奏及其形式表現技巧〉，《雪的聲

音——臺灣新詩理論》，台北：萬卷樓，2007.12。

70. 汪原放：《回憶亞東圖書館》，學林出版社，1983年。

71. 汪雲霞：《知性詩學與中國現代詩歌》，上海：上海世紀出版集團，2009年。

72. 狄葆賢：《平等閣詩話》卷二，上海：有正書局出版，清宣統2年。

73. 肖向雲編：《民國詩論精選》，杭州：西泠印社出版，2013年。

74. 肖岸主編：《康熙字典》，北京：華齡出版社，1998年。

75. 周策縱：〈論胡適的詩〉，收入唐德綱：《胡適雜憶》〈附錄〉，臺北：傳紀文學，1980年。

76. 周策縱著，周子平等譯：《五四運動：現代中國的思想革命》，江蘇：人民出版社，1996年。

77. 季維龍、曹伯言：《胡適年譜》，安徽教育出版社，1986年。

78. 易白沙：〈孔子平議·下〉，《新青年》2卷1號，上海：群益書社，1916年。

79. 易竹賢：《胡適傳》，武漢：湖北人民出版社，2005年。

80. 易竹賢：《胡適與現代中國文化》，武漢：武漢大學出版社，1993年。

81. 周作人著；楊揚編：《周作人批評文集·世紀的回響·批評卷》，珠海：珠海出版社，1998.10。

82. 林文光編：《錢玄同文選》，成都：四川文藝出版社，2010年。

83. 林庚：《新詩格律與語言的詩化》，北京：經濟日報，2001年。

84. 林明德：〈《嘗試集》的詩史定位〉，收入中國古典文學研究會主編，《五四文學與文化變遷》，台灣學生書局，1990年。

85. 林明德：〈憂患中的心聲——論胡適之的「白話新詩」〉，《明道文藝》177期，1990.12。

86. 林秋芳：〈建行的認知詩學詮釋——胡適初期的譯詩與新詩〉，國立臺中科技大學語文學院編：《2012文化·語言·教學國際學術研討會論文集》，2012年11月。

87. 林秋芳：〈節奏的理論及實踐——覃子豪大陸時期的詩論及詩作〉，《南亞學報》第26期，2006年12月；收入陳義芝編選：《台灣現當代作家研究資料彙編·覃子豪》，國立台灣文學館出版，2011年3月。

88. 林麗月：〈梅光迪與新文化運動〉，收入汪榮祖編，《五四研究論文集》，臺北：聯經出版公司，1979年。

89. 武漢大學聞一多研究室編：《聞一多論新詩》，武漢：武漢大學出版社，1985 年。

90. 阿英編選：《中國新文學大系‧史料索引》，上海：良友圖書，1936 年。

91. 姜濤：《「新詩集」與中國新詩的發生》北京：北京大學出版社，2005 年。

92. 宣城縣政協文史委員會編：《宣城縣文史資料 第 1 輯》，宣城縣：出版者不詳，1985 年。

93. 施逢雨：〈單句律化：永明聲律運動走向律化的一個關鍵過程〉，《清華學報》，第二十九卷第三期，1999 年 9 月，頁 301～320。

94. 施議對：《胡適詞點評‧增訂本》，北京：中華書局，2006 年。

95. 柳村：《漢語詩歌的形式：詩歌格律新論》，開封市：河南大學出版社，1990 年。

96. 柳亞子：《人民日報近代中國人物自述系列‧柳亞子自述‧續編‧1887～1958》，北京：人民日報出版社，2012 年。

97. 洪敦明：《漢語文本安置詞間空格線索對於閱讀效率之影響》，中正大學心理學研究所碩士論文，2005 年。

98. 眉睫：《文學史上的失蹤者》，北京：金城出版社，2013 年。

99. 胡先驌：〈評《嘗試集》〉，《學衡》第 1 期，1922 年 1 月。

100. 胡宗剛撰：《胡先驌先生年譜長編》，南昌：江西教育出版社，2008 年。

101. 胡明編注：《胡適詩存‧增補本》，北京：人民文學出版社，1993 年。

102. 胡適：〈十七年的回顧〉，收入姜義華主編，《胡適學術文集》，北京：中華書局，1993 年。

103. 胡適：〈小詩〉，《每週評論》29 期，1919.7.6。

104. 胡適：〈六百男兒行〉，《競業旬報》第 30 期，1908.10.15。

105. 胡適：〈文學改良芻議〉，《新青年》第 2 卷第 5 號，1917.1.1。

106. 胡適：〈四版自序〉，《嘗試集》，上海：亞東書局，1922 年 10 月。

107. 胡適：〈白話詩八首〉，《新青年》第 2 卷第 6 號，1917.2.1。

108. 胡適：〈朋友〉，《新青年》第 2 卷第 6 號，上海：群益書社，1917.2.1。

109. 胡適：〈附錄：日本譯中國五十年來之文學序〉，收入姜義華主編，《胡適學術文集》，北京：中華書局，1993 年。

110. 胡適：〈胡適致陳獨秀答錢玄同〉，《新青年》第 3 卷第 4 號「通信」欄，上海：群益書社，1917.6.1。

111. 胡適：〈致陳獨秀信〉，《新青年》第 2 卷第 2 號「通信」欄，上海：群益書社，1916.10.1。

112. 胡適：〈軍人美談〉，《競業旬報》第 30 期，1908.10.15。

113. 胡適：〈談新詩〉，《星期評論‧紀念號》，1919.10.10 第五張，收入楊振武、周和平主編，《紅色起點‧14‧中國共產主義運動早期稀見文獻彙刊‧《每周評論》‧《星期評論》‧《湘江評論》》，上海：中西書局，2012 年。

114. 胡適：〈談新詩〉，收入姜義華主編，《胡適學術文集》，北京：中華書局，1993 年。

115. 胡適：〈談談『胡適之體』的詩〉，歐陽哲生編：《胡適文集‧9》，北京：北京大學出版社，1998 年。

116. 胡適：〈論小說及白話韻文〉，《新青年》第 4 卷第 1 號「通信欄」，1918.1.15。

117. 胡適：〈贈別怡蓀歸娶〉，《競業旬報》第 39 期，1909.1.12。

118. 胡適：《去國集‧自序》，《嘗試集》再版，上海：亞東書局，1920 年。

119. 胡適：《四十自述》，臺北：遠流文化公司，2005 年。

120. 胡適：《澄衷中學日記》，收入北京大學圖書館編，《北京大學圖書館藏胡適未刊書信日記》，北京：清華大學出版社，2002 年。

121. 胡適口述，唐德剛譯註：《胡適口述自傳》，臺北：遠流文化公司，2010 年。

122. 胡適著，耿雲志主編：《胡適遺稿及秘藏書信》，合肥市：黃山書社，1994 年。

123. 胡適著，曹伯言整理：《胡適日記全集》，臺北：聯經出版公司，2005 年。

124. 胡懷琛：〈讀胡適之《嘗試集》〉，《神州日報》，1920.4.30。

125. 胡懷琛：《大江集》三版，上海：梁溪圖書館，1924.8.1。

126. 胡懷琛：《詩學討論集》七版，上海：新文化書社，1934 年。

127. 胡懷琛編：〈《嘗試集》批評〉，《嘗試集批評與討論》三版，泰東圖書局，1925 年。

128. 唐德剛：〈附錄〉，《胡適雜憶》，臺北：傳紀文學，1980 年。

129. 夏曉虹：《覺世與傳世——梁啟超的文學道路》，北京：中華書局，2006 年。

130. 孫力平：《中國古典詩歌句法流變史略》，杭州：浙江大學出版社，2011 年。

131. 徐志摩：〈《詩刊》弁言〉，《晨報‧詩鐫》，1926 年 4 月 1 日。

132. 耿雲志：〈論胡適的實驗主義〉，《胡適研究論稿》，北京：社會科學文獻出版社，2007 年。

133. 耿雲志：〈《胡適研究論叢》發刊前言〉，《蓼草續集：耿雲志學術隨筆》，臺北：秀威資訊，2008 年。

134. 馬君武：〈哀希臘歌〉，收入施蟄存主編，《中國近代文學大系 1840～1919·第 11 集·第 28 卷·翻譯文學集·3》，上海：上海書店出版社，1991 年。

135. 高友工：〈《古詩十九首》與自省美典〉，《中國抒情傳統的再發現·上》，臺北：臺大出版中心，2009 年。

136. 高友工：《中國美典與文學研究論集》，臺北：臺大出版社，2004 年。

137. 高楠：《《嘗試集》的版本分析兼及文學史評價》，陝西師範大學碩士學位論文，2012 年 5 月。

138. 商衍鎏：《清代科舉考試述錄》，北京：生活·讀書·新知三聯書店，1958 年。

139. 常文昌：《中國現代詩歌理論批評史》，北京：人民文學出版社，2004 年。

140. 康白情：〈新詩底我見〉，《少年中國·詩學研究號》1 卷 9 期，1920 年。

141. 康江昆：《詞與初期白話詩歌的共舞——以胡適的詩詞活動為例》，華中師範大學碩士論文，2011 年 5 月。

142. 張永中：《文化視野下的變譯研究》，武漢：湖北人民出版社，2013 年。

143. 張黎敏：《《時事新報·學燈》：文化傳播與文學生長》，華東師範大學博士論文，2009 年。

144. 曹述敬：《錢玄同年譜》，濟南：齊魯書社，1986 年。

145. 曹順慶等編著：《中西比較詩學史》，成都：巴蜀書社，2008 年。

146. 曹聚仁：〈時報與狄平子〉，收入曹雷，曹憲鏞編，《上海春秋》，上海：上海人民出版社，1996 年。

147. 梁啟超：《梁啟超全集·9》，北京：北京出版社，1999 年。

148. 梁啟超：《新中國未來記》，收入張韌主編，《爭鳴小說百年精品系·1》，北京：當代世界出版社，1999 年。

149. 梁啟超主編：《新民叢報》第 4 期，橫濱：新民叢報社，明治 35（1902）年。

150. 梁啟超主編：《新民叢報》第 9 期，橫濱：新民叢報社，明治 35（1902）年。

151. 梁啟超著;周嵐,常弘編:《飲冰室詩話》,長春:時代文藝出版社,1998年。

152. 梁菲菲、白學軍:〈切分空間和切分方式對中文閱讀績效影響的眼動研究〉,《心理研究》,2010,3(1):21～28。

153. 梁實秋著,劉天、華維辛編選:《梁實秋懷人叢錄》,北京:中國廣播電視出版,1991年。

154. 梅光迪著,中華梅氏文化研究會編:《梅光迪文存》,武漢:華中師範大學出版社,2011年。

155. 章太炎:〈答曹聚仁論白話詩〉,收入王永生主編,《中國現代文論選》第一冊,貴陽:貴州人民出版社,1982年。

156. 章炳麟:《太炎最近文錄》,上海:國學書室,1915年。

157. 章炳麟:《章太炎的白話文》,瀋陽:遼寧教育出版社,2003年。

158. 許霆、魯德俊:《新格律詩研究》,銀川:寧夏人民出版社,1991年。

159. 郭延禮:《中國近代翻譯文學概論修訂本》,武漢:湖北教育出版社,2005年。

160. 郭沫若:〈給李石岑的信〉,收入胡懷琛著,《詩學討論集》,上海:新文化書社,1934年七版。

161. 郭沫若:〈論節奏〉,《郭沫若全集·文學編·第20卷》,北京:人民文學,1992年。

162. 郭斌龢:〈梅迪生先生傳略〉,收入宣城縣政協文史委員會編著,《宣城縣文史資料·第1輯》,1985年。

163. 郭斌龢:〈梅迪生先生傳略〉,收入羅崗、陳春豔編,《梅光迪文錄》,遼寧教育出版社,2001年。

164. 郭道暉、孫敦恒編:《聞一多青少年時代詩文集》,雲南人民出版社,1983年。

165. 陳子展撰,徐志嘯導讀:《中國近代文學之變遷·最近三十年中國文學史》,上海:上海古籍出版社,2000年。

166. 陳本益:〈自由詩建行的原則〉,《詩探索》1996年第2期。

167. 陳本益:《漢語詩歌的節奏》,臺北:文津,1994年。

168. 陳啟佑(渡也):〈新詩形式設計的美學——排比篇〉,(《中外文學》21卷9期,1993年2月,頁107～141。

169. 陳啟佑：〈新詩形式設計的美學——對偶篇〉（《國立彰化師範大學國文系集刊》第 1 期，1996.6。

170. 陳啟佑：〈新詩緩慢節奏的形成因素〉（《中外文學》7 卷 1 期，1978 年 6 月，頁 182～201。

171. 陳萬雄：《五四新文化的源流》，北京：生活‧讀書‧新知三聯書店，1997 年。

172. 陳學恂，田正平編：《中國近代教育史資料彙編‧留學教育》，上海：上海教育出版社，1991 年。

173. 陳獨秀：〈陳獨秀答錢玄同〉，《新青年》2 卷 6 號，1917.2.1。

174. 喬琦、鄧艮：〈艾青自由詩的建行〉，《和田師範專科學校學報》，2004 年第 4 期。

175. 彭瑞元、陳振宇：〈「偶語易安、其字難適」：探討中文讀者斷詞不一致之原因〉，《中華心理學刊》第 46 卷第 1 期，頁 49～55。

176. 曾志朗：〈漢字閱讀：腦中現形記〉，《科學人》第 20 號，2003.10，頁 70～73。

177. 覃子豪：《覃子豪全集 I》，臺北：覃子豪全集出版委員會，1965 年。

178. 覃子豪：《覃子豪全集 II》，臺北：覃子豪全集出版委員會，1965 年。

179. 黃永武：《中國詩學‧鑑賞篇》，臺北：巨流，2005 年。

180. 黃維樑：〈五四新詩所受的英美影響〉，《中國文學縱橫論》，臺北：東大圖書，1988 年。

181. 新詩社編輯部編：《中國新詩集序跋選 1918～1949》，湖南：湖南文藝出版社，1986 年。

182. 楊天石：〈錢玄同與胡適〉，《哲人與名士》，臺北：風雲時代，2009 年。

183. 楊天石主編：《錢玄同日記‧整理本》，北京：北京大學出版社，2014 年。

184. 楊宇清編：〈楊杏佛傳〉，《楊杏佛》，北京：中國文史出版社，1991 年。

185. 楊牧：〈音樂性〉，《一首詩的完成》，臺北：洪範書店，1989 年。

186. 溫源寧：〈胡適博士〉，收入蕭南編，《我的朋友胡適之》，成都：四川文藝出版社，1995 年。

187. 葉嘉瑩：〈論杜甫七律之演進及其承先啟後之成就〉代序，《杜甫秋興八首集說》，石家莊：河北教育出版，1997 年。

188. 葉維廉：〈中國現代詩的語言問題〉，收入張漢良、蕭蕭編選，《現代詩導

讀》，臺北：故鄉出版社，1982 年。

189. 葉寶奎著：《明清官話音系》，廈門：廈門大學出版社，2001 年。

190. 董秀芳：《詞彙化：漢語雙音詞的衍生和發展》，成都：四川民族出版，2002 年。

191. 賈植芳、俞元桂主編：《中國現代文學總書目》，福州：福建教育出版社，1993 年。

192. 雷頤：〈譯者序〉，收入周明之著，雷頤譯，《胡適與中國現代知識份子的選擇》，桂林：廣西師範大學出版社，2005 年。

193. 鄒依霖：《現代詩音樂性及其與聲情關係之美學研究》，台北：台灣師範大學國文系碩士論文，2006 年。

194. 廖七一：《胡適詩歌翻譯研究》，北京：清華大學出版社，2006 年。

195. 漢語大詞典編纂處編：《漢語大詞典訂補》，上海：上海辭書出版社，2010 年。

196. 熊權：《《新青年》圖傳》，西安：陝西人民出版社，2013 年。

197. 聞一多：〈詩的格律〉，《晨報・詩鐫》第 7 號，1926.5.13，頁 29～31。

198. 聞黎明、侯菊坤編：《聞一多年譜長編》，武漢：湖北人民出版社，1989 年。

199. 趙慧芝：〈任鴻雋年譜〉，《中國科技史料》，第 9 卷第 2 期，1988 年。

200. 齊全編著：《梁啟超著述及學術活動繫年綱目》，北京：中國社會科學出版社，2011 年。

201. 劉半農：〈四聲實錄序贅〉，《半農雜文第一冊》，北平：星雲堂書店，1934 年。

202. 劉半農：〈我之文學改良觀〉，《新青年》3 卷 3 號，1917.5.1。

203. 劉半農：〈詩與小說精神上之革新〉，《新青年》第 3 卷第 5 號，1917.7.1。

204. 劉克敵：〈從摯友到對手——對胡適與梅光迪「文學革命」爭論的再評價〉，山東師範大學學報（人文社會科學版）第 58 卷第 3 期，2013 年。

205. 劉若愚：〈中國詩學——做為詩之表現媒介的中文〉，收入瘂弦、梅新主編，《詩學》第一輯，臺北：巨人出版社，1976 年。

206. 劉復：〈餘論〉，《四聲實驗錄》，北京：中華書局，1950 年。

207. 蔡元培等著：《中國新文學大系導論集》，長沙：嶽麓書社，2011 年。

208. 蔡介立等：〈眼球移動測量及在中文閱讀研究之應用〉，《應用心理研究》第 28 期，2005，頁 91～104。

209. 鄭雅尹:〈東雲西雁兩遲遲:狄葆賢《平等閣詩話》探析〉,收入黃霖,周興陸主編,《視角與方法·復旦大學第三屆中國文論國際學術研討會論文集》,南京:鳳凰出版社,2013 年。

210. 鄭毓瑜:〈聲音與意義——「自然音節」與現代漢詩學〉,《清華學報》新 44 卷第 1 期,2014.3,頁 157~183。

211. 鄭慧如:〈新詩的音樂性——台灣詩例〉,《當代詩學》第 1 期,2005.4。

212. 鄭慧如:〈韻律在新詩中的示意作用〉,《海峽兩岸文學史研討會論文集》,廈門大學,2005.10.15。

213. 黎錦熙著:《國語運動史綱》,北京:商務印書館,2011 年。

214. 盧樂山主編:《中國女性百科全書·文化教育卷》,瀋陽:東北大學出版,1995 年。

215. 錢玄同:〈二十世紀第十七年七月二日錢玄同敬白〉,《新青年》三卷六號,1917.8.1。

216. 錢玄同:〈答胡適論小說及白話韻文〉,《新青年》4 卷 1 號「通信欄」,1918.1.15。

217. 錢玄同:〈錢玄同致陳獨秀〉,《新青年》二卷六號,1917.2.1。

218. 錢玄同等主辦:《湖州白話報》,上海:開明書店,1904.5.15。

219. 錢基博編著:《國學必讀·上》,北京:中華書局,1924 年。

220. 龍清濤:《新詩格律理論研究》,北京大學中文博士論文,1996 年。

221. 龍榆生:《詞學十講》,北京:北京出版社,2011 年。

222. 戴望舒:《望舒草》,北京:人民文學出版社,2000 年。

223. 謝昭新:〈胡適《嘗試集》對新詩的貢獻〉,《安徽師範大學學報》,1996 年第 1 期。

224. 鍾軍紅:《胡適新詩理論批評》,北京:人民文學出版社,2005 年。

225. 韓海:〈胡適的為人處世哲學〉,《那些年情依何處——民國十大才子的恩怨糾葛》,北京:台海出版社,2014 年。

226. 羅良北編著:《英詩概論》,武漢:武漢大學出版社,2002 年。

227. 羅崗、陳春豔編:《梅光迪文錄》,瀋陽:遼寧教育出版社,2001 年。

228. 蘇曼殊:〈哀希臘〉,柳亞子編:《蘇曼殊全集 1》,北京:當代中國出版社,2007 年。

229. 龔翰雄:〈歌德作品在中國〉,《20 世紀西方文學研究》,福州:福建人民

出版社，2005 年。

230. 龔鵬程：〈傳統與反傳統——論晚清到五四的文化變遷〉，《近代思想史散論》，臺北：東大圖書公司，1991 年。

231. Daniel Fried, "Bcijing's Crypto-Victorian: Traditionalist lnfluences on Hu Shi's Poetic Practice", *Comparative Critical Studies*, Volume 3, Issue 3, 2006, pp.371～389.

232. Derek Attridge, *The Rhythms of English Poetry*, New York: Longman Inc.,1982.

233. George A. Miller, "The Magical Number Seven, Plus or Minus Two: Some Limits on Our Capacity for Processing Information," *Psychological Review*, 1994, Vol.101, No.2, pp.343～352.

234. Reuven Tsur, *Poetic Rhythm: Structure and Performance*, Berne: Lang,1998.

235. Reuven Tsur, *Toward a theory of cognitive poetics*, New York: North-Holland, 1992.

236. Yen MH, Radach R, Tzeng OJ, Hung DL, Tsai JL. (2009). "Early parafoveal processing in reading Chinese sentences," *Acta psychological*, 131(1), 24～33.

附　錄

一、胡適新詩節奏論相關資料表

論者／發表者	篇名／書名	登載刊物／出版社	卷／期／頁	日　期	備　註
胡適	〈十七年的回顧〉	上海《時報》		1921.10.10（1904 年胡適接觸現代詩人來源之說明）	提及《時報》刊載的《平等閣詩話》，是胡適 14 歲時最早接觸現代詩人的來源。
胡適	〈最近之五十年〉（後改為〈五十年來中國之文學〉）	《申報》五十週年紀念刊		作於 1922.3.3，原載 1923.2《申報》五十週年紀念刊	1. 特別推舉黃導獻之白話詩，認為他寫的詩以及思想是較前衛的。2. 認為他的詩如〈降將軍歌〉、〈聶將軍歌〉等都是用做文章的方法來做的。這種詩的長處在於條理清楚、敘述分明……好處就在於先求「通」、先求達意、先求懂得。3. 提及五四前後的白話詩運動，認為 1916 年是白話文學運動之初始。陳子展認為這篇文章是「就新文藝全部而概括加以評述的，最初為胡適」。

胡適	〈西文詩歌甚少全篇一韻〉	《胡適日記全編》1，胡適著；曹伯言整理，合肥：安徽教育出版社，2001.9	頁 207	1913.10.16	胡適在日記中提到西文詩歌大多換韻，很少全篇一韻。而今天讀到 Browning 兩首詩，竟然全篇通用一韻，所以特別記錄下來。
胡適	〈久雪後大風寒甚作歌〉	《胡適日記全編》1，胡適著；曹伯言整理，合肥：安徽教育出版社，2001.9	頁 227～228	1914.1.29	嘗試三句一韻（三句轉韻體），認為在西文詩中是常見的格式，在中國則是創見。（許少南認為在中國古詩亦有，只是未通篇全用三句一轉。1914.5.31 在〈山谷之三句轉韻體詩〉一文中，悔悟自己之狂傲。因為早在宋朝的黃山谷，已可見通篇三句轉韻體的詩句。然而由此可知，胡適一開始接觸三句轉韻詩的來源是西洋詩，而非中國古典詩）
胡適	〈樂觀主義〉	《胡適日記全編》1，胡適著；曹伯言整理，合肥：安徽教育出版社，2001.9	頁 228～230	1914.1.29	譯英國詩人卜郎吟（Robert Browning）的詩，以騷體譯之，認為「殊不費氣力而辭旨都暢達」，「我闢一譯界新殖民地也」。
胡適	〈裴倫〈哀希臘歌〉〉	《胡適日記全編》1，胡適著；曹伯言整理，合肥：安徽教育出版社，2001.9	頁 230～238	1914.2.3	
胡適	〈雪消記所見併楊任二君和詩〉	《胡適日記全編》1，胡適著；曹伯言整理，合肥：安徽教育出版社，2001.9	頁 268～269	1914.3.25	胡適此篇記載「久不作近體詩矣」，但卻與楊銓、任叔永互作和詩，可見得在文學革命前，胡適與同是留美的文人，在詩作的討論、應和上是相當頻繁的。

胡適	〈叔永作即事一律索和〉	《胡適日記全編》1，胡適著；曹伯言整理，合肥：安徽教育出版社，2001.9	頁278～279	1914.5.25	胡適作完和詩後，說道自己久不作律詩，以為從此可絕筆不作近體；然因叔永之故，重作馮婦。
胡適	〈論律詩〉	《胡適日記全編》1，胡適著；曹伯言整理，合肥：安徽教育出版社，2001.9	頁280～281	1914.5.27	
胡適	〈杏佛和前韻〉	《胡適日記全編》1，胡適著；曹伯言整理，合肥：安徽教育出版社，2001.9	頁282	1914.5.27	
胡適	〈《春朝》一律併任楊二君和詩〉	《胡適日記全編》1，胡適著；曹伯言整理，合肥：安徽教育出版社，2001.9	頁283～285	1914.5.31	
胡適	〈山谷之三句轉韻體詩〉	《胡適日記全編》1，胡適著；曹伯言整理，合肥：安徽教育出版社，2001.9	頁285	1914.5.31	1914.1.29〈久雪後大風寒甚作歌〉作後認為自己引用西洋詩三句一轉之韻體是中國詩的創見，但在1914.5.31讀完山谷詩後悔悟自己的狂傲及讀書太少。
胡適	〈叔永贈傅有周歸國，余亦和一章贈行〉	《胡適日記全編》1，胡適著；曹伯言整理，合肥：安徽教育出版社，2001.9	頁285～286	1914.6.1	叔永此詩較白話，胡適讚此詩最好。胡適的和詩雖白話，但有用典故。

胡適	〈得家中照片題詩〉	《胡適日記全編》1,胡適著;曹伯言整理,合肥:安徽教育出版社,2001.9	頁 291	1914.6.6	仿古詩十九的形式,為五言古詩體。
胡適	〈游「英菲兒瀑泉山」三十八韻〉	《胡適日記全編》1,胡適著;曹伯言整理,合肥:安徽教育出版社,2001.9	頁 296〜298	1914.6.12	文中記載:「退之〈南山詩〉非無名句,其病在於欲用盡險韻,讀者但覺退之意在用韻,不在寫景也。」
胡適	〈科學社之發起〉	《胡適日記全編》1,胡適著;曹伯言整理,合肥:安徽教育出版社,2001.9	頁 307	1914.6.29	趙元任、胡達、楊銓、任鴻雋等同聚一室,提倡發刊《科學》月刊。
胡適	〈統一讀音法〉	《胡適日記全編》1,胡適著;曹伯言整理,合肥:安徽教育出版社,2001.9	頁 312〜318	1914.7.4	仍用切音,但選定統一的子音及母音。
胡適	〈自殺篇〉	《胡適日記全編》1,胡適著;曹伯言整理,合肥:安徽教育出版社,2001.9	頁 331〜332	1914.7.7	說理五言長詩,自許「全篇作極自然之語,自謂頗能達意。吾國詩每不重言外之意,故說理之作極少。」
胡適	〈〈哀希臘歌〉譯稿〉	《胡適日記全編》1,胡適著;曹伯言整理,合肥:安徽教育出版社,2001.9	頁 375	1914.7.13	叔永作序,附馬君武、蘇曼殊兩家譯本寄怡蓀,請他代為印刷發行。
胡適	〈標點符號釋例〉	《胡適日記全編》1,胡適著;曹伯言整理,合肥:安徽教育出版社,2001.9	頁 399〜400	1914.7.29	說明自己寫日記向無體例,但自今日起作文所用句讀符號,要有一定的體例。如人名旁加「單直」矩……,句號逗句等。

胡適	〈讀君武先生詩稿〉	《胡適日記全編》1，胡適著；曹伯言整理，合肥：安徽教育出版社，2001.9	頁 416～417	1914.8.11	
胡適	〈送許肇南歸國〉	《胡適日記全編》1，胡適著；曹伯言整理，合肥：安徽教育出版社，2001.9	頁 418～419	1914.8.14	七言古詩。
胡適	〈譯《詩經・木瓜》詩一章〉	《胡適日記全編》1，胡適著；曹伯言整理，合肥：安徽教育出版社，2001.9	頁 544～545	1914.12.3	
胡適	〈世界會十週記念，詩以祝之〉	《胡適日記全編》1，胡適著；曹伯言整理，合肥：安徽教育出版社，2001.9	頁 567-574	1914.12.22	胡適創作英文詩 Sonnet，並展示其詩作修改過程，尤其韻的修改。
胡適	〈世界會十週記念，詩以祝之──〈告馬斯詩〉〉	《胡適日記全編》2，胡適著；曹伯言整理，合肥：安徽教育出版社，2001.10	頁 3～5	1915.1.1	英文十四行詩。
胡適	〈三句轉韻體詩〉	《胡適日記全編》2，胡適著；曹伯言整理，合肥：安徽教育出版社，2001.10	頁 51～52	1915.2.11	再次得知元〈中興頌〉與蘇東坡〈次韻和山谷畫馬試院中作〉二首皆三句轉韻體詩。
胡適	〈睡美人歌〉	《胡適日記全編》2，胡適著；曹伯言整理，合肥：安徽教育出版社，2001.10	頁 88～90	1914.12 作，1915.3.15 追記	胡適說明此首詩是一次使用他所擬的新式標點符號。

胡適	〈墓門行〉	《胡適日記全編》2，胡適著；曹伯言整理，合肥：安徽教育出版社，2001.10	頁113～114	1915.4.12	翻譯詩，使用騷體。
胡適	〈老樹行〉	《胡適日記全編》2，胡適著；曹伯言整理，合肥：安徽教育出版社，2001.10	頁120～121	1915.4.26	1. 自己作跋，說明此首詩乃「三句轉韻體」，而末二句的形式已突破傳統(語句的使用、斷句的使用)，認為是「決非今日詩人所敢道也」。2. 同年6.23〈楊、任詩句〉記載，後兩句同輩文人多有爭議，認為不當以入詩。
胡適	〈立異〉	《胡適日記全編》2，胡適著；曹伯言整理，合肥：安徽教育出版社，2001.10	頁121	1915.4.27	友人說他「立異以為高」，是胡適的大毛病。不過胡適認為立異有其更深的用意，而他該是達不到「立異」之深義。
胡適	〈書懷〉	《胡適日記全編》2，胡適著；曹伯言整理，合肥：安徽教育出版社，2001.10	頁122	1915.5.1	胡適此則日記寫道「最恨律詩」，不過此詩因用「古詩法入律，不為格律所限」，能「以律詩說理」，頗有得意之志。筆者以為，胡適此詩不合律詩格律。
胡適	〈讀梁任公〈政治之基礎與言論家之指針〉〉	《胡適日記全編》2，胡適著；曹伯言整理，合肥：安徽教育出版社，2001.10	頁156	1915.5.23	
胡適	〈秦少游詞〉	《胡適日記全編》2，胡適著；曹伯言整理，合肥：安徽教育出版社，2001.10	頁164	1915.6.6	稱讚秦觀的好詞中，〈金明池〉之「燕燕鶯鶯飛舞」，是「鶯燕本雙聲字，疊用之音調甚佳。」讚許雙聲疊字的使用，這在〈談新詩〉一文中再度提及。

胡適	〈詞乃詩之進化〉	《胡適日記全編》2,胡適著;曹伯言整理,合肥:安徽教育出版社,2001.10	頁 165	1915.6.6	胡適認為詞的形式可長可短,無論在詩意的表現上,或者節奏的抑揚頓挫,都較有變化。至於詩,圉限於變化不多,「每句必頓住,故甚不能達曲折之意,傳宛轉頓挫之神」。筆者注:查 1915.6 月始,胡適開始記載讀詞、研究詞、創作詞。
胡適	〈楊、任詩句〉	《胡適日記全編》2,胡適著;曹伯言整理,合肥:安徽教育出版社,2001.10	頁 174	1915.6.23	續 4.26〈老樹行〉。胡適特別提及叔永和詩,但認為文法不合,且認為加一「兮」字,可有頓挫效果,較不生硬。
胡適	〈〈論句讀及文字符號〉節目〉	《胡適日記全編》2,胡適著;曹伯言整理,合肥:安徽教育出版社,2001.10	頁 213	1915.8.2	
胡適	〈〈水調歌頭〉今別離〉	《胡適日記全編》2,胡適著;曹伯言整理,合肥:安徽教育出版社,2001.10	頁 216～217	1915.8.3	同年 7.23 用英文寫詩,標題為〈今別離〉。此則乃將英詩翻譯為中文,胡適自言「意譯」。胡適用〈水調歌頭〉的詞牌翻譯此詩,可見得在節奏的考量上,胡適此時仍未受翻譯的影響。
胡適	〈讀詞偶得〉	《胡適日記全編》2,胡適著;曹伯言整理,合肥:安徽教育出版社,2001.10	頁 217～221	1915.8.3	對於詞的聲律加以分析,特別對斷句特別研究;同時也區分了標點與不用標點的差別(胡適所言「仈」、「仈頓」)

胡適	〈讀香山詩瑣記〉	《胡適日記全編》2，胡適著；曹伯言整理，合肥：安徽教育出版社，2001.10	頁226～227	1915.8.4	評白居易詩，以白話為佳。（比較〈琵琶行〉與〈長恨歌〉，認為前者較勝後者，據其所列詩句，當是以不雕琢為佳。
胡適	〈將往哥倫比亞大學，叔永以詩贈別〉	《胡適日記全編》2，胡適著；曹伯言整理，合肥：安徽教育出版社，2001.10	頁254～255	1915.8.21	任鴻雋作詩贈別胡適〈送胡適之往哥倫比亞大學〉，五言古詩，多有新名詞，語言較白話。
胡適	〈〈水調歌頭〉杏佛贈別〉	《胡適日記全編》2，胡適著；曹伯言整理，合肥：安徽教育出版社，2001.10	頁265	1915.8.28	楊杏佛作詞贈別胡適〈水調歌頭〉。
胡適	〈將去綺色佳留別叔永〉	錄自同日作者留學日記		1915.8.29	後收入《嘗試集》，但題目已改。
胡適	〈〈沁園春〉別杏佛〉	《胡適日記全編》2，胡適著；曹伯言整理，合肥：安徽教育出版社，2001.10	頁268～269	1915.9.2	
胡適	〈對語體詩詞〉	《胡適日記全編》2，胡適著；曹伯言整理，合肥：安徽教育出版社，2001.10	頁269～270	1915.9.4	追溯對話在詩詞中出現的歷史。
胡適	〈送梅覲莊往哈佛大學詩〉	《胡適日記全編》2，胡適著；曹伯言整理，合肥：安徽教育出版社，2001.10	頁283～285	1915.9.17夜	1. 特別提及「文學革命」。「梅生梅生毋自鄙，神州文學久枯餒，百年未有健者起，新潮之來不可止，文學革命其時矣⋯⋯」。2. 自跋說明此詩凡三轉韻，其實有五轉韻；另外用了

					十一個外國字，認為「前不必有古人，後或可詔來者，知我罪我⋯⋯」。3. 生平作，此為最長矣。
胡適	〈論文字符號雜記三則〉	《胡適日記全編》2，胡適著；曹伯言整理，合肥：安徽教育出版社，2001.10	頁 285	1915.9.18	
胡適	〈叔永戲贈詩〉	《胡適日記全編》2，胡適著；曹伯言整理，合肥：安徽教育出版社，2001.10	頁 285	1915.9.19	任鴻雋作詩戲贈胡適〈任生用胡生送梅生往哈佛大學句送胡生往哥倫比亞大學〉，多用外國字成一詩。胡適說「知我乎？罪我乎？」。另外胡適嘗試為此詩加句讀，叔永認為有失原意，胡再改之。
胡適	〈依韻和叔永戲贈詩〉	《胡適日記全編》2，胡適著；曹伯言整理，合肥：安徽教育出版社，2001.10	頁 287	1915.9.21	胡適此詩提到：「詩國革命何自始？要須作詩如作文。」特別說明作詩當不雕琢，不求貌似。「作詩如作文」之說，頗引起文壇回響。
胡適	〈文字符號雜記二則〉	《胡適日記全編》2，胡適著；曹伯言整理，合肥：安徽教育出版社，2001.10	頁 291	1915.1015	「提要號」說明。
胡適	〈西人對句讀之重視〉	《胡適日記全編》2，胡適著；曹伯言整理，合肥：安徽教育出版社，2001.10	頁 301	1916.1.4	

胡適	〈七絕之平仄〉	《胡適日記全編》2，胡適著；曹伯言整理，合肥：安徽教育出版社，2001.10	頁 325～326	1916.1.26	細讀唐詩三百首，認為七絕之第三字當為平聲最好。
胡適	〈和叔永題梅、任、楊、胡合影詩〉	《胡適日記全編》2，胡適著；曹伯言整理，合肥：安徽教育出版社，2001.10	頁 331～332	1916.1.29	自言「近來作詩頗同說話，自謂為進境……」
胡適	〈讀音統一會公制字母〉	《胡適日記全編》2，胡適著；曹伯言整理，合肥：安徽教育出版社，2001.10	頁 332～334	1916.1.31	母音（聲子）二十四，介音三，韻十二。
胡適	〈論句讀及文字符號〉	《科學》	第 2 卷第 1 期	1916.01	在〈逼上梁山〉一文中提到 1915.06 寫作此文，說明標點對文學改革的重要性。
胡適	〈與梅觀莊論文學改良〉	《胡適日記全編》2，胡適著；曹伯言整理，合肥：安徽教育出版社，2001.10	頁 336～337	1916.2.3	欲救文勝之弊，宜從三事入手：言之有物；須講文法；當用文之文字。筆者注：已有文學八事之雛形。
胡適	〈文之文字與詩之文字〉	《胡適日記全編》2，胡適著；曹伯言整理，合肥：安徽教育出版社，2001.10	頁 337	1916.2.3	寫詩不避文之文字，亦是好詩。如李商隱、杜少陵、黃庭堅等詩人之詩。
胡適	〈叔永答余論改良文學書〉	《胡適日記全編》2，胡適著；曹伯言整理，合肥：安徽教育出版社，2001.10	頁 338	1916.2.10	無論詩文，皆當有質。不要只在文字形式上討論。

胡適	〈吾國歷史上的文學革命〉	《胡適日記全編》2，胡適著；曹伯言整理，合肥：安徽教育出版社，2001.10	頁 252～356	1916.4.5	從中國文學史的演變說明他所提「文學革命」之刻不容緩。
胡適	〈李清照與蔣捷之〈聲聲慢〉詞〉	《胡適日記全編》2，胡適著；曹伯言整理，合肥：安徽教育出版社，2001.10	頁 356～357	1916.4.7	
胡適	〈〈沁園春〉誓言〉	《胡適日記全編》2，胡適著；曹伯言整理，合肥：安徽教育出版社，2001.10	頁 372	1916.4.13 初稿	胡適在這首詞裡再度表明「文學革命」的決心。詞中提到「文學革命何疑」、「為大中華，造新文學」、「詩材料，有簇新世界，供我驅馳」。
胡適	〈〈沁園春〉誓言〉	《胡適日記全編》2，胡適著；曹伯言整理，合肥：安徽教育出版社，2001.10	頁 374	1916.4.14 改稿	此日改稿，改「文學革命何疑」為「何須刻意為辭」。其他改詞，不贅言。
胡適	〈〈沁園春〉誓言〉	《胡適日記全編》2，胡適著；曹伯言整理，合肥：安徽教育出版社，2001.10	頁 375	1916.4.16 第二次改稿	此日改稿，改「何須刻意為辭」為「文章要有神思」。大抵要旨說明文章不雕飾、言須有意等。為日後文學八事之前身。
胡適	〈吾國文學三大病〉	《胡適日記全編》2，胡適著；曹伯言整理，合肥：安徽教育出版社，2001.10	頁 376	1916.4.17	
胡適	〈〈沁園春〉誓言〉	《胡適日記全編》2，胡適著；曹伯言整理，合肥：安徽教育出版社，2001.10	頁 380	1916.4.18 夜第四次改稿	

胡適	〈論文字符號雜記四則〉	《胡適日記全編》2，胡適著；曹伯言整理，合肥：安徽教育出版社，2001.10	頁382	1916.4.23夜	
胡適	〈白話文言之優劣比較〉	《胡適日記全編》2，胡適著；曹伯言整理，合肥：安徽教育出版社，2001.9	頁414～418	1916.7.6日追記	1. 從進化觀點及實用性再度說明白話的好處，並特別附上白話詩兩首，分別為楊杏佛〈寄胡明復〉及趙元任的和詩，且認為白話詩是文學史上一種實地試驗，勝南社的文言詩。2. 任叔永認同胡適說明白話的好處，並將實地以白話作科學社年會演講稿。
胡適	〈覲莊對余新文學主張之非難〉	《胡適日記全編》2，胡適著；曹伯言整理，合肥：安徽教育出版社，2001.9	頁427～428	1916.7.13日追記	梅覲莊認為胡適之說太功力主義，且是偷得托爾斯泰之說，活文學之說有問題。胡適則大力反批。
梅覲莊	〈梅覲莊寄胡適書〉	《胡適日記全編》2，胡適著；曹伯言整理，合肥：安徽教育出版社，2001.9	頁444～446		因胡適與叔永討論詩之文字（胡適希望使用活文字），引發梅覲莊討論「文學革命」、「活文學」、「活文字」之內涵，胡適也以按語反駁。
胡適	〈答梅覲莊——白話詩〉			1916.7.22完成	胡適第一首白話詩。
胡適	〈答覲莊白話詩之起因〉	《胡適日記全編》2，胡適著；曹伯言整理，合肥：安徽教育出版社，2001.9	頁442～446	1916.7.29	敘述第一首白話詩之由來，而7.17日〈梅覲莊寄胡適書〉胡適以「按」的方式回覆。

胡適	〈雜詩二首〉	《胡適日記全編》2，胡適著；曹伯言整理，合肥：安徽教育出版社，2001.9	頁 446	1916.7.29	〈中庸〉〈孔丘〉皆已不是古詩句法。
胡適	〈一首白話詩引起的風波〉	《胡適日記全編》2，胡適著；曹伯言整理，合肥：安徽教育出版社，2001.9	頁 447～457	1916.7.30	答叔永的信中，多有提到「和諧之音調」、白話語文、標點符號的聲音意義等。
胡適	〈朋友〉，又名〈蝴蝶〉	《新青年》	第 4 卷第 1 號？	1916.8.23 完成，1918.5 月刊載？？	
胡適	〈通信──寄陳獨秀〉	《新青年》	第 2 卷第 2 號	1916.10.1	已提及文學改革八事。
陳獨秀	〈通信──回胡適〉	《新青年》	第 2 卷第 2 號	1916.10.1	陳氏回覆文學改革八事，不同意五八二項，重點有：1. 中國文字，非合音無語尾變化，強律以西洋之 Gramma，未免畫蛇添足；2. 第八項「須言之有物」流弊同於「文以載道」；然文學之作品與應用文字作用不同，其美感與技倆，所謂文學美術自身獨立存在之價值應予肯定才是。陳氏已觸及文學美之無目的論，詩無須載道。
胡適	〈論詩偶記〉	《留美學生季報》	冬季第 4 號	1916 年 12 月	參考《胡適文集 09》北京出版，頁 738～743。
胡適	〈文學改良芻議〉	《新青年》	第 2 卷第 5 號	1917.1.1	文學改良，須從八事入手，第七曰，不講對仗。

陳獨秀	〈文學革命論〉	《新青年》	第 2 卷第 6 號	1917.2.1	1. 提倡寫實文學、社會文學。2. 反對文以載道（自韓愈載道之說後，所載之道全是儒家之浮誇之言）
胡適	〈白話詩八首〉	《新青年》	第 2 卷第 6 號	1917.2.1	中國首次在雜誌上發表的白話詩。發表〈朋友〉（後名〈蝴蝶〉）、〈贈朱經農〉、〈月〉三首、〈他〉、〈江上〉、〈孔丘〉共八首。
錢玄同	〈通信——寄陳獨秀〉	《新青年》	第 2 卷第 6 號、第 3 卷第 1 號	1917.2.1、1917.3.1	
柳亞子	〈與楊杏佛論文學書〉	上海《民國日報》		1917.4.23 寫完，1917.4.27 刊載	資料出處：柳亞子文集編輯委員會主編：《柳亞子文集——磨劍史文錄上》，（上海：人民出版社，1993.12），頁 450～451。首次批胡適之文學革命。認為「形式宜舊，理想宜新」，詩界革命推崇馬君武等三人。以當時胡適的創作而言，較不認同其白話語文，尚未提及音韻節奏等較細的問題。
胡適	〈白話詞〉	《新青年》	3 卷 4 號	1917.6.1	分別為〈采桑子·江上雪〉、〈生查子〉、〈沁園春·生日自壽〉、〈沁園春·新俄萬歲〉四首。語言使用較白話，但仍有文言夾雜。
柳亞子	〈再質野鶴〉	上海《民國日報》		1917.7.6-8 1917.7.17-21	資料出處：柳亞子文集編輯委員會主編：《柳亞子文集——磨劍史文錄上》，（上海：人民出版社，1993.12），頁 458～466。

錢玄同	〈通信〉；原標題〈二十世紀第十七年七月二日錢玄同敬白〉	《新青年》	第3卷第6號	如標題，寫於1917.7.2，1917.8.1刊登	
				1917.10	胡適拿《嘗試集》給錢玄同看（據錢玄同《〈嘗試集〉序》首段）。筆者注：該是《嘗試集》第一編。
胡適	〈論小說及白話韻文〉	《新青年》	第4卷第1號	1917.11.20完成，1918.1.15刊登	與錢玄同討論白話詩之文白使用及節奏仿照詞曲等議題，是〈《嘗試集》序〉之前身。
錢玄同	〈通信——論小說及白話韻文〉	《新青年》	第4卷第1號	1918.1.15	錢玄同再回應胡適。
錢玄同	〈新文學與今韻問題〉	《新青年》	第4卷第1號	原寫於1917.11.21，1918.1.15發表於新青年	寫給劉半農的信，討論劉氏之新韻問題。
胡適、沈尹默、劉半農	〈詩〉（共九首）	《新青年》	第4卷第1號	1918.1.15	《新青年》第二次刊登新詩。自此以後《新青年》幾乎每一期都有新詩刊登。
沈尹默、劉半農、胡適	新詩六首	《新青年》	4卷2號	1918.2.15	《新青年》第三次刊登新詩。
錢玄同	〈《嘗試集》序〉	《新青年》	4卷2號	1918.1.10完成，1918.2.15全部刊登於《新青年》（原於1917.7.2始於《新青年》與胡適書信中陸續提出）	

胡適	〈建設的文學革命論〉	《新青年》	4卷4號	1918.4.15	國語的文學,文學的國語。
胡適	論句讀符號——答慕樓書	《新青年》	第5卷第3號	1918.9.15	慕樓書提出「?」「!」二標點可廢,因中國之語尾助詞「啊」「歟」等即可替代;然胡適採錢玄同之說,認為中國京劇中「你敢來?」「我敢來。」等對話皆無語尾助詞,若不標點,或易混淆,故認為皆不可廢。
俞平伯	〈白話詩的三大條件〉	《新青年》	第6卷第3號	1918.10.16完成,1919.3.15刊登於《新青年》	此篇文章討論到句末用韻問題。俞氏認為,「詩歌明是一種韻文……句末雖不定用韻,而句中音節,自必力求和諧。否到做出詩來,豈不成了一首短篇的散文嗎?……做白話詩的人,固然不必細剖宮商,但對於聲氣音調頓挫之類,還當考求……」
胡適	〈通信——白話詩的三大條件〉	《新青年》	第6卷第3號	1919.03	同意俞平伯之論述。
胡適	〈關不住了〉	《嘗試集》		1919.2.26	胡適認為這首譯詩才是真正的一首新詩。
胡先驌	〈中國文學改良論〉	《東方雜誌》	16卷3期	1919	批判胡適之文學改良觀。
胡適	《嘗試集》自序〈我為什麼要做白話詩〉	《新青年》	6卷5號	1919.5	
				1919.9	剛出獄的陳獨秀組織新青年社。(周策縱:《五四運動:現代中國的思想革命》p59注1)
胡適	〈談新詩——八年來一件大事〉	《星期評論》	紀念號	1919.10.10	

胡適、周作人、錢玄同、劉半農等人	〈請頒行新式標點號議案(修正案)——一九一九年(民國八年)〉			1919.11.29	收於張靜廬:《中國現代出版史料·甲編》。1920年2月教育部訓令第五十三號通過此案。新式標點符號乃為教育普及、使人易瞭解、及教授文法之用。然若從新詩的美學角度而言,標點符號的思考模式就不在此了,穆木天就曾談過標點符號在詩中是不該使用的。
新詩社編輯部編輯	新詩集(第一編)〈吾們為什麼要印《新詩集》——《新詩集(第一編)》序〉			1920.1初版	上海新詩社出版部出版。中國第一部白話詩集、白話詩選集出版。〈序〉裡有談到新詩音節、用韻的問題,也談到胡適在新詩方面的提倡及影響。
胡適	《嘗試集》(附去國集)出版			1920.3初版	上海亞東圖書館出版。中國第一部個人詩集出版。1917.10即將草稿給與錢玄同評論,大多數作品都已陸續在《新青年》等雜誌刊登。
錢玄同	〈《嘗試集》序〉	《嘗試集》		1920.3初版	
胡懷琛	〈讀《嘗試集》〉	《神州日報》		1920.4.30	
胡懷琛	〈《嘗試集》正謬〉	《時事新報·學燈》		1920.7.20	
胡適	〈再版自序〉《嘗試集》	《嘗試集》	1920.9再版	1920.8.4完稿	
胡懷琛	〈詩的前途〉	《時事新報·學燈》	詩學討論號	1920.8.5	
胡適	〈答胡懷琛先生九月一日的信〉	《時事新報·學燈》		1920.9.12	針對1920.9.1〈胡懷琛致胡適信〉回答。

朱執信	〈詩的音節〉	《星期評論》	51 號	1920.5.23（據胡懷琛《嘗試集批評與討論》〈胡懷琛致朱執信函〉	後收錄於胡懷琛編：《嘗試集批評與討論》
胡懷琛	〈胡懷琛致朱執信函〉				
朱執信	答胡懷琛	《星期評論》	52 號	1920.6	
胡懷琛	〈胡適之新派詩根本的缺點〉	《時事新報·學燈》		1921.1.11	
風葉（聞一多）	〈敬告落伍的詩家〉	《清華週刊》	211 期	1921.3.11	
胡懷琛	《嘗試集批評與討論》	上海：泰東書局出版，1925.3 三版		1921.3	評論集。上海泰東書局出版。
胡懷琛	《大江集》	自印出版		1921.3	詩集，自印出版。
梅光迪	〈評提倡新文化者〉	《學衡》	第 1 期	1922.1	
胡先驌	〈評《嘗試集》〉	《學衡》	第 1 期、第 2 期	1922.1；1922.2	反對胡適的白話詩，也特別提到了「聲調格律音韻與詩之關係」的問題。從西方與中國語言文字的比較入手，有非常深入的論述。
式芬（周作人）	〈〈評嘗試集〉匡謬〉	《晨報副刊》		1922.2.4	
仲密（周作人）	〈詩的效用〉	《晨報副刊》		1922.2.26	
胡適	〈四版自序〉《嘗試集》			1922.3.10	

二、《神州日報》刊載之胡懷琛〈讀胡適之嘗試集〉原稿